# 曲水回眸

## 小思訪談錄

香港中文大學 香港文學研究中心 編著

OXFORD
UNIVERSITY PRESS

牛津大學出版社隸屬牛津大學，以環球出版為志業，
弘揚大學卓於研究、博於學術、篤於教育的優良傳統
Oxford 為牛津大學出版社於英國及特定國家的注冊商標

牛津大學出版社（中國）有限公司出版
香港九龍灣宏遠街 1 號一號九龍 39 樓



ISBN: 978-988-2459-59-5

10 9 8 7 6 5 4 3 2 1



Published & Printed in Hong Kong

書　名　　曲水回眸——小思訪談錄（合訂本）
編　著　　香港中文大學香港文學研究中心
版　次　　2025 年第一版

鳴謝（排名不分先後）
本社蒙以下機構或人士提供本書參考資料和圖片，謹此致謝：
香港中文大學中國語言及文學系
香港中文大學新亞書院
香港中文大學圖書館香港文學特藏
香港中和出版有限公司
圖家圖書館出版社

# 序　上善若曲水　流觴幾回眸

黃念欣

子在川上曰：「逝者如斯夫，不捨晝夜。」——《論語．子罕》

世間沒有倒流這回事，不緊握此時此刻，等一切去後，追尋也是徒然，天地間，一切不再。——《不還．不再》

小思曾以現代散文之筆演繹了《論語》如此光輝燦爛的一句，既肯定天地間流逝的定律，亦毋忘把握當下好時辰，前進不息。《曲水回眸——小思訪談錄》由「文化人眼中的香港訪談計劃」自二〇一四年開展，原來倏忽亦已十一年，頗讓人一則以喜一則以懼。喜是計劃同仁自此成立群組，線上線下，分享歡聚，親炙的機會更勝從前。所懼自是想到十年人生幾何，自己又長進幾何。幸而此刻回望，大家都有不同生命進境，或逍遙自得、或發光發熱，再創新猷。

而通訊群組的名稱，亦悄然由「曲水回眸」改為「果實微溫」——語出劉偉成博士同名詩集，意義豐美光明；但同時亦妙譯「Grocery Run」，典出他在美國愛荷華國際作家工作坊時，那些「給作家採辦日常生活雜貨」的時間。偉成是當年《曲水回眸》的主編，也是這次《小思「香港關懷」系列套裝》的總策劃，時常周旋於參與者的點子之間，謀劃籌措，堪比一趟又一趟的 Grocery Run，這很容易讓我們忘記，他細膩的詩人氣質，以及文學專業的理想精神。是次重出《曲水回眸》合訂本，及共達約一千七百多頁的小思文集，盡見其魄力、眼界、膽識與深情。

或說小思散文如《承教小記》、《路上談》再版不輟，《香港文學散步》遍地開花，更不用說其香港文學史的發見時刻讓人翹首以待，出版一套精裝文集，算不上冒險，甚至可說穩賺不賠。但一切得從《曲水回眸》說起，亦即本系列篇幅最長的一部，合共五百六十頁。須知讀一本訪談錄遠較披閱一篇篇美文艱辛，需要讀者一定知識背景與觸類旁通的想像力，但偉成竟然有意再版，並指為系列總帽，與新訂《香港家書》、《香港故事》、《香港書情》、《香港文縱》及從未面世的《初見之雪——京都小思集》互相發明，這就是我所謂的識見與深情。

家書、故事、書情三冊，由內而外，因書帶話，處處有情，具體內容確與訪談互有回應，再經增訂精選，讀者當可自行細賞。重出《香港文縱》卻是教我非常驚喜的一個決定。此書時常為《香港文學散步》的光輝所掩，然而細讀其中每篇，可見小思老師作為一位文學史家的踏實功力與開風氣之先的銳氣，從南來視角、文藝陣營角力、文學活動網絡、教育家的文藝影響，以至敍寫作家多舛命途，方法自見。我甚至認為此書的相對寂寞就是因為它在文化身份、地緣政治理論還未大行其道之時走得太前。現在偉成把這部縱橫捭闔的文縱重提，令人萬分期待。至於《初見之雪——京都小思集》收錄一九七三京都一年的現代小詩百餘首，內容見於新版《曲水回眸》〈一瓦之緣〉一章，另有精製複印手跡豆本隨系列套裝附贈，連許迪鏘先生〈讀《初見之雪——京都小思集》後〉鴻文，為半世紀首見，誠意與精心難以想像。

在這項大型出版計劃與許多心細如塵、新新舊舊的補白增訂之中，主編囑我把原《曲水回眸》上、下兩冊序合成一篇。滿口答應容易，下筆才知艱難。倒不是說原序寫得有多好，而是兩篇各有語境與心情，當時覺得非要娓娓道來不可的，現在看來已清晰反映在對話文章之中；而十年之間各種變化與反思，要追加的也不止一二。當時只道是尋常的看法，現在再看感慨遂深的也不少。回望曲水悠悠，適逢近讀美國學者艾蘭（Sarah Allan）《水之道與德之端：中國早期哲學思想的本喻》（*The Way of Water and Sprouts of Virtue*）[1]，深感小思老師為學待人，讓我們一生仰望承教之處，確實稱得上「若水」二字，且每每見於四年《曲水回眸》的訪談之中。以下茲盡我所能，重溫這段啟迪良多的旅程。

1 〔美〕艾蘭著、張海晏譯：《水之道與德之端：中國早期哲學思想的本喻》，上海：上海人民出版社，二〇〇二年。

## 一、生命之源，化潤萬物

中國哲學以水為喻，不限於儒學一家，孔孟老莊，都可謂觀水有術。我在《翠拂行人首》的編者序裏曾大膽提出過小思散文是中國現代文學裏少數秉承儒家傳統職志與溫柔敦厚詩教的代表，而小思亦曾提及自己所受的影響更傾向於儒家務實入世的一面，但亦同時指出在學時兼修牟宗三先生的「道家哲學」[2]與唐君毅先生的「儒家哲學」。艾蘭認為，水之所以成為古今中外無數哲學的重要本喻（root metaphor），其中最大理由是水為生命之源，化潤萬物。再加上〈蘭亭集序〉裏曲水流觴的典故，春修禊事，隨流取飲，正正就是小思老師與我們在紛紜世情裏暢敘幽情，洗滌精神的寫照。再讀《曲水回眸》上、下二冊及合訂本新增內容，我只有更驚訝，這些由二十多次訪談與四十萬字錄音稿淬練下來的文字，一眾少長與小思老師的對話，是如何的任心談話，怡然自得。

2 「我大學時，副修是哲學，選修了牟宗三先生的《道家哲學》，至於有沒有受其影響，我倒不大清楚，因為我同時修了唐君毅先生的《儒家哲學》，而本質上，我傾向儒家務實入世的精神。（……）的確，在許多作品裏，我每每以天地自然與人的關係為念，但我想這恐怕不一定受了老莊哲學的影響。郁達夫在《中國新文學大系．散文二首．序言》中，提到『現代散文的第三個特徵，是人性，社會性，與大自然調和。……作者處處不忘自我，也處處不忘自然與社會』。正中肯地展示了現代中國民族所關注的問題，而我卻在不自覺中承傳了這種特徵。」見小思：〈散文心事——附錄〉，《香港故事》，香港：牛津大學出版社，二〇〇二年，頁139–140。（編按：亦見於《香港故事》新版，香港：牛津大學出版社，二〇二五年，頁163。）

鍾基老師的前瞻與回顧，神來之筆，緊握小思人生中的時代精神不放。善標老師時時切中香港文學史研究之難點，對身份認同與散文個性提出深刻有力的提問。永明老師闡發儒家精神「指出向上一路」與「負債感」的回憶，何時再讀都有啟發。仕樑老師對香港教育改革與中文系社會責任所表現的道理與自信，現在再讀只有更感迫切。黃潘明珠女士的時常輕描談寫地追記二〇〇〇年初創建香港文學電子資料庫、香港文學特藏與連繫香港文學研究中心的龐大工程，很有一種颯爽的英姿。連同在台前幕後大力策劃支持的周燕明師姐，以及新增建築師彭一欣女士與小思對談香港中文大學圖書館香港文學特藏樓層的設計意念，又見許多獨當一面的女性風采。更難得還有近年在資料整理上與小思老師合作無間的許迪鏘先生，為合訂本加上了生平和學術年表、照片與檔案閱讀感想。在在讓人覺得，親炙小思不僅如沐春風，更是如經歷了一場化育萬物的雨水，能把自己最具理想與力量一面活出來。我與一眾研究助理及編輯團隊，亦自深有所感。

這次再讀合訂本卻多了一重發現，即這種分潤的能力，並不孤立地由一個活水源頭而來。《曲水回眸》其實亦多處寫到小思時常得到許多前輩與師長的關愛。如掌故家魯金先生傳授「行街」之道，一句「細路，跟住我來！」旁人聽着也覺暖心。生物系任國榮系主任見小思在新亞校園徘徊時又會問：「細路，為何這樣不快樂？」眾所周知，小思老師早年即開展一系列文人口述歷史訪談計劃，得到這許多中港名家的信任與友誼，除了以努力蒐羅的資料打動，更重要應該就是老師這種聯通上下，讓人即之可親的感召力。訪談之中亦處處可見。

## 二、循道而流，萬折必東

艾蘭又提到，真正有道之源頭活水，並不四方隨處流溢，而是順道而流。而「道」為何物？從物理或道理視之，不過就如魯迅所說：「地上本沒有路，走的人多了，也便成了路。」河道與人道亦然。或問小思「一以貫之」之道為何？這時我又要偷懶，覺得聖人的答案同樣可用：忠恕而已矣。忠，即盡其在我，全力以赴。恕，就是心同此理，推己及人。重讀《曲水回眸》與治學相關的諸章，特別如〈一瓦之緣〉、〈願為做磚者〉，可見小思總是握緊人的處境、中國命運與香港關懷不放。一九七三年京都大學研究之行，早已是脫胎換骨的典範，研修假期的「天花板」。是次再看當中研究因緣，空空如也的香港歷史準備對照京大精微的田野研究傳統、尚未普及的中國現代文學研之路對照他國圖書特藏之落差，繼而從準備一篇豐子愷筆下兒童相的報告，再讀三十年代雜誌《宇宙風》、《論語》，然後發見雜誌中的文藝陣營對疊，並開展返港後繼續從原始報刊整理中國作家在港活動之研究，再見香港獨特的地緣政治與文化精神。一路走來治學如治水，匯納百川，一脈相承，但同時因為此方法最見時代派系的波譎雲詭，令小思老師的研究觀點時常多了許多說不得或一說便俗的難點。拒絕簡化，叩其兩端而保持「時中」的心思，在訪談時時可見。學問與人生之道皆一。

例如〈日戰陰霾〉一章提到小思童年經歷大炸灣仔，回望中看見庶民心中對盟軍轟炸的傷亡與終結日人統治之間的矛盾，歷史中真實存在。而當我們問到這是中國的苦難、香港的苦難，還是熟悉的街坊苦難？小思老師只一句「我只覺得是人的苦難。」這種民胞物與的精神，超越了簡化的國族與本土情懷，延續到日後小思老師一生研究，均讓我們相信，日人的歷史文化、現代中國作家的命運，與當代香港的走向，全都屬「人的問題」，全都環環相扣，無分彼此。只要不離開「人」，自能順道而行，於世變中不失所歸，遇山轉彎，東流不息。

## 三、觀水有術，盈科而後進

前述中哲孔孟老莊，無不觀水有術。《孟子．盡心上》的原句謂「觀水有術，必觀其瀾。」震盪之中，最見水之堅持與流向。訪談中亦可見小思生命歷程同樣不是只見平順，京都一年實際上就是其時教書工作上一個小小困頓而來的結果。而泉水遇坑窪而成波瀾，必須填充滿了，才能繼續前進，即《孟子．離婁》所謂「盈科」：「原泉混混，不捨晝夜，盈科而後進，放乎四海。」但到底如何盈科？如何填滿社會上的坑窪，療癒各種碰傷呢？讀〈熱血青春〉和〈給香港的情書〉，再次使我震驚，原來當時覺得老師欲語還休的地方，今日看來已是那麼率真與明晰。「我的青春沒有吶喊，但熱血仍在。」小思如是說。

這份熱血，早見於本科時期〈風窮訓倡詩〉的習作。小思老師自言「剛好那時我替《中國學生周報》做辛亥革命專題，我又很喜歡談論『革命』相關的主題，因此將清末革命的所有典故全用上來寫這首詩。」現在看來，這六十句風字韻詩的筆力仍很雄健，而更重要的是，小思不違言「很喜歡談論『革命』相關的主題」，可見老師的精神始終有理想與向上一路。但同時，革命不等同握拳吶喊，書中亦多次記錄了小思老師在大時代的十字街頭回首反思。由新亞懸掛國旗事件之震撼，到爭取中文成為法定語文運動時見群眾之狂熱而抽身，再有雨傘運動後宣佈不寫專欄的沉思，皆側面反映了小思老師一向治現代文學方法之一大端：文學離不開人，做現代文學研究一定不可以有政治潔癖。而沒有潔癖，也不等於就投身進政治裏淈泥揚波，反而更加需要清醒。一個訪談中的小節：研究助理李薇婷提到她讀過《香港學生運動回顧》一書，認為學生有自我反省與認清形勢的能力，小思老師即因勢利導説：「你要小心使用資料，只用『一本書』就得結論，不可靠，很危險。」因為我們不能期待人可以中肯地自我評價，必須博採眾議，才有比較可觀的全局。如前所述，訪談中這些政治社會見解，當時只覺尋常，現在讀來只覺字字皆那麼珍貴，填滿了許多心中的窪洞。

## 四、曲水悠悠、一片冰心

水無常形，隨物婉轉，但止水可以為鏡鑒，水平又可以成中准。小思老師就是如此包容可親，又自成標竿的一個典範。這次重讀《曲水回眸》合訂本，並各師友後記、資料及文章，未料竟滋味倍增，不知是時光流逝，懷人之情使然，還是其他。致使我能躋身其中，實感與有榮焉。亦正因如此，本文不擬如此前上、下兩冊序言，汲汲總括各章訪談內容要點，而是更希望新、舊讀者，都可以讀出一個自己的所以然，體會我們親炙小思老師之時，其實也是隨各人性份，自學自省。以上只能以水為喻，略陳這十年間情隨事遷後的一點感想。而當中所代表一眾計劃參與同仁對小思的敬愛之情，相信是共通而始終如一的。

末了希望以一段現代文學作結。話說小思老師對自己曾被譽為「香港冰心」，頗以為苦。倒不是對冰老不敬，而是老師一向認為作家的個性與生命不可複製亦不應比較。但偏偏，我讀首次面世的《初見之雪》一眾短歌，不能不想到《春水》與《繁星》的「小詩運動」；《路上談》與《承教小記》又如何恍如《寄小讀者》。更微妙的是，我讀到一九八二年冰心為《冰心文集》作序，寫下如此潤物細無聲的一段人生感想：

回溯我八十多年的生活，經過了幾個「朝代」。我的生命的道路，如同一道小溪，從淺淺的山谷中，緩緩地、曲折地流入「不擇細流」的大海。它有時經過荒蕪的平野，也有時經過青綠的丘陵，於是這水流的聲音，有時凝澀，也有時通暢，但它還是不停地向前流着。[3]

這就是現代散文家之筆，寫出在漫長的二十世紀中，一位中國女作家不捨晝夜，盈科而後進的水之道。小思的當代散文家之筆，身處香江，恰巧也有《曲水回眸》題解裏出口成章的這一段：

香港沒有曲水，可是幾十年所親歷社會變遷、人情世俗更替、舊友新知相與、個人受授欣喜，種種人生之流，雖屬涓涓，也夠彎彎曲曲了。此書既屬回憶紀錄，則正合曲水回眸之意。以此為題，足徵雖「俛仰之間，已為陳迹」，但仍能讓我穿透世相，在「趣舍萬殊，靜躁不同」之間，以求反省。

兩位作家此中顯現的心心相印，幾乎是一片冰心在玉壺似的清明，這既似巧合，也似必然，共同回歸到郁達夫所言現代散文的第三個特徵，即「人性，社會性，與大自

3 冰心著，李保初、李嘉言選編：〈《冰心文集》序〉，《冰心選集》第六卷，石家莊：河北教育出版社，一九九二年，頁133。

然調和。」小思老師集教育家、作家、學者於一身，在《曲水回眸》的訪談中，她時刻展現中國古代哲學精神、現代作家命運，與當代香港關懷，從來並無二致。或正如老師所引錢穆先生《從中國歷史來看中國民族性及中國文化》引言中所說：「我們生在今天這個時代，我們就應該在今天的時代來做人，做學問，做事業。」道理不深，但要時刻實踐，如水與時並進，奔流不斷，很難。執筆此刻，人類已踏入與人工智能溝通即將比真人更多的世代。如此揮茲一觴，暢敘幽情的訪談，還有幾何？但我相信小思對人的信仰，令她在這個時代早有準備。而能夠看到《曲水回眸》隆重再版，並小思香港關懷系列各冊精品，也讓我在倥偬的時代長河裏，彷彿有了取飲一瓢的滋養與清涼。

二〇二五年紐約暮春

# 目錄

下部

# 上部

# 年表簡編：生平及文學著作

- 小思迄二〇二五年的主要個人經歷。
- 主要經歷包括：生平重要事件、所受教育和教學歷程、文學著作和在報刊撰寫的專欄及所獲的榮銜等。
- 曾出版的文學著作單行本和文學選集。
- 學術研究和著述，學術交流活動另表開列。

**1939**

**六月三日** 出生於香港。

幼兒小思與母親

與父母親合照

**1947**

**九月** 入讀香港敦梅學校小一。

**1951**

母親去世。①

**1953**

**七月** 畢業於敦梅學校。

母親馮巧英四十四歲去世前一年留影。

小思（左二）與敦梅同學，背後右方建築物為校舍所在。

**1954**

**七月** 畢業於何東小學。②

**九月** 入讀金文泰中學中一。

**1955**

**六月** 父親去世。③

與父親盧冠雄上街時合照

---

① 當時小思小學五年級。母親能寫舊詩，也教小思讀唐詩，並常跟她講中國歷史、文化和世界名人故事。

② 小思屬意升讀免學費的官立中學，敦梅為私立小學，畢業生不能報讀官校，是以入官小多讀一年。

③ 父親疼愛小思，常帶她上街，養成她喜到處遊逛和搜集小物品的習慣。

## 1957

與同班同學組成「毅青社」，並以「毅青社」成員的名義，首次發表文章於《青年樂園》，篇名為〈夢幻的樂園〉，筆名夏颸。④

第一篇公開發表的文章〈夢幻的樂園〉

## 1960

**七月** 畢業於金文泰中學。

**九月** 入讀新亞書院中文系。⑤

金文泰中學畢業照

## 1962

應新亞中文系同學謝正光邀任深水埗桂林街新亞夜校教員，至一九六三年。

## 1963

**五月** 赴台灣觀光一個月。⑥

**十一月** 在《中國學生周報》第五九一期（十一月十五日）撰寫首個散文專欄「一月行」，寫遊台見聞感思，筆名小思，至第六〇一期（一九六四年一月二十四日）。

## 1964

**七月** 畢業於香港中文大學新亞書院，獲學士學位，主修中國文學。⑦

新亞書院畢業照，攝於農圃道新亞校舍。

錢穆先生頒發畢業證書

---

④ 日後以夏颸二字筆畫太多，改筆名為「小思」。

⑤ 在申請入學選校表上，六個志願均填上「新亞」。

⑥ 參加台灣僑委會主辦的香港大專學生觀光團，第一次離港外遊。

⑦ 新亞書院、崇基學院和聯合書院於一九六三年組成香港中文大學，為香港大學外第二家認可大學，僅趕及於畢業時獲學士銜。

## 1965

**七月** 完成羅富國師範學院特別一年制課程，獲教育文憑。

**八月** 在《中國學生周報》第六八一期（八月六日）撰寫「書林擷葉」專欄，筆名盧颿，至第七一五期（一九六六年四月一日）。

**九月** 任香港孔聖堂中學中文科教師（至一九六七年八月）。應恩保德神父邀請，在借用銅鑼灣聖保祿學校課室為失學兒童開設的下午校任教。⑧

在孔聖堂中學與同事和學生

## 1967

**九月** 任筲箕灣嘉諾撒修院中學中文科教師（至一九七二年八月）。

在筲箕灣嘉諾撒修院中學上課情景

## 1969

**五月** 在《中國學生周報》第八七九期（五月二十三日）撰寫「路上談」專欄，筆名小思，至第九一五期（一九七〇年一月三十日）。

**九月** 〈由辭郎洲的演出看雛鳳鳴劇團這些小傻瓜們〉在《中國學生周報》九月十二日第八九五期刊出。⑨

## 1970

**五月** 在《中國學生周報》第九三一期（五月二十二日）撰寫「豐子愷漫畫選繹」專欄，筆名明川，至第一〇八〇期（一九七三年四月十三日）。

任筲箕灣嘉諾撒夜校創校校長兼教員，維時約兩年。⑩

## 1971

**七月** 赴日本旅行，為時一個月。

**九月** 在《中國學生周報》第九九八期（九月三日）撰寫「日影行」專欄，筆名小思，至第一〇一七期（一九七二年一月十四日）。

在日本別府市內電車前留影

---

⑧ 小思文字資料只提到六十年代末恩神父在聖保祿學校辦下午校，專收銅鑼灣避風塘艇戶子弟。她當時在大坑區的孔聖堂任教，下課後趕往銅鑼灣也方便。

⑨ 此篇和其他幾篇有關「雛鳳」的文章刊出後，白雪仙女士邀約小思見面，開展了她與任白、雛鳳以至粵劇的不解之緣。

⑩ 文字資料只提到七十年代初應時任嘉諾撒修院中學校長周修女邀請出任夜校校長，並負責設計課程。

《豐子愷漫畫選繹》

1976 初版
純一出版社

1991 修訂本
三聯書店（香港）有限公司

2016修訂第五版
三聯書店（香港）
有限公司

《七好文集》

1977 台北：
遠行出版社

1983
天聲出版社

## 1973

**一月** 赴日本京都大學人文科學研究所任文學研究員，隨平岡武夫研習。

**六月** 以外籍學人身份，出席「日本東方學會關西支部一九七三年國際東方學者會」，會上演講題目為《從緣緣堂隨筆看豐子愷〈兒童相〉》。

在京都大學人文科學研究所圖書館

在京都十二段家小店與平岡武夫老師、秋道太太和來訪的唐君毅老師（中）、唐師母合照。

在東方學會以豐子愷為題作報告

## 1974

**一月** 從日本返港。

**二月** 任田灣聖高弗烈職業先修學校中文科教師，至同年七月。

**四月** 在《星島日報》副刊「星辰」撰寫「七好文集」專欄（由七位女作者輪流執筆），筆名小思，至二〇〇〇年一月三日。

**九月** 任藍田聖保祿中學中文科教師（至一九七七年八月）。

在藍田聖保祿中學教員室

## 1975

任香港大學學生會及香港中文大學學生會合辦之第三屆「青年文學獎」散文組評判。此後，多次擔任「青年文學獎」及各大小團體主辦的徵文比賽評判。

與第三屆青年文學獎籌委同學及評判攝於港大明原堂

## 1976

《豐子愷漫畫選繹》出版。

## 1977

開始從事一九二五至一九五〇年間的香港文學史料蒐集整理工作。

**九月** 任香港嘉諾撒培德書院中文科教師（至一九七八年八月）。

《七好文集》出版。⑪

⑪ 《七好文集》為《星島日報》「星辰」版「七好文集」專欄的文章選集，其他作者包括：柴娃娃、杜良媞、亦舒、尹懷文、秦楚、蔣芸、陸離、圓圓。一九八三年版《七好新文集》作者包括：小思、柴娃娃、尹懷文、陳方、秦楚、凱令、不繫舟、杜良媞。

《路上談》

1979 純一出版社

1994 山邊社

《日影行》

1982 山邊社

2018 山邊出版社有限公司

《承教小記》

1983 初版 明川出版社

1986 華漢文化事業公司

《三人行》

1983 學生時代

1986 學生時代文化事業有限公司

1988 香港新一代文化協會

1999 新城文化服務有限公司

## 1978

**九月** 就讀香港大學文學院中文系哲學碩士課程，隨馬蒙教授學習，同年任同系助教（至一九七九年八月）。⑫

## 1979

**九月** 任香港中文大學中文系語文導師（至一九八〇年八月）。

**十月** 在《突破少年》撰寫專欄，筆名小思（至一九八〇年）。

《路上談》出版。

## 1980

**八月** 訪上海豐一吟家，獲豐子愷太太贈豐先生生前用過的小酒杯。⑬

**九月** 任香港中文大學中文系副講師。

## 1981

**五月** 為《學生時代》「三人行」專欄作家之一（至同年九月）。

**九月** 獲碩士銜。論文題目為《中國作家在香港的文藝活動（1937-1941）》。

## 1982

**九月** 任香港青年作者協會顧問。

《日影行》出版。⑭

## 1983

**八月** 出席市政局主辦第五屆中文文學週並演講，題目為《香港早期新文學發展初探》。

**九月** 職稱轉為香港中文大學中文系講師。

《承教小記》和《三人行》出版。⑮

在上海烈士陵園向豐子愷靈座（右二下格）致敬

在豐一吟家。前左起：徐力民（豐子愷太太）、豐陳寶（豐子愷長女）；後左：豐一吟。

在第五屆中文文學周上演講

⑫ 選擇於香港大學深造，是為了港大圖書館有豐富的舊日文獻庋藏。

⑬ 小思首次赴滬拜謁豐子愷靈座，並往訪其幼女豐一吟女士。獲贈的小酒杯於一九八六年石門灣緣緣堂重建完成之日歸還緣緣堂陳列。

⑭ 《日影行》二〇一八年再版時加進了小思與編輯對話的內容。

⑮ 《承教小記》由馮康侯題簽、篆刻。明川出版社出版書籍僅此一部。《三人行》其他作者為：林之、阿濃、張思雪。

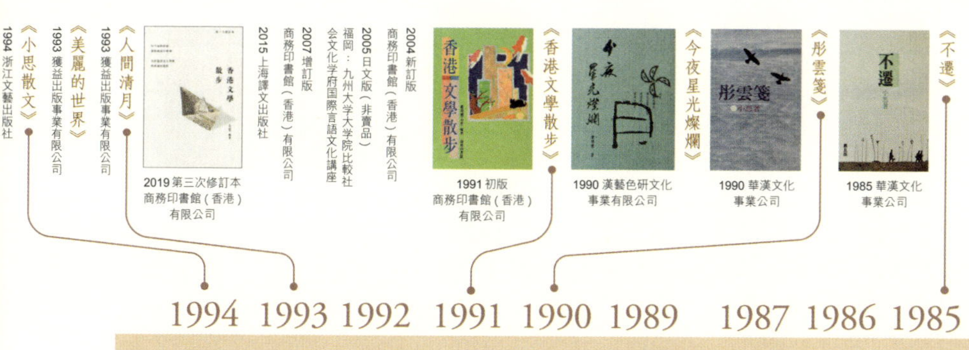
《不還》
1985 華漢文化事業公司

《彤雲箋》
1990 華漢文化事業公司

《今夜星光燦爛》
1990 漢藝色研文化事業有限公司

《香港文學散步》
1991 初版 商務印書館（香港）有限公司
2004 新訂版 商務印書館（香港）有限公司
2005 日文版（非賣品）福岡：九州大学大学院比較社会文化学府国際言語文化講座
2007 增訂版 商務印書館（香港）有限公司
2015 上海譯文出版社
2019 第三次修訂本 商務印書館（香港）有限公司

《人間清月》
1993 獲益出版事業有限公司

《美麗的世界》
1993 獲益出版事業有限公司

《小思散文》
1994 浙江文藝出版社

**1985**

《不還》和《葉葉的心願》出版。

**1986**

參與《八方文藝叢刊》（復刊號）編輯部。

**1987**

**五月** 四日在《星島日報》副刊星橋版撰寫「香港文學散步」專欄，至同年六月十五日。

**1989**

**八月** 在《耆康報》第十二期撰寫專欄〈南山小品〉，至一九九一年六月號。

**1990**

《今夜星光燦爛》和《彤雲箋》出版。

**1991**

《香港文學散步》出版。⑯

**1992**

獲香港中文大學中國語言及文學系教授銜。

**1993**

《人間清月》和《美麗的世界》出版。

**1994**

《小思散文》出版。

在北京訪錢鍾書、楊絳，代《八方》邀稿。

⑯ 是書多次再版，其中一版為上海譯文出版社的修訂版，各次再版都有新的資料補充，最後修訂於二〇一九年。

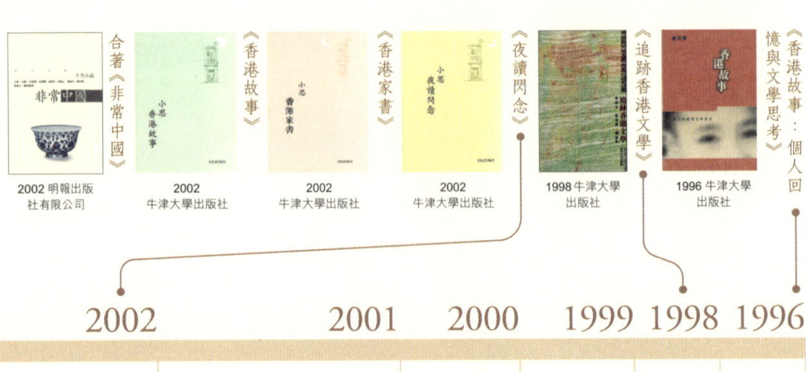


**1996**

《香港故事：個人回憶與文學思考》出版。

**1998**

合著《追跡香港文學》出版。⑰

**1999**

協辦香港市政局「第三屆香港文學節」「香港文學散步・田野考察」活動。

**2000**

獲香港中文大學校長模範教學獎。

合集《陽關三疊》出版。深圳：海天出版社。⑱

**2001**

**二月** 策劃香港中文大學中國語言及文學系香港文學研究中心與教育局課程發展處中國語文教育組於十一日合辦的「香港文學散步」活動，參加者逾百人。⑲

**七月** 出任香港文學研究中心主任。

**九月** 在香港中文大學中文系開設「CHI4411香港文學散步」課程。

**2002**

**二月** 在香港中文大學講授「香港文學專題」。

**二至四月** 香港文學研究中心與中國語言及文學系合辦三次「文學與影像比讀」大型講座，邀請嘉賓與學生談論香港文學的影視改編。

在香港中文大學校長模範教學獎頒獎禮上與學生合照

第一次香港文學散步，攝於孔聖堂中學。

「文學與影像比讀」大型講座其中一場的聽眾，台上講者為張國榮。

---

⑰ 另兩位作者為黃繼持和鄭樹森。

⑱ 《陽關三疊》其他兩位作者為舒非和夏婕。

⑲ 此後小思多次主持「香港文學散步」活動，參與者包括教師、學生、青少年及本地和內地作家。

《書林擷葉》

2002 昆明：雲南人民出版社

《給大學生的16封鼓勵信》

2005 中華書局（香港）有限公司

《寫給還未長大的人》

2005 黃巴士出版有限公司

《一生承教》

2007 三聯書店（香港）有限公司

**六月** 將二萬冊私人藏書贈予香港中文大學圖書館，其中有關香港文學部份達八千冊，協助香港中文大學圖書館成立「香港文學特藏」。⑳

與人文學科研究所合作，展開「口述歷史：香港文學與文化研究計劃」。

**八月** 從香港中文大學榮譽退休。

**十一月** 電視廣播有限公司製作的《情常在——小思》上、下兩集分別於十和十七日晚七時三十分首播。節目其後獲香港電台二〇〇二年「電視節目欣賞指數調查」評審團大獎。

《夜讀閃念》、《香港家書》、《香港故事》、《書林擷頁》、合著《非常中國》出版。

在香港文學特藏，攝於二〇一六年。

劉以鬯先生伉儷參觀香港文學特藏，盧先生和時任中大圖書館館長 Louise Jones（李露絲）接待。攝於二〇一三年。

二〇二二年在翻新後的香港文學特藏

## 2003

獲香港教育學院（今為香港教育大學）第二屆「傑出教育家獎」。

時教統局局長李國章頒發傑出教育家獎

## 2004

**九月** 在《明報月刊》九月號撰寫「心田集」專欄，至二〇一〇年八月號。

## 2005

**八月** 十五日起在《明報》撰寫「一瞥心思」專欄，至二〇一四年十月十一日。

與余少華、呂大樂等合著《給大學生的16封鼓勵信》出版。

與也斯、王良和、西西、李歐梵、劉紹銘等合著《寫給還未長大的人》出版。

## 2007

任香港中文大學中國語言及文學系香港文學研究中心顧問。

《一生承教》出版。

⑳ 此次捐贈後，小思仍不斷捐出書刊、文件、物件予中文大學，中大圖書館捐贈清單暫知錄至二〇二四年八月二十九日。「香港文學特藏」成立後，參觀嘉賓絡繹不絕。「香港文學特藏」於二〇二二年翻修，面目一新。

《翠拂行人首：小思集》

2013 中華書局（香港）有限公司

《小意思》

2014 啟思出版社

《我思故鄉在》

2014 啟思出版社

《思香・世代》

2014 啟思出版社

《縴夫的腳步》

2014 中華書局（香港）有限公司

**2008**

任香港中文大學東亞研究中心客座教授。

**2010**

**四月** 獲香港藝術發展局「香港藝術發展獎」之「二〇〇九年傑出藝術貢獻獎」。

**2011**

獲香港中文大學榮譽院士銜。

**2013**

《翠拂行人首：小思集》出版。[21]

**2014**

《小意思》、《我思故鄉在》、《思香・世代》、《縴夫的腳步》出版。

獲香港中文大學榮譽院士銜，好友張敏慧致賀。

**2015**

**四月** 獲香港藝術發展局「香港藝術發展獎」大會頒發「終身成就獎」。

在終身成就獎頒獎禮上致辭

**2016**

**九月** 香港中文大學圖書館與香港文學研究中心合辦「曲水回眸：小思筆下的香港」展覽。

《一瓦之緣》出版。

---

㉑《翠拂行人首》為歷年散文選集。

《一瓦之緣》

2016中和出版有限公司

《中學生文學精讀：小思》

2019三聯書店（香港）有限公司

《指空敲石看飛雲：小思散文集》

2019匯智出版有限公司

《盧瑋鑾文編年選輯》三冊

2019三聯書店（香港）有限公司

**2019**

《中學生文學精讀：小思》、《指空敲石看飛雲：小思散文集》和《盧瑋鑾文編年選輯》三冊出版。[22]

**2020**

**五月** 策劃多年並親自作箋的《葉靈鳳日記》，由三聯書店（香港）有限公司出版。

**十二月** 香港中央圖書館成立「盧瑋鑾文庫」及編纂《盧瑋鑾文庫目錄》，收藏和記錄小思歷年捐贈的文獻。

**2023**

**三月** 策劃及主催的侶倫《向水屋筆語》（增訂注釋版）由三聯書店（香港）有限公司出版，並作〈序〉。

**2024**

公開秘藏五十年的「豆本」——京都留學一年感思手記，並以《初見之雪——京都小思集》為書題出版。

**2025**

**五月** 歷年收藏的小物品、玩藝兒在香港中文大學香港文學特藏展出。

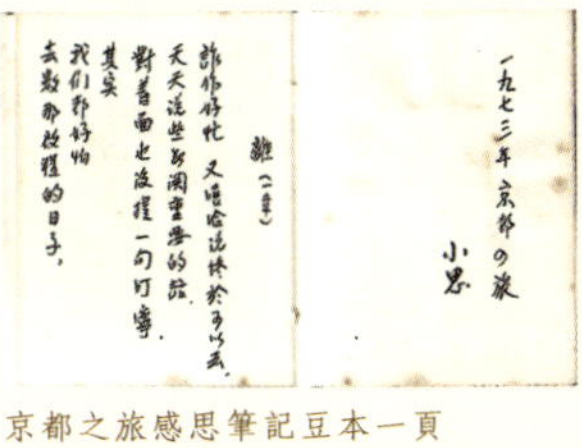

京都之旅感思筆記豆本一頁

參考：

- 李薇婷：〈盧瑋鑾小思創作及研究履歷簡表〉
- 香港中央圖書館特藏文獻系列編輯委員會：《盧瑋鑾文庫目錄》。香港：香港公共圖書館。
- 香港中文大學圖書館「盧瑋鑾小思老師」簡介網頁：http://docs.lib.cuhk.edu.hk/hklit-writers/topics/writers/LuWeiluan/about.html

㉒ 《盧瑋鑾文編年選輯》選收一九五七年至二〇一九年作品，三冊分別命名：《傻瓜的夢》、《一夜風雨》、《浴火鳳凰》。

* 照片由小思提供，但拍攝者應有多位，恕不一一列名。

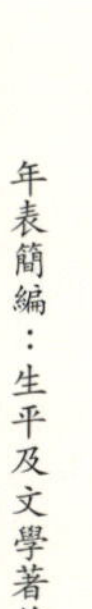

# 緣起：曲水回眸

**楊：**楊鍾基教授

**小思**

**請讓我把這訪談集的最後一個問題提到最前。你為這個集子取名《曲水回眸》，請問有何會心之處？**

**楊**

把書名題為《曲水回眸》，看來有點古老，不合潮流，還得詳解一番。但反正我是古老人，也想藉此書把我曾經歷的古風老俗昔事留下來，那未嘗不好。

既然古老，就得從頭講起。中學國文課讀到王羲之〈蘭亭集序〉。說暮春脩禊事，文人雅士有曲水流觴之樂。老師解說那等於春天旅行，不過形式比較特別，文人分坐在一彎曲溪流旁，侍者把盛着酒的杯從上流放在水上，讓它順流而下，杯流到最近曲處坐者身前，坐者就可拿取杯酒暢飲並賦詩。

儘管老師講得詳細，但香港中學生對「流觴曲水，列坐其次，雖無絲竹管弦之盛，一觴一詠，亦足以暢敍幽情」，也無法聯想投入。可是此文後半部份卻給我留下深刻印象。直到今天老之已至，「情隨事遷」，回眸一看，忽悟「後之視今，亦由今之視昔」果非虛妄。

記得你不斷追問這書應冠甚麼名字，我一直沒答你。直至那天在京都上賀茂神社，櫻花滿開，而日本人學着我國紹興蘭亭的曲水祭又剛舉行過，我站在別人的曲水旁，

「是日也，天朗氣清，惠風和暢」，鳥噪枝頭。我「游目騁懷」之際，中學熟讀的〈蘭亭集序〉，湧上心頭，剎那間書名閃現。

香港沒有曲水，可是幾十年所親歷社會變遷、人情世俗更替、舊友新知相與、個人受授欣喜，種種人生之流，雖屬涓涓，也夠彎彎曲曲了。此書既屬回憶紀錄，則正合曲水回眸之意。以此為題，足徵雖「俛仰之間，已為陳迹」，但仍能讓我穿透世相，在「趣舍萬殊，靜躁不同」之間，以求反省。

你把題解置於開篇首言，直是「興感之由，若合一契」。不過，深信我們都並非「臨文嗟悼」，而是借機求證走過的路，極不枉然。我們也願與後輩同瞻前路。我諸事興懷，卻不悲夫。相信你也如是。

楊

**十分喜歡這個書名！回想我們的大學時代先後交疊，同是主修中文副修哲學，同沾唐君毅老師和莫可非老師的教澤，又先後在京都留學，之後就是回到母校數十年來共事於中文系。今年四月同遊京都，距離上次一起陪侍唐老師在南禪寺品湯豆腐，竟已是四十三年了。那天與你重遊上賀茂神社，看着那頗饒野趣的汩汩曲水，想起唐老師在文章中引用過的「**前水復後水，古今相續流**」，而你正好點出「回眸」兩字，真可說是「**若合一契**」地誌此莫逆之交。**

# 一張成績單·一種文化·一個時代——回眸小思的曲水留痕

許迪鏘

盧瑋鑾先生行事素來低調，如果要辦一個個人展覽，相信早就當上香港書展的年度作家，在書展文藝廊盡情展示平生事／業績，不需等到今天才在香港中文大學的一角，由九月至十月底來一個「曲水回眸：小思眼中的香港」的驚鴻一瞥。

相信是為了配合盧先生個人口述歷史紀錄《曲水回眸——小思訪談錄》的出版，應同人的好意，以一個小小的展覽讓文字更立體一點。展覽同樣是低調的，十來個單層展櫃，展出的資料，相對盧先生如海的收藏和豐富多姿的生平，只是一粟。其實，在展覽所在進學園樓上的「香港文學特藏」，有盧先生半生香港文學珍藏，可與展覽內容形成另一種立體的參照。

展覽設有導賞服務，我隨隊聽了一次，更專心的看，看出一些前次來時看不到的內涵和趣味，不算是獨得之秘，只是結合這些年閱讀盧先生所得印象，和從其他文字資料得知的「內情」，對展品有所「別解」而已。

據展覽小冊，展覽內容分六個主題：個人和創作、珍稀書刊、大報小報、香港文學散步、檔案和卡片、口述歷史。每個主題展櫃各有説明，比如這個：「俗裏藏珍。香港上了年紀的讀者，一定知道『三毫子小説』。這種流行通俗小説形式，是五十年代初由羅斌創設的。他由上海來港，看準了市民閒暇需要消遣時機，辦環球出版社，用新人來寫稿，大量出版廉價小説，從此環球文庫、環球文藝的三毫子小説，遂成了文化標誌。……嫌三毫子小説俗，就會錯過所藏的珍。」

雅與俗素來被視為一個鴻溝，各有其「領土」，盧先生研究香港文學，並不着眼於雅俗的分野，而是兼收並蓄。她搜集、收藏舊書報，做整理「港故」的工作，除了梳理香港文學的發展脈絡，同樣重要的是從昔日新聞媒體和文學作品中，窺探香港社會的真實情狀和發展。事緣留學京都時，日本人常問起她香港的歷史和文化，她每「瞠目以對」[1]，回港後她矢志搜集整理香港的文學和文化史料。

以她掌握資料的充實豐富，許多人都認為寫香港文學史的最佳人選非她莫屬，但

1 鄧傳鏘、麥善恆：〈安土不遷　小思：香港大命不會死〉，載於《信報財經月刊》四七五期，二〇一六年十月號，頁48–53。此文收錄於本書〈願為造磚者〉一文附錄二。

她一直自稱只為香港文學搬磚添瓦，寫歷史留待後人。她評論文學作品也多從社會和文化角度入手，剖析作品所反映的香港社會百態。只是在整理資料的過程中，每發覺一些重要的作家長期受忽視，她也就致力還他們一個歷史位置。如這一位：「十**年前，我第一次看到二十年代侶倫先生的作品，就訝於這個香港新文藝拓荒者的堅忍和對文學持久的愛意。如果我只看到四十年代末他寫的《窮巷》，一定不了解侶倫先生所走過的路途是如何艱辛。但為甚麼，歷來評論者都沒有全面的、公允的看顧他？——一個屬於香港的作家。**」[2] 她坐言起行，寫成長文〈侶倫早期小說初探〉，發表於一九八八年六月的《八方文藝叢刊》第九輯。[3]

至於「嫌三毫子小說俗，就會錯過所藏的珍」，現在稍留意香港文壇故事的讀者大都知道，西西也曾是三毫子小說的作者，不少前輩作家，如三蘇、蔡炎培等也寫過三毫子小說，此外還有亦舒，不過據說到了她出手，三毫子已變成四毫子了。

俗裏藏珍展櫃

2 小思：〈悲慟和歉咎〉，載於《星島日報・七好文集》，一九八八年四月六日，頁碼不詳。後收入《人間清月》，香港：獲益出版事業有限公司，一九九三年，頁18–19

3 現收錄於小思：《香港文縱》（新版），香港：牛津大學出版社（中國）有限公司，二〇二五年。

如果不熟盧先生的收藏習慣和文壇掌故，也許會忽略了展覽文字的一點「言外之意」。如「文庫與藏書」展櫃中引述了盧先生的一段話：「**許多外國圖書館都設個別文庫，把某人所讀書全數不按圖書分類編號來收藏。讀者瀏覽書目，即可對藏書家研究重點、平生喜好、收書個性，一覽無遺。……**」[4]

盧先生的香港文學收藏，正是按主題歸類。二〇〇二年把藏書送贈中大圖書館時，圖書館按慣例，按圖書分類編號把書「上架」，但這種分類很「粗疏」，就文學言，頂多分總集、別集、小說、詩詞戲劇之類（按香港公共圖書館的分類法），以我粗疏的觀察，「香港文學特藏」似是按作者分類，而無論如何編目，化整為零，盧先生原來的分類就無從呈現。很簡單，如果我想研究香

4 小思：〈藏書家的心血〉，載於《明報・一瞥心思》，二〇〇八年七月二十六日，D05版。

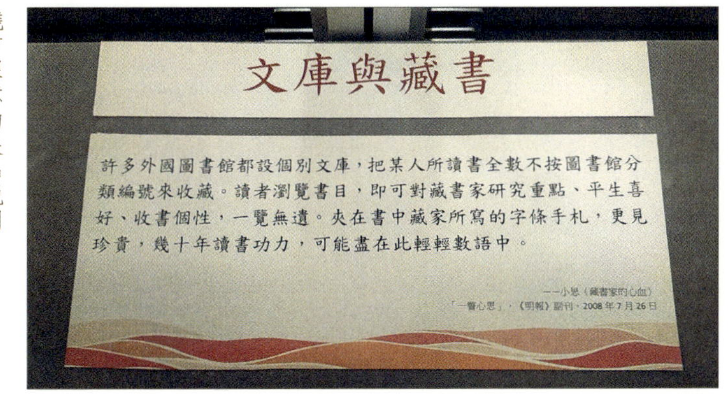


饒有深意的展品說明

港的色情文學，盧先生的分類有「通俗流行文學」一項，在這一項的藏書裏找，不難找出眉目。但按現在的分類，除非我對這題目已有一定認識，知道一些作者或作品名字，否則是無從找起的。當然，應是出於日後藏書必陸續增加的考慮，使用有規範可循的目前的分類法，也無可厚非。為彌補這個「缺憾」，圖書館出版了《盧瑋鑾教授捐贈香港文學書目》，此書目正是按主題分類，如：香港劇本及場刊、叢書、政治及公共事務、經濟及工商業、社會及民間文化、教育、電影、藝術、香港漫畫……。由此也可見，盧先生收藏牽涉廣泛而不限文學。展覽中的這段引言，也許是提醒讀者如何善用「香港文學特藏」的資料。

又如「香港早期刊物」展櫃裏的一段：「**最客觀的研究角度去看《周報》（《中國學生周報》），它當然還有不足之處，但二十多年來，它成為香港許多青年人的導航者，是不容否認的事實。沒有看過《周報》的青年一輩，可能認為逝去的《周報》只是一個神話，也許，這真是一個神話，但它真的存在過。**」[5]何以有「可能認為逝去的《周報》只是一個神話」這一說法？我立即想到的自然是也斯的〈解讀一個神話？——試談《中國學生周

5 小思：〈青年的導航者——從《中學生》談到《中國學生周報》〉，載於《香港文學》第八期，一九八五年八月，頁4–8。現收錄於小思：《香港文縱》（新版），香港：牛津大學出版社（中國）有限公司，二〇二五年。

報》〉，[6]盧先生的話，不一定指向這篇評論（也斯自然不是「沒有看過《周報》的青年一輩」），我的理解是：不論《周報》是不是一個（被製造的）神話，但它的「導航者」地位是無庸置疑的。

## 一張照片

展覽中展出一張照片，現在看沒甚麼特別，照片說明這樣寫：「**三十五年後首次公開的照片：詩人余光中歷史性地為《手掌集》作者王辛笛『看手相』。攝於『中國現代文學研討會』**1981.12.22」照片旁有一張剪報，出自二〇〇六年六月九日《明報》的〈一瞥心思〉專欄，提到研討會設宴招待與會者，她趁這機會，給在研討會中提交論文〈為詩人看手相〉的余光中和詩人王辛笛拍照，但「**這幀照片，我一直沒有公開，因為拍過後，余先生對我說：『這照片不要見報。』**答應了我就守諾言。」為甚麼照片不要見報

收藏三十五年的照片

6 也斯：〈解讀一個神話？——試談《中國學生周報》〉，載於《讀書人》第二十六期，一九九七年四月，頁64–71。

呢？文中只提到，當時台灣還未解嚴。戒嚴和照片能不能見報有甚麼關係？《信報財經月刊》盧先生訪問寫得比較清楚：「**小思形容當年余光中是冒着通敵危險的。**」兩岸人民的正常交往，可以扯上通敵的罪名，乍聽不可思議，卻是「真的存在過」。政治對文學以至民生的干擾，就是如此可笑、可惱、可恨。

## 一代的文化遺跡

我覺得整個展覽最精采的，還是盧先生一張小學五年級的成績單。盧先生貼出這張成績單，當不在炫耀全班四十四人她考第一，或她的考試分數有多高，我相信，她是想參觀者思考一下當年的香港教育是怎麼一回事，其中反映的又是一種怎樣的文化。

首先察覺的，當然是一個中文科，竟分成「國文」、「國語」、「國音」、「尺牘」、「作文」和「書法」六大學習範疇，總節數十六節，比英文多一倍。不要説今天，到六十年代這已是絕無可能的事。查過一下，國文教的是文言，國語教的是白話，至於國音，可就是我們今天「普教中」的先聲，據何偉傑〈香港普通話教育發展前瞻〉：「（約 1941–1965）**承接內地國文教育的餘緒，少數學校在國文科（中國語文科）外設『國**

**音』課，由專門老師教授國語（普通話）發音，採用注音符號標音。**」[7]盧先生在這幾科的成績突出當不在話下，她的英文成績也相當好，算術與中文更是並駕齊驅。以這樣一個成績（假設六年級同樣亮麗），考入英文名校當沒有問題，但盧先生選擇以中文為教學語言的金文泰中學，可見她自小已有志親炙中國文化。

整張成績單的亮點，還是老師的評語：「**知禮，守紀，勤學，負責，足為同學楷模；而演說超人，猶其餘事耳。**」我敢說，盧先生是當今香港文壇最擅長演說的第一人，聽她演說，且不論內容之充實而深入淺出，那抑揚頓挫、徐疾有致的聲調，每令人有如沐春風之感（可惜她現在已謝絕公開演講，年輕人再無從「親聆謦欬」了），原來盧先生的演說才能，早在小學階段已奠下基礎。

盧先生當然也不是要炫耀這個。不要忘記，這是個小學五年級生，試試現在找一個五年級小朋友，給他看這段評語，我又敢打賭，全港只有一半會知道甚麼是「楷模」，而明白「演說超人，猶其餘事耳」到底講乜的，一個也沒有。這其實是一段十分委婉的評語。老師的意思應該是，具備超人的演說能力不是不好，但只是次要，重要的是要具備「知禮，守紀，勤學，負責」的美德。這也是在提醒學生，如果德行有

7 何偉傑：〈香港普通話教育發展前瞻〉，《普通話教研通訊》第二十四期，二〇〇九年十月，頁11–13。

虧，話說得再動聽，也不足取，不足法。十月七日樊善標教授在進學園有關這次展覽的講座中開頭便引《論語・衛靈公》：「**不可與言而與之言，失言。**」老師寫這段話，顯然是認為這學生可與言，是知音，否則說了也是白說。老師有真才實學，教學內容紮實沉厚，學生也學得認真，全心投入，學知識也學做人，這才是名副其實的贏在起跑線，而那線的水平是相當高的。

那是怎樣的一個年代啊，在殖民統治下，學校還是很重視中國語文的訓練，老師恪守的仍是中國的傳統。儒家素來重視行多於言，三不朽的立德、立功、立言，立言最後。孔子說：「**先行，其言而後從之。**」（《論語・為政》）又說：「**君子欲訥於言而敏於行。**」（《論語・里仁》）都是要人多做事，少說話。「演說超人，其餘事耳」反映的，正是這種思想。盧先生沒有讓老師失望，她善於「言」，是完全有「行」為其基礎的。

如果熟悉盧先生的生平，從這張成績單還可以印證她一些曲折的經歷，但，也只是餘事而已。

二〇一六年十月九日初稿
二〇二四年十一月一日修訂

# 香港敦梅學校1951學年度第二學期學生成績報告表

五年級乙班學生盧瑋鑾

（本表應送家長或監護人簽章）

| 學業成績 | | | |
|---|---|---|---|
| 科目 | 節數 | 分數 | 時分乘積 |
| 國文 | 5 | 94.2 | 471.0 |
| 國語 | 3 | 98.2 | 294.6 |
| 國音 | 2 | 90.3 | 180.6 |
| 尺牘 | 2 | 85.1 | 170.2 |
| 作文 | 3 | 84.9 | 254.7 |
| 書法 | 1 | 77.7 | 77.7 |
| 英文 | 8 | 86.6 | 692.8 |
| 算術 | 6 | 97.2 | 583.2 |
| 珠算 | | | |
| 常識自然 | 2 | 94.2 | 188.4 |
| 衛生 | | | |
| 公民 | 2 | 98.5 | 197.0 |
| 歷史 | 2 | 99.0 | 198.0 |
| 地理 | 2 | 92.5 | 185.0 |
| 體育 | 2 | 79.1 | 158.2 |
| 唱遊 | 1 | 82.0 | 82.0 |
| 美術 | 1 | 70.2 | 70.2 |
| 總節數 | 42 | 時分乘積總和 | 3803.6 |
| 平均 | | | 90.56 |
| 該班人數 | 44 | 考列第 | 1 名 |

| 操行成績 | | | |
|---|---|---|---|
| 獎 | | 懲 | |
| 記大功 | 0 次 | 記大過 | 0 次 |
| 小功 | 1 次 | 小過 | 0 次 |
| 優點 | 1 次 | 缺點 | 0 次 |
| 曠課 | 0 天 | | |
| 請假 | 0 天 | | |
| 遲到 | 0 次 | | |
| 評列 | 甲 等 | | |
| 評語 | 知禮，守紀，勤學負責，足為同學楷模；而演說超人，猶其餘事耳。 | | |

本學期獲 演講冠軍 學業及服務 獎

備考

1 學期成績，各科以100分為滿點；60分為及格

2 某科分數×某科節數＝某科時分乘積。

3 時分乘積總和／總節數＝學業平均分

4 操行分甲乙丙丁四等評列丁等者開除學籍

5 本表於結業時歸呈家長察閱蓋章，下期開學時送班主任覆閱。

| 班主任 | 訓育主任 | 教務主任 | 校長 | 監護人 |
|---|---|---|---|---|
| | | | | |

—60—

# 童年聲、色、味

**楊：楊鍾基教授**

## 回憶市聲，追跡城市來路

**楊** **「懷舊」是你的作品中佔有相當份量的主題。你用了深刻細緻的感官印象刻畫你的童年，且讓我們從聲、色、味追尋你少年時代的香港記憶。先談談香港的聲音。**

**小思** 聲音永遠是對人的回憶至關重要的部份，可惜當年沒有方便的科技幫助記錄下來，現在回想起來，許多聲音都只成虛幻印象，描繪不出來。最近我忽然想到，怎麼再也想不起我媽媽的聲音了，難過了一整晚。如果那時有錄音機，現在就可以重溫媽媽的聲音了。我有她的照片，但聲音才是最親切的，文字不能形容，語言不能形容，這種不記得，令我很傷心。

現在我能夠記起的、尚能模擬的聲音，只有幾種，一是寒夜裏小販賣裹蒸糭的聲音。現在年青人不

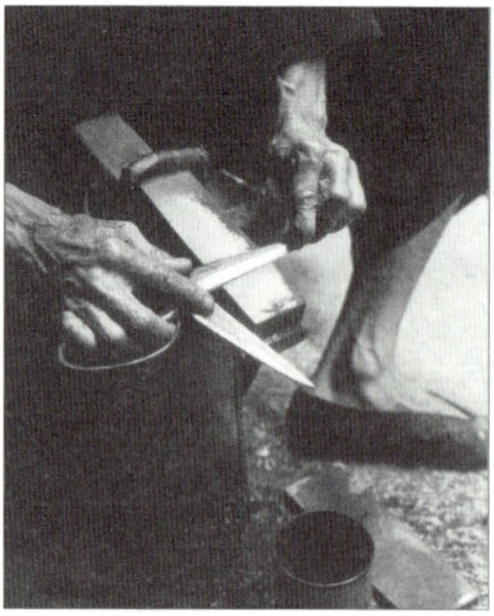

「磨鉸剪鏟刀」的叫賣聲都是人性化的市聲，是難以複製的，它們只能珍藏於那代人的記憶中。

會知道的了。四、五十年代，冬天深夜，就會有人擔着一個有爐火的小擔子，爐上有蒸好的裹蒸糭，在長街上，拖着長聲叫賣「裹蒸糭」。這三個字是「市聲」，我寫過的，不只是我的記憶，也是當年香港人的記憶。另外就是夏天賣白糖糕、賣衣裳竹和「磨鉸剪鏟刀」的叫聲。這些勾起庶民生活記憶的逝去聲音，日本人處理得很好，在京都市博物館裏，保留了已經消失的聲音，讓市民聽到春、夏、秋、冬、日、夜的叫賣市聲。我記得許鞍華和陳韻文拍《瘋劫》時，曾經想找賣裹蒸糭和賣衣裳竹的叫聲，找了許多人來扮都不像，那感覺總是不對勁，過不了我們記憶的關，一聽就知道是錯。

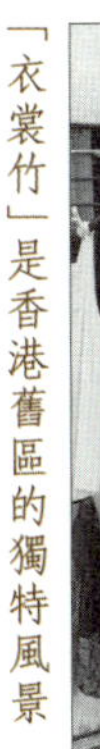

「衣裳竹」是香港舊區的獨特風景

你若問我對香港今天的市聲印象，就是港鐵開關車門前那些提醒乘客「叮噹叮噹」、「嘟嘟嘟」的廣播聲。為甚麼印象深刻呢？有一次我在車廂裏看見有人接朋友電話，他卻說自己在家，但突然響起那廣播聲，就揭穿了他其實在港鐵。往後每次乘坐港鐵，我就想起這些聲音如同一種象徵，象徵着城市、旅途、行走中，成為我現在記得的香港聲音了。

麗的呼聲演講頌獎日得獎者與播音員合照（左起：①劉惠琼、②小思、③鍾偉明）

## 傾聽廣播，體味人情世故

**楊**　是啊！長街叫賣的聲音是當年很有代表性的市聲。除了這些，在不是家家買得起收音機和裝上「麗的呼聲」的年代，一些店鋪，尤其是涼茶鋪，收音機的聲浪很高，成為了吸引路人駐足的另類市聲。

**小思**　我算幸運，小時候家裏有台收音機，後來又裝上「麗的呼聲」。童年唯一娛樂便是聽廣州電台、澳門綠邨電台、香港電台、麗的呼聲。我不止一次說過，我的文學、歷史常識，在還未進學校前，就已經透過電波，從當時那些有正確文化觀念的廣播員口中，植入我的記憶裏了，主要是香港電台。有次某個歷史系列計劃，希望我談談鍾偉明，其實鍾偉明對我而言，已經是當年年輕一輩了。四十年代的時候，有許多左派文化團體，除了佔領報紙副刊外，還佔領了廣播時間。他們組織了許多廣播劇團，會在香港電台廣播，播出劇目：《日出》、《家》、《父歸》、《南歸》、《雷雨》等。那時我未識字，就已經聽進心內了。聽這些非為考試，純粹為娛樂，但到現在，繁漪說的某些片段、她的語調、聲音、整部《雷雨》的情節都宛如在目。

此外還有個名叫滔滔的講古人，他講《蝦球傳》。我第一次知道過了獅子山就可以「行返到」祖國，就是聽他講的。

從聲音裏讓我們吸收許多文化，這就是一種教育，就是有意識的文化傳播。

接下來就是老一輩的講古人：方榮、陳弓、葉慈航、陳步煒……這些名字新時代的你們不會聽聞過的，所以我常常希望電台可以重新整理這些節目。我從小就因為他們而聽到《七俠五義》、《水滸傳》、《三國演義》、《儒林外史》等。不過我最鍾意反而是癲癲地的《濟公傳》！方榮「講古」具象化，慣用聲音塑造人物個性，例

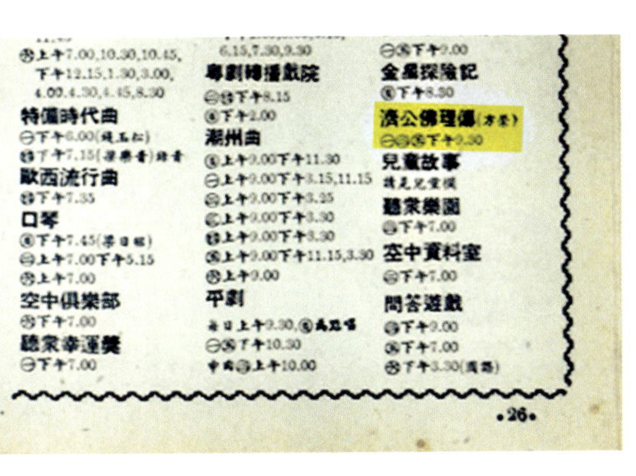
上午7.00,10.30,10.45,
下午12.15,1.30,3.00,
4.00,4.30,4.45,8.30
特備時代曲
下午6.00
下午7.15
歐西流行曲
下午7.35
口琴
下午7.45
上午7.00下午5.15
上午7.00
空中俱樂部
下午7.00
聽衆幸運獎
下午7.00
6.15,7.30,9.30
粵劇轉播戲院
下午8.15
下午2.00
潮州曲
上午9.00下午11.30
上午9.00下午3.15,11.15
上午9.00下午3.25
上午9.00下午3.30
上午9.00下午3.30
上午9.00下午11.15,3.30
上午9.00
平劇
上午9.30
下午10.30
上午10.00
下午9.00
金星探險記
下午8.30
濟公佛理傳
下午9.30
兒童故事
聽衆樂園
下午7.00
空中資料室
下午7.00
問答遊戲
下午9.00
下午7.00
下午3.30
•26•

《麗的呼聲》節目表，刊於一九五二年《麗的呼聲週刊》第二十五期。節目表可見播出的劇目相當多元化，除了《濟公佛理傳》，還有《鄧寄塵諧劇》、飄揚的《繼母心》和《寡婦淚》、鍾偉明的《偵探故事》、科幻故事《金星探險記》。（圖片轉載自《黃霑書房》網站，由方保羅提供。）

如他說濟公總趿着一對爛草鞋，拖拖拉拉響得「嚦哩叭勒卟」。於是只消聽到「嚦哩叭勒卟」，就知道濟公出場啦。其次就是他說濟公喜吃「大騸雞、牛白腩，一壺永利威」。不知道他有無收取廣告費，「永利威」是當年很出名的中國酒，如果有，那應屬最早的植入式「有償廣告」了。濟公有大葵扇、爛拖鞋、一壺永利威，至今我仍難忘記。濟公表面癲癲地，而實際則行俠仗義，人力所不能及，就用神力來協助爭取正義。所以濟公一出場，我便很安心，因為多壞的人、多壞的事都給他解決了。這是很早期的「教育」：正義，在某程度上，總有人想盡辦法站出來扶持。又比如陳弓很會說《水滸傳》，很喜歡一邊說故事，一邊藉機指出別人讀錯字。葉慈航講《三國演義》，把極複雜的歷史與演義配合，不經意我就記住歷史了。這些都是我未入學校就已得到的教育。再到麗的呼聲時期，開始有鍾偉明講武俠小說。武俠小說也有好處，比如聽方世玉、胡惠乾，就了解到想學藝，必要像上少林寺學武一般，被師父打罵，也要忍耐，忍到學成才走出木人巷。我深信任何事情要成功，都須經過苦練和被責備。用現在的話說，這是很有「正能量」的訊息。由此我會覺得有老師罵是好的，都不覺得是壞事。

外國文學也是聽來的，麗的呼聲除了播出中文劇目，還會介紹翻譯小說，例如《基度山恩仇記》、《福爾摩斯探案》等等。香港電台、麗的呼聲的廣播，對我影響很大，相信對那時候的香港人來說，也是意義重大的。

**楊** 真不明白，何以既有趣味又能發揮文化教育作用的廣播劇竟然絕跡於今天？除了多人合作的廣播劇，還有風靡一時的天空小說，可以多說一點嗎？

**小思** 天空小說在我們的年代也屬重要聲音。最重要的人物就是李我，現在他寫了幾冊回憶錄，其中一部份很珍貴的就是說他怎樣由廣州帶很流行的天空小說來香港，如《蕭月白》，很出名。當時我們是追聽廣州電台，一直追聽到他到香港，所以可稱是「香港的聲音」。另一個是蕭湘，即李我的太太，她雖不及李我名氣大，但也很受歡迎。李我的天空小說多被改編成粵語片、粵劇，更成書出版。

## 杜煥寄塵，訴說世態民生

**楊** 除了廣播劇，近年有人整理香港地水南音的相關資料，包括出版杜煥的南音原聲帶，道出他在香港的經歷等。你有聽南音的經驗嗎？

**小思** 當年媽媽喜歡聽南音。香港用天線短波便能夠接收廣州電台的廣播，所以我童年也是聽廣州電台瞽師師娘唱的南音。杜煥以前的一輩，像潤心師娘，這些人在一九四九年來到香港。每天十二點左右，恰巧是我放學回家吃午餐的時候，香港電台就播南音，像《背解紅羅》，就是這樣整套聽回來了。

**楊** **那你將之當成娛樂還是甚麼？因為南音似乎都夾雜時事。**

**小思** 四十年代末，內戰時期，一般人都不大會公開説時事的，因為涉及政治會很危險。説古老故事，例如以前大臣怎樣鬥爭，後宮怎樣爭寵等才不礙事。但千萬不要以為這些故事沒有教育意義，我最初完全為了娛樂，反而更易銘記於心。杜煥來香港，而受知識分子注意，已經是很後期的事了。其實他早期在香港生活很苦，直至一位德國文化人布海歌（Helga. Burger）女士因為很喜歡他的庶民唱技，由德國文化協會主辦，聘請他到「歌德學院」演唱，日子才過得好一點。當時，香港電台已經有太多消閒節目，年青人不會再聽杜煥，轉聽西洋音樂、流行曲了，杜煥的節目因此往往只能在非黃金時段播出。故當他在「歌德學院」演唱，我們才有機會重新聽他。

**楊** **那麼榮鴻曾的錄音呢？你有聽過嗎？**

一代瞽師的故事：
杜煥《客途秋恨》選段

**小思** 榮鴻曾的錄音我聽過。瞽師一直在廟街、茶樓裏唱，一星期會有一晚在「歌德學院」唱。我記得有一晚我們在課室等待杜煥，他卻遲遲未到，結果沒有來。原來他前兩天去世了。榮鴻曾、吳瑞卿比較早注意研究杜煥，讓民間瞽師的說唱文化傳統，能在香港留存下來，沒有湮沒。最近另一位唱南音的吳詠梅女士，得到學者余少華等的肯定，又得大學給她博士學位。不久前她離世了，她算幸運，及時得到追認。杜煥卻是死後才由兩個有心人推動他的藝術。其實還有許多瞽師，在這大城市裏無聲無息就離開了。不過，現在出了杜煥光碟，年青人會不會買來聽呢？偶然一兩人可能為了好奇會聽一兩次，但不會廣傳，不過總比沒有人聽過好。

**楊** **在我的記憶中還有很受歡迎的鄧寄塵**。

**小思** 他也是從廣州來的，先跑到綠邨電台，即澳門的電台去，再到香港。鄧寄塵獨角演廣播劇的特殊技能很犀利，一個人可以扮演七八個不同人的聲音，小朋友、老人家、後生的、男人、女人……連對話也完全不含糊。這些真是奇才。可惜當時沒存下錄音，現在要聽見他的聲演恐怕沒機會了。在他與新馬師曾演的粵語片中，可能仍會找到他的聲演片段。

關於這個人，由於最初我在廣州電台開始追聽，所以可以詳說一下。他有幾個特點，第一個特點是天天談時事，用社會時事來做主題。四十年代末他站不住腳，因為講時事，很早就跑到澳門綠邨電台，再輾轉到香港來。他說時事，有些似現在《十八樓C座》的方式。第二個特點是說到一些小市民關心的事，他就會像三蘇[1]一樣借題發揮講些怪論。第三個特點是在劇中人口中植入廣告，在廣州、澳門都如是，在香港卻沒有。

從鄧寄塵口中，我學懂關心真實的香港庶民生活。

1 三蘇（1918–1981），原名高雄，本名高德雄（或高德熊），香港五、六十五代著名專欄作家，有「三蘇」、「經紀拉」、「石狗公」、「小生姓高」等多個筆名。他先後為《新生晚報》、《大公報》、《成報》、《明報》、《星島晚報》等多份報章執筆，多寫「怪論」（即與一般社論有別，多就時事或個別問題而寫的翻案文章）和連載小說。「三蘇」是他在報章上寫怪論時的筆名。

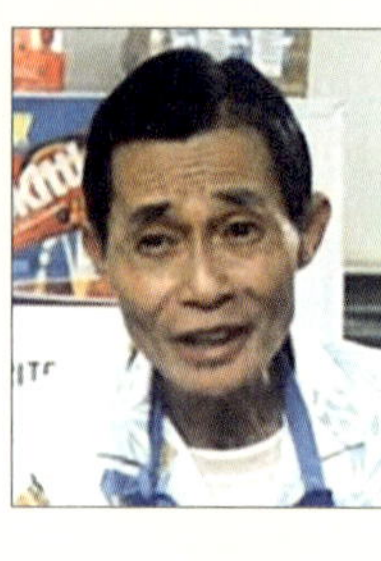

四、五十年代香港大氣中傳揚中國文化的幾把聲音

**杜煥**（1910–1979），香港地水南音演唱者，同行尊稱他做「拐師傅」。自小失明，在廣州拜孫生為師，學習「地水南音」（南音的一種，字句工整、文雅，口語成份較少，多用十三弦箏、椰胡和洞簫來伴奏，亦有以竹皮為節拍）。他一九二六年經澳門移民香港，得到瞽師麥七導引，到油麻地廟街的妓寨賣唱為生。一九五二至一九七二年間，杜煥在香港電台《地水南音》節目中演出南音，後被德國文化協會邀請在歌德學院演唱《客途秋恨》、《男燒衣》等，遂得以在大會堂、香港中文大學等地演出。

杜煥南音精選光碟《訴衷情》，收錄了《客途秋恨》、《男燒衣》等五首曲目，由一九七五年榮鴻曾在富隆茶樓現場錄音。（香港：香港中文大學音樂系中國音樂資料館出版，二〇〇八年。）

**鄧寄塵**（1912–1991），廣東南海人，著名播音員。南海中學畢業後加入羊城音樂社任撰曲，戰後在廣州新生電台及時代電台當播音員。一九四九年加盟香港麗的呼聲聲演廣播劇，能一人扮演八把不同的聲音，有「諧劇大王」的美譽。曾主唱很多粵語流行曲名曲，包括《墨西哥女郎》、《飛哥跌落坑渠》（合唱：李寶瑩、鄭君綿）、《詐肚痛》（合唱：鄭碧影）等。

**李我**（1922–2021），原名李晚景，香港著名廣播人。妻子為著名播音員蕭湘。先後任職於廣州風行電台、澳門綠邨電台、香港麗的呼聲及香港商業電台，始創廣播劇「天空小説」。天空小説廣播劇沒有劇本，只有寥寥數十字大綱，由李我即席演繹，著名劇集有《黑天堂》、《蕭月白》等。

《李我講古》（全五冊），香港：天地圖書有限公司，二〇〇三年至二〇一三年。

## 迷粵語片，做人為師嚴律己

**楊**　**我想你再談談成長時期的其他娛樂、玩意，因為剛才你講了許多「聲」，有「色」嗎？例如大戲、電影。**

**小思**　其實我們孩提時代，可以說最好又是最壞的。沒有多元化的娛樂。視聽之娛，沒幾種。媽媽認為娛樂會令人沉迷下去。她管教得嚴，只讓我每天做完功課，準時收聽幾個她認可的廣播節目。連電影都不准多看，認為看多了會心散。我爸爸喜看粵語片，可算是成「精」的了，但媽媽只准我一個月看一次。媽媽去世後，變成「冇王管」。父女倆是灣仔駱克道國民戲院、環球戲院的常客。放映粵語片，一換畫就去看。兩家戲院後座的D行2和4號位置，一定是我們專門坐的。甫走近賣票處，賣票員便自動劃這兩個位給我們。所有粵語片，幾乎全都看遍了。我可以不讀書，但不能不陪爸爸看戲。這是媽媽去世後我的「娛樂狀況」。

一九六六年的環球戲院

《青春火花》影碟封套

不過粵語片也真有教育意味。當時看的所有中國戲劇都有寓教育於娛樂的宗旨：壞人最終會不得好死，而無論多悽慘的好人，最後總有大團圓結局。這是非常重要的民間道德教育，讓我們記住千萬不能做壞人，因為會不得好死。當然現在說起來，劇情也有許多犯駁不合理的地方，但大團圓結局，總讓我們感到安慰。

《赤鬍子》海報

**楊**　**那你當時有沒有拆穿這類意識？**

**小思**　小時候未懂，但慢慢就明白了，也不必拆穿，反正要做好人就是。另外，我特別喜歡看武俠片，好像《黃飛鴻》系列電影，我都看遍了。武俠片中有些吸引我的元素，其一就是師徒關係，電影給我的印象是，所有事情，都只能在師徒親近接觸之中，才能學到優點與看到缺點。師父總是嚴厲的，這不單只是《黃飛鴻》電影，日本電視劇《青春火花》，令我追尋日本女子排球隊東洋魔女教練「鬼大松」（正名是大松博文）的事跡，看他怎樣以嚴厲方法教導球員。再另外就是《赤鬍子》[2]，也見師徒關係。我相信自己從小

2　《赤鬍子》，改編自山本周五郎小說《紅鬍子診療譚》的日本電影，一九六五年上映，黑澤明導演，三船敏郎、加山雄三主演。內容講述江戶時代一名少年醫師跟隨傳奇醫師「赤鬍子」懸壺濟世，從而領悟到醫德和醫學真諦。

到大，在這一條脈絡中得到許多啟發，使我深信自己知道老師應該如何當。正因如此，到我教書時對學生嚴厲到不得了。但總而言之，在娛樂之中，粵語片對我的影響是很大的，我的國學、歷史常識，除了媽媽自小對我的教育：要背誦《唐詩三百首》、《成語考》等外，大多來自於粵劇、粵語片。現在的人，甚至中文系的人，也未必知悉的傳統故事、用語，都是這樣學來的。

**楊**　**現在的學生可能只讀金庸吧？而且他們眼中的金庸也算是艱深的了。**

**小思**　何止嫌金庸的文字艱深，現在許多學生連金庸小說的漫畫版也覺難讀！我的文化素養多是來自民間。與我同時代的人、我的同學都如此。當然有些大戲和粵語片，包含不良意識、粗俗對白，但當你涉獵廣泛，自然就懂得辨識優劣。過了童年，我有一段時間不想再看大戲和粵語片。但當我看到唐滌生的幾齣名劇，例如《紫釵記》、《帝女花》、《再世紅梅記》後，才又重新檢視了粵劇，從這一範疇理解中國文化對庶民的影響。文雅曲詞，透過戲劇，感動了無數觀眾，許多觀眾由「唔知講乜」到後來琅琅上口。

## 食事所重，即為文化

**楊**　**我知道你很講究「食」，亦有了得的辨味本領，假如我們嘗試從味覺來切入童年香港的話，你說過豬油炒飯是你印象最深刻的味道，關於這一點，你有甚麼補充？**

**小思**　前幾年，香港曾忽然流行吃豬油炒飯，但不久，香港人就認為不健康，漸漸便淡下來了。

至於那頓至今不忘的豬膏撈飯——當時不叫豬油炒飯。豬膏，即是把極肥豬肉炸成油，冷了結成膏狀，用來撈到熱飯裏。對於生活於三年零八個月日治時期，面對窮困、缺油缺肉的香港人來說，能夠吃到，真是很幸福的一件事。香港淪陷歲月裏，米糧供應不足，其他食物也不夠，要吃肉，基本上是奢望。當時，一般平民要吃肉便吃兔子肉。兔子生殖力很強，於是不少人在家裏養兔，養大後便宰了臘成兔乾，就像臘鴨一樣。這是人們為了多少吃點肉而想出來的方法。我家裏也養過兔，但是，媽媽不忍心殺兔，我也不願吃兔肉，所以我不知道兔的味道如何。我只記得天天餵牠們吃草，看着純白兔子長大，媽媽忽然說要宰了來吃，哭得我差點透不過氣來。媽媽後來便不再養兔了。

# 半島的新興事業——養兎

戰事發生後的港九市民，以下各種家畜來源稀少而價值高漲的緣故，在過去兩年間，不少中下人家，飼養着鷄鴨貓狗等家畜來謀生活的，內中尤以養鷄較爲普遍，九龍方面的住家，大概甚少沒有養鷄的，每日走到「花墟」來找買「鷄花」的，大有其人，以至卅世幾天的「鷄花」，也賣至四五円錢一隻哩。

可是，近來這種養鷄的風氣，已經一變而轉向養兎了。原因是鷄的長大較慢，而近來的米價太貴，由鷄花養至長大的四五個月當中，所耗的米量不少！「4米養斤鷄」殊不合算，而且養大了也賣不到多少錢一斤，不若養兎的時間短而得利厚，所以，他們多由養鷄轉向到養兎之路上來了。

兎的生殖力頗強，大約四十至五十天，便可生子一次，每次生子三數隻不等，而兎兒的成長也頗迅速，經兎由出生到配偶期，祇要三四個月，便可孕育，養兎的人，若養雌兎四五隻，祇須配以一雄，便足應付有餘，此爲簡捷的繁殖法，從事養兎的不可不知哩。

兎的飼料，通常爲米糠，番薯葉，青草，之類，間有餘以「菜蔬渣」的：取其平賤，但於兎的體質上亦甚相宜，仍以少餵爲好。此外就不可隨便把別種食物來餵養，自然沒有大礙的了。

兎兒有着潔白可愛的色澤，和活潑的身段，輕靈的姿態，都足惹人憐愛，閒事時，逗着牠來遊玩一番，也是個很有趣味的消遣方法。住在樓宇的住家，都可養兎，祇要在空氣流通的地方，安置一個鐵絲做成的四方籠子，讓兎兒在裏面棲息着，就夠了。最好以新鮮的綠草，餵飼牠們的食料，更須常常注意到清潔，掃除糞溺，勤換食水，這樣，兎兒便覺安適而易於長大了。兩月以後的兎兒，便可任其自由走動，也不怕貓鼠的侵擊，因爲這時牠的腳力和牙齒，具有了免害的自衛能力，大可抵抗着任何的外侮了。

兎的價值，說起來真是使人吃驚！通常卅世才數十天的兎兒，在四五個月前，不過祇值四五十円一對的，現在已經非有五六百円不能買到了。尤其所謂德國種，瑞士種，土耳其種，安哥那種等比較名貴的種類，竟然有做價到千多一千円一對的，在我們看來，這個名稱的兎兒，外貌雖然略爲好看一點，但無論如何，也決不至這樣「離譜」吧。但據知到內幕的人說，兎價飛漲的原因，實由於近來有人欲以各國名種的兎來製做一種如血清之類的毒藥，所以價錢就日漸高漲起來，同時更有一般「炒家」，認爲這種東西可以「壟斷」居奇，就專向各養戶搜高價收「炒」買，有時雌兎才懷着孕，兎兒還未產生出來，就有人落下定銀，來定買了。在這情形之下，試問有誰不會把價值抬高起來呢？養鷄的人，鑑於養兎有這樣利益，都自動地把養鷄的本錢和精神轉用到養兎方面去。於是就形成了今日養兎業蓬勃發展的情態了。

據養者所知，現目養兎的獲厚利益，祇須喬養十來隻現有生殖力的兎兒，瀝實牠們輪流不斷的繁殖所獲的利益，除卻牠們本身的相當飼料費用外，所餘純利，大可以解決一個「數口之家」的全部生活而有餘。這真是一種意想不到的新興事業哩。

——林華——





一九四四年《華僑日報》養兔的報道及養兔書籍的廣告

豬膏撈飯何故滋味難忘？並不在於好吃與否，而是它標誌着香港三年零八個月的苦難日子完結。日皇宣讀投降書的那天，媽媽想盡辦法買來一塊肥肉炸油，用家中僅存的「米碌」（碎米）煲飯，用豬膏撈了，分得家人一人一小碗。豬油有一種特別的香，而且很滑，米碌很粗糙，沒有油滑的話，便像吃細沙一樣難以下嚥，用豬膏撈飯，油會包裹米粒，看起來很亮麗，入口咀嚼時可以細細品嘗到豬膏的香味，若再加上豉油，那便更好，吞吃時有種順滑的感覺，就像一匹絲流進食道裏。當然，現在我是描述回憶，未必可靠，但孩子總是感恩，明白能在如此境況下吃到一碗豬膏撈飯絕非易事。

那滑，那油香飯香，至今無法再吃得到。這是很具象徵意義的記憶，豬膏撈飯不單純是食物，而是象徵香港從此脱離戰爭苦難，和平了。

**楊**

**對於你來説，媽媽買米碌和炸豬膏撈飯，是象徵香港和平的回憶，正如對中國傳統文化而言，食事與節慶回憶有緊密關係，中國人每逢過節，無論多貧困，也要劏雞、買燒肉。我希望你多談一些與食物相關的記憶。**

**小思**　正如你提到中國傳統中慶典與食物總是牽連起來，和平後，我家仍很窮，甚至連有人生日也沒法劏雞祝賀。但媽媽還會烚一隻雞蛋給我吃，算代替了吃雞。這就是食物與人的生命連在一起的一種意念。

**楊**　**聽過你這段描述，大家一定很想嘗試豬膏撈飯。從豬膏撈飯想開去，除了代表和平後的記憶，也令我想起你曾津津樂道媽媽的廚藝，她甚至會看《隨園食單》[3]，她的拿手好菜和童年的家常菜是甚麼？**

**小思**　我媽媽的確很講究飲食，但完全不是現在香港人那種講飲講食的盛宴，而是一個普通香港婦女在有限度的經濟能力下，盡心煮一頓好飯給家人吃。這絕無任何花巧可言，只是，當年的食材都是新鮮的，並無經過基因改造的，真正是菜有鮮味，魚和肉有鮮味，只要火候掌握得好，便是一頓好飯菜。媽媽沒有甚麼特別的拿手好菜，但是她蒸肉餅、蒸蛋都有一手。其實蒸蛋很困難的，她常常罵我沒小心看火候，結果蒸蛋起泡。我覺得媽媽教導我最拿手的是煲粥。因為她身體不好，大概有三、四年卧病在牀，不能吃有

3　《隨園食單》是清代著名食譜，由詩人、散文家袁枚撰寫，著於乾隆五十七年（一七九二年），書中系統地論述了各種烹飪技術和中國南北菜點，是清代重要的飲食著作。

渣的食物，往往要吃粥。我小學二、三年級就負責煲粥，在媽媽邊吃邊嫌棄當中，我漸漸學懂煮一煲讓人吃得很舒服、對媽媽充滿孝思的粥。這是我的習慣，覺得煲粥是一件很鄭重的事。

**楊** **你兒時的飲食經驗，每每與當時匱乏的環境相關，現今經濟改善了，時尚追求新鮮味覺刺激。在這種潮流之下，你會挑選甚麼東西來吃呢？**

**小思** 我沒有任何獨門選擇。現在對食的想法，已經沒有奢望。香港號稱飲食之都，其實過譽了。許多食店、廚師都沒有尊重自己的行業的用心。最初可能為了希望吸引食客前來，嘗試以拿手好菜作招徠。可是沒法持之以恆，花招耍完，或名廚別去，或徒弟幫閒，立刻初心盡失。還有太迷信味精萬能，食材本身已經失去應有本味，休想廚人會盡力挽救菜式原味，更別妄想他們如何堅持自製高湯。順手添加許多調味料，於是菜式千碟同味。現在我並非沒錢去吃名店名廚手藝，而是有錢也未必吃到食物的真味，這是讓我難過的事。

**楊** 所謂今不如昔，未必緣於懷舊情意結，客觀而論，像剛才所言食材的真味，對食物的要求，根據不同的季節時令，甚至早、午、晚餐，亦有其特別的節奏與規格。過去的社會不像現在，全球的流動性很高，隨便甚麼時令都能吃到不同食材了。

**小思** 你說「隨便甚麼時令都能吃到不同食材」，一年四季都能買到全球各地出產的食物，但這樣並不代表好，不時不食，順應天然的個性，才最重要。

我並不是說舊物一定優勝，也不是舊物在我回憶中被美化變得更好，而是事物真正的本質改變了，這是很重要的。為何許多人喜歡到日本京都吃美食，因為直至現在，他們仍講究時令與食材的配合。在香港吃到的多是人家早摘下來，裝箱冷藏運來的非合時「鮮品」，也難為了有心廚人。

**楊** 過去，食物總是根據季節、時令，或者某些需要慶祝的特別時刻而做，例如過年才劏雞，所以吃一口雞肉便感到非常快樂。現在講究營養、衞生，卻失去了許多過去的美食，包括豬膶水、豬腦羹等等，現在說要吃這些食物，猶如談到洪水猛獸般，但在舊時，這些都是美食。

**小思** 以前過年過節才能吃到一隻雞，講究的卻是過年一家人能否聚首一堂。一家人分吃一隻雞，誰吃雞腿呢？誰夾第一塊雞、夾哪一個部份給誰吃，都是代表長幼有序，和卑輩對長輩的尊重。

**楊** **現代社會的情況可能有所變化。舊時東方傳統女性一定要精於廚藝，如果不擅煮食，便會受人批評。但是，在經濟起飛、社會轉型的香港，職業女性冒起，社會間並不認為女性一定要善於煮食。你有這種感覺嗎？**

**小思** 我沒有這種感覺。因為香港在經濟起飛的時候，我媽媽已經不在了。不過，她也是位職業女性，三年零八個月時期，她負責外出工作養家。當年我的哥哥、姐姐和爸爸都外出工作，但主要由媽媽挑起最重的經濟擔子。媽媽對外很有組織安排能力，但回到家中仍是賢妻良母，與你所提到的不同。的確，整體社會轉型會調校女性的個性和社會職能，現在有許多男性在家中一樣可煮美味飯菜，男女平等嘛，在家能煮飯，在外能發展功績。男女一樣。煮飯一事，到現在好像也有回歸的浪潮，許多人喜歡買外表雅致美麗的廚具，煮出來的菜式味道如何又是另一回事。其實煮一餐美味的飯菜讓家人、朋友同吃，是一種表演欲。現在廚房用具、設備更好，廚房好方便好舒服，更是很好的表演場地了。

**楊** **你在文章裏提到的，最能表現出今不如昔的就是所謂「葯式」（小巧）雲吞。這個很值得一談。**

**小思** 舊時雲吞麪最講究的是上湯，師傅會用大地魚、豬骨來熬湯，嘩！遠遠就聞到那陣陣大地魚清鮮香味。現在卻是千篇一律的化學味精味。以手打麪條來下麪，這是原味。所謂「葯式」，與現在認為大碗大粒才美味抵食的雲吞麪不同。廣州傳來的雲吞，首要皮薄，包鮮豬肉碎。細細一隻，還留鳳尾，夾起來輕盈得很。不會像現在那樣用雪藏大蝦，還加大堆肉碎包在雲吞裏，實實硬硬，怎會好吃？從前還講究下麪下雲吞，要掌握烹煮時間，連放進碗內再送到客人面前的時間，都要計算在內才行。現在呢？侍應在忙別的，結果雲吞麪煮好後還得擱一會兒，直至他回過神來才送上，麪已浸得軟綿綿的，雲吞皮亦已浸爛了。飲食藝術，與整個社會對於製作過程的認真執着態度很有關係。現在甚麼都大量生產，難有以往精緻「骨子」的特質了。時移世易，工人親手包雲吞和弄手打麪是不可

能的了。更差的是有些店，午市晚市食客多的時候，為了應付人潮，店家竟會預先煮好雲吞，有人落單，就再浸水加熱，那怎可能好吃？

還有該提一提魚蛋。師傅在一個大木盤中大力把魚肉打成魚漿，撻撻撻，打得很大聲。不過，想起來也是頗不衛生的，一來在街邊，二來師傅在夏天總是赤裸上身，一邊流汗一邊打，彈牙魚蛋就是這樣打出來的。現在還會想起那些大地魚湯和彈牙魚蛋的味道，真難忘！

**楊** **最近看了一套紀錄片，叫作《一城一味》。主持人每到一個城市便挑一種食物來介紹，你又會如何歸納香港的風味？**

**小思** 一城一味？現在哪裏還有？現在香港在食味方面，是墮落的！廚師求助於味精，迷信味精，弄得千碟一味。

如果你一定要我談，我只能談從前的一城一味了。就是剛才講的雲吞麵和魚蛋粉。那是庶民滋味。以前的雲吞麵三毫子「細蓉」，五毫子「中蓉」，一元「大蓉」，已經很香很好吃。街頭街尾，小店大牌檔，「總有一家喺左近」。大地魚豬骨湯味，隨風吹送，就是「香港地」味，我想這味會令遠去的遊子思「鄉」。這些味道便是屬於一城一地的了。

**楊** **你總是珍惜過去美好的日子，單純、質樸，同時亦很包容當下的變化。社會轉變一定有其因由，不到我們來堅持過去的味道和製作方式。不過，即使你很包容，現在香港老店卻漸漸消失，剩下集團式運作的大型食店。你怎麼看這情況呢？**

**小思** 我的包容，是我真的明白時光一直向前走，與時並進之際難免面對強大經濟壓力，大財團跨區佔據市場是逃不了的事，儘管我知道還有些地方，某些小店仍在經營，仍有人願意支持小店。我的包容，只是讓自己心情安穩些，不再以過去嚴謹的態度來要求今天的境況。其實保守住老店，是一種歷史使命與文化的承擔感。長遠發展的方法，若然承繼老店的下一代東主，能懂得自己店的優點，堅持掌握老店風格，配以現代企業管理方法，繼續發展，仍有延續老店文化的希望。

**楊** **一面聽着你侃侃而談你記憶中的童年聲色味，一面體會到似是一個褪色的年代重現光彩，而讓我感受尤深的，是滲透其間的人情味、親情味。這就是你常常說的「香港情懷」嗎？**

**小思**

「香港情懷」？一個人、一草一木，活在一個地方久了，怎會根不着土？根着土，怎無依附之情？幾十年來，香港長我育我，成我全我，除了三年零八個月的淪陷災難，其餘歲月，都給我平穩安渡，雖不能說得上享過「黃金時代」，但比起無數同胞，歷盡戰火動亂，流離遷徙之苦，我已深知自己的幸運。每當我精神遊走於香港身世文獻、凌亂歷史碎屑之間時，自然不斷泛起感恩之念。也許，在回憶或追溯前塵與今天對比的情況下，偶會顯現某些今非昔比的牢騷。可是，很快我能調整過來，尋出香港走過的艱難來路，着眼有名無名的好人好事，試理解構成種種錯失的原因……一切為香港說項。我想這就是「香港情懷」了。

步履留痕

**楊**：楊鍾基教授　**黃**：黃念欣教授

## 不忘來路，穿越時空，瞻望未來

**楊**　今天我們來談「行街」。說到行街，大家可能會聯想到介紹景點的旅遊節目，又或者以為我們談的不外乎吃喝玩樂，可是你的「行街」完全不是這回事。你的文章說過：「愛一座城市，由一條街開始」，這句話說得真好。通過「行街」所見，你生動地刻畫出香港的形象。廣義的「行街」、「散步」、「行道」，可連繫你的半生經歷、你的教育主張，更可連繫到你的文化視野，了解你的道路是如何走來，行走的過程中留意到甚麼。你寫得最好的散文都是寫街景，當中包含眼中的、回憶中的、今昔比對的香港。以「行街」為切入點，我認為可以引申為四部曲來概括你的思想和情懷所繫：首先是小時候跟爸爸「行街」，耳濡目染，感受社區鄰里溫情；長大後便與魯金等前輩閒逛，學到觀察訪談，得以用於與學生寓輔導於「散步」以至編撰《香港文學散步》；第三則是京都修行「探路」，上下求索學術以至人生的前路。從日本回到香港之後，除了繼續尋尋覓覓，展開香港文學研究，築基「造磚」外，又從承教到施教，在大學授業解惑，正可說是「行道」的實踐。無獨有偶，你的多本著作，《日影行》的「行」、《路上談》的「路上」、《緯夫的

**腳步》的「腳步」，以至《香港文學散步》的「散步」都和走路有關。一路走來，請問你今天如何回顧七十多年來一步一腳印走過的道路？**

**小思** 謝謝你把我七十多年來的「行」事，概括成四部曲。今天回顧一步一腳印走過的道路，正是《曲水回眸》這套書要涵蓋的內容和成書目的。希望通過你們的提問，幫助我仔細回眸，深切反省，讓我不忘來路，穿越時空，瞻望未來。

## 隨長輩的身影初見大千

**楊** **先從小問題入手，是誰教你「行街」的？**

**小思** 是我爸爸，可說是身教，因為他事事好奇，喜歡以不同角度看事物，而且總叫我與他一起看。他五點下班回家，沒有餘事便會帶我到處閒逛，當年沒有錢找娛樂，行街便是最好的消遣。爸爸在街上，總愛停下來看些甚麼，有時幾分鐘也不走開。他又喜歡逛年宵，我沒有機會逛過設在南北行時期的年宵，到我懂得逛的時候，已經是四十年代開始在高士打道海旁的年宵了。高士打道的年宵其實佔地很短，正對着六國飯店，大概是由分域街至菲林明道街口，攤位排成四行左右，分濕貨區和乾貨區，濕貨即是花類，乾貨就是賀年糖果和玩具、真假古董。爸爸很喜歡買瓷器。他並不是專家，但卻常常買些大花瓶、小花瓶，年年都要我捧回家。平日沒有機會逛可愛的玩具店，爸爸在年宵總會為我買一兩件小玩具，更流連於古董攤。

**楊小思**

**為甚麼爸爸只帶你行街呢？**

可能因為我是家裏年紀最小的女兒吧。他帶着我行街時，我只是跟着他走。期間他會提我留意一些他感興趣的事物，街道上可看的東西多的是，這就是教育。爸爸喜歡看些甚麼呢？行人動態多，街上店鋪攤檔多，他把觀察力投放在哪裏呢？我一直跟着爸爸走，他看甚麼我看甚麼，慢慢就學到了。舉個例子，爸爸和我都喜歡看粵語片，當時灣仔駱克道有兩間放粵語片的戲院，國民和環球，門前擺滿零食攤檔，售賣俗稱「鹹酸濕」的零食，如醋浸沙梨、

「鹹酸濕」零食檔

酸木瓜、椰子酸薑等，也有些只賣新鮮沙梨的檔。多數人付錢取貨，轉身便走，爸爸卻往往站着不走，看小販拿着刀快刀批削沙梨皮，削削削削，不消一分鐘，沙梨的皮全削去了，真是刀法如神！也會看燒臘工人怎樣飛快轉着鐵叉燒鴨子。跟爸爸行街，我看到不為人留意的庶民智慧、謀生技能，也學到了聚焦的觀察方法。

習慣了跟長輩行街，教中學的時候，我能夠常跟梁伯一起行街也基於此。梁伯就是香港著名掌故專家、記者、筆名魯金的梁濤先生。他總是背着一個大袋，說：「細路，跟住我來！」我便跟着他走。他雖是長輩，但沒有長輩那高高在上的架子，隨便得很。他跟我爸爸一樣總喜歡駐足街頭，我學會了等他一停下來，就立刻隨他目光去找目的物。就是不知道有甚麼好看，仍努力搜索一番。等過後，他告訴我剛才看甚麼，才知道自己有沒有走漏眼。從小到大，與不同的長輩一起逛街，教會我許多書本上學不到的知識，豐富我的學識。他們是活的教科書。

快刀削沙梨皮的小販

## 專注內省的「散步」與兼顧外在的「行街」

**楊** **你若肯開一個「行街」訓練班，相信許多後輩爭先恐後地報名哩。**

**小思** 你說到「行街」訓練班，我應該說「香港文學散步」是一個試點。不過「行街」跟「散步」是有分別的。「行街」較「散步」多了點東西，行街時你的眼睛會投注到許多經過的人、物、事之上，吸納別人未必注意到的東西。不過，香港人行街，多有目的，例如購物，行完後，除了目的物，其他甚麼都沒看到過！

**黃** **散步其實更多從內心、沉思或冥想的角度出發，自己的觀點比較強。但您剛才說的行街，卻不是行景點，而是觀察路上的事物。至於購物，則是自己與物件產生關係，然後帶它回家，這其實都不同。**

**小思** 對，散步比較純粹，而且內心的活動多，甚至可以不看東西，像哲學散步，只是一邊散步一邊思考哲學問題，但是行街在定義上一定要與街道發生聯繫。咦！這樣說起來，我借用了日本的「文學散步」，似乎還不夠妥貼，是不是應該改叫「文學行街」才對呢？但話又說回來，文學散步，也會有內心活動和思考的。

**楊** **我認為既對亦不對。這樣討論下來，「行街」和「散步」似乎既有不同，亦有互通的地方。你能再詳細說說看嗎？**

**小思** 真的，「行街」和「散步」有互通之處，日本就只有「散步」一詞。故「哲學散步」重思考、默想。「文學散步」就會尋訪文學家足跡、探究作品舞台背景，日本人優為之，如河野仁昭《京都現代文學の舞台》、藏田敏明《作家が步いた京の道》都是按照作家作品尋訪京都痕跡。台灣陳銘磻一系列的文學散步指南如《跟着谷崎潤一郎遊京阪神》，北京劉檸《東京文藝散策》等等，是既鋪陳資料，又生聯想的散步成果。日本歷史小說家司馬遼太郎[1]寫《街道行》，則是名正言順的「歷史散步」碩果。

我覺得行街是一種經驗的累積，有些經驗不能從書本上學到。我最近看了一本書，是日本人赤瀨川原平、藤森照信、南伸坊編寫的《路上觀察學入門》。你猜他們逛街時看些甚麼呢？他們會看街邊為何突然會有塊凸出來的水泥柱，然後追查原因。

1 司馬遼太郎（1923–1996），本名福田定一，日本小說家，大阪外語學院蒙古語系畢業，筆名有「遠不及司馬遷之太郎」之意，擅寫江戶末期的歷史小說，是日本最受歡迎的大眾文學巨匠，著作編纂為全六十八卷《司馬遼太郎全集》。訪談裏小思提到的《街道行》（日本稱《街道をゆく》），乃收錄了司馬遼太郎在一九七一年起在《朝日週刊》連載的遊記結集，新版由「朝日新聞出版」出版，共四十三本。

**楊**　**會拍下來嗎？**

**小思**　他們不大喜歡拍照，多把所見的景象畫下來，因為經過細意觀察畫下來後，印象會更深刻。這本書很好、很有趣，讓行街因觀察而有新發現，所以小朋友若有這類的興趣，不妨讓他發展，他可能看到某些大人看不到的東西。這都是實地觀察考查的結果，而不是從書上看來的。

我認為很多香港人都缺乏觀察力。先進教育方法多鼓勵孩子從小多觀察。日本人不大讓小朋友拿照相機到處拍照，而是每人帶着素描本到處寫生素描。拍照雖能趕快把景物拍下來，但回家後又未必會看。畫畫卻需要不斷觀察，掌握特徵。我覺得這類訓練應該由幼稚園開始，從小培養，也需要有人在旁提示，不然小朋友便不知從何學起。觀察還是最好從小學起，人長大後視野變得「散」了，就很難集中，也無領悟。孩子有了細心觀察的習慣，他們會忽然喜歡上某些事物，而且觀察力可能比大人細緻得多，敏感得多。

**楊**　**那麼跟爸爸行街與跟魯金行街所學到的，可有不同？**

**小思** 童年時期跟爸爸，成長後跟梁伯，都讓我學懂了逛街，增強了觀察力，培養了好奇心，甚至成為我日後的教學方法。不同處在我跟爸爸逛街並沒有學到如何與人聊天，梁伯卻教我一定要跟人談天。他說要先學習聆聽，再學聊天。他很喜歡向攤檔裏的人問長問短，由於他是男人，跟店家聊起來總是方便些。女性隨便問店家問題，別人未必會回答。正因如此，我便更要仔細觀察，不必問問題也能看出我感興趣的事物來。看書學不到這種技能——跟隨一個人逛街，則心領神會。梁伯是記者，你以為他隨便與別人胡扯？其實回話中只要有一兩句話用得着的，他就會用上，變成他寫文章的重點。

**黃** **能與魯金這位「掌故王」行街，盧老師實在是位不簡單的後輩，不然長輩哪有空閒和你行街？**

**小思** 因為他自己總是這樣逛的，我有空，便把我帶上。他很隨便，不擺長輩架子。我很簡單，他曾提過說吳昊[2]這後生仔「不簡單」，於是我便介紹他倆認識，他們才是有共同話題的人。

2 吳昊（1947–2013），原名吳振邦，曾任香港浸會大學傳理學院電視電影系系主任、電視編劇、監製、專欄作家、電台節目主持、影評人及收藏家，也是香港歷史風俗掌故專家，著作有《香港掌故》系列、《香港老花鏡》、《香港淪陷前・危城十日》、《香港淪陷後・末日人間》等。

**楊**　**這令我很好奇。你與魯金行街時，有甚麼特別深刻的印象嗎？**

**小思**　當時我教中學，學生來自不同地區，我開始留意各個地區的生活特點。跟梁伯行街，他不教理論，不給指引，我只好憑以往跟爸爸行街的經驗，跟着這位前輩走。他會帶我行一些「三教九流」、平常不去的地方；有時還特設「專題」。印象最深的是，有一天晚上，他帶我到荔園，說：「在（粵劇）戲棚工作的人都很辛苦，我們去看看。」進得園內，先帶我到戲院——那應該是座簡陋戲院，不知何故梁伯叫它做戲棚。進入後台，那是我第一次參觀戲班後台，所見的一切都很新鮮。那時我不熟悉粵劇，看見某些粵劇藝人在不受社會重視的環境下的生活情態，如雜亂狹窄的化妝間，簡陋布帳一遮，便脱衣換衫，留給我強烈的江湖風塵感。另外令我記憶最深的是，放眼台下，觀眾全是老人——年輕的都到隔鄰看艷舞去了！只見年長觀眾隨着樂曲唸唸有詞，從他們愉悅的神情，我感受到粵劇與他們的生活是多麼息息相關，也使我開始關注這門藝術的前景。

昔日荔園戲棚

行完後台一周後，梁伯便到化妝位與老倌及下欄聊聊天，這也令我得到啟發。哦！得解釋一下，下欄是粵劇戲班常用名詞，指那些當兵仔、侍婢的演員。爸爸教我叫他們做「行就行先，死就死先，企就企埋一邊」，一次我照樣說，給媽媽聽見罵了我一頓，說我不尊重人，以後我不敢再講。看梁伯與人聊天，我學到發問的方法：不需多話，問題簡單直接、一語中的即可。他說：「你講咁長篇，人家邊得閒聽你？」他很會用受訪者慣用的語氣、說話特色發問，例如簡單一句：「你一晚有『幾舊水』（薪水多少）？」對方回答：「鬼有咩！」便道盡粵劇藝人的艱辛。梁伯讓我知道，除了觀察，發問和聊天也很重要，這對我後來做訪談有很深遠的影響。

## 隨緣而行，體味聚散

**楊** **除了對街上的事物抱有好奇之心外，你「行街」時多關心些甚麼？**

**小思** 我行街，多關心社會變遷。例如：我會注意區域特色的轉變，最早令我留意與思索的，是中環花布街的消失，（正名叫永安街，老香港習慣稱花布街。遷到西港城已支離不堪了。）正標誌着成衣業佔領消費市場，女性不太自縫衣服及裁縫行業風光不再。最近波斯富街店鋪性質突變，金鋪、鐘錶店大佔其道，都可實體呈現社會經濟面貌。

很多人以為我只喜歡行舊街，舊街當然充滿庶民風景，但舊街多不再存在了。波斯富街算是條三十年代中發展的舊街，可是今天全是新顏。現在商場橫行、名店滿街，反映的是另一種香港社會民生的情態。我會慨嘆舊街消失的悲哀，但我更關注新商場落成後，社會面貌的變化。哪一所店鋪進駐最多商場？哪一所最快撤出？這正是我所關心的。曾經有人笑說我這麼忙，但卻有空點算波斯富街有多少間金飾店、鐘錶店。我說這些都是我關心的事。

五十年代波斯富街與羅素街交界

**楊** **逛街時你會猶豫不決，四周圍遊蕩觀察嗎？**

**小思** 我最喜歡四周遊蕩！這是我行街的特點，但非猶豫不決。有些學生都喜歡跟我逛街，但是朋友卻不喜歡，他們多是匆匆忙忙。有時回頭不見我，才發現我正站在櫥窗前看些甚麼。

**楊**　**如果是散步呢？你獨自散步多會想些甚麼呢？**

**小思**　如以上面所講的散步定義來判斷，我很少散步。在行街時不會想自己的事情，我多通過觀察得來的事物引發感受和思考。

**楊**　**走在同一條街，每個人的態度都不同，多數人看了便算，而你往往仔細觀察而有所得着。你對行街有一定的要求，不會隨便地行，是嗎？**

**小思**　我行街並不存功利心，一切都是隨緣的邂逅。有時候隨緣而行，對所見所聞反而更銘記於心。

## 以「行」帶「談」，走出文學散步之道

**楊**　**我知道之後有專章談你的「寫作之道」，但既然開了行街的話題，那我想先談談你的「行腳」跟「寫作」的關係，最有代表性的就是你早期的結集《路上談》。你跟爸爸和前輩行街，構成你生命裏很重要的承教部份，請問這些經驗在你日後與學生一起「路上談」有甚麼關係？**

**小思** 剛才說過，我跟梁伯行街，是帶目的而行，是為了觀察不同階層的人如何活着而行。當時我在「環頭環尾」例如筲箕灣的學校任教，學生多來自社會基層，我要藉着觀察去理解學生的生活層面。之後和學生「路上談」就是另一回事了，我們是在路上「談」，而不是在路上「行」。談些甚麼呢？談學生關心的事情，談他們內心深處的癥結問題，當然在路上談的時候，免不了有「行」的部份，但「行」只是「談」的助力，令學生走出嚴肅的環境，放開懷抱，樂意地跟我談，我的角色也不過是聆聽者而已。因此，從「路上行」到「路上談」，我從用眼觀察，漸變成用耳聆聽，用心感受。

**楊** **關於寫作，我還想問一下，就是看你寫有關行街的文章，都很正面，我不禁疑惑：難道你對香港就只有愛，沒有惡？**

聽小思談筆下的「惡」

**小思** 有。我寫過在春秧街看到母親女兒吵架的情況，母親大罵說：「斬你七八刀吖嘛！」其實我當時很憎惡這個場面，但還是輕描淡寫地下筆，為的是希望讀者能冷靜思考那對母女的關係。我不是沒見過邪惡的人事，但我每周只寫一、兩篇專欄，數量不多，我只想選一些正面的人事來寫。筆下少寫社會悲慘一面，不代表我沒有關懷之情，我不是沒有憎惡的事物，只是我不想給這些東西玷污心和筆而已。

**楊**　**從成長時期跟長輩行街，到後來編著《香港文學散步》，對你來說，行街散步的意義是否一直在演變？**

**小思**　當然是。我在日本留學一年，看到日本人如何推動文學，讓讀者如何通過散步走進文學世界，這令我不得不重新思考在香港推動文學的策略。《香港文學散步》未出版前，我試過設計帶幾個學生出外，到一文學景點散步。後來逐漸增添內容，沿構思實踐。不斷尋獲新資料，組織、檢討散步內容，才寫出書來。

**楊**　**依我看，你應該繼續出版《香港文學散步》，甚至「既開風氣亦為師」，指導他人行街的要領，把文學散步的概念發揚光大。我相信，你只要大聲一呼，定有許多隨行者。**

**小思**　我一向不是高聲呼召的人，我只相信一條路只要開得好，自有後來人。以前香港沒有人提過「文學散步」，自我提出後，陸續就有人繼續實踐，而且愈做愈豐富，證明這條路可行，故最重要的倒是要考慮最初有沒有開錯路。關於「香港文學散步」的孕育與成長，我想留待下一輯訪談才深入細說。

# 日戰陰霾

楊：楊鍾基教授

陳：陳永明教授

樊：樊善標教授

## 大炸灣仔：香港人的集體創傷

**楊** 今天難得與我們共事多年也是新亞中文系校友的陳永明兄參與我們的訪談。小思生於一九三九年，在香港史上歸類為「戰前」的一代，她說自己最深刻的香港記憶便是打仗，你是否有相近的經歷？

**陳** 當然會有打仗的回憶，印象最深的便是「大炸灣仔」。盟軍放炸彈時因為沒有先進的科技，不像現在有電腦可以定位，所以落炸彈時偏差了，全都落在灣仔，那時我住在祿元對面，記得很清楚。

於一九二八年開張的「祿元居」，位於皇后大道東近大王東街，後改稱「祿元茶樓」。

**小思** 當時灣仔祿元茶樓對面有一座濟公廟，即是今天胡忠大廈附近山邊，再走過些便是灣仔郵政局（即今天的環保軒），郵政局旁便是衞生局。我還記得大炸灣仔第二天，死屍大都搬運到衞生局那裏去。

**陳** 那天我姐姐回家時，走到家附近，卻許久都未找到我們的家，因為許多大廈都被炸得七零八落，難以辨認。當時我讀小一，同班同學有一半因此而死去，沿着電車軌到修頓球場的地段全被炸毀。所以，戰後經過重建，那地段的建築物便是最新的。還好沒有家人遭殃。

**小思** 我也比較幸運，家人都平安無事。

**陳** 我居住的皇后大道東那邊沒有太多死傷，反而是你（指小思）居住的地段較多。

**小思** 因為我住在軒尼詩道，後一條街是駱克道，那是日本人的娛樂區，又近海，及「鏬吔」，即英國殖民時期的船塢，港人把 dockyard 叫做「鏬吔」，即今天金鐘一帶。盟軍飛機多以這些地區作轟炸目標。

**陳** 對，我居住的地方背後那座山是日軍妓院，叫甚麼臺來着？（小思：南固臺？[1]）對。那時我爸爸常說，很早便知道日本會戰敗投降，因為妓院中傳來許多悲歌，甚至有軍妓在哭。後來，我再次回到該地，那裏有一座洪聖古廟，內裏住的是一位女廟祝，我對她說抗戰時自己住在這裏，幸好有廟中的食水井，才能維持生活。可惜她不讓我進內看看那口水井。

**楊** **看來大炸灣仔的確是一代人的集體記憶。你能更仔細地，從個人感覺，談談日戰時你眼中的香港嗎？**

南固臺日戰後一直荒廢

1 南固臺位於灣仔，一九一八年由香港富商杜仲文購入灣仔船街地段，斥資建築。有傳日戰期間日軍改作軍人用的「貴賓廳」，直至一九四五年投降後止。由於南固臺外牆以紅磚建成，所以別稱紅屋，後一直荒廢至今，給灣仔街坊稱為「鬼屋」。

**小思**　林超榮曾經在專欄文章中，[2]質疑我小時候是否真能分辨出B29轟炸機在天空飛過的聲音，我是真的記得的，因為當時香港市民人人都記得。B29轟炸機攜帶炸彈飛行時的聲音特別沉重，飛過後就會有人死，所以我們都記得，生死關頭啊！你問我眼中戰時的香港怎樣，我生於戰爭的年代，整體印象就是血和頹垣敗瓦。自香港淪陷後，盟軍飛機就來轟炸。最初並不頻密，到一九四四年、一九四五年愈來愈頻密，規模也愈大。當時新聞消息封鎖得緊，炸了別區我並不曉得。但一九四五年一月二十一日下午大炸灣仔那天，正是我親歷，那恐怖場景，委實刻骨銘心。那天下午，我和姐姐從家裏出來，從軒尼詩道向鵝頸橋方向走，剛走到灣仔電油站斜對面，一家叫龍泉浴室附近，突然聽到沉重飛機聲，說突然是因為事前沒有警報響起，接着就是爆炸聲，地動屋搖。走警報的經驗，使姐姐知道必須迅速找掩護，避開炸彈碎片的傷害。她一手牽住我，跑上龍泉浴室所在唐樓的樓梯間躲起來。「樓梯底避難」，是走警報除了進防空洞外最有效的一種保護方法。隔了一會，一切靜了，知道轟炸過後，我們才敢走下樓梯。回到路上，發現電油站中彈大火災，煙霧籠罩，完全看不見就在不遠處的我家。我很害怕，大哭起來，姐

2　林超榮在專欄中為廖偉棠《浮城述夢人——香港作家訪談錄》寫書介，提及「小思在香港淪陷的童年，有能耐分辨B29轟炸機聲音……」見林超榮：〈浮城述夢人〉載於《明報・時代》，二〇一四年八月二十七日，D05版。

姐叫我不要哭，懼怕也得設法回家。情況危急，雖然離家不遠，我們還是想坐車，便四處看看有沒有人力車。就在此時見到一輛人力車經過，嘩，那場面讓我一生永記——人力車的坐墊本是白色的，但是那天見到的全是血和模糊物體！車夫滿身是血，拉着車在我面前走過。幸而姐姐在驚慌中，仍記得過了電車路有條石梯階通往灣仔道（那石梯階今天仍在那小籃球場旁邊），往西走就可到莊士敦道，再轉入菲林明道，經過英京酒家、東方戲院（即今天大有大廈），轉彎便到軒尼詩道，就抵達一九五號我家了。我倆跌跌撞撞跑跑，也忘記眼前情景，只是至今不忘看見媽媽站在騎樓望我們的表情。回到家，脫下鞋，發現鞋邊沾了凝固了的東西，媽媽說是血跡。

對於生死的問題，我很早便有體會，也常常把死掛在口邊，就是這原因。轟炸過後，灣仔許多民居唐樓都倒塌了，不倒塌的也歪斜崩壞了。最近翻閱舊報紙，才知道那天死傷四千多人。戰爭很早叫我明白：「人命危淺，朝不保夕」。人刹那間就給炸死了，就是叫生死一線，這是童年所得的印象。那時天天都有或大或小的轟炸，家人每天早上一出家門，我便害怕他們自此一去不回。所有人的生命都沒有保障。不過，先知道有死，然後才有求生的欲望，於是便要學懂求生。

我近日重看當時報紙，印證了小時候記憶是正確的。我一九三九年出生，香港在一九四一年淪陷，我曾懷疑，自己怎會記得那些事。近年我找到兩張外國記者拍下大炸灣仔的照片，正拍到莊士敦道馬路上的死屍，另一邊便是我爸爸代書處的檔口了，證明事實就真如此。那麼刺激、恐怖的場面，成為一張永不褪色的照片，刻銘心中。

還有，我一直以為盟軍只大炸灣仔，現在重看舊報紙，原來銅鑼灣炸得更慘，炸中了學校與醫院；九龍紅磡，炸的是黃埔船塢。整體來說，我小時候的記憶只局限在灣仔，別的地區情況，完全缺席。因此以上所說不能稱是我「眼中的香港」。

## 在危險和匱乏之中的童眼

**楊** **除了「大炸灣仔」這件特別事件外，你對日治時期的日常生活有甚麼特別體會呢？**

**小思** 有，那就是貧窮與飢餓。我的家庭環境在當時算比較好的了，因為媽媽在日治時代政府的區役所裏做文書工作。日本人以華制華，所有分區都會找區內較有名望的人來就任區長。灣仔區區長何日洳是我媽媽很熟悉的朋友，當牙醫的，聘任我媽媽工作。那時要工作才能換到米。又因為香港人要做任何工作或申請甚麼，都要填表交給日本人，不識字的人，就要找人代填，於是便有一種「代書處」職業，我爸爸就在莊士敦道大生酒莊門口開檔，替別人填表。媽媽常會叫我提着些飯菜送去給爸爸當午餐。

**石水渠街**

（小思在此街的灣仔診所分局出生）

已消失景物

轟炸前小思行走路線

轟炸後小思逃回家路線

# 小思在灣仔的生死印象

**英京酒家和東方戲院**
（現重建為大有大廈）

告士打道
謝斐道
駱克道
軒尼詩道
譚臣道
莊士敦道
皇后大道東
分域街
盧押道
柯布連道
菲林明道
灣仔道
大王東街
汕頭街
廈門街
利東街
春園街
太原街
石水渠街
太和街
交加街
堅尼地道
香港賽馬會

**軒尼詩道 195 號**
（小思兒時居所）

**修頓球場**
（小思在這裏看抗戰勝利的巡遊）

大有大廈

**南固臺**
（日戰時曾被日軍徵用）

胡忠大廈

**洪聖古廟**
（裏面有一口活命的井）

**濟公廟**

**楊** **你當時只有幾歲，不是很危險嗎？**

**小思** 那時大概五、六歲，戰爭中天天都危險，小孩子可能認為「危險」才是正常狀態。另外，當時米糧供應不足，日人要管制限量分配，家家要輪米碎吃，逢配米那天，一大早便要去配米站排隊。大人上班去了，我自己拿張小木凳早早去排隊。我們家雖然很窮，但是，媽媽很能幹，能為爸爸、哥哥、姐姐都找到工作。一家六口除了外祖母和我外，有四個人在外工作，所以我們不需要像其他人，要吃番薯苗，甚至窮到要吃木薯粉——木薯不是薯仔，像是木屑的粉狀，進食後不能消化，吃多了會脹死。那些吃木薯粉三更半夜脹死街頭的人，永遠看不見全屍的，因為那些同樣很餓的野狗會走來吃屍體。這就是飢餓，也是我對香港淪陷時期的記憶與印象。

**楊** **我一直很好奇，當時在香港生活的日本人是怎樣的？**

**小思** 在我記憶中覺得某些日本人對待香港人是頗好的。先頭部隊一定最壞，因為要攻城掠地，必須找些「膽正命平」的人來當兵。到我懂事時，香港已經開始民官統治的時候，具有文化素養的日本文人會來當官，有些對小朋友是不錯的。我很記得有些日本人到大生酒莊買酒，隨手給我一粒糖果，這是我人生第一次吃糖。這類沒有特別惡意的日本人，也在此時進到我記憶中來。

**楊**　**你家人又如何看待日本人呢？**

**小思**　一般人，不會向小孩子講日本人的話題，怕惹禍。但是，我媽媽卻常暗地裏告訴我，許多日本人是殘暴的。不過留在香港的人，全港在日治下，除了做小生意外，必然只能為日本人辦事，你可能會說他們是漢奸，但就像我媽媽的想法一樣，你不為日本人辦事哪有飯吃？我姐姐當年十五、六歲，媽媽為她找工作，在日本人娛樂區桌球場內做計分員。這都是為了謀生。

**楊**　**比較起來，英國殖民時期留下來的東西很多，但日本似乎沒有。**

**小思**　當然沒有。不過日本人早已對香港處心積慮，三十年代已經在香港辦了日文版《香港日報》，一九四〇年更出版了中文版。又如「大佛口」是日本人的貿易區，中環又有日本酒店，他們早以做生意為名進駐香港。三年零八個月的統治其實時間很短，再加上日本不斷擴展戰場，既要忙碌應付東亞區戰爭，亦面對國內物資缺乏，軍餉糧食已自顧不暇。還有一點很重要，香港的糧食不足以養活許多人，要強制疏散華人回鄉。種種不同情況，均令日本人對香港的統治策略不穩定。

不過，以「把香港從英殖民地解放了」及「助香港去殖化」為口號的宣傳工作，卻不斷堅持。以華治華，多用懷柔政策，力求粉飾太平，安頓人心的策略，也一直奉行。首先「馬照跑」，後來又「舞照跳」，盡快恢復庶民娛樂，例如演粵劇，恢復粵曲歌壇，放映電影等等，讓香港表面娛樂昇平。當時許多有名的演員留在香港，例如薛覺先、白駒榮，他們最初無法不演戲來養活戲班，只有為日本人演戲才能換米，演着演着也想辦法經水路到澳門或湛江內地去了。這些事我小時候都不知道的。

日本佔領地政府雖然很嚴格管制文字、言論，所有報刊都由報道部檢查後始能出版，然而，沒有太多能力着手做宣傳、教育工作來影響市民的思想。不過有一點值得提及，就是他們很重視文化，讀《陳君葆日記全集》，就見日本人多麼重視圖書館藏書。淪陷不久，他們迅速派文化官員到香港大學圖書館，查核藏書，把中國善本書運到東京上野博物館去，幸好陳君葆到和平後，千方百計追查下落，通過外交手法，逼日本將書籍歸還給中國。

日本人也很快建立了「香港市民圖書館」。在此之前，香港從來沒設過市民圖書館，香港市民沒進圖書館的習慣。查看當年的報紙，曾有報道指圖書館讀者不多，這是當然的事，連飯也沒吃飽，哪有心情去圖書館看書？後來又要陳君葆幫忙，把馮平山圖書館的書收歸「香港佔領總督部立圖書館」。據舊報紀錄，該圖書館擁有藏書四十萬冊，佔日本全國圖書館第八位。另外還有日本人極力想建立的「興亞研究所」、「東亞學院」，只是因時間匆促，又欠人手，樣樣都徒有虛名。

**楊** **這樣聽來，你對日本人的整體感覺，還算良好？**

**小思** 日本人暴行我單獨面對過不多，能見到的都是媽媽當時的同事。那些日本人都接受過高等教育，大部份是文化人，並不會惡形惡相，不過，我們很慣性地，把轟炸這些事都當成是他們招來的。

**楊** **總之都是他們不好！**

**小思** 當然是他們侵略就是不好，不對。

**樊** **但這些應該算是您對香港的印象、對灣仔的印象，還是對中國的印象呢？「香港人」這個觀念，是一九六〇年代之後才漸漸多人說。在您小時候，您覺得這是香港的苦難、中國的苦難呢，還是你和街坊們的苦難？**

**小思** 那時還小，我沒有這些地域和政治概念，我只覺得是人的苦難。就像我剛剛所言，看見一個人上街後就不回來了，我不會馬上想到甚麼香港、中國身份。雖然媽媽那時經常對我說現在是抗戰，日本人打來了，但這個觀念對小朋友來說並不能夠串連太多。我會想的是，經常和我玩的那個男孩子突然就不再回來了，據媽媽說他被日本人拉去開石礦，供日軍建忠靈塔。有一次出街，我看見一個年齡和我相若的小女孩，忘記向日軍鞠躬，就被朝胸口踢一腳，她死了沒有我不知道，相信她是死了。這些記憶，都屬人的問題，是人的苦難。

聽小思談人的苦難

**樊** **但那一腳是日本軍人踢的，而不是我們的人踢的，那時您有沒有想到民族的問題？**

**小思** 那時還未讀書，不會懂得甚麼民族不民族。媽媽當然曾跟我說日本人佔領了我們，又要我們排隊輪米，但對小朋友而言，這是沒有甚麼意思的，而且大人都不敢亂說。小朋友並沒有家仇國恨的印象。究竟何時開始有這種「中國」思考呢？反而是抗戰勝利後那幾天。因為我爸爸是廣州南武中學軍訓出身，常說自己很愛國。等到勝利就很高興，把載有勝利報道的報紙，剪下來貼滿了家中的牆。又帶我上街去看軍服最整齊的國軍，在修頓球場看勝利巡遊，興奮得不得了。我到那時才知道有蔣委員長這個人，是勝利後才有國家這種感覺。

**樊**　**我覺得您在這裏的說明是很重要的。這樣問並不是把民族概念強加在您身上，而是因為近年您對香港本土的關注，許多人將現在的「香港」概念加在您一九四〇年代的記憶之上，把您對街頭上的苦難及血腥的記憶，直接稱為香港精神。**

**小思**　完全沒有這種主題先行的感覺。我很感謝你問了這好問題，讓我知道自己給人如此印象。我從沒主題先行，反而覺得是好的，因為這是一無牽掛地去做自己想做的事，求取自己想知道的歷史、關心一件事。現在太多人解讀別人作品，只選取對自己有利的部份來借用而已。

## 日影的刻度：「雖信美而非吾土」的衝擊

**楊**　**是的，我們不必設定主題先行的論述，而我擬續問的，是日本人侵佔香港給你的童年印象，有沒有影響其後你留學日本的抉擇？而你在日本所見的非常接近中國文化的美好事物又有沒有給你「雖信美而非吾土」的衝擊呢？**

**小思**　這又是個好問題，並不止一次，有人問我，身受三年零八個月的苦難，後來又去日本遊學，是不是忘卻家國仇恨？為甚麼呢？但我早說過，三年零八個月裏令香港人死亡最多的不是日本人，而是盟軍飛機空襲，不過香港市民似乎又沒埋怨盟軍，大概因為相信只有盟軍炸倒日本，才會得到勝利。小孩子更沒有想得太多。我再回應你的問題：我為何去日本？首先，那邊用很多漢字，我不必讀英文識英文，省卻許多語文麻煩。另一重要原因就是我讀許多近代中國歷史，左舜生先生對我影響很大。臨近明治維新一百周年的時候，左舜生先生已經年老，但他仍然要去學日文，理由就是想要知道更多日本的事情。我受老師的影響很大，所以我常說自己不像讀文學的，而是接觸許多具實感的歷史。當年教中學，我也要教歷史。在大學所修課程裏卻沒有近代史。於是我就邀請左先生，每星期一天在太子道胡菊人、陸離、戴天住的地方，為我們講近代史，我把幾個中學生也帶去。左先生常說，遠的我們先不說，但鄰近的日本卻是個很「重要」的國家，我們必須要認真地提防，但同時亦要好好地學習。所以明治維新一百周年時，他曾叫我一起到日本看慶祝的盛況。可惜我當時教中學，沒有時間抽身外遊，這件事令我念念不忘，我需要找機會去看看日本。我就是帶着左舜生先生的信念，即是日本是又可愛、又可怕、又可恨的國家，到日本遊學。

凡美好的事物，往往容易令人融化。日本太多很美好的事物，特別是一些我認為本屬於中國的美好事物，都在她的身上發現。作為中國人，那有沒有感到矛盾和尷尬呢？當然有。可是我努力要學習忘卻尷尬！遇上美好事物，我就能牢牢記住並分析它。在日本，我全心全意地留意日本的優點。你們知道我是去遊學，而非讀甚麼學位，但我竟然可以在京都大學人文科學研究所學到人家好多的研究方法，證明我只汲取事物最美好的一面。

有了這樣的調整設想，我就再沒有《日影行》中「雖信美而非吾土」的矛盾與衝擊了。

**楊**　**這實在是很好的態度。**

**小思** 因為我覺得這是最重要的，然而話又說回來，我每隔五年、十年就去看一次日本人拜祭靖國神社，因為我很早便認為：看日本人參拜靖國神社的態度、甚麼身份的官員出席，就如一個測溫計，測到他們對待我國的政治態度。現在我仍然留意，這是不是太不像學文學的？

## 《一瓦之緣》：四十年的痛苦經驗轉化

**楊** **哈哈！我不是說過你的三重身份，首先是個教師，然後是個史家，再後才是作家嗎？自從孩提開始大炸灣仔給你的震撼，到你多次旅遊日本，尤其是留學京都一年成為你人生的轉捩點，可以說你與日本結上不解之緣。我也留意到你的散文結集，每本都有關於日本的文章，例如《承教小記》和《一生承教》，你所承之教來自在日本所得從心靈到學問的啟迪。從初時出版的《日影行》，到近日出版的《一瓦之緣》，都在全書的編排上反映了你從不同的角度對日本的觀察和體驗。特別是《一瓦之緣》中多篇關於靖國神社的文章，讓讀者深切體會到你對日本軍國主義復辟的危懼之情。看到近來安倍晉三主導的修憲，可真佩服你的遠見。你能和我們談談《一瓦之緣》的編選用心嗎？**

## 小思

本來，在講〈日戰陰霾〉時，提到最新出版的《一瓦之緣》，好像扯得太遠。可是本書正好反映我幾十年來對日本的觀察與反省，故不妨在這裏多說幾句。

《日影行》寫作，純感性出發，記的是初睹的訝異。我第一次去日本，覺得日本處處新鮮。一個從未踏足祖國的中國人，只在詩詞與歷史中認識祖國。在日本文化氛圍中，竟發現自己讀過的中國詩詞、風景、情懷，都到眼前來了。一下子令我措手不及，就像突然把我丟進水裏，化開的漣漪多得不得了。在《日影行》裏，對日本觀察流於表層，膚淺得很。每當我看見一處日本景色，便一定勾起我想像過的中國、我讀過的詩詞。於是把自己對國族的無限聯念、歷史認知的擊撞、日戰陰霾的童年經歷，拼貼成似實還虛的圖像。而心情是矛盾而帶苦澀的。

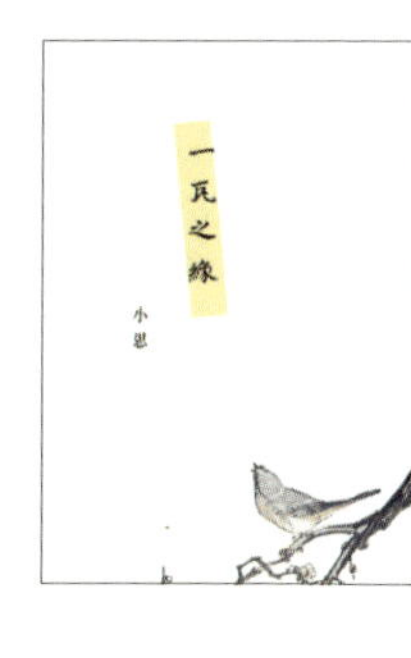


《一瓦之緣》是想將一九七三年到今天，我對日本的觀察與感想串連起來，試圖評核自己有無進步變化。經幾十年的理解積累，這本書雖然談日本，但在在亦有我對現時中日關係的慨嘆與警惕。歷年我對日人拜祭靖國神社的觀察，也證實了左先生當年叫我留意靖國神社的洞悉力。加上近年中日關係重新緊張起來，安倍晉三力主修憲等等，令我想起左先生的憂慮，惴惴不安，整理寫過的文字後，不禁多加了一點點反省，這純屬個人歷年簡單觀察與反省，算不上甚麼遠見。

**楊**　你曾經兩次到日本，一次是旅行，另一次是因為在中學任教時發生一些讓你心感疲憊的事，唐先生建議你到京都大學留學。他的原意是希望你休息一年，但是到京都後，你有真正休息過嗎？兩次到日本對你來說有甚麼意義？

**小思**　既然第一次去日本是心情矛盾加痛苦，到第二次去京都，又有另一種衝擊。因為我在香港受到教學失敗的刺激，加上抱病，唐君毅老師建議我到日本京都休息一下。其實我能到的地方很多，只是日本文化較接近中國，也收藏了許多中國書刊，可供參考。這是我選擇此處遊學的原因。加上左舜生先生對我的影響，遂形成我京都一年之行。

四十年後重訪京都宿舍，發現宿舍已閉館。《承教小記》的開卷之作〈不追記那早晨，推窗初見雪〉所寫的那扇小窗，就在此宿舍二樓。

**楊**　**那你到京都後能休息嗎？人們常常問甚麼是新亞精神，以你在京都的經歷來看，甚麼知識也沒有，正是「手空空，無一物」。你在京都的感覺，我認為有幾句詞是很貼切的，「夢裏不知身是客，一晌貪歡」。在日本的感覺總是疑真疑幻，卻又樂在其中，不願意醒來，很難得如此享受，卻不得不清醒，心情一定是相當矛盾的。從《日影行》到《一瓦之緣》的東渡，你心中的痛苦有變化嗎？**

**小思**　有變化。許多人以為痛苦一定是不快樂的，其實我常常將某種痛苦演化成為刺激人痛定思痛的動力。甚麼叫痛定思痛？你被人打一下，大叫一聲，那只是一瞬間的、肉體上的痛。但往後的思痛，可以是反省、尋前路等積極處理方向。一九七三年，生活在京都，那裏一年四季都能找到中國古典詩詞裏的景色，看見這些景色，第一反應是獲得文化實證的快樂，但馬上又會想到，在中國，這些景色仍然存在嗎？再加上當時中日已經開始交往，隱隱約約知道兩國之間的張力，盼望自己有機會能親眼看見。所謂痛苦的事，會孕育快樂就是如此。另一層是痛苦中包含了啟發。在京都大學的閉架藏書庫裏，篇簡浩如煙海，那些書都是中國出版的，我在香港從未見過，你說，多痛苦！但從架上取下來翻閱，我馬上感到從無知到有知的快樂。努力爭取讀過那些書刊、做閱讀筆記。就算多窮，天天省錢只吃白飯配味噌湯，也付款複印有用的資料。

試想想，蛇在蛻皮的過程，是多麼痛苦的事，但是，蛻皮後便是新的面貌。京都一年，的確使我脱胎換骨，不過，蛻皮後，蛇終究是蛇，生命的本源仍在。你可能會説，既然喜歡日本，那就去學日本人生活思想，拋棄錢、唐等老師的教導吧。怎會呢？老師的教導是存活在我生命最根柢處。我在新亞書院讀九張考卷都是古典文學、史學，一點現代文學的基礎也沒有，在京都大開眼界後，知道自己無知，於是努力重新學習。

至於休息，那年是個很好休息機會。而經過京都一年的學習，我實實在在地感受和了解到左舜生先生所言，日本的確是個可恨又可敬的地方。

**楊** **你選入多篇與靖國神社相關的文章，透露你對日本政局的關心，我認為這與你孩提時代的日佔經歷不無關係，你能仔細「再説幾句」嗎？**

**小思** 我並不關心日本政局，更與孩提時代經歷無關。我關心的是自己國家近代長期受日本欺凌侵略的歷史，和自己國家應該如何爭氣及力求自我完善的問題。

**楊** **根據你的答案，我想提出較宏觀的看法，就是小思眼中的香港，日本是個不能缺少的角色，所有對日本的愛恨交纏其實都是在説香港、看香港。你説對不對？**

**小思**

我對日本嚴格地說真是愛恨交纏。但必須強調，我眼中的香港，日本絕不佔一角色。只因我關心中國，日本陰霾才在我心中佔一席位。

附錄

# 生死印記軒尼詩——記那次與小思同逛灣仔

劉偉成

每次走過灣仔的軒尼詩道，總會想起小思那次領我們一眾參與編纂她訪談錄《曲水回眸》的人員所作的灣仔散步。那時只覺得聽一位老灣仔，又是將「文學散步」考察方式從日本引入香港的先驅介紹灣仔，是十分難得的體驗，應該可從中聽到許多鮮為人知的掌故，可令自己對此區的尋常觀察穿透到歷史沉澱成的文化土層。他日無論是寫出來，還是說出來的內容，大概都會顯得更厚實可堪咀嚼。

## 1 小思逃避轟炸的生死印象

今次散步之所以集中在軒尼詩道乃由於小思是想讓我們了解她五歲遇上盟軍「大炸灣仔」時如何逃回家，以便繪製載入傳記中的逃生路線圖。整個行程僅僅是從軒尼詩道繞到上一層的灣仔道和莊士敦道，可說既沒有難度又沒有遊客眼中的特色景點，即使放慢腳步，不出一小時便可走完，究竟有甚麼令我留下如此深刻的印象？[1]

行程對於我們這些沒經歷過戰火的青年人來說，可能是輕鬆簡單的任務，但要經歷過戰火且擅長記住感覺的心靈（小思曾寫道她看自己的童年照，媽媽將手放在她手背教她安心的溫暖感覺，她至今還記得）再次回想起生死懸於一線的經歷，雖然已相隔七十年，但相信也算不上是愉悦的經驗。小思憶述返回家後發覺鞋底黏住了血塊，之後還病了幾天。現在每次回想那次「散步」，我會更多思考在各段闡述之間的沉默的含義，彷彿這些沉默的隙縫還隱約滲透出煙硝，在我的腦中皴染出一幕幕廢墟的想像。蘇珊・桑塔（Susan Sontag）在〈土星座下〉（"Under the Sign of Saturn"）這評論名篇中指班雅明（Walter Benjamin）將思想和經驗當作「廢墟」來處置，這樣便可發揮

1 小思不止寫過一篇〈大炸灣仔〉，可見她對此事有相當深刻的印象。在《彤雲箋》（香港：華漢文化事業公司，一九九〇）收入一篇，另外在《明報》的〈一瞥心思〉專欄，二〇一四年六月二十九日也曾刊出一篇同題作品。兩篇內容的分別在於前者主要是記小思童年的回憶，後者則是小思看到 Uwants 網頁上的相片，嘗試結合客觀資料跟自己的記憶相互印證。許迪鏘所編，於二〇一九年由三聯書店（香港）有限公司出版的《盧瑋鑾文編年選輯》中有收入前者，但沒有收入後者。收入文集中的那篇〈大炸灣仔〉有這樣的句子：「七歲的孩子，給嚇壞了，不言不食，病了好幾天才康復。我珍惜一切生命，因為七歲時就懂得死亡。」編年選輯的注和後期寫的那篇〈大炸灣仔〉都有記錄大轟炸發生於一九四五年一月二十一日，小思生於一九三九年六月，那麼當時小思應該只有「五歲」，而不是「七歲」。（編按：兩篇「大炸灣仔」均收入《香港故事》新版，香港：牛津大學出版社，二〇二五年。）

「將歷史融入場景」的效用，使原本通往「衰敗」只會愈走愈窄的時間甬道，反而因記憶中的「廢墟」而變闊，而之後「迷途經驗」所串連着的窮巷、迂迴小徑、分岔口等景象正好成為填補因空間化而拓闊了的記憶容量，這樣才能拖慢歷史甩棄細節猛衝向概念化定調的慣性。這大概就是為何班雅明在《柏林紀事》中指「迷失」其實需要反復練習始能成就。所謂「練習」，大概是在「廢墟」的空間意識中收集歷史的碎片，將自己培養成舊物收藏家、鑑定家，這些角色在班雅明眼中都是「歷史守護者」，並得以「向後閱讀自己」（Reading oneself backward）。[2]眾所周知，小思像班雅明一樣，是位收藏家，在《小意思》裏收錄了不少她收藏嗜好的故事。關於這點，稍後再補充，讓我們先回到軒尼詩街頭。

2 見蘇珊・桑塔（Susan Sontag）的〈土星座下〉（“Under the Sign of Saturn”）這篇論班雅明（Walter Benjamin）思想模式的名篇發表後基本上成為論述班雅明作品的基調，此文收入其同名著作中。她在文中寫道：「班雅明常指出必須經過反復練習始能學會迷失，這是一種『在城市面前無能為力』的感覺（impotence before the city）……一次班雅明在巴黎杜瑪哥咖啡館等人時，畫了一張生活經歷的圖表，看上去就像一座迷宮，其中每一個重要的社會關係都是『一個通向迷津的入口』……所有這些隱喻常會出現在班雅明的作品中，如地圖、記憶、夢境、迷宮、拱廊、狹長的長街、寬廣無邊的遠景等，呈現出獨特的城市幻象和特別的生活狀態。班雅明曾如此寫道：『巴黎教會了我迷失的藝術。』（the art of straying）」…… 這樣一個世界的過去已變得過時，因而它的現在不斷產生着許多的古董，連帶產生了不少文物守護者、鑑賞家和收藏家（custodians, decoders, and collectors）。」

根據資料那次「大炸灣仔」，死傷達四千人，軒尼詩道是小思童年故居所在，所以此街的「廢墟畫面」對她來説，有着相當深刻的震撼，大大深化了最後能夠回到家的慶幸，大概會成為日後熬過大大小小難關的鞭策和砥礪——這大概就是小思所云「懂得死亡」的其中一個含義。班雅明作為二戰時的猶太人，應該親身碰過廢墟景象。出生於戰後的我，雖然未必可從小思的憶述中開展出「廢墟想像」，但至少我會嘗試去想像鞋底沾上別人血塊的黏漿感覺，彷彿就牽連着他人跟生命訣別時的不捨，回家的步履就像是給忘川旁的蔓茱莎華的荊棘鈎扯着似的。如果連這樣的情景連成人也會感到驚愕，那麼這份沉重在幼弱的五歲小孩心中會倍大多少？

班雅明説「廢墟印象」會拓闊歷史流動的管道，但軒尼詩道在小思童年印象中已是相當「寬闊」，壓根底不需甚麼「廢墟印象」來拓闊已可望到「許多天空」。小思曾以一幀軒尼詩道的老照片印證自己記憶無誤，不然見年輕一代聽她「寬闊」之説時露出的狐疑表情，她也開始質疑自己的記憶。[3]那幀老照片之所以顯出軒尼詩道之寬闊，乃由於它展現了軒尼詩道和莊士敦道兩條大道的夾角匯點——此兩條大道皆是一九二一至一九二九年的填海工程所造之地，後者是沿原來港灣的岸線而建，所以像弓身一樣

3　見小思：〈軒尼詩道〉，小思、阿濃、鄧達智合著：《香港老照片（第二輯）》，香港：天地圖書有限公司，二〇〇一年，頁27。

彎曲，而前者則像弓弦一樣從海灣的一邊連到另一邊的直線，即是說軒尼詩道是拉直岸線的第一重直路，是令「灣仔」的「灣」逐漸消失的開端，也是人工建設不再跟大自然「轉彎抹角」的肇始。

那幀老照片是在電油站高處朝東拍攝的，小思憶述油站中彈，引發大火，煙霧籠罩，切斷了她回家的路，於是只好往東走，轉上通往上一層的灣仔道石階，也就是說老照片所拍的影像，正好是朝着當天小思躲避轟炸的方向。那通往灣仔道的石階就在克街的下一個街口，小籃球場旁邊。記得小思低頭走樓級時說：「只有這石階還在……」石階旁邊現在有一堵巉巖突顯的石牆，那是摩理臣山石礦場唯一殘存作紀念的遺跡。那次跟小思走那石階時，整堵牆都髹上了白漆。這令我想起摩理臣山埋着的「白骨」——時為一九四一年十二月，轟炸灣仔的是已進佔了九龍半島的日軍，勢如破竹。日軍為了短時間內擊潰僅餘港島據點的英軍，特意狂轟盲炸平民聚居的灣仔，為了增加傷亡，日軍連摩理臣山的救濟中心也不放過，還特別挑市民排隊領飯的時間施以猛攻，許多平民給炸得血肉模糊，務求迫使英軍投降，以免生靈塗炭。由於屍骸眾多，而且多是難以辨認的殘肢，實在難以短時間內追查身份，妥善處理。為免爆發疫症，倖存民眾只好將屍骸悉數倒入山坑中，再點火焚燒，之後再填土封存，所以摩理臣山一帶給名為「白骨山」。無怪小思曾跟我說，雖然那次令她要慌忙逃命的是盟軍的轟炸，佔領的日軍不斷宣揚指盟軍濫炸，但當時平民對盟軍的仇怨普遍沒有對日軍那樣深重。一九五七年，摩埋臣山附近的建築地盤發現了四大缸骨殖，港府法醫張天聞研究後指出，骸骨多屬華人，而且大部份是小孩。[4] 由於無法辨認身份，只好統統移到別處，我始終未找到骨殖最終移到哪處安葬。小思說當年石階旁沒有籃球場，只是一片空地，大概不想讓來打球的年輕人暈染上滄桑感，現在那片石礦場殘餘的石壁給髹上斑斕的圖片彩繪，我倒覺得應該由它留白，以誌念這一帶白白犧牲的白骨亡靈。

我繪製逃遁路線圖時（編按：路線圖見本書頁76–77），沒法交代當時人對那石階的感恩，也沒法烘染出家門前原本「寬闊」、「疏爽」的軒尼詩道，遽然變成火海迷宮的驚愕。我只能在油站位置，加一個火焰符號；我曾望着此符號出神——會否令整個轟炸變得太滑稽，削弱了它所能喚起「廢墟印象」的感染力？我甚至有想過要在地圖上加上有陳屍的街頭照片，記得小思在訪談裏提過有記者拍到大炸灣仔後，在莊士敦道離她爸爸「代書處」不遠的地方有罹難者的屍首。最後，我當然沒有這樣編排，不是因為相片版權的問題，而是由於這似乎是對死者的大不敬，更重要的是所謂「廢

4 見《華僑日報》，一九五七年九月二日及九月四日報道。

墟想像」應該不是重現廢墟的可怕，而是苦難意識常存於安穩中，教人因生活中能夠存留各種瑣屑而感恩、珍惜，並予以收藏，以便日後可逐點拼湊、重組散佚的歷史板塊。蘇珊・桑塔指班雅明因逃亡和漂泊的緣故，所以他的收藏癖有「縮小化傾向」，以便攜帶。這是把小物從「原來的意義」中解放出來，因它既是完整面貌的展現，但過小的規格使之失去原來功能而變成了殘片，於是這些小物成了「沉思和冥想的對象」，讓人更能從宏觀的角度去設想物件的存在價值，並將個別物件的徵意漫衍成自己的故事。

小思在〈「玩具」〉中便曾「示範」過「小人國」的想像：「它只存在我腦海

裏：並不實存的小人國。那時候，我沒聽過小人國故事，只是不知何故生出這個奇怪想頭。家裏沒有人的時候多，孤單的孩子，藏坐在大籐椅裏，凝視着空蕩蕩的大廳，地上就浮現了街道、房子、車子和行人。它每次出現都同一形格，絕不因為幻想而變化。我可以說得出每條街道旁店鋪的樣子，也說得出每個行人的活動。我會讓街上有些事情『發生』，然後組成一個一個的古仔——大概我又在自說自話了。」[5]小思的「玩意」看來相當「日常瑣屑」，相當「空間智能」，也相當「宏觀視角」——班雅明以「廢墟」和「跳蚤市場」來將自己的記憶「空間化」，而小思則是以「街景」（很可能就是她童年長居的軒尼詩道街頭）來拓闊自己的記憶。事實上我們走在灣仔街頭，小思不時告訴我們這店以前是甚麼甚麼，我就是走在自己長大的西環街頭，雖然同樣覺得面目全非，但卻沒法說出那裏以前是甚麼店。

不知道小思把玩她藏的「豆本書房」（多個微縮的書架拼在一起成為完備的書房，書架上的豆本書還可以抽出來打開，頁上確又真的印有內容供「掐讀」）時可有以宏觀的角度想像應該在此書房發生的故事？練就了「從小片作宏觀重組全貌」的能力後，大概也能像班雅明和小思那樣從其他「小物」中重塑社會宏觀的狀貌。除了縮小比例

5 小思：〈小意思〉，《小意思》，香港：牛津大學出版社（中國）有限公司，二〇一四年，頁4–5。

的「豆本書」，小思也鍾情收集食肆的名片、茶包袋、牙籤等等「小物」，而小思曾闡述收藏這些「小物」乃因「能從它們看到整個社會經濟狀況和時代變遷」。[6] 當然不知道小思這種「以小見大」的思考「玩」法是否源自「廢墟印象」，但可肯定的是小思的記憶空間正因生活瑣屑的拼湊、收集和賞玩而拓寬了，而這很可能就是她在「大炸灣仔」後，所謂「懂得死亡」的具體演繹。

何況小思的軒尼詩道本來就「寬闊」、「疏爽」，該還可容納許多記憶片段，不知這跟她近年着力推動「口述歷史研究」有沒有關連？小思在訪談錄中表示：她平時愛「行街」，她指這跟「散步」是不同的，前者是漫無目的，彷彿是在「收割」生活上有趣的瑣屑，是由外而內、由量變引發質變的過程；後者比較側重個人沉思，是由內而外的情感投射。而那次帶我們一眾後輩去走一趟半世紀以前的逃生路線，究竟算是「行街」還是「散步」？還是兩者交替着主宰談話的性質？可能「口述歷史」也是如此的混合模式，也不失是以收藏不同人的記憶片段來拓闊一處地方歷史空間的方法。

那幅逃生路線圖上的小火焰圖案成了我收藏於心中的火頭，看起來雖然有點滑稽，就像班雅明所藏的克利的畫〈新天使〉（Angelus Novus）的笑面一樣，班雅明卻道

6 小思、樊善標對談紀錄：〈收藏：小玩意裏的人生哲學〉，《小意思》，香港：牛津大學出版社（中國）有限公司，二〇一四年，頁138。

這張卡通面容是背着災難的廢墟，迎着一股叫「進步」的風暴。路線圖畫好後，設計師提議我最好給它取個標題，我思考了幾天後，儘管將它名為「小思在灣仔的生死印象」。

## 2 南海十三郎流落街頭的生死印象

那次灣仔散步，除了自己躲避轟炸的經驗，我們還聽說了名宿流落街頭多年的生死傳奇。記得行經軒尼詩道一六八至一七〇號的門牌時，小思停下來告訴我們一行人說當年南海十三郎就是睡在此門牌的樓梯底下。[7]見我凝神往內望，彷彿欲搜尋南海十三郎存在的痕跡，小思溫和地提醒：「原來大廈已拆卸，不過告訴你是這位置罷了。」聽見一位文士居然要如此落泊，心中總有說不出的疙瘩。與其說那是同情，我倒認為是自省。一般人很容易將才人落泊的境遇概括為「恃才傲物」的後果，並將注意力都押在「傲物」這個最易派生「是非閒話」的骨節眼上（用粵俚語來說就是所謂的「花生位」），但我卻想把反思焦點放在「恃才」的先設條件上：必須先肯定自己的才能始能「傲」得起來。那麼，究竟憑藉甚麼標準才能檢測出自己是否「有才」可恃？自

7　南海十三郎（1910–1984）為江譽鏐（自稱江譽球）的藝名，別字江楓，亦有人簡稱江十三，乃三十年代名馳省港的天才編劇家，為江孔殷太史的十三子，故名「十三郎」，亦是《蘭齋雜事與南海十三郎》作者江獻珠的十三叔。南海十三郎的代表劇目有《心聲淚影》、《女兒香》、《梁紅玉》、《燕歸人未歸》、《梨香院》和《李香君》等。

己的眼角可將量度的標準推得多高？又自己的「低手」又能將之壓得多低？道德底線又該劃在「眼角」和「低手」之間的哪一個位置？根據江獻珠記述叔叔南海十三郎的生平時指他有過目不忘的本領，見他編寫劇本，揮灑自若，既不用查字典，亦不用翻韻書或甚麼人的作品參考，所有資料彷彿都藏在腦中似的。[8] 據江獻珠記述，其才除了源於自小博聞強記的積累外，江太史宅第中濃厚粵劇文化更是重要的培養土——在杜國威所編劇作《南海十三郎》第二幕便記述江太史的第十至十二太，乃青樓出身，閒時便會一起看戲、唱戲，為少年的十三郎所喜參與的活動；而不許他參與看戲，甚至可作為節約他搗蛋的殺着。

江獻珠的《蘭齋舊事與南海十三郎》中有附錄十三郎的〈粵劇仍有前途〉的短文，對粵劇提出了四點倡議，其中首要為「不要離棄歷史精粹，反古趨今，卻把歷史適應現實社會需要的寫出來」。意思大概是強調不應遷就大眾口味而扭曲了粵劇的傳統神髓。江獻珠還如此闡述十三郎不容於世的原因：「光復後他回到香港再作馮婦。可惜所編劇本仍然不離殺敵，衛國保家，在昇平之世大談戰爭，殊不合時宜。」這是為自己才能訂定施展的原則，乃屬「守勢」，仍屬「恃才」的範疇，還未及「傲物」的程度，不然他也不會為「泛泛之交」也「解囊相助」以解其燃眉。[9] 這也許是秉承了其父江太

8 見江獻珠：《蘭齋舊事與南海十三郎》（紀念版），香港：萬里機構・萬里書店，二〇一四年，頁185。

9 見《蘭齋舊事與南海十三郎》，頁184。

史好結人緣的作風——不管是翰林墨客還是綠林彪漢，均會奉為座上客，用心款待。班雅明的「廢墟意識」並非甚麼高深的論點，只是很正路的推理：人見過災難的廢墟，自會懂得珍視平靜生活；人在平靜的生活裏，才會有餘裕賞玩體悟生活瑣屑。班雅明愛用「跳蚤市場」來闡述其生活哲學：每個人面對不同的事物，會有不同的情感投射，所以說一個人在時間線上僅只是一個人，是被歷史敘事者安置的小棋子；而在生活空間裏，一個人則可成為另一個人，表現出多種面向，才能宏觀地去把玩自己的藏品。[10]要將記憶的狀態從「災後廢墟」過渡至「跳蚤市場」，說穿了，就是靠「鈍感力」來成就。據江獻珠所載南海十三郎抗戰時，曾參與組織「救亡粵劇團」，四處勞軍，並說那是他「光榮的日子」。[11]後來他一直未能從抗戰的「廢墟印象」回到尋常生活的場景，一直堅持寫跟戰爭相關的題材，不知道是未能淡忘戰爭的傷害，還是在眷戀自己「被需要」的光榮？無論是哪項，都得靠「鈍感力」來撫慰，只是他未能用它來紓解繃緊了的神經，無法回到尋常生活中去。班雅明所謂的「練習迷失」，大概就是嘗試將注意力投射到生活的瑣屑，滋養情趣，藉此紓解緊張情緒。

---

10 可參蘇珊・桑塔：〈土星座下〉（"Under the Sign of Saturn"），原文為："time is the medium of constraint, inadequacy, repetition, mere fulfillment. In time, one is only what one is: what one has always been. In space, one can be another person.

11 見《蘭齋舊事與南海十三郎》，頁185–186。

南海十三郎後來流落軒尼詩街頭，據江獻珠所記，家人全不知情，他那段時間的景況，主要是從小思和蓬草兩人的文章得知。[12]小思指他會不時發出「高昂定調」的叫喊，至於代表甚麼意思，或者表達了怎樣的情緒，只有他自己才知道，可能連他自己也不知道。小思記述那「高白的前額」曾經碰見他迎面走過來——這令我不禁想，一個曾經給轟炸震懾過的心靈跟另一個心繫戰事的心靈，就這樣在街頭擦身而過，彷彿甚麼也沒發生，但該已隱隱牽動了彼此的氣流，就像魯迅跟馮至偶遇，最後魯迅寫下了〈一覺〉這篇散文詩，成為《野草》壓卷之作，記述一覺以後，青年馮至捧着的《淺草》便成了《沉鐘》，前者正好拿來象徵小思的心境，即使在貧瘠的土壤中，也努力扎淺淺的根；後者則像南江十三郎的寫照，即使在和平日子中，內心還是反復地在敲着沉鐘。

至於蓬草的文章，則是記述在自己家開在軒尼詩道，名為「福安堂」的藥店中見到南海十三郎的經過。蓬草的爸爸為中醫師，有空便會跟南海十三郎「談文論藝」，還會請他一起在店內吃飯。蓬草説南海十三郎大概也意會到同桌人對他這位流浪漢的觀感，所以他會把筷頭倒轉才夾菜，蓬草寫道雖然她當時年紀小，但清楚記得他這

12 蓬草寫南海十三郎的文章原載於一九九七年五月九日《星島日報》，而小思的文章原載於一九九七年五月二十八日《星島日報》，兩文後來都收入《蘭齋舊事與南海十三郎》中。

一下把筷頭倒轉時，並不像瘋癲，而是帶着「一臉『有自知之明』的清醒」。杜國威編劇、古天農導演的《南海十三郎》舞台劇似乎較着重表現南海十三郎的傲氣，即使陷入瘋癲狀態亦然，似乎沒能表現出蓬草筆下那抹「有自知之明的清醒」。誠然，這樣的眼神，並不是喧囂的大舞台所能表現，舞台上要夠煽情和戲劇性，始能吸引注意。大概亦是這個原因，編劇要杜撰南海十三郎是倒斃街頭，實情他是病歿於青山醫院。江書亦是為了澄清這實情而加入「南海十三郎」部份。單看此舉，許多人都説江家跟杜國威反目了，但江獻珠在書中多次向杜國威致謝，説他編了一齣好戲，令人重新認識南海十三郎和江家的家族史，而劇團亦容許江書在公演的場外寄賣。我不知道怎樣才是觀眾所喜的戲劇性，但我想杜沒有按江家的要求，依事實修改結局，只因如果改掉，劇情便不能首尾呼應。戲劇採倒敍手法，開幕時已陷瘋癲的南海十三郎致電報案，説自己的鞋子被偷了，到場的警察於是問誰有嫌疑偷他的鞋子時，他説一隻給日本人偷了，一隻給英國人偷了。據江獻珠記述這段是真有其事，而結局「暴斃街頭」的情節，乃因編劇安排了開幕時的警察去處理南海十三郎的屍首，警察隊長叫人找一雙鞋給他穿，説看見他赤着腳怪不舒服。這個按語大概會令香港人帶着英國和日本發動戰爭的「廢墟印象」去思考自己的文化歸屬感：現在我們是否已找回合適舒適的鞋子？還是仍是赤足躑躅在街頭？每次走過軒尼詩道，我會想起這裏曾有過一抹瘋狂中的「自知自明」的清醒，那大概就是讓人從「廢墟印象」中解脫出來，找着適合自己文化身份的鞋子，大步走在充滿「日常瑣屑」的街頭上的睿智。正如南海十三郎在《心聲淚影・寒江釣雪》收結中云：「人面不知何處去，綠波依舊向東流。」

## 3 新亞怪魚酒家塗畫的生死印象

戰後香港的經濟開始起飛，和平日子裏，民以食為天，所以酒樓／茶樓都是一座一座的冒現，單是灣仔便有雙喜（一九四九年）、龍鳳（一九五〇年代改名為龍門），集中在軒尼詩道上的有英男茶樓、大三元酒家、萬有茶樓（後改名為龍圖和百樂門）、頤園酒家、還有太平館和新亞怪魚酒家，可說以不同的選項打造了一個消費迷宮，當然每個人選擇可能連繫着自己的故事。小思曾記述母親過世後，爸爸不再到英京酒家，只到頤園，顯然並非因那裏聞名的「太爺雞」。每個人通過自己的選擇會更清楚自己的喜好，不知不覺間強化了自身的主體性，這大概就是班雅明如何通過逛跳蚤市場來「練習迷失」。

在芸芸眾多的食肆中，新亞怪魚酒家的經營者，可說是當中最認真參與「迷失練習」的表表

者。當中輻射出來的創意，可說是此食肆生命力的具體呈現。當香港人的生活水平不斷提高，對海鮮的消耗量也日漸增加。由於以往海水魚沒法在酒家活養，所以只能以雪藏方式運送儲存，但這樣會失其鮮味，有見及此，新亞酒家的老闆蘇良便將大幅店面闢作魚池，以科學方法活養深水海魚，讓食客可以自選實物，即點即撈即煮，吸引本地，甚至外地遊客光顧。[13]這樣的創新陳設不獨刺激市民口腹之慾，也給藝術創作人帶來激盪。五十年代初畫家陳福善從澳門回到香港生活，把工作室設在新亞怪魚酒家附近。他在六十年代開始，以香港民生為系列創作的題材，只是他筆下並非以寫實的筆觸去捕捉日常民生狀貌。[14]他會滲入畢加索立體主義的手法去描畫人物，又會用上像達達主義作品那樣大片對比鮮明的色塊，但卻會以中國傳統水墨皴染法，模糊色塊之間的界線，使兩個色區之間互有進退，更增觀賞的張力，使畫面更堪咀嚼。又會以疊影的手法，將一些尋常物跟其他畫面疊合，將物品單向的延伸意義化生成輻射性

---

13 張茅：〈香港飲食半世紀〉，載於《大公報・大公園》，二〇一七年三月十九日，A20版。文中刊載了一則當年新亞怪魚酒家的報紙廣告：「香港開埠，歷百年，可記的事難盡述，最值得紀念者，為蘇良君創造科學養魚池於本港灣仔新亞酒家。從前未有人能養活鹹水海鮮，雖有名貴海產，但靠雪藏失真味，自蘇君發明此科學養魚池後，大洋海鮮得繁蓄，中外讚許，實可記之一頁也。」

14 有關陳福善繪畫藝術的發展可參：文潔華：〈香港繪畫美學與文化身份的反思（一九四〇—一九八〇）〉，文思慧、梁美儀編：《思行交匯點——哲學在香港》，香港：青文書屋，一九九七年，頁205–237。

的象徵意蘊——在〈奇異世界〉中，不同人的半身像會在山前面靠攏，但上方則飄浮着一條擬似鰻魚的怪魚。魚，彷彿成了從眾人昇華出來的自由游弋的渴望的象徵。陳福善寫過一篇重要的藝論〈從現實派說到抽象派〉，當中談到自己繪畫抽象畫是出於「悲觀主義」：當遇到挫折時，可以用自由地主宰自己的想像，那一切愁悶便會消散。他又寫道：「韻律是一幅畫的生命，所以我便把它當作生物一般再加以利用。時至今日，這種由韻律推動而成的『生物』，已發展成我自己的符號或幻覺來完美我自己的風格。」[15]大概由於「魚」很適合用來表現這種「韻律」，所以「魚的幻象」常出現在陳的畫中。

陳生前曾在香港辦過四十多次畫展，過身後，在國內和香港則都有舉辦他的回顧展，其中二〇一八年於成都現代感強的知美術館舉辦的，名為《幻》，陳在上面提及的藝論中也有一節的標題就是「幻覺」。策展人于海寧在訪問中指陳畫中的「魚」意象乃啟發自「新亞怪魚酒家」，指陳出生於巴拿馬，又長期在香港生活，兩處都屬「港口文化」，所以對「魚」意象情有獨鍾，多用以表示「自由、逍遙的精神境界」。[16]如果于

15 見《福善戲筆・圖冊》，香港：香港藝術中心，一九九九年，頁 70–71。

16 〈陳福善展覽《幻》於成都知美術館開幕〉條，載於《每日頭條》，二〇一八年十月四日：kknews.cc/zh-hk/culture/bgb3npm.html

的說法真確，那麼陳福善畫中的「怪魚」便是新亞怪魚酒家生命的延續。酒家以「怪魚」名之，真不知是由於店頭的魚缸內各種大海魚，還是由於正對着軒尼詩道跟店面一樣大的圍牆畫的一幅描畫深海情景的壁畫之故。畫面中有「潛水銅人」和「美人魚」和許多不同的魚，更有噱頭的是，為了不讓人看膩，店主每年都會將之塗掉重畫，但「潛水銅人」和「美人魚」會在不同的位置，成就新的構圖。情形有點像通勝中的「春牛圖」，每年新的構圖會成為街坊茶餘飯後熱烈猜度的焦點。

自二〇二三年一月起至二〇二七年五月二十七日，香港藝術中心舉辦了為期五年的《歡樂今宵・陳福善的藝術》的重點展覽，除了展出陳各個時期的畫作，還重現了陳福善於灣仔駱克道的家居畫室的間隔和陳設，期望當中呈現的時代氛圍可以引導觀眾進入陳的藝術世界，與此同時活躍人心底的想像和幻覺。由此長期展覽項目，可見陳對香港本土藝術發展有着相同重要的承先啟後和揉合東西的啟導作用。陳在軒尼詩道一九七號正對着新亞怪魚酒家和在小思童年居所樓下的畫室，是陳於一九五三年為「設帳授徒」而設的。[17]

記得小思跟我們走在軒尼詩道時，來到現在恒生銀行大廈的地方，她說童年就住在對面一九五號，每年畫師動工重畫那幾天，她都會伏在窗前細看。如此看來，除了

17 見《福善戲筆・資料冊》，香港：香港藝術中心，一九九九年，頁26。

等下班的爸爸之外，此怪魚壁畫是小思的另一片重要窗景。意大利的馬帝歐・佩里柯利（Matteo Pericoli）邀請世界五十位不同地方的作家描寫最熟悉的窗景，他則負責將各地作者的窗景，以黑白勾線的鋼筆畫風附錄在文字的對頁，相當雅緻，他在書序中寫道：「一扇窗終究不僅僅是與外在世界接觸或分隔的界面，它也是一面鏡子，映照出我們向內的凝視，投射回到我們自身的生活。」[18]真的不知道如果請小思同樣描畫一道觸發創意的窗景，她會選現在窗外的那棵近年開得出奇艷紅的木棉，還是當年的這幀年年更新的新亞怪魚？壁畫似乎不單是融入街道背景，成為助人集中的「白噪音」，更是一道重要的「歷史場景」，不知道小思在「玩街景」時，腦海中有沒有包括這幅壁畫，只可惜沒有照片留存下來可供描畫。只是經營上如此富創意的酒家竟然很早期便結業。它的消失彷彿也相當奇怪，當年如此特別的活養海魚的魚缸陳設和年年更新的壁畫，居然沒有甚麼留影。記得小思曾帶我參加一個老灣仔群組的聚會，席上有人展示一幅仿作的怪魚壁畫照片，從那群老灣仔的驚喜，便知道原來真的相當難得。後來我在網上搜尋，真的找不着這家酒家的清晰照片。它的退場竟是如斯奇怪和神秘，可能街坊都視它為必然的存在，所以並沒有費神去記錄。

---

18 見馬帝歐・佩里柯利（Matteo Pericoli）著，廖婉如譯：《窗：50位作家，50種觀點》（*Windows on the World: Fifty Writers, Fifty Views*），台北：馬可孛羅文化出版，二〇一五年，頁17。

近日，小思在機緣巧合下，在一九四〇年八月二日的《天光報》發現了一段文字〈講句閒話〉，當中無端將「八珍醬園」和「新亞怪魚酒家」拉在一起。小思於是詢問八珍後人伍淑梅小姐，才知悉原來其父伍偉森跟新亞店主蘇良是要好的朋友，原來「怪魚酒家」之名和海底壁畫均為伍氏獻的點子。[19]看來「新亞怪魚酒家」雖結業多時，但它所代表的怪點子卻成了許多老灣仔心中帶一點點神秘的遺憾，成為永遠的「一時佳話」——不當供奉的傳奇，而是永遠的茶餘飯後，為人津道引來樂子、打開話題的「閒話」，將街坊的記憶拉回那戰後經濟方興、市民有餘裕在生活瑣屑上尋樂子的「一時」。

那次跟小思逛灣仔雖短，沒有涉及任何文學作品，卻以三段往事給我們展現了不一樣的軒尼詩道。我不會說是嚮往那「一時」，卻肯定令我更懂得品味香港的「今時」——看過沿着軒尼詩道的堵路示威，四處火光熊熊，心中升起的「廢墟想像」中猶帶着戰後轟炸的苦味，但我深信很快會接上「回甘」之味，並且漸漸散入生活尋常的角落，讓抵禦荒謬的槓桿找着合適的支點。

19 見「灣仔群組」面書：https://m.facebook.com/groups/hkwanchai/permalink/10159004473442387/

# 嚴師與我

楊：楊鍾基教授　樊：樊善標教授　黃：黃念欣教授

## 嚴師印象：敦梅小學雜憶

**楊**　**前幾次訪談中，你談過爸爸媽媽對你的影響，爸爸帶你行街，既屬家教，亦屬社教。而小學、中學教育則是每個人必經階段，影響深遠，你卻甚少在文章裏提到，現在回想起來，你會怎樣形容當時香港的小學教育？**

**小思**　我唸的小學，是由最嚴格的、傳統的私塾演變過來的。我剛巧在老校長與年輕校長交接之間進校。中國傳統師生關係，往往就在這種私塾的環境中培養出來。敦梅學校在當時來說，屬於灣仔三間名校之一，都是私塾演進成現代化教學而成。我用演進一詞，因為私塾的教學特色是「卜卜齋」，只教學生唸四書五經，但是，當年香港私塾，很早便有些近似現代小學的教學觀念或模式出現——可能是殖民地政府的教育政策訂下來的——課程包括美術、音樂、體育、地理等課題。我們的老校長莫敦梅先生是私塾出身，不過當我入學時，他已經年老，很快便去世了。他為人很嚴格，學生經過他面前不鞠躬的話，會被他打的。我初入學時不懂這些，沒站定鞠躬，幸而他沒打我，只罵我幾句。

另一次被他罵，是在唱國歌的時候，我並沒有雙手垂下肅立。這兩件事，使我以後聽見國歌，都會雙手垂下肅立。遠遠看見老師，便立刻站好，向老師深深鞠躬。到中學時期，還是看見老師時深深鞠躬，同學看在眼內，覺得怪，給我綽號叫「九十度」，因為我向老師鞠躬時會九十度彎腰。

我升二年級，老校長去世。由他兒子莫儉溥先生接任校長。他在北京讀大學，一九四九年回到香港，承繼父業。自此學校有了新面貌，除了傳統的文言文課文外，小學二年級竟然開始教巴金、冰心等現代作家作品。中文科老師在黑板上抄出巴金怎樣寫日出，冰心怎麼寫雲，我們開始背誦白話文，然後默寫。另外，一九四九年後學校來了一位老先生，只懂說國語，哦！那時不叫普通話的。他名沈兼士——應該不是浙江吳興人、「三沈」昆仲之一的那位沈兼士，因為他在一九四七年去世，而這位一九五〇年到香港的沈兼士是江蘇東台人。一九五三年他編了一本《漢字辨識》，

聽小思談被老校長罵的兩件事

敦梅學校校徽

校訓歌

博愛謂仁，行宜謂義，齊之以禮，明之以智，
言而有信；誠一不貳。繼往開來，頂天立地。

仁　義　禮　智　信　誠

仁為心德，人之定則；親親仁民，以及於物；惻隱遠端，愛由情出；胞與為懷，力行不息。

義乃事宜，利物和之；人之正路，己之威儀；心存羞惡，見義勇為；盡其在我，樂善好施。

禮重踐履，悉本於理；體天順人，循規蹈矩；行有節文，國之綱紀；以齊民行，格而知恥。

智本知識，重在格物；見微知著，進止不惑；乘勢以為，應變有術；明辨是非，好學斯得。

信在庶孚，澤命不渝；國之所寶，民不可無；行之蠻貊，亦及豚魚；季布一諾，敬為楷模。

誠謂真實，心志純一；道在天人，自成成物；慎獨戒欺，反身修德；去偽閑邪，擇善固執。

手冊內的校訓歌

內容是教小學生中國的字音字形，我們都要唸。其中我最感興趣是〈專門名詞讀音〉，例如門神名寫成「神荼鬱壘」，讀音卻是「伸舒鬱律」等，我讀熟了，專門去考考同學。我懂把「曹大家」讀成「曹大姑」，媽媽也稱讚我。舊學的根柢就是這樣學習起來的。小學時期既要學新的，也要學舊的，這造成我小學時期便能寫些像樣的文言文，也能寫白話文。自從這位新派校長到任後，學校開始有歌詠隊、遠足旅行等，開拓了我們的眼界。記憶中，小學的老師都很嚴格，只是我尚算乖巧，極嚴格的老師對我還不錯。

**楊**

**你的小學老師會否帶學生行街，或者參加甚麼課外活動？**

**小思**

也是有的。小學時老師曾帶我參加演講比賽，得了全港冠軍。現在學生經常有機會與老師出外參加比賽，但以前是沒有的。那次比賽，參賽者要坐在禮堂最前排。從未出過大場面的我很懼怕，禁不住頻頻回頭看看老師。宣佈結果後，散會出來，老師罵我不應回頭看他，應有獨立自信，因為以後未必再有老師常在身後，讓我害怕時可以回望求助的了。這次我印象非常深刻，這位令我一生記住的是陸錫賢老師，是訓導主任，全校最嚴厲的老師。原來他是全廣東省的演講冠軍，設計了「故事堂」，讓學生在課堂上講故事，於是大家都有機會公開向大家講話。我說故事的成績很好，從小學二年級開始，他

陸錫賢老師

就訓練我演講。他很嚴，常罵我，但讓我學得很多演講技巧，包括眼睛要怎麼看人、手要放哪裏，只要站在講台上，便要想辦法令觀眾的注意力都聚集在自己身上，讓觀眾感受到你的視線，他們才會留心聽講。至於語氣和抑揚頓挫，老師則是一句一句教的，所以我每天中午要到老師休息室去，在他面前逐句練習。學校那時有校園廣播，我要在廣播中講話，作為實踐訓練。對陸老師的嚴格培育，我很感恩。

小思參加演講比賽獲獎後攝。（攝於一九五二年四月）

**楊** **許多人回憶小學時期，總是津津樂道自己如何頑皮，但你卻分享自己做乖學生，受老師關愛。現在回看，會否有些遺憾，何以自己從未頑皮過？或者面對當時的壞學生，你曾否在心裏批評過他們的行為呢？**

**小思** 首先，這與我的家教有關。自小媽媽管教嚴格，但爸爸卻很調皮，總在媽媽背後教我玩些調皮玩意。但是，總給媽媽調校過來。我也有頑皮的時候，往往是爸爸領着我鬧玩。不過，我覺得自己更傾向接受媽媽那種正面教導。從家裏是乖孩子，到在學校裏成為乖學生，那是順理成章的事。再加上學校也是嚴謹的，自然養成我乖的性格。而且，乖學生能得到許多讚賞，我很開心。你問有沒有壞學生，總有的，有欺凌同學的男同學，也有些頑皮的男同學，奇怪我卻能跟他們和睦相處。就算是搶我的墨盒，結果把墨汁潑得一地的那位男同學，我依舊會借墨盒給他用。他們調皮，但我接納他們的性格。有女同學上堂時偷吃零食，她們會分給我，只是我不敢即時吃，留待小息時才吃。

（眾笑）

**楊** **這是一種友誼的表現。**

**小思** 對。這讓我想起媽媽對我的影響。媽媽是無論甚麼人，都總能與之交往。左鄰右里都愛跟她交朋友，有事會徵詢她意見。我相信從她身上，我學會包容，學會理解不同性格的人和跟他們溝通。組織能力是媽媽教我的，自小學開始，到中學、大學，我都會組織同學做些活動，例如課外表演、文社等。

**楊** **小學階段你有自學經驗嗎？**

**小思**　有。當時有位年輕的中文科老師——後來他失蹤了，有人說他是共產黨，被香港政府遞解出境。他帶領我們組織「小圖書館」——學校沒有圖書館，他在課室一角放一個玻璃櫃，要每個同學一人買一本書放進去，每星期借一本來看。我不懂買甚麼書，他便帶我到東方書局買，《伊索寓言》是他要我買的第一本課外書，其他同學買些成語故事之類的書。老師委任我負責管借書還書工作。有時還要我自己找書先讀了，再推薦給同學。

## 承先啟後：從承傳嚴師到啟迪後學

**楊**　**中學也遇上嚴師嗎？**

**小思**　我中學唸的是金文泰中學，是所官立學校，沒有小學那種嚴，老師不會打罵學生了，但也有另一種「嚴」。有幾位老師很嚴，是嚴格，他們不責罵學生，但對我們極嚴格。教生物的鄺慎枋老師要我們充分備課，自己做筆記、繪圖——很可惜我只保存中文作業，沒保留其他科目筆記本，否則可亮一下我手繪的人體骨骼全圖。每堂他首先提問上堂所

金文泰中學堅尼地道校舍（一九四八年至一九六一年）

教，我們怕被抽問不懂回答，都認真備課。教數學的潘海紅老師要我們做許多習作。她改我們數學題改得十分仔細。我數學最差，考試常不合格。潘老師不嫌我成績不好，總好言指導，會考我竟然及格，記得放榜日，她走到課室笑對我說：「及格嚕！幾好呀。」地理科楊似蘭老師要我熟悉中國地圖，她可徒手在黑板畫各省地圖，我們也學着。嚴格的老師都是先對自己嚴格，無形中感染了學生。

**楊**　**剛才談了許多中、小學經驗，我發現這些經歷很適合作為討論教育制度的切入點。你小學時期的課程編排在當時是流行的，抑或你的學校是個異數？**

**小思**　我無法判斷，也沒研究。不過當時灣仔三間出名的小學都在菲林明道附近，近來和一位當時就讀端正小學的朋友聊天，他說當時也是學習這些課程。不過，在我蒐集、收藏的舊教科書看來，正統學校課程大抵相同，敦梅學校額外加添的，也許比較異數。

**楊**　**現在常常說「操練」不好。那麼小學時期的操練對你有何影響？現在許多人都對規範式的操練反感，不過，就像你剛才提到的幾位嚴師對你影響深遠，這在教育過程中是不容忽視的。你認為對嗎？**

**小思**　「操練」本身沒有負面意思，但是過份的「操練」，方式不正確，甚至怪異的「操練」，才是毛病。我們身體動作要操練，軍隊要操練，各種藝術、技術都要有合理操練。有人認為規範的操練是迂腐，這並不對。中文科範文詩詞背誦，令我們聲入心通，幾時都可應情應景配合或採擷。生物科令我到今天仍可隨口說出消化系統各組織運行程序，及界門綱目科屬種的生物分類法。現在說來好像沒用，但當成通識，未嘗不可。

**楊**　**在這裏我想加個問題：以前你會背默甚麼課文？**

**小思**　當時教科書內所有範文要背，老師在黑板上抄的白話文，例如蕭紅〈火燒雲〉片段要背。背白話文有好處，可以避免寫作時受廣東口語的干預。

**楊**　**現在的教育方式中，有許多無關課文的、額外的訓練，但是你那時候並沒有這種訓練。你怎樣看這種從「自然成材」慢慢發展成「人為卻又不成材」的情況？**

**小思**　教育方式或課程，的確應該有些設計與準則，因為不受訓練培養而自然成材的，可能只有少數天才成功。有了設計與準則，會幫助較多人成功。只不過，這種設計很容易涉及功利。學生知道當領袖生、加入社團、訓練營，對自己的升學有幫助，便踴躍參與，這是為利而行，不是順其性格發展。我常常強調順其自然，不考慮做某件事能幫助我得到甚麼好處才去做，那會少了得失之慮。適當的課程設計能讓學生增廣見聞，找到自己路向，但只求量化的話，便會流於功利。

**楊** **大家談教育，總是就教科書、課程方面着手，但是，你卻較少把重點放在這點上。當然，教科書和課程定是影響教學生活的，不過對個人影響更大的，卻是校風與老師。**

**小思** 對，同是一篇〈祭妹文〉或〈出師表〉，同是從「情」出發，不同老師能發揮不同作用。從不同角度切入，對不同對象，激出的力度差異極大。教科書的設定，為了讓所有老師有知所着力的授課準則或指引可跟隨，但是否有教學效能端看老師收到規範化的教材後，如何消化規範和指引，如何將自己的學養、思維方式、人格修養，注入講授過程中。總的來說，令範文以最恰當的形式進入學生的心裏，便是老師的功夫所在。多優秀的教科書，只要遇到一位沒有用心理解的老師，甚至他的人格本身不能進入某篇作品的話，也是沒有用的。

## 從嚴厲到輕鬆：因時制宜的教育方法

**黃**　盧老師之嚴，同學大多記諸心而少見諸文。我一直想說說超過二十年前的一堂「現代散文」課——那是一個有點悶熱的下午，盧老師要開講唐弢的〈城〉了，開開問一句「所謂『日者』是甚麼，知道嗎？」全班無聲。再問「加插日者有何用意？」還是無聲。最後問「文中有個日者，你們到底知不知道！」這顯然已不是一個問題了。幸得前排一位師姐（董文珊）終於回答出「日者」為何，但空氣中的戰慄已使其餘同學聽不到回答，而盧老師當天也沒有再講唐弢，只沉重地留下這樣的話：「不過十數年前，在大陸、在台灣，多少書看不到、不能看，而你們在香港，甚麼都可以看，卻甚麼都不看。我的眼睛多年來為看書看資料，每到入夜就幾乎進入半盲狀態，你們年輕眼睛好，卻是甚麼都不看。我就等着看你們將來會怎樣後悔，這是我今天留給你們的預言！」然後就收拾書本出了課室。我記得之後同學都久久不敢離去，那沒有認真學習的羞恥感也是無從忘記。此事之「嚴」，不在客觀課業要求——我們的確未有做好基本的備課；卻是因在乎而說的一番重話。我想問，今天回顧，老師如何看待這種「情緒震盪」式的教學經驗？這種「在乎」又「傷身」的教學態度，又是從何啟發得來？

**小思** 唉！你提起這舊事，才真是令我「情緒震盪」。教中學教大學，我是惡名遠播。是惡，不是嚴。九十年代以前的學生，到今天仍極怕我。我認為小學老師之嚴影響我甚深。踏上教壇，那種「嚴」如影隨形，漸漸成為個人風格。

到教大學，教現代文學，正值內地改革開放，我與兩岸交流日多，多讀當時文學、文獻，配合在京都大學讀到二、三十年代中國現代文學作品及雜誌，一時對身處香港相對自由的我，衝擊很大。且八十年代香港回歸已上中英談判桌，我考慮的是對中國文學、歷史的認識理解，應趁機會爭取更多更廣。於是很「急」，為香港學生急，即如你說「在乎」。大概那天是急出火來了，即「傷身」。現在檢討反省，是「過」了尺度。

**黃** 大學三年級時我在「開卷樂」節目中訪問您，要談《姹紫嫣紅開遍——良辰美景仙鳳鳴》一書。在錄音前後我忍不住頻呼「好驚」，因為在電台見到老師好緊張。大概我說得太多了，您跟身旁另一受訪者及另一主持說：「你看我這個做老師的做得多失敗！」嚇得我連「好驚」也不敢再嚷了。其實在您心目中，希望學生對您敬畏還是「打成一片」？「做得成功」的嚴師到底是怎樣的？

**小思**

學生「好驚」我惡，是真的。如解釋為「嚴」使學生「好驚」，還足安慰些。但單憑「惡」——尤其是橫行霸道的惡令學生好驚，那就如假包換的失敗了。其實我幸運，遇上一群被我罵一頓，因而產生「沒有認真學習的羞恥感」及「也是無從忘記」的學生。可是，幸運不是年年陪伴着我的。

當老師，有責任「傳道，受業，解惑」，必須比學生站高一些，好讓學生看到「標誌」來學習，學生瞻望敬畏，才有追隨學習之心。故令學生敬畏，還是為方便學生學習着想，跟學生「打成一片」，得看是哪一片，是怎麼的一片。過份一片，可能是「冇大冇細」，「冇高冇低」。平等也得有分寸，向高學習，立見高低。所謂「取法乎上」即是。要做得成功，要反省、要自我不斷調校、要學習。終其一生，追求成功，但仍未必成功。

**樊**

**以往常說的「嚴師出高徒」，現在不怎麼聽見了，反而流行「快樂學習」，老師的角色變成了學習上的夥伴，這顯然和社會環境有關。雖然您以嚴格聞名，但在幾十年的教學歷程裏，也必然會有所調整，可以談談其間的變與不變嗎？**

**小思**

嚴師未必出高徒的呀！嚴師教同一班學生，難道個個是高徒？所謂「引氣不齊，巧拙有素，雖在父兄，不能以移子弟」，高徒還是他自己出的。不過他遇上嚴師指點，又自己懂得掌握汲取苦練，成功得快些而已。「在幾十年的教學歷程裏，也必然會有所調整」，你說得真對。曾經有一個八十年代初畢業，很用心幫助我整理資料、跟我很熟的學生，見到我跟退休前所教的學生談話。忽生感慨低聲說：「他們怎能這樣隨便跟您聊天談笑？」告訴你，這個學生直到今天，還是好怕我。回憶起來，自九十年代開始，我的確有了改變。

時代在急劇轉變，人也在轉變，我們教的是人，人變了，教的方法必須配合。我在中文系教的全是選修科，學生可以不修我教的科。我不是怕沒足夠學生來修讀，而是我想把自己的想法告訴更多學生，他們不來聽才是我的失敗——聽了接受或反對都好。因此，我慢慢調校自己的態度。首先在教學設計、課程選材、演繹過程方式，都緊貼時代潮流。特別在課程取材方面，要配合時勢，能通古今之變，引起學生思考自身問題。讀朱自清的〈哪裏走？〉就是例子。在女權主義盛行之際，我開了以女性小說為主題的課，企圖用二、三十年代女性命運敍述來反省今天女性的處境，可惜我力有不逮，組織與推展不夠好，開了一次，便不再開了。我總想用學生熟悉習用的思維、例子引入主題，這可以說「包裝」在變。

單獨對學生，或上課時，我多了笑容與輕鬆語氣，當然，這是真心要變的，因為愈來愈明白不應讓學生膽顫心驚地上課——雖然我並不相信一定要「快樂學習」，才是成功教學，因為經過緊張、嚴肅、吃力的學習磨煉後，得到收穫的快樂，才是真樂。

不變嘛？是我對自己備課、授課態度不變。對學生功課水準要求不變、要學生上課時認真對待學習、對個別程度參差學生分別輔導等等方向不變。

## 樊

**得天下英才而教育之，當然是教師的樂事，但現實裏學生水平參差，教師的工作又繁忙勞累，您有過低沉無力的時候嗎？怎樣振作起來呢？**

## 小思

唉！你們現在的工作才真是又繁忙又勞累，聽說學生對老師的態度及學習情緒，也跟從前的甚有差異。我不敢想像自己仍在教學，會怎麼樣處理。

任教孔聖堂中學時旅行留影

任教筲箕灣嘉諾撒修院中學時照片

在過去幾十年教學生涯中，我算幸運，除了教學到第七年遇上一點點挫敗外，不到兩年，由京都遊學回港後，情緒就完全調整過來了。在大學授課期間，偶然也會因學生問題生氣，可是，我知道低沉無用，只有令自己增加無力感。我振作起來的方法說出來，你會覺得很幼稚，或孩子氣。我會去飲杯茶，如近下午，會隨緣找一兩人去飲下午茶；會看看花草樹木——可能找一株小草仔細觀察；會整理資料卡片；會搬弄一下所藏小物件。如時間許可，會去行街，去看場戲……都是平常之極的動作。很快一啖氣就吞了，可以如常再見那令我生氣的學生。如遇上巨大無可解決的難題，我生氣過後，會設法改變策略，試盡力變化。如個人能力不及，我會試從記憶中尋出美好教學經歷，自我感覺良好一番，明天又振作起來。

還有令我振作的，就是老話「教學相長」。我常會暗地裏或坦白向學生學習。學生有新的看法，好的想法，往往令我精神一振，我會沿他的思路去探索。我

大學授課時照片

快樂，常因看到學生露一手他自己的真功夫。

補充一點：得天下英才而教育之，一樂也；得天下不是英才教育之，而能使之過關、生活，也是一樂。

附錄一

# 嚴師

小思

遇上嚴師，是我之幸。

記憶中第一位嚴師是敦梅學校的莫敦梅老校長。他沒有直接在課室裏授課，可是天天巡查，管教學生的一言一行。我小學一年級，就給他罵了兩次，直到現在，我還銘記於心，不敢犯錯。

由於戰爭關係，和平後才唸書的人，多沒有唸幼稚園，我也不例外，一進學校就唸一年級。糊裏糊塗，不懂甚麼學校生活，只隨着大隊上課下課。那時候，每天上早會，學生立正唱國歌、校歌，行升旗禮。我個子矮小，排隊總得站在第一排。有一天，會後給校長截留下來，罵了一頓，說我立正姿勢不正確。一年級初入學小孩子，不知道「立正」，老校長罵了一頓後，就教我怎樣才是「立正」，還說唱國歌校歌升旗，都是很重要的——後來升上高年級，我才明白這是尊重國、校的禮儀，也是自尊的表現。自此一罵，直到今天，我每遇這些場面，一定雙手垂下立正，看見別人雙手放在背後，或站立姿勢不好，就很不舒服。留心一下，文明禮儀，也很講究升旗、唱國、校、社歌時立正姿勢，好像只有香港學校沒有注意教這一套。

另一次受責，是小息時間，在走廊中與校長擦身而過，沒有站好鞠躬——是鞠躬，不是點頭，沒有尊師的應有禮貌。自此，我對師長，總是站定行禮，自然敬意也自心底出來。以上所述，現在人們看來，可能覺得我迂腐可笑，甚麼立正鞠躬，簡直封建烘冬，但我卻覺得在這行動中，自有端正心思的作用。莊重，由裏到外，對人對己，都有好處。如果不是具備誠敬，很難處事待人。許多文明國家，推行自由民主，還是十分重視禮儀，並不會視守禮為老套。小時候，嚴師沒對我講大道理，可是一罵之後，終身謹記，日後自明白行為背後的精神，也就受用無窮了。

一九九一年八月九日

陸錫賢老師為學生代表親筆撰寫的畢業演辭

香港敦梅學校
第一校舍：洛克道二〇五至二〇九號
第二校舍：高士打道一一六至一二〇號
第三校舍：高士打道一〇九及一一二號
電話：二六八六七

TUN MUI SCHOOL
WANCHAI, HONGKONG
Section I: 205-209, Lockhart Road,
Section II: 116-120, Gloucester Road,
Section III: 109 & 112, Gloucester Rd.
PHONE: 26867

# 歡送畢業同學演講詞（粵語）

各位師長，各位同學

今天這麼盛大的一個集會！這麼隆重的一個典禮！我抱着愉快和惜別的心情，代表在校的同學們，向諸位畢業同學說幾句誠懇的話，作為臨別的贈言。

我們處在這大時代的洪爐中，在諸位師長們認真地嚴格地教導之下，諸位畢業同學都緊緊地把握着時間，克服了幾許困難，終於完成了這漫長的六個學年的學業，我相信各位現在都深深地吐一口氣，把六年來緊張、苦幹的情緒，化作輕鬆愉快的心情。

不過，學問是沒有止境的，我們正像一個農場裏的苗圃一樣，做的是培種育苗的工作，諸位完成了高級小學的階段，那就等於一株植物的嫩芽，在肥料人工的勤加培植下面，已經茁壯起來，快要移植到另一塊地方去發榮滋長了。我很希望諸位同學今後要把過去在本校求學的精神，繼續努力地苦幹下去，那麼，我絕對相信，有好的種子，好的秧苗，一定會開出燦爛的花，結成碩大的果實的。

再次，諸位受過了六年的訓導，對於校訓上仁、義、禮、智、信、誠這六個字的精義，已經相當認識，漸漸形成良好的生活習慣和思想的南針，所以一會兒游藝節目裏由諸位負責表演的梅花操，可算是一個重大的意義，我也相信諸位同學一定能確實地依照這六個字的真諦來做立身行事的基礎。

諸位同學既經畢業，離開母校，我們也快要分別了。數年來日相處，多承隨時指導，時時扶助，一旦分離，在情感方面，自不免有依依不捨之情，但是我們的眼光要放遠大一點，不要作出兒女態的悲傷，我們知道人生的會合與離別，原是無可避免的事，何況諸位同學在本校學業方面，已告一段落，自應再接再厲，繼續向學問的大道前進，此乃理所當然，但行遠自邇，登高自卑，不忘其本，乃是人生的美德，本校有三十餘年的悠久歷史，造就很多的人材，在國內外各地方服務，能夠貢獻他們的能力，造福社會人羣，更希望諸位同學要把本校的光輝帶到足跡所到的任何角落中、外，化成了強烈的光亮，驅除一切的黑暗，使大地現出了一片光明，我們成千成萬後進的弟妹們，是一步一步不停地跟着諸位前進的，我們的精神是永遠聯結在一起的，這樣才不負本校諸位師長的苦心孤詣地作育人才的本旨，同時我們也才能完成我們應有的任務。希望諸位同學牢記着，並隨時隨地指導我們，鼓勵我們，完了。

# 新亞雜憶

**楊**：楊鍾基教授
**陳**：陳永明教授
**樊**：樊善標教授
**黃**：黃念欣教授

## 自由與開放：農圃道時期的新亞生活

**楊**　今天在場的與談者，許多都曾就讀新亞書院。我想這是個好機會談談新亞書院。現在回想起來，我們讀大學時，剛巧遇上各方政治勢力都在香港動員的時代。不過，有趣的是，在學期間，我並沒有太深刻的感受，例如那時我曾參與大專服務隊，隊方沒有任何政治取向，左派、右派均來參與，共同的理念便是勞動。你們在新亞書院讀書，有沒有這類感受或經歷？

**小思**　儘管有人認定新亞書院是反共的，現在回憶起來，我覺得是個思想很自由的地方。你既然提到

新亞書院農圃道校舍（一九五六年第一期）
（圖片由新亞書院提供）

政治狀況，我也應細想一下。甚麼叫政治狀況？土生土長，在英國殖民地受教育的我，根本近乎無知。五十年代懵懵懂懂，身邊的大人，從不談及政治，應該說，政治這話題是禁忌。大學四年中，我觸及「政治」的機會微乎其微。最難忘也最刺激我的，只有兩件事：一九六〇年十月新亞的懸旗事件，一九六二年大逃亡潮。剛進新亞第一年，十月初聽說有個國慶晚會，唐君毅老師會出席，解釋懸旗事件，就好奇又「唔知發生乜事」去參加了。誰料那會上，只見師兄們十分激動，我第一次看見那麼多大男人在哭。不太聽得懂國語的我，隱約曉得是香港政府不准新亞在國慶日懸掛青天白日的國旗，部份同學反對無效，故很激動。這件事，我慣性不追查，只放在心中，不了了之。

一九六二年四、五月間，香港發生「逃亡潮」：內地大批難民在邊界攀山越嶺到港境來。香港人紛紛走到新界去支援。這件事紀錄資料很豐富，我不詳說了。只是我會銘記當年五月二十號那天，耶魯大學派來教我們英文的青年教師艾倫先生（Mr. Allen）領着我們一群新亞學生走到梧桐山附近接觸難民的情節。那是我第一次那麼接近來自祖國的同胞，驚惶的青年從草叢現身，問我的第一句話：「今天幾號？」這是我記得二十號的原因。「呀！我離家五天了。答應一到香港，就寫信告訴母親。可現在還出不了市區。怎辦？」我幫不了他。這件事使我耿耿於懷至今。除此之外，在新亞，我對政治，沒有感受，反省一下，我是典型殖民地教育出來的學生。

**黃**　看《香港文化眾聲道・第一冊》以及《四人行》[1]時總覺得當年的新亞書院是個很特別的地方，現在更明白箇中情況——有師生爭取懸旗的自由，有外籍青年教師引領學生近距離接濟祖國的同胞。這種環境是否新亞書院獨有？

**陳**　我聽說新亞書院得到耶魯大學的支持，是因為共產黨將雅禮中學逼離湖南，那是耶魯大學原本支持的學校。但他們有筆資金，希望繼續資助中國的教育事業，後來雅禮基金的主持人因為仰慕錢先生，便決定資助新亞書院。

**小思**　關於這些背景，錢先生的回憶文字多提及，近人研究也多。例如周愛靈《花果飄零——冷戰時期殖民地的新亞書院》[2]，談得比較全面，資料較豐富。

（封面由商務印書館（香港）有限公司提供）

**陳**　那些耶魯大學學生來新亞書院，其實受到新亞很大的影響。我經歷過八位來任教英語

1　陳榮照執導、羅卡執行監製、羅志華監製：香港電台《華人作家系列：四人行——小思、古蒼梧、陸離、石琪》，二〇一四年十一月九日首播。

2　周愛靈：《花果飄零——冷戰時期殖民地的新亞書院》，香港：商務印書館（香港）有限公司，二〇一〇年。

的導師，當中有五位後來繼續進行與中文相關的事業。他們的中文能力很好，Mr. Light（Timothy Light，中文譯名為「賴德」）便是其中一位，他曾經致電給我，劈頭說一句：「老朋友，很久沒見了！」我完全聽不出他是外國人！

**小思** 派來的耶魯學生，都能說流利或不流利廣東話。他們帶來全新的生活模式、教學方式、美國文化及思維。如果說這就是「外國勢力」入侵，應該算得上，但要思考的是他們怎樣影響我們，影響了些甚麼。

**陳** 他們受派遣來香港，並沒有一個既定目的，但畢竟他們選擇了些優秀的人才來任教，我們便自然而然被影響了。

**小思** 他們來港任教，上課全用英文。我唸中文學校，從來沒試過用外語上課，但很快就適應了。他們晚上坐在草地彈結他，唱美國民謠、校園民歌。我那時常常跟他們在一起，學唱鍾・拜雅斯（Joan Baez）、卜・戴倫（Bob Dylan）的歌，特別迷上了鍾・拜雅斯。遙想難忘，浪漫

美國鄉村民謠女歌手鍾・拜雅斯（Joan Baez）

的青春歲月呀！所以新亞書院很自由，既有最古老、最傳統的錢穆先生、牟宗三先生穿長衫在書院裏活動，也有許多年輕人帶起一股新風，你能想像當年在新亞圓亭外草地上，有人彈結他唱美國民謠的景象嗎？

**黃** **當時你們不覺得這種行為有甚麼宣傳意味嗎？**

**小思** 那時候完全沒想過。陸離所喜歡的花生漫畫，也是耶魯學生推介的。這樣的行為，可以視為文化交流，從今天角度考慮，也可算起到一種特別的宣傳作用。

**楊** **可以想像到當時外國的軟實力，並非一味硬銷。**

## 文化熔爐，總透着迷人的光芒

**小思** 如果新亞書院純粹只有唐先生、錢先生等老師，整個風氣便會走向一條傳統文化的道路。但是，因為書院有另一類人，新鮮文化對學生的衝擊很大。當年學生對外國認識不多，視野不廣。特別我們從中文中學出身的，英語很差，但他們來到後便以英語授課，讓我們閱讀許多美國短篇小說，在課堂上討論。

**黃**　**那是甚麼形式？**

**小思**　是群組討論。課堂上要求我們一星期看一本美國小說，像 *Rip Van Winkle*（由華盛頓・歐文 Washington Irving 所撰，中文譯名為《李伯大夢》）便是當年看的。在堂上大家要用英語討論，用英文寫閱讀報告。這種討論影響了我。後來開設導修課的形式，並非從新亞書院的傳統老師身上學來，而是從這群耶魯大學來的英文老師身上取經。

**黃**　**那不必讀英文系也有英文課程？**

**小思**　對，那時規定了大一、大二，要必修英文。

**陳**　我後來很感謝 Murray 等教授這些課堂，像這次回來香港浸會大學任系主任，開設教授西方名著的科目，任教的書單便是從當時而來。那時 Murray 大一英文的第一課便教柏拉圖的 Meno（中文譯名《美諾篇》），真是令我大開眼界。

**黃**　**但那些耶魯學生為何這麼善於教書？**

**小思** 那算不上是專業教學，他們只把外國上課形式帶來。有互動，有對話，有衝擊，對我們來說，是很新穎的學習方法。

**陳** 而且他們不是讀英文系的，來港的時候也沒有任何一位懂得中文，回去時卻每位都繼續讀中文、研究中文。

**楊** **所以他們反而受你們的感染，而不一定有甚麼政治目的。**

**小思** 當然有交流有感染，也會有影響。我們傳遞給他們的，多是中國文化。

**陳** 我相信當年 Murray 是搞政治的，但其他卻並不明顯。許多耶魯駐新亞的代表娶了新亞學生，像 Mr. Worthy 後來便娶了鄒慧玲。

**小思** 鄒慧玲那時唱京戲，晚會表演，裝扮起來，傳統的中國美人，不少人被她迷倒。

**陳** 我聽說那些 Yale Bachelor 來港前要簽合約，訂明不准追求中國女學生，所以不敢被當局知道！

**黃** **後來你到耶魯留學，與這個耶魯駐新亞代表制度有沒有關係？**

**陳** 沒有，當時"Yale – China"只捐設一個獎學金予希望前往耶魯升學的應屆畢業生，而且要應試，考核學生的中、英文和本系主修科的程度。其實每一個科目我都並不是最優秀的那位，但為何我當年可以考到耶魯呢？反而是因為三個科目平均。

**樊** **只有一個名額？**

**陳** 不是，有兩個名額的。而且當局有個規定，當你考到這個資格後，並不是馬上到耶魯大學留學，因為放榜的日子比耶魯大學收生的日子遲了些。你要先留在香港讀一年英語，第二是一定要申請耶魯大學作為首選，而且一經取錄便不能接受其他大學的學位。那年我接受了加拿大某大學的獎學金，不想浪費，便請求林福孫替我向當局求情，放寬條例讓我到加拿大升學一年，代替留港進修英語的規定。當年劉伯松[3]也考到耶魯大學的升學獎學金。

3 劉伯松（1936–2018），政論家，一九三六年出生於新加坡，一九六三年畢業於香港新亞書院哲學及社會學系，同時赴美 Oberlin College 攻讀社會學碩士，以及在 Case Western Reserve University 研究所攻讀博士。一九六七年移民加拿大，一九七二年任教加拿大魁北克省 John Abbott College 社會與人類學系。

**小思**　劉伯松是當年傑出學生代表，一九六二年新亞學生台灣觀光團，他是團長。後來有人說他是左傾的，是嗎？

**陳**　對，儘管移民了仍然很左傾，現在他是加拿大的著名華人政論家，在華人報紙上發表許多社論。

**小思**　他是精英。我參加台灣觀光團，他帶隊，領導才能很出色。

**陳**　他當年是我的伴郎，他反越戰，樣子不修邊幅，留一頭長髮及濃密的鬍鬚。他來到後，我的親友都嚇了一跳，我馬上帶他去修剪，那位髮型師還說要收貴一點呢！

**小思**　中文系也有許多出色、個性特別、有才華的同學。當時我們可多奇怪的玩意了！

**陳**　而且新亞書院當時有許多著名學生，酈健行便是其中一位。

**小思**　哦！曾克耑老師每逢上詩作堂，就會先把高年級的好詩作者作品列在黑板上，酈健行、李妙貞、張世彬、梁巨鴻等等都是常見名字。陸慶珍（即陸離）更被錢先生在月會上稱讚為中英文均佳的學生。譚乃亢，你聽説過嗎？

**陳**　我當然知道，他常與陸慶珍一起。

**小思**　譚乃亢是中文系師兄。很有學問，很有個性。他討厭畢業典禮儀式，那天畢業同學正排隊上台取證書，但我竟發現他穿短褲捧着畢業袍和方帽子站在一邊，我問他為何不上台，他反問我為何要上台。當時大學裏有許多很有性格的學生。

另外，我除了在中學時期聽陳浩才的「紅寶石每月音樂會」來學習西洋音樂以外，便要到大學時期，每個星期一中午，在新亞圓亭裏聽陳永明、曾省主持的午間音樂會，聽他們介紹和播放的西洋音樂。而我第一次聽《梁祝小提琴協奏曲》也是在他們的音樂會中聽到的。

TRIO DI TRIESTE
The first world famous Piano Trio visit Hongkong
Sept. 6 (Sun.) 9P.M.
City Hall Concert Hall

LUIGI INFANTINO
World famous Italian Tenor
At the piano: Moya Rea
Sept. 30 (Wed.) 9P.M.
City Hall Concert Hall

RONALD WOODCOCK
Famous Australian Violinst
At the piano.Louise Britten
Oct. 17 (Thur) 9 P.M.
City Hall Theatre

·2·

RUBY RECORDED CONCERT

August 9, 1964 ______ Programme (300)
ROSSINI: William Tell-Overture
London Symphony Orchestra/Gamba
GLUCK: Dance of the Blessed Spirits (from 'Orphee et Eurydice')
Claude Monteux, flute
London Sym. Orch./Pierre Monteux
MOZART: Excerpts from 'Serenade No.7 in D. K.250' ('Haffner' Serenade)
Rudolf Koeckert, violin
Orchestra conducted by Rafael Kubelik
BRAHMS: Piano Concerto No.2 in B flat, Op.83
Leon Fleisher, piano
Cleveland Orchestra/George Szell

August 16, 1964 ______ Programme (301)
ROSSINI: Highlights from 'The Barber of Seville'
a. Overture
b. Largo al factotum
c. Una voce poco fa
Latest Recording
LISZT: Hungarian Fantasia
Cherkassky, piano
Berlin Philharmonic Orchestra/Karajan
HANDEL: Oboe concerto No.1 in B flat
Leon Goossens, oboe
Bath Festival Chamber Orch./Menuhin
MOZART: Symphony No.33 in B flat K.319
Vienna Philharmonic Orchestra
Istvan Kertesz, conductor

·3·

紅寶石餐廳音樂會廣告

**陳** 是曾省向美國新聞處借來的黑膠碟。

**樊** **這些知識是從哪裏學習的？為何有機會聽到這類音樂？**

**陳** 這是因為自己喜歡。當年聽西洋音樂的機會是很難得的，我剛巧有位朋友讀完中學後教鋼琴為生，那時他買來一台音質不錯的音響。儘管他家住西環半山，我仍然一星期抽兩天走上山到他家聽音樂。

**小思** 那時我窮得沒錢買唱機，只能儲了錢，星期五跑到中環「紅寶石餐廳」聽陳浩才的音樂會。進了新亞有圓亭裏的午間音樂會，聽西洋音樂的機會得以延續，很快樂。

**黃** **除了播放唱片以外還會講解嗎？**

**小思** 會的，陳永明、曾省會先作一番介紹。初聽《梁祝小提琴協奏曲》，感覺像中樂又不像中樂，由他們逐個樂章分析，我很喜歡。後來俞麗拿來港開演奏會，我還馬上排隊買票去聽現場版本。

**黃** **新亞當時有多少學生？**

**陳** 約三、四百人吧。

**黃** **你們同學之間的友誼可以保持很久？**

**小思** 可能農圃道新亞校舍不大，大一至大四，不同系卻聚在三座建築物及一個草地、圓亭中，上下課人來人往，都能碰面。我們的友情好得奇怪嗎？其實就是常聚在一起。我也覺得奇怪，像大一那年，也不明白陳永明你為何會把我拉進辯論校隊裏去。有一次大專院校辯論比賽，我們代表新亞，與剛畢了業去羅富國師範學院唸教育的陸慶珍所代表的隊伍決賽，結果我與老朋友在台上爭辯，那種感覺很不好受，也不見得「真理愈辯愈明」，這使我下定決心，從此不再參加辯論了。

左起：湯惠泉、陳永明、小思和植漢民代表新亞書院參加大專辯論比賽。（攝於一九六二年）

## 課程多元，成就真正通識

**黃** **剛才談到許多遊玩的趣事，但我想更多地了解當時新亞書院的課程。例如大一國文課內容是甚麼？**

**小思** 大一國文，就是選取幾篇桐城派的經典代表作品或古文來讀讀。老師依書直說而已。

**陳** 其實上唐先生或錢先生的課，在課堂上聽不明白，課後便會反思自身。但現在的學生第一時間便質疑是老師的問題。再加上唐先生與錢先生永遠不記筆記，唐先生是天馬行空的，你永遠不知道他談到哪裏去，而錢先生的課堂，你只要聽不清楚兩句話，便馬上跟不上進度。

**黃** **那時的功課是怎樣的呢？**

**小思** 沒甚麼特別的功課，只是學期末交些文章，不過，曾克耑先生教作詩，則堂堂要交依題詩作。

**陳** 那時的考試，不必看清楚題目便可以作答了。

**小思** 因為每年試題都差不多嘛！

**黃** **我聽說當時有些考卷是要書寫文言文的。**

**楊** **對，那時不覺得困難，例如曾老師根本沒怎樣教我們分平仄便要作詩，而大一國文也要求作文言文。到後來修《楚辭》，也不知怎樣便懂得寫賦體了。**

**小思** 那時曾克耑老師要我們買本《作詩指導》、《詩韻集成》看，就創作絕詩、律詩了。甚麼叫平仄，甚麼叫「對聯」我們都不知道，他把題目寫在黑板上便走出課室了。

打開書那些「一東二冬三江四支」，我們完全不懂。他說：「用平仄」，我們完全不懂。有些同學急得幾乎要哭。只好等他回到課室時，才舉手問甚麼是平仄。但先生說不教，只叫我們跟隨他唸：「東、懂、凍、篤……」，奇怪，不知怎樣，後來卻又真的學懂了。詩就這樣寫出來。

**樊** **當時你們有沒有認為哪位老師教導的方式很好呢？**

**陳** 我認為牟宗三先生的講辭很好。

**小思** 在大學老師教導的方式，是依人的風格、個性、學養不同而定。傳統老師大概都沒讀過甚麼教學法，但憑率性而行。教得好不好，不是大學老師唯一準則，而應看他輸出的學問質與量如何、能給學生的點化量夠不夠，更重要的是受教學生是否善於汲取。

例如牟潤孫先生習慣抄錄不同書中的句子來比較，例如《資治通鑒》，第幾卷第幾句，然後再看陳垣《通鑒胡注表微》怎樣說，你便自己閱讀。而唐君毅先生教書，邊講邊寫黑板，滿了整個黑板都是字，你只要稍微分心，回過神來便不知道他寫了哪一句在黑板上。唐先生上課是完全投入，你聽他講書，便知道內裏有生命，像一張大網，網內似雜亂，一收網便見主題。

潘重規先生談《紅樓夢》是索隱派方法，黃華表先生談《紅樓夢》卻談純粹人物性情內容。我修兩位先生的課，總要記着不能混淆兩者的說法。有一次，黃華表先生知道我喜歡《紅樓夢》，又有修潘重規先生的課，竟然在課堂上問我關於《紅樓夢》的看法誰對誰錯，把我嚇了一跳！那都是老師各有不同本領。好不好？且看學生自己吸收和用功的程度。

**黃** **不過聽你們說的內容看來，當時文史哲的科目是一起修讀的？現在我們甚少看見中文系的同學會修讀別系課程。**

**小思** 那時新亞自由度很高，想讀甚麼便選讀甚麼課。像生物系、經濟系的科目，我也可以修讀。

**楊** **其實通識教育就有兩種教法。例如我主修的是文科，但必定要修讀一科理科，而且該科目並不會因為有文科生修讀而降低難度。另一種理論認為，文科生修讀理科的科目，應該遷就其程度而另行設計，讓文科生也可以聽得明白。**

**小思** 那時怎會這樣遷就！你修讀生物系的科目，便要跟隨人家系中的課程要求。

**楊** **對，這是其中一種理論，而兩種說法各有各的好。**

**樊** **今年有位讀運動科學的學生來修中文系的課，他說努力聽了幾課都不明白，最後退選了。**

**小思** 那是因為他們基礎不好，而又沒有學習決心。努力聽下去，總會明白一些。我大一選修了鄒安眾先生的《經濟學概論》，他用英文參考書，我英文不好，更對經濟學一無所知，最初幾堂如在夢中。慢慢熬過了，覺得理論與日常生活有關，興趣就來了。

**楊**　**所以當年沒有通識科，卻有通識的實踐。**

**陳**　我很喜歡通識，但這卻並非一個科目，並非多讀幾種不同的科目便叫作通識。通識的概念是要我們明白，世界上的學科是我們自行割切的，它們互相有許多不同的影響。例如科學如何影響文藝呢？最簡單易明的例子便是音樂，若然沒有科技的進步，創造更好的鋼琴，便沒有現代的鋼琴音樂。一台三角琴要承受鋼線中四十八噸的張力，若然沒有品質優良的鋼線，便沒可能有三角琴。所以，通識是要令學生明白，自己研讀的範疇並不等同整個世界，而從自己的範疇看世界亦會存在偏差。現在通識竟然自成一科，大學裏甚至有通識碩士，其實通識只是一種態度。現時的通識科，就像知道夏蟲不可語冰，然後你給他吃冰，但夏蟲仍然只是夏蟲。

## 朗朗校歌聲中的新亞精神

**楊**　**剛才談到那麼多新亞書院雜憶，當中不乏老師們的影響，這些都是身教。小書院的師生關係和人情味，當是新亞精神的元素。**

**小思**　我覺得新亞影響我的老師，其實不止中文系的，除了常提到的哲學系、歷史系的老師外，還有生物系系主任任國榮先生，經濟系鄒安眾先生，對我都有影響。師生之間有人的關係，而不是課程的關係。我任教二十多年中大，我覺得現在是愈來愈少人的關係。

**楊**　**其實在中大的書院，也有不少機制去建立言傳身教的人際關係，只是學校的空間和規模大了，便也較難維繫。**

**小思**　當然，我認為自己與學生之間的關係是不會消失的，相信這是因為我們在新亞的環境中已得到影響。

老師病了進醫院，我們有同學像值日生般，輪流到醫院照顧和陪伴他。老師去世了，我們全部到殯儀館自行戴孝。不計歲月流逝，不理關山千里，我覺得新亞精神中的珍重，都在生命細緻處展現。

新亞書院重視發揚中國傳統禮儀文化，校徽根據漢墓出土「孔子問禮於老子」畫像設計，中間有校訓「誠明」二字。誠明二字見於《中庸》。《中庸》指：「自誠明，謂之性。自明誠，謂之教。誠則明矣，明則誠矣。」誠是德性方面的修為；明是知識方面的把握。（圖片由新亞書院提供）

**楊**

這能稱得上是新亞精神的一種表現。

我想起你的一篇文章〈朗朗校歌聲中〉[4]，我看出文章裏對教育理想的掙扎，這種掙扎我能體會，而這些體會，往往不能以同意或不同意兩個角度來討論，因為這些問題是很複雜的。校歌中的歌詞在現今社會，究竟是否「東海西海南海北海有聖人」？怎樣才能「俯仰錦繡」、「一片光明」呢？看了你的文章後，便知道這屬於理想世界層次的討論，這些都要慢慢體會出來的。

**小思**

我相信你能看出文中的無奈，但現在不同了，我很清楚自己想走甚麼路。

錢穆新亞書院校歌歌詞手稿（由新亞書院提供）

4 小思：〈朗朗校歌聲中〉，《一生承教》，香港：三聯書店（香港）有限公司，二〇〇七年，頁62–64。

**楊**　**能多說幾句嗎？我一直覺得新亞書院的校歌寫的就是一種做人應該要追求的精神理想。**

**小思**　「聖人」不會多，但「有心人」卻很多。只要有許多普通有心人，堅持在自己最懂的崗位上用善心善力，則在天地間某角落中，總有「俯仰錦繡」、「一片光明」。

甚麼是「善」？新亞書院《學規》寫的是人最基本的行為準則，但內裏還可網狀化開，變成許多不同處境裏的處事方法。不過世界沒有一份萬全章則，把可能發生的事、應對的方式都寫成規條。章則裏沒有，而仍覺得不對的行為，你便不為，這便看人的心，看看能否舉一反三地運用規條了。

## 新亞風骨：擇善固執和勇於回饋

**黃**　**談到新亞精神，我常認為三位老師在教書時都有一種與儒家思想相關的感覺。人人常說新亞書院有傳承儒家的精神，所以想知道你們接觸儒家時的感受是如何的。**

**小思**　你的問題，可寫幾本大書。我不懂寫。一陣春風吹來，我感受了，精神爽利，不能說。

**陳**

當時我很反叛，不喜歡儒家思想，所以當時到加拿大才不願意攜帶《論》、《孟》之書，但儒家思想包容在新亞精神中，深深影響着我，而新亞精神都傳承自唐先生，這方面我有兩個故事可以說——有一次唐先生要前來美國醫治眼疾，有人寫信來希望我在那邊照顧他幾天，那時與林思和一起跟唐先生坐火車到波士頓，過程中談起許多事。當時我恃着自己的小聰明，談論堯禪讓於舜的故事，我認為其實只是二人相爭，而堯力有不及，逼不得已才讓位於舜。結果唐先生生氣地說，我們所知道的故事只是堯年老了，讓沒有血緣關係的舜繼承天下，就這麼多了，當中究竟是被逼還是自願，其實沒有人知道。選擇相信堯是出於善意，那是一種提昇，相信人有善性，為了國家而把權力讓給別人；現在的人卻只把事情往壞處想，認為除非是逼迫和鬥爭，不然沒有人會把權力拱手讓人。唐先生說，既然兩個解釋都可能是錯的，那為何不選擇相信好的那一個呢？可能這只是我們以小人之心度君子之腹，不願相信以前真有這樣大量之人。這一點令我印象很深。而唐先生另一點讓我印象深刻的說法，便是「負債感」。他說我們出來社會要有負債感。這兩件事我永遠記得，能否做到是另一個問題，但更重要的是願意實行。

聽陳永明談唐君毅先生

有一次某間中學邀請我到校任主禮嘉賓演講，認識我的人都知道，我演講前並不起草稿，只在事前好好準備重點，所以我每次演講都帶一張白紙，以免別人以為我毫無準備。那次站在台上，我感到台下的學生非常可愛，便突然萌生很大感觸。即席更改了準備好的想法，對他們說，時下的成年人常常批評下一代，認為他們「又蠢又好食懶飛」，但事實上，下一代變成這樣，是我們這一代的責任。所以我唯一的希望便是，當以後換作台下的他們有機會作主禮嘉賓演講時，能夠比我們更厲害更優秀。我們常常指責下一代，卻欠缺一個自愧的心，因為他們是我們教導出來的，他們不好是我們的責任。我們常常批評學生跟不上學科進度，卻從未反省自己的教學方式、課程安排。其實很簡單的，覺得不好便要改，不能單方面地指責學生。

## 楊

**我常說一件趣事，在新亞書院開學禮上聽了錢穆先生近一小時的演講，但我只聽懂「中文大**

屹立於香港中文大學新亞校園的唐君毅先生銅像

錢穆先生

學」和「新亞書院」八個字。（眾笑）但翻閱《新亞生活》便能看到詳細的講辭，書院集會中錢先生和唐先生常常談文化談理想。像唐君毅先生所說的負債感，便是他在〈告新亞書院第六屆畢業同學書〉[5]的演講辭。然而現在的畢業典禮，你只會聽見今年增添了多少個獎學金，為學生爭取到多少的福利，像是欠了學生們許多債務似的。現在樊善標在場也好，便知道新亞書院仍會邀請許多人來談及一些對理想的追求，這是其他教育機構鮮見的情況。現在欠缺了令學生對理想有所追求的教育。我最近到韓國旅行，

5 唐君毅：〈告新亞書院第六屆畢業同學書〉，《青年與學問》，香港：人生出版社，一九六〇年，頁103。

### 新亞校史館

香港中文大學新亞書院創辦的「新亞校史館」網站選錄了錢穆、唐君毅、張丕介等先生談新亞精神的文章，這些文章闡述了他們創校時的精神與理想。

新亞校史館網站

#### 新亞精神文章選錄

1 錢穆：新亞精神（《新亞校刊》第四期，一九五四年二月）

2 唐君毅：我所了解之新亞精神（《新亞校刊》創刊號，一九五二年六月）

3 張丕介：新亞書院誕生之前後（《新亞書院二十周年校慶特刊》，一九六九年）

4 趙冰：勿忘新亞精神（《新亞生活雙周刊》第三卷第四期，一九六〇年七月）

5 吳俊升：新亞的精神（《新亞生活雙周刊》第十一卷第八期，一九六八年十月）

6 梅貽寶：雅禮精神與新亞精神（《新亞生活雙周刊》第十三卷第十五期，一九七一年二月）

7 余英時：為「新亞精神」進一新解（《新亞生活雙周刊》第一卷第十一期，一九七四年七月）

**與丁新豹博士同遊著名的陶山書院，他發現在書院的主堂正中掛了朱熹的《白鹿洞書院學規》，高興得手舞足蹈，津津樂道中國的書院精神竟然可以影響至韓國。**

## 小思

我在高中三那年，讀錢先生的《國史大綱》，只是一知半解，後來讀《中國歷史精神》及《從中國歷史來看中國民族性及中國文化》等書，才明白多些。錢先生的演講，總從文化核心講起。雖然我最初只聽懂一部份，但日積月累，加上再讀刊在《新亞生活》中的講辭，就全明白了。因為錢先生有時會講例子，或不太深的道理。例如在《從中國歷史來看中國民族性及中國文化》引言中說：「我們生在今天這個時代，我們就應該在今天的時代來做人，做學問，做事業。」很淺。如此不知不覺中影響了我的思維。恐怕現今社會不會有太多人談論理想的了，認為沒有用，應該要談些實質的、功利的事物，如當年新亞書院注重思考理念的討論不多了。

## 陳

有一件事我對小思很佩服。以往談及理想，年輕人最多只會自慚形穢，認為自己跟不上這種高尚的理念。但現在談及理想，大家只會認為你是個偽君子。然而小思卻以身作則，這是一種身教，我並沒能做到。現在不談理想，不單止是基於自己做不到，甚至質疑談論理想的人是虛偽的。

**小思** 所以談論理想也需要勇氣，不怕別人認為你思想守舊。另外，談理想的人也要自己努力實踐，讓別人在你身上找到證據，才能漸漸讓別人相信你。

**黃** **唐先生怎樣與你們談理想？**

**陳** 沒有直接談，只是教導我們甚麼是提昇，甚麼是負債感。

**小思** 唐先生對我的影響，我寫過許多了。唐先生在課堂上，沒有主題專講甚麼理想，但從課題講授中有如撒下一大網，學生聽罷一收網，當各有收穫，多少就看個人功力了。唐先生所言的提昇，並不指要讓我們看不見邪惡，是看見但卻仍挑選當中美好的東西來思索、記住。

拜訪唐君毅老師、師母，左為陸離。

**陳** 對，為何不向好的方向想？只看見壞的地方，對現實世界、對自己又能有甚麼好處呢？

**楊** **我可能是最壞的學生了，我把當年唐先生教導的知識都忘記了。然而他的教學給我最深刻的印象是他對異見的尊重。他鼓勵學生發言，而能將學生不成熟的意見發揮得十分精彩。這對我後來的教學有很大的影響。**

## 難忘的《新亞心聲》與《風窮詶倡詩》

**楊**

**我們那年代，《新亞心聲》是中文系的代表作。你會怎樣形容這「心聲」？**

**小思**

我覺得《新亞心聲》是一個很難得的紀錄。那時曾克耑先生要我們每一班修讀詩選的同學作詩，把學生好的詩都放在每一期《新亞生活》上刊登，但後來他覺得不滿足，自己出錢，出版一本詩集，把同學的好作品收入，那就是《新亞心聲》。另外，他又以「風」字韻作詩，要我們也用這個韻部來作詩，從「風」一路寫到「窮」字韻，後來也結集成為《風窮詶倡詩》[6]出版了。派給我們一人一本。寫詩很辛苦，特別是「風窮詶倡詩」，詩真的很長，故不免有些埋怨。現在撫卷再三，看見師兄姐和同學寫得好的詩，真感謝曾先生的功德，保留了學生心血，當然更有先生修改的心血。那是我們的光輝歲月，黃金時代。當時我們不知道，老師那種愛護不是溢於言表，而是默默地出了這些書，但我們還未懂感恩。到現在自己老了，走過一段長路，回頭再看，才知道《新亞心聲》、《風窮詶倡詩》是真的留下了我們的心聲。

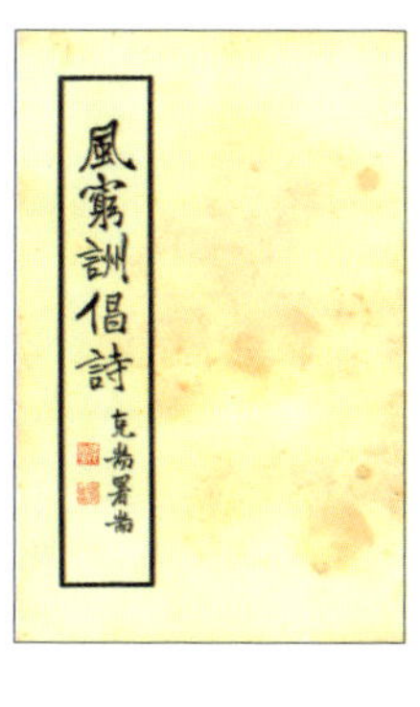


6 曾克耑：《風窮詶倡詩》，香港：新華印刷公司，一九六一年。

**楊** **但我看《新亞心聲》裏的詩，不少是堆砌出來的，幸虧老師改得好。曾老師最了不起的地方是修改很少，卻對詩有點睛的作用。**

**小思** 這有人說過的。然而我有點不同意。雖然《風窮詶倡詩》是有些作品略有堆砌，但其他詩，我想同學都是順性而作的，沒有那麼堆砌。講詩還是要請酈健行師兄來談才對。

**楊** **我想問的是，有人懷疑當年的《風窮詶倡詩》是否全是各人自己所作？不妨在此澄清一下。**

**小思** 那真是自己創作的呀！《風窮》裏那些長達三十幾句的詩，也真的是自己寫的。以我為例，要寫三十幾句詩，用甚麼材料來寫呢？剛好那時我替《中國學生周報》做辛亥革命專題，我又很喜歡談論「革命」相關的主題，於是將清末革命所有的典故全用上來寫這首詩。

**楊** **你今天的證言很重要，因有不少人質疑這些詩是否全都是學生作品。現在我正在收集曾先生的詩和書法，看能否編成一本書。**

堂堂華夏國大風・強鄰虎視積弱中・醫王牖新拯疾苦・香山崛起羅群雄・
興中濟危乃我責・皓東流血初翻紅・弼臣矯健惠州戰・鎮隆力薄欣伏態・
援絕揮淚因散眾・鑪峯暴死終憐公・堅如引藥欲殲虜・未諳然術願成空・
海上立社號愛國・章蔡論學真貞松・蔚丹英發呼小友・憤草一書摩崆峒・
何期繫獄絕喉舌・誰復奮筆掀民幪・孟俠懷彈驚五貴・大志投筆看從戎・
湘贛哀鴻悲盈野・揮我白幟張彫弓・鋤非定讞緣何罪・山河橫攬號童翁・
瀏醴無辜血噴湧・雄心驅虜艱迷濛・復思裂彈殲群帥・伯蓀納貲處黌宮・
一呼振臂恩賊殪・剖肝從容轅門東・軒亭口下鑒湖氣・秋風秋雨黯湖峯・
誰云弱女無斯責・寶刀奮舞義橫胸・引刀一快有雙照・賦詩慷慨如警鐘・
生才槍下孚琦血・應知黔首非童蒙・羊城一夕螺角響・戰酣煙燗迷九重・
黃花塚畔新草綠・浩氣彌天爭秋虹・自由花需碧血溉・烈士肝膽非村農・
討虜怒潮似排壑・彈光槍影朝朝逢・武昌首義成大業・虜卒敗竄如飛蓬・
風雲際會龍無首・黃陂絕憐真騃童・馬廠誓師討張虜・辮軍罹劫成沙蟲・
共和國運重締造・精誠難求南北通・項城奸雄欲問鼎・主義三民知誰宗・
藩鎮割據肆擾攘・神州興仆紛蛇龍・鬼雄泉下目不瞑・民憂國難何時窮・

盧瑋鑾〈華夏篇次風字韻〉

**陳**　當年麥仲貴寫的詩，「潮聲無月湧，懷影有燈浮」，曾先生替他改成「潮聲千月湧，懷影一燈浮」。（眾讚嘆）

**小思**　我們都認為曾先生最見功力就是改學生的詩，有時只改動一個字，整首詩就面目一新。若要收集曾先生的詩和書法成集，我提議把他改學生詩的手跡也印出來，那很有意義。

## 新亞書院發展簡史

1949年

**第一階段：桂林街校舍**

唐君毅、錢穆及張丕介成立「亞洲文商學院」，一九五〇年遷往深水埗桂林街六十一至六十五號，易名「新亞書院」，並於一九五三年成立「新亞研究所」。

1956年

**第二階段：農圃道校舍**

接受「雅禮協會」資助，遷往土瓜灣農圃道。

1963年

**第三階段：中大馬料水校舍**

與崇基學院、聯合書院合併，組成「香港中文大學」。

1973年

遷至沙田馬料水，即香港中文大學現址。

桂林街校舍舊址

小思憶述在新亞圓亭的活動：

「所以新亞書院很自由，既有最古老、最傳統的錢穆先生、牟宗三先生穿長衫在書院裏活動，也有許多年輕人帶起一股新風，你能想像當年在新亞圓亭外草地上，有人彈結他唱美國民謠的景象嗎？」

「每個星期一中午，在新亞圓亭裏聽陳永明、曾省主持的午間音樂會，聽他們介紹和播放的西洋音樂。而我第一次聽《梁祝小提琴協奏曲》也是在他們的音樂會中聽到的。」

（圖片由新亞書院提供）

一九六四年畢業典禮，錢穆老師頒發畢業證書予小思。

一九六四年畢業時與莫可非老師合照。

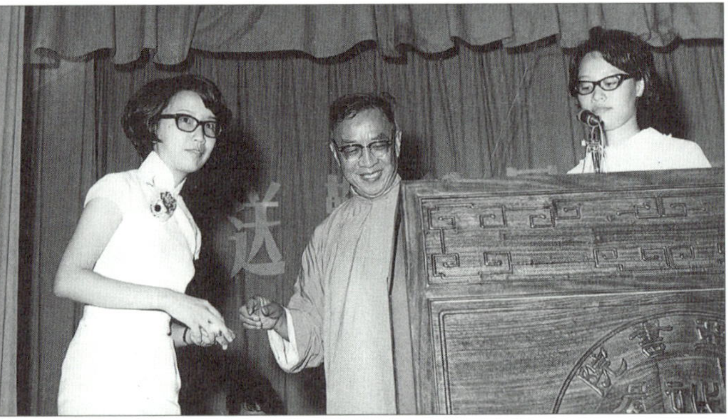

一九六四年新亞書院畢業典禮，左為小思，中間為錢穆老師。

拜訪錢穆老師、師母（前排中間二人），後排右二為小思。

# 從花果飄零到靈根自植

盧瑋鑾

（香港中文大學新亞書院六十二周年院慶暨獎學金頒獎典禮致辭全文）

各位，我今日以一個新亞人的身份，跟大家說一件事。不知道大家知不知道，在二〇一〇年，有一位學者叫周愛靈，出版了一本書，叫《花果飄零》，副題是「冷戰時期殖民地的新亞書院」。這本書說的是新亞書院艱苦奮鬥的過程，但它的主題叫「花果飄零」，我看了以後心裏很難過，因為「花果飄零」這個詞是來自唐君毅老師的一篇文章的。這一篇文章直到現在仍然有很多人誤會了。我相信在座也有人喜歡引用「花果飄零」這四個字的，但大家其實知不知道這是來自於唐先生在一九六一年寫的一篇文章呢？文章的主題是〈中華民族之花果飄零〉，但幾乎沒有人記得副題是「兼論保守之意義與價值」。整篇文章很長，是慨嘆我們中華民族一大群的精英花果，在當時的政治環境下，飄零四方。這是唐先生離開了祖國土地十二年後寫的，而這篇文章中提及的「花果飄零」四字，遂成為日後中華民族的悲嘆調的主詞。雖然文章裏說到中國人散居四方，「托蔭避日，以求苟全」的悲劇，但更有很多段落講到花果飄零到各地之後，人應該怎麼做，在國土外能發揮甚麼作用，有甚麼價值。然而，這一個重點卻不是很多人注意到。所以文章發表以後，有一個不知名的熱心讀者屢次寫信或寄文件給唐先生，表示不贊成唐先生的說法。唐先生很痛苦，他知道他不是想說花果飄零這前半部的事情，他是想說花果飄零以後的後半部，但也無可奈何。所以過了三年以後，即一九六四年，他再寫了一篇文章，而這篇文章卻又不是很多人提及，叫〈花果飄零及靈根自植〉。長文中他強調當我們中國人民四散各方，去到不同的土壤之後，我們應該做些甚麼。我現在試唸下列一段文字，請大家留心聽一聽：

「故無論其飄零何處，亦皆能自植靈根，亦必皆能隨境所適，以有其創造性的理想與意志，創造性的實踐，以自作問心無愧之事，而多少有益於自己，於他人，於自己國家，於整個人類之世界。則此種中國人之今日之飄零分散四方，亦即天之所以『苦其心志，勞其筋骨，餓其體膚，困乏其身，所以動心忍性，增益其所不能』，而使其有朝一日風雲際會時，共負再造中華，使中國之人文世界，花繁葉茂於當今之世界之大任者也。」

在這文中，他說我們中國人去到哪個地方，就利用哪個地方的特質靈根自植。我們關懷自己的國家文化、對自己的民族，自尊自重，自信自守，就算落根於不是自己國家的土壤裏，一樣可以發揮中國人的力量。這篇文章我很希望今日依舊有同學好好的細讀，因為事隔四十年之後，果然我們已經看到中國人在世界各地，遠到非洲的沙漠裏，依舊可以靈根自植。盡我們的責任，不僅是對中國人的責任，更是對人類的責任，這是值得我們新亞人念念不忘的事。我常說，我們強調新亞精神的時候，應該知道新亞精神不只是屬於新亞的，它應該屬於全世界全宇宙的。我很感謝我們的老師在我們受學期間，他們已經能高瞻遠矚，告訴我們未來的中國將如何。我又唸一段文字給大家聽，這段是來自一九七一年唐君毅先生在《天聲月刊》的創刊號裏寫的〈海外中華兒女之發心〉：

「如果我們稍放大眼光，來看中國與世界，則十九世紀顯然是西方向東方侵略的世紀，而二十世紀則是東方民族次第自西方壓迫中求獨立的世紀。……中共終不甘心於只順從美國蘇聯之領導，阿拉伯國家之不甘心受美國領導。……由二十世紀七十年代到二十一世紀之三十年中之人類，必當更開啟一個新時代。此時代……東方的文化與政治，亦將以一新的姿態出現於世界。」

他說中共不再聽命於美國與蘇聯。這段說話是四十年前說的，不是今日說的。我感謝老師有一種那麼光明的遠見，培養着我們對中國文化的信心。

你看這是否靈根自植呢？今日在座有那麼多得獎的同學，無疑老師的指導是很重要的，但如果不是他們自己本身能夠靈根自植的話，他們怎會得到這些成就呢？所以我覺得所有的新亞人，所有的中國人，我們面對着自己的國族一定要信心十足，自重自保，無論去到哪裏都靈根自植。謝謝各位。

載於《新亞生活》第三十九卷第二期，二〇一一年十月，鄧惠倩整理錄音。

# 承教永記

楊：楊鍾基教授　陳：陳永明教授　樊：樊善標教授　黃：黃念欣教授　周：周燕明女士

## 承教之始：從家教談起

**楊**　從新亞書院畢業後，你開展了中學教育的事業，也就是說，是從「承教」到「施教」。你在新亞所承之教，對你自己的施教有何影響與啟發，這是我們一直感興趣的問題。而你在中學教學生涯當中，曾到京都留學一年，你的《承教小記》也在此年之後面世，因此京都之行，既是你的「取經之旅」、「修道之旅」，也是一趟「承教之旅」。至於談到「承教永記」這個題目，固然可以理解為你所承之教，而換一個角度，也可以是你的學生承你之所教。今天你的學生輩也在座，不妨讓他們一同接下這個題目，請教你的心得。

**黃**　承教，可否從家教談起？

**楊**　在小思的散文裏看到許多談家教與身教的文章，親子關係很密切。五倫裏有說「父子有親」，你與爸爸之間的關係有甚麼特別？你覺得是「親」抑或是「愛」？

小思與爸爸媽媽在黃大仙（攝於一九五一年）

**小思** 在之前的訪談中，都已處處或隱或現，見到我承的家教。回憶中可見媽媽是嚴師，爸爸是玩得來的朋友。

**楊** **那這就是「親」。雖說與爸爸之間如朋友般相處，但或多或少亦有「長幼有序」的分別。就你過往的經驗，回看社會轉型後的今天，有甚麼想法？**

**小思** 我不能從過往的經驗來看今天社會，相隔幾乎前後三代，這樣是無法比較的。不如總括一下說：我爸爸不能說是「慈父」，他只是個頑皮父親。他的頑皮領着童年的我邁步走向社會「雜」的生活。我媽媽的嚴厲，卻調整了爸爸的「雜」。她教導我何事應做，必有道理，總能解說為何應做。在四、五十年代，一般媽媽不會這樣做的。遇到某些事要解決，她總會問我：「你認為怎麼辦？」其實她早有答案，如果我答中了，她會說我對，可以照我想法去辦。如果不中她心中答案，她必會引導我慢慢朝向她的想法走去。不過如我冥頑不靈，屢答不中，她就會同我講道理，對小學生的我說淺道理，終令我明白。這對我影響甚大。

**樊** **看來您的爸爸、媽媽都很特別。當時其他父母又是怎樣教導孩子的？**

**小思** 當時的父母，能教養小孩讀書、吃飯、有錢生活便行了。我們剛好是戰後成長的一代，整體社會貧窮，經歷許多苦難後剛剛鬆一口氣，平民百姓並沒有縱容小孩的習慣和傾向。「供書」是家長責任，「教學」則一般完全信託學校、老師，故我們十分尊師重道。

我媽媽的教導方法，的確比較特別。我總不明白，為何一位讀古書、寫古詩的女性，會跟自己的小朋友談印度甘地的故事。可惜當我想知道的時候，她已去世，沒機會問了。

**樊** **可能是看報紙？我記得您說過她喜歡看報紙。**

**小思** 對，喜歡看報、剪報。

**楊** **所以你許多習慣都傳承自媽媽了，蒐集小物件、報紙……**

**小思** 蒐集卻是受爸爸影響。

**楊** **他還帶起你對零食、行街的興趣，我覺得這是一種生活教育。人倫關係其實來自生活教育，而家中亦需要秩序、規則。這對時下的親子關係可能很有啟發。**

**小思** 現在的父母都很忙，不可能常陪小朋友行街。我爸爸五點下班回家，沒有多餘工作，才能帶我到處走。當年不能花太多錢娛樂，行街便是最好的消閒方式。我是家裏最小的女兒，他寵我。和平後因媽媽長期患病臥牀，沒陪他外出消遣，所以他總帶着我作伴。我倆的父女關係比較特別，也無法跟今天的親子關係相比。

**樊** **您哥哥年紀較大，爸爸與他們的相處是怎樣的？**

**小思** 我哥哥比我大得多，連最小的姐姐都比我年長十歲。他對哥哥的態度很強硬，例如要他們星期日一定要回家，一同去飲茶。我哥哥和姐姐都很怕爸爸，姐姐現在仍說爸爸寵壞我。

我形容爸爸頑皮，因為他常常亂說話。例如他曾一本正經告訴我，上帝造人因火候不勻，所以才造出白人、黑人、黃種人等不同膚色的人！又說粵劇六國大封相中人物公孫衍在台上來來往往不肯入場，只因蘇秦沒給利是等等，都是沒頭沒腦、似是而非的事，刺激我日後許多稀奇古怪的想法。

其實我爸爸除了頑皮外，也很惡，訓練得我幫人工作，很能「話頭醒尾」。我除了陪他「行街睇戲」外，在家裏還是他的助手，例如他喜歡動手做些電器、木器小工程，他拿起螺絲批，我就要立刻遞給他大小合用的螺絲釘，而且必須在他要用之前遞到，否則會遭罵。還有凡做一件事，必須同時順手做多些，怎麼說呢？例如他要在書桌開工做文件，我就要拿鋼筆、打開墨水瓶蓋、擺好印水紙、去廚房「斟杯茶」，順序同時做。他常罵人：「有兩隻手，做乜只用一隻手做嘢？」

## 社區教育：行街訓練

**楊** **談教育的確應先談家教，不是考慮要報多少個 playgroup 或甚麼學校。在你的成長過程裏，還有「社教」一環，即是社區裏的人倫教育，了解一個社區應由一條街開始，結果行街成為你作品裏很重要的題材。行街如何培養觀察力？如果形成一套環境教育，**

**也是對現行教育體制的良好啟示。**

**小思** 若談環境教育，我想現在比過去好得多。現在網絡、媒體資訊，比過去有聲有色，豐富得多。

**楊** **但那是虛擬環境。**

**小思** 也不完全是虛擬的。問題是，網絡世界裏，沒有人在你身邊提示、指導你應該看甚麼、怎樣看。應懂得怎樣用網絡，而不是給網絡科技支配了。

**楊** **現在的網絡只會提示我賬單到期！（眾笑）**

**小思** 在座只有你（指周燕明）曾和我行街，你覺得怎樣？

**周** 行街的緣起已忘記了，但我很記得小思老師對古董店特別關注。楊老師剛才提到環境教育，在物質較為匱乏的當年，行街是一種增廣見聞的方式，但是，現在人們行街是以購物為主，旅行以玩樂為主，與老師行街的想法不同。而且，老師行街的原因，起初是增廣見聞，後來發展出其他興趣，例如留意建築風貌，店鋪內的人情世故。這種觀察有別於做訪問，您總是能透過觀察，看穿一間店鋪裏的故事。另外，老師行街不大拍照，時下人行街拍照卻是很重要的環節，特別是旅行時一定要在景點前立此存照。

**樊　但我知道老師（指小思）亦有拍下許多照片。**

**小思**　我想這與社會情況有關。以前沒有相機，就算有相機，膠卷也很貴，又要沖曬費。於是只能把影像都記在腦裏。果然在這樣的情況下，我竟能記下小時候菲林明道的模樣！起初以為是自己的亂想，現在回看別人拍的老照片，原來真是如此。過去沒有工具，不易讓我們為城市留下面貌痕跡，我又不像日本人習慣寫生，這是社會環境使然。現在我天天都帶着相機，很方便，一時之間不能用文字寫出來的影像，便先拍下來。先前我要出版一本關於日本的書：《一瓦之緣》，開始整理京都時期的照片，才知道少得可憐，當時膠卷很貴，節衣縮食，限買限用。現在既有高科技的方便，為何不用？不過，也因為舊日相機不夠方便，我的記憶力訓練得很強，我能把物件的細節看得清楚。

## 小學教育：從「抵打」到「一個都不能打」

**楊**　**我剛想起來，你似乎沒有讀幼稚園。**

**小思**　當年家貧，哪能進幼稚園？我一入學就是唸小學一年級。哦！那時候許多成績優異的同學，還可以「跳班」呢。你們可能沒聽過跳班，就是校方准許那學生由一年級，下一學年跳升三年級。

**楊**　**你在不少文章都提到自己蒐集了許多小學教科書，我認為這是很值得參考對照的。對比今昔，過往似乎很重視品格教育，現在卻不是。你對過往小學經驗的得失，有甚麼想法？**

**小思**　我不喜歡這樣今昔比較，因為時代在急速變化，人也在變化，有些永恆價值不變，但方法必須及時而變，才配合得好。往日傳統理念是「棒下出孝子」，老師為了讓學生記住做錯甚麼，也用打的方法。甚至說「打者愛也」，所以老師怎樣罵我們，甚至用藤條打我們，都是要我們知恥，要痛定記住不再犯。可是，不明白所犯何事而被打，還被裁定

「抵打」，那不忿，那冤屈，藏在心底的學生多的是。當年看見老師用藤條打男同學，有些用力打下去，馬上就現一道血痕，我想一定很痛。不過社會氣氛都順從了，大家就慣了。部份學生會覺得自己「抵打」，因為自己不聽話，以後改過就是，也有人還會再犯的。

**黃** **我也聽我母親說過老師用藤條打人之痛，以為她說得誇張。當時……不會有人報警嗎？**

**小思** 報甚麼警？當時是「抵打」！教育司署也容許體罰。

**樊** **家長允許就可。**

**小思** 對。家長自己在家裏也打孩子，甚至到學校告訴老師，要多幫忙打他、管他。當時課室總有一條藤條掛在黑板邊。有些老師會帶私家藤條上課，因為學校的藤條太粗，打人不痛，要軟的、幼的才痛。（眾驚）

**楊** **我倒沒有這方面的記憶。**

**小思** 你讀的聖保羅男女小學是英式好學校，沒有這回事。灣仔三間著名小學，特別是敦梅小學，是最嚴的，另外就是端正、梅芳，都是傳統出名嚴厲的好學校。

**樊** **從以往老師可以隨意責打學生，到現在幾乎罵也不行，因為會傷學生弱小的心靈，您怎樣評價這極端的變化？**

**小思** 現在講人權、講尊重，才演變到「罵也不行」。

舊時的確有不合理的情況。我第一年教書，每周早課都有位老先生在台上向全校同學講授《論語》，台下同學不留心，他便走下來打學生。我看見後很憤怒，那時已經是六十年代末，我覺得這樣打學生不對。世界應不斷長進，尊重人權，是一大進步。不過，怎樣才算是平等、尊重人權？當有人只顧「尊重」自己——不合情理的自己顧自己，以為這就等於「尊重」自己，而不懂尊重他人，一面倒向自己傾斜，這不是人權。體罰是不應該的，但自己做錯事，有人肯指出，肯合理的罵，也不應一句「傷害學生的心」就擋住。學生辜負老師一番好意教誨，甚至不問情由傷了老師的心，該誰來負責？老師的人權何在？

當然，我這樣說，必先確認老師的罵是合情合理的。我媽媽能以情以理教育我，為何學校不可呢？

**樊**

**現在的社會價值是每個人都應被尊重，過去卻非如此，問題並非一樣比另一樣好，而是整體社會價值轉變了，現在想罵也不行。但不受責罵是否表示年青一代有更多自由呢？現在的小孩總是忙於參加各種補習班、興趣班，甚麼都懂，惟一不懂是自行安排時間，好像再沒有家長會給孩子一點發呆的時間，讓他們自由決定做甚麼了。**

**小思**

對。現在年青一代不太懂分配時間，就是因為小時候沒得到正確指導如何分配時間。孩子獨立分配及善用時間是很重要的。

我過去的學習過程，的確有些好的地方，但放在現今社會卻未必完全適用。我們必須就今天的環境思考新的方法，不是硬套過去的方法。

**楊**

**多一種參考總是好的。**

# 熱情舊課本：教書與教人

**楊**　我閱讀你談及小學教育的文章，除了舊人舊事，也談到舊課程舊課本。我想不論甚麼樣的社會，都很需要國民教育，歷史、地理也都要學習。你似乎亦贊成小學語文應該不只學語文，也要通過內容來帶動學生對文化、歷史的認識，通過文學作為媒介。這樣看來，我們是否應重新整理舊教科書，身體力行地編一本包括文學教育、文史哲知識的教科書？對此你有沒有回應？

**小思**　中國自進入現代教育課程後，教育界出版界就知道國民教育必須有一套全新的教科書作為教學依靠，以取代以前的童蒙書讀本。我蒐集的《共和國教科書》包括新國文、新歷史、新地理、新修身……其中《新國文》、《新修身》收得較多。我一讀，

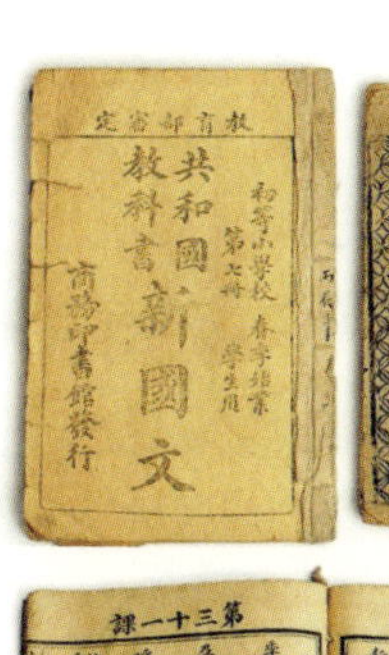


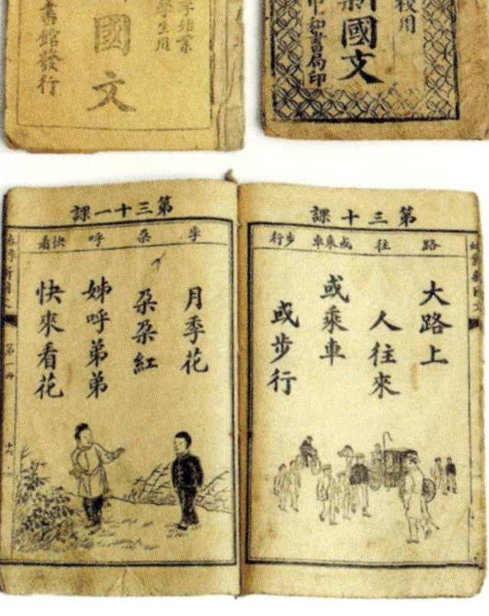

實在訝異一九一二年商務印書館開始出版的《共和國教科書》會如此全面，如此貼近新時代新觀念，是教人又教知識。

在這裏不能講得太多，幸好近年這套書在內地全套重新出版了，有心人都可擁有一套，自我感悟一下。順便一提，也可在網上找尋我佩服的女翻譯家資中筠女士寫的一篇感想〈共和國教科書〉看看，她說：「我的師長楊絳先生正好用過這部教科書，算起來，我的父母從私塾進入『新式』小學時，也應該是學的這套課本。如今披讀後，不禁感慨萬千。撫今思昔，較之百年前的先輩，我們是進步了還是退步了？——當然是指精神、人格層面。」我引出這幾句，你們不妨想想此類舊教科書的「創意」效果如何。

至於我們是否應重新整理舊教科書，身體力行地編一本包括文學教育、文史哲知識的教科書？當然應該。據說現在有些中學的中文科及通識科的老師都在做適合本校學生水準的教科書筆記讀本。

**楊**

**你逃避我的問題。**

**小思**

我不是逃避你的問題。這是件艱難的事。一定要前線的人——在任老師、理解教學理論的學者，他們真正理解課程、現今社會、世界狀態，以及讀這些書的人需要甚麼，並非一位離得遠、站得高、有理想的人就能做得來。

**周**　楊老師不滿意現今教科書的心情，我是感受到的。但現今香港教科書的問題很複雜，它是課程的產物，應用方式掌握在老師的手上，老師如何用教科書，多少課程受要求和教學法限制，所以，這三者之間的互動會影響教學整體效果。我覺得單看語文教學，現行課程與傳統脱了節。課程、教學法這些都是新詞兒，古代沒有的，但這不代表過去無課程和教學法。古人的課程是四書五經，那亦是教材；教學法就是個人開示的法門。進入現代之後，我們受西方課程與教育影響，脱離了傳統。可是，沒達致西方教育的良好效果，因為社會上沒有相應的價值觀和環境作基礎。例如我在公司裏看牛津出版的英語課本，很自由很多樣。別人也要考試，為何西方教科書可以這樣自由呢？因為西方社會不把考試當作一生非要成功不可的事，但中國人社會就認為考試考壞了，人生就完蛋。這種觀念會反過來影響整體課程與教科書的編成。

**黃**　**的確是。那麼盧老師，當您知道手持的課本是課程及考試機制下的產物時，您怎樣在實際的教育過程裏，從制度中為自己和學生找到自由空間呢？您曾說過對〈中山先生的習醫時代〉非常不滿，但您仍要教這篇，到底怎樣教？**

**小思** 哦！我首先應該說，自己當中學教師時很幸運，既沒有由上而下規定的諸多教育政策、指引，也無花樣繁多、試驗方式的考試，且同級各班教師各自為政，不必理會別人怎樣教，更不用共同協作教學內容。

我用這篇文章來做反面教材。此文連文字、邏輯都有問題。文中談孫中山的事跡並無不妥，內容簡單易記。不過，既然這是語文課，雖然過往的課程設計，並不像現在這般要教修辭技巧、章句特色，但這課文連文句都不通，我便讓學生討論，指出種種毛病來，這也是一種教學法。

**黃** **您這樣批評範文，學生會感到奇怪嗎？**

**小思** 剛開始教書，我便向學生說，我說的話、教科書說的話、歷史書的話，都有值得懷疑和三思的地方。我從不告訴學生範文一定是對的。有人說「讀〈出師表〉不哭者不忠」，哪有這樣絕對的事？我作為老師，一定向學生解釋清楚，當上級有某種做法時，人要懂得思考才行事。忠，也有許多種方式。

**黃** **換了另一位老師，可能覺得要教〈中山先生的習醫時代〉是很苦悶的事……**

**小思** 的確是苦悶的，但我會嘗試以另一種角度來實踐教學，例如朱自清的〈槳聲燈影裏的秦淮河〉。學生光聽見朱自清的名字便喊「救命」，但我對他們說，文中寫的是一位固執知識分子，有很重的道德包袱，卻極想看看秦淮河邊的歌妓的複雜心情！他為何要用步移法由遠到近地寫秦淮河？文中的特寫鏡頭為何都是見在燈影裏美女在跳舞？（眾笑）他是一位現代男性，相信男女平等，認為男人去召妓，讓女性出賣色相，是不光彩的。讀詩詞古典浪漫的秦淮河、名妓故事惹來他「發乎情」，他便忍不住要偷看一眼，「止乎禮」，遂有乘舟歸去的無奈。這樣理解，簡直能讀成另一篇文章。

不過，我得說明一點，我清楚課程綱要，更明白考試對學生也很重要，故指導學生應付試題，過關斬將，取勝之道是必須的。

**楊** **我有一位教慣了高中的退休朋友回港代課，要教中二學生讀〈岳飛之少年時代〉，他叫苦連天，不知如何入手。若是你（指黃念欣）會怎樣教？**

**黃** **解說岳飛生平事跡，再把文章裏每個字詞意思解讀給學生聽吧？**

**小思** 嘩，那可夠慘了。

**楊** **那你呢？你會怎樣教〈岳飛之少年時代〉？**

**小思** 不知道。我已經無法掌握時下的年輕人能讀懂多少。而且，每一班學生的程度不同。以前教中學最重要是有趣，以及動之以情！只有這樣才能推動他們自主學習，進入作家或作品的心與情。如學生離開課室後，會到圖書館去找書查資料，以求更深入了解課文。那就是成功令學生主動學習的方法。所以你問我怎樣教〈岳飛之少年時代〉，憑空我不能答你。

**楊** **是啊！**

**黃** **的確是難。光是「惟大人許兒以身報國家，何事不可為」一句，為何岳飛的以身報國，要得到父親的准許？這對現代的年輕人來說可能是天方夜譚。**

**楊** **我倒會與他們從「岳飛，字鵬舉」談到〈逍遙遊〉。**

**小思** 這句是很諷刺的，因為岳飛一生都不能「鵬舉」！

**楊** **你這句就精彩了！**

**小思** 這名字成為他一生最大的落差——十二道金牌下來，還能怎樣鵬舉？

**楊** **所以教學時的即興發揮是很重要的。**

**小思** 所以我沒有必然的格式，也沒有一定的教學方法。

## 大學創作課：神秘的一科

**黃** **中學教育以後，可否談談大學教育經驗？您的現代散文課、女性文學專題、香港文學散步和文學與影像比讀，都有相對豐富的文字紀錄，或修讀及旁聽同學的口耳相傳，換言之比較容易想像課程的面貌。惟獨中大中文系「創作」這一科，我個人覺得最是神祕。首先因為人數限制，每次只有十五個名額，形式以非常仔細的個人指導與討論為主，不**

**方便旁聽。其次聽到有修讀同學說，竟是每年對每個學生的內容都是不一樣的。作家是您的另一身份，在大學裏您如何把老師與作家身份結合，在中文系教文藝創作呢？記得教案是怎樣的嗎？**

**小思**

或先從大一國文課的慘痛經驗講起。我很用心改學生作文，記得後來有位讀化學系的學生告訴我，他仍然保留着經我修改過的文章，理由很簡單，因為經我改過他的作品後，他完全對寫作失去信心。你說我多失敗。是他提醒我，死命去大改，只能表現「我多努力認真」，並不是好辦法，必須讓他知道和理解，才有效果。

由於修讀的同學大都是英文中學上來的，大部份理科同學甚至認為修讀大一國文是浪費他們學分，在這樣的背景和心態下，一般作文自然寫不好，被我修改至面目全非，滿頁紅字。從未有人這樣改過他們的作文，他們的挫敗感我相信是前所未有的。正因如此，他們永遠記得這節國文課。後來我改文章習作，加上密麻眉批，這不是挑剔，而是解釋給他們聽，為何我會這樣改。聽說許多同學都保留了習作。

**黃**

**其實我曾犯規旁聽過一節您的創作課，發現原來您會很精細地修改某些人的作品，例如講究不重複用字，連同音節詞也會考慮，例如有位學者名字叫林年同，您會說不要**

**寫「我和林年同」，因為讀起來有四個字是平聲，很低沉，如改成「我與林年同」才有高低，才好聽。這種打造好句子的訓練，好像又和激揚心性的文藝創作教育大大不同。**

**小思** 創作課我沒有全面教學設計。創作課與大一國文課不同，選修的同學一定對創作感興趣，有創作欲，且多少已有寫作經驗。創作班上有幾個人的作品我是一字不改，派回給他們的，你問問有些人便知道。還有一兩個老不上課，但我亦隨他。只是，當我談到一些創作人需要知道的基本功，或想他們參與思考、探討時，我才要求他們一定要出席。另外，我常常在草地上課，在開揚的天底下，打破局促，是我的嘗試。當時大概沒有中文系老師會這樣做的。

**黃** **現在卻有許多人跟隨您的做法到草地上課了。（眾笑）這種課程設計的原型是怎樣來的呢？**

**小思** 沒有原型。學生有不同性情和程度。有些學生的作品文句不通，讀起來卻很吸引，許多作家也如此，例如廢名、胡蘭成的文句就很奇特，很有個性。只要我發現學生有自己的風格，我便隨他走自己的路。當然，有些同學連句子都寫不好，有很明顯的錯誤，我會改。你應記得，某次我叫學生做人物片段描寫，一位同學交來一篇火車內的眾生相，平鋪直敘，毫無焦點。我和他詳談了一次，希望他寫些別人不寫、只有他能觀察到的事物。最後，他寫了一個黑衣人依靠在火車間隔玻璃上，他望向玻璃，黑衣令玻璃反映，使他看見自己的樣子，於是帶出所思所感。這篇不一定是最好的文章，但至少他學懂設計、發現自己的想法。所以我也是沒有定法，沒有教案的。

**黃** **楊老師卻曾經在他的課堂上提到您的教學法，聽得我們十分好奇。例如「靈魂冒險」練習，你要求同學面對自己五分鐘，正面自己地思考。**

**小思** 是的。

**黃** **我記得有位師姐說，回家後真的靜靜地面對自己思考五分鐘，結果突然間「嘩」一聲哭出來，非常震撼。這「靈魂冒險」練習是怎樣想出來的？**

**小思** 這是心理學的方法。

**黃** **原來有這個很科學的來源。當時那位師姐告訴我，她第一次跟自己談話，想到許多從未問過自己的問題。**

**小思** 所有哲學家的第一個問題就是問自己，其實不同學科之間都是相通的。

**黃** **這種方法會冒險嗎？要在課上討論或分享這麼個人的經驗。**

**小思** 上課時，我自能掌握整個課室氣氛、個別同學情緒與討論方向。

**黃** **不過大家都說被小思老師理解，是一件很興奮的事，沒想過您會如此在乎他們的所思所寫。**

**小思** 了解每位學生的聯想力、情緒，以及平時的閱讀習慣、經驗是甚麼，能幫助我在面對不同學生時，選擇不同的教學方法。至於如何測試不同學生的特質，我會突擊問一道關於蘋果的問題。一個蘋果，看看他們能想到甚麼，各人自然有不同的想法。遇上有宗教信仰的同學，

聽小思談聯想力測試

可能會想起亞當、夏娃；喜歡童話的，可能想起白雪公主的毒蘋果，當然有人想到手機，——那時還未有平板電腦，甚至許多我意想不到的事物。

**黃** **記得您總說自己不是要教同學成為作家，而「中文系並非培養作家的地方」也是一個廣為討論的課題。那麼，您是抱甚麼心態來教創作課的？**

**小思** 一般年輕人都可能曾有創作的衝動，只是在不同情況下被壓抑了。想私下寫些文章，卻苦無公開刊出機會，寫作欲就會一閃即逝，這是很自然的事。有人羞於讓別人知道，寫完就藏抽屜底。當然，也有人選擇投稿，甚至成為被肯定的作家，但這只是小部份人。大部份的人，年老後把自己的文章找出來，都可能悔其少作，也可能想起自己有過可愛的時候。他們雖不是作家，卻往往是文學作品的讀者，這也是珍貴的。我希望訓練的，是一批懂得欣賞文學好作品、好作家的好讀者，成為支持好作家、好作品的動力。

**楊** **你的創作課正是因材施教的表現，你以前所傳承的教育，無論是制度與規範、一直以來的嚴師指導、甚至是自己的閱讀經驗，往後都成為你教學方法的基礎。這些體會傳承，其實都是人學的實踐。甚至可以說，整個教育系統不外乎教學生如何做人，而學生也是**

學做人。為何孔子會是萬世師表呢？「天不生仲尼，萬古長如夜」，其實是因為他讓人有文明之光。宗教讓人認為現在不重要的，只有將來的世界是重要的。但是，孔子是從人着眼，人生出來離開母體，開始有家庭關係、人倫關係，只要靜心細察，不難發現中國人談論教育時，一直在人學上下工夫的深意。

## 小思

所以，所謂承教永記，是上承師教，一生受用；下受教學時所得啟示，也一生受用。這就是「永」的真義。

# 承教小記——謹以此段文字追念唐君毅老師

小思

我，從沒有在文字上，如此展示自己的過去，裏面包含了許多缺點、軟弱、無知。為了表示對吾師唐君毅先生的追念和敬意，為了讓還不知道唐老師的同學，知道世上曾有這樣的好老師，為了使自己對當下的缺點、軟弱、無知，有不斷的自省能力，我願意敘述三段往事。

那年，我只是個初中一學生，一向在家裏，是父母最寵愛的小女兒，但在兩年間，卻面臨了母親急病去世、年老父親的續弦、年青繼母的敵視、父親急病去世、還有各種大小不一的家庭變故。一下子，我覺得全世界的痛楚都集中到身上來。我怨恨上天虧待，分不出皂白的憤怒，使我仇視一切接觸的人。就那樣，獨自躲在一間幽暗的中間房裏，度過了四年。那屋，原是載滿我童年歡樂的故居，為了戀戀於舊時記憶，忍受分租房客的欺壓，不懂照顧飲食惹來的一身疾病，我似乎愈來愈沉迷那種一半出於自作的悲痛中。

初中三，是多麼危險的一年！如同許多年青人一般，我帶着自以為是、閉塞、憤怒踏入心理變化最大的青年時期。尚幸的是母親為我培養的讀書興趣，一直沒有減退，功課做好後，不是到街上亂逛，就是躲起來看書。那年夏天，是個重要的轉捩點。在偶然機會中，認識了正在新亞書院兼課的莫可非老師。（他是影響我最大的幾位老師之一，可惜，也去世了。）在他指導下，有系統地讀了一些中國文學作品。也是他，送給我一本唐君毅先生的《人生之體驗》——對我來說，一本絕對重要的書。

於是，在燈下，我展讀一段段異於尋常文學作品的文字，同時，也轉入人生道上的另一里程。

我悲哀，他說：「真實的悲哀嗎？他來了，你當放開胸懷迎接他。真實悲哀，洗去你其他的縈思，淨化了你的心靈。雨後的湖山，格外的新妍，你的視線，從真實的悲哀所流的淚珠，看出的世界，也格外的晶瑩。」

我不信任人，他說：「當你同人接近時，莫有十分確切的證據，你不要想他也許有不好的動機，這不僅因為你談會而誣枉人，你將犯莫大的罪過；你必是常常希望看見他人之善，你將先從好的角度去看人。」

我怠慢，他說：「你必須為實踐你的信仰而工作。你不息的工作，為的開闢你唯一之自己，所以工作之意義，不在其所有之結果，而在工作本身。」他更教導我的生活興趣要多方面化：「你的心感着多方面之興趣，如明月之留影在千萬江湖。這並不會擾亂你的心內之統一。在真正嚴肅的生活態度裏，各種形式之生活內容，是互相滲透，而加其深度的。」

我開始平靜下來，思索和嘗試實踐，盼望雨後的新世界。由於熱愛唐先生的理論，我決定去當他的學生。於是，「升學新亞」，成為努力嚮往的目標。經濟問題必須解決，為了取得獎學金，我開始集中精神讀書，闖過會考和入學試兩關。

現在回顧，真覺那時的憤怒，差點使我山窮水盡，是唐先生的《人生之體驗》為我撥開雲霧，得睹天清地寧。

新亞入學口試的那天，主考人正是唐先生。他問了些很普通的問題，我怎樣應付過去，現在也記不起來了，但最後一個問題，卻仍清楚記得。大概唐先生看見表格上，志願項中，六個空格，我全填了「新亞」，便問道：「你愛中國文化嗎，認為在香港，中國文化能散播嗎？」一向，我自以為愛中國文化，第一點答案該是肯定的。但第二點，由於生於斯長於斯，又受了許多年官校教育，我竟不加細想便回說：「恐怕沒有甚麼希望！」唐先生聽後，抬起頭來看我的眼神，到今天，仍清晰印在腦海裏，似乎有點惋惜我的無知，卻有更多的疑問。往後，他再沒説甚麼，便打發我出去。回來後，跟同學談起，他們都唬嚇我，會因那個不得體的答案，進不了新亞。幸而，不久，我便註冊正式成為新亞學生了。

站在高大，藍色玻璃窗的新亞圖書館內，夏日早晨的陽光，十分耀眼。我首次訝於學問的博大。驀然，由中學畢業帶來一腔「捨我其誰」的傲慢，完全散碎了。跟中學課程完全不同的科目、上課方式，使我心裏充滿亢奮，也帶點手忙腳亂，尤其第一個月上唐老師的「哲學概論」課，我盡最大努力把聽到的記錄下來。這對於新生，實在十分吃力。

就在那年十月，新亞發生一宗懸旗事件。據説每年十月，新亞宿生都會懸掛國旗，但自那一年開始，由於接受了政府津貼，便不能再在校舍內掛旗了。作為新生的我們，並不太清楚是甚麼一回事，只知道舊同學都十分激動。在一個晚會上，我第一次看見許多人為了「國家」痛哭的場面，也第一次聽到唐老師説民族、文化、原則等等觸動的問題。天地忽然擴大起來，雖然頓感渺茫，但當下便從自我跑出來，以後，關懷的再不只是自己了。

新亞四年，不斷選修唐老師的課，很難撿拾具體例子來證明他怎樣影響我。一陣春風吹過，萬物便逢生機，又有誰能捉住一絲春風給人看，説：「這就是帶來生意的春風。」我從不到辦公室去看望他，所以肯定一切影響是來自授課和著作上。上過唐老師課的人，都必然難忘他授課時「忘我」和「投入」的情況，這該是他説的：「你當自教育中，看出人類最高之責任感、最卓越之犧牲精神」了。正因如此，他的授課，包含了兩重意義：一是用語言文字表達的知識學問，一是用精神行為暗示的道理。對於我，後者的啟導力最大。

四年來，我學得絕不夠多，但卻獲得：「世界無窮願無盡，海天寥闊立多時。」的好境界。

從新亞、師範畢業出來，我抱着無比的信念和愛心，走上教育工作的漫漫長路。我嘗試實踐唐老師說的：「在兒童的人格中，看出每一兒童，都可完成其最高人格之發展，都可成為聖哲」這信念。可能太年輕，意氣太飄舉，竟忘了這段話下面另一段：「這一切向好之可能性，可能永不實現，另外有無盡向壞之可能性。攜着兒童在崖邊行走，永懷着慄慄之危懼，不能有一息之懈弛。」也忽略了社會急劇變化帶來的種種迫力。遇上阻力一天比一天多，我的信心開始動搖，悲哀又再臨近。

當了教師的第七年，兩個女學生陷於社會不良風氣裏，使我的信心完全垮了。對於她們，我用過不少力，她們也信賴我，可是，依舊沒法抗拒一些更巨大的誘惑，終於出錯了。當她們向我說着悔恨的話時，我頓然心頭一空，就像在崖上救人，明明已緊握住他的手，但終也一滑，他便溜出掌中，往深淵飛墜。軟弱、哀傷，使我很震驚，只得向唐老師「求救」。每次去探望他，坐定下來，聽他正講着哲理，我就忘記「求救」這回事，而最奇怪的是：他每次講的道理，都好像分明解答我帶去的問題似的。

有一回，他對我説：「你身體太弱，最好停一停，在鬧中反照自身，看看執着的是不是一些虛象。」就這樣，他介紹我到日本京都大學去當研究員。

告別了教學生涯，我到了詩化的京都，很平靜地讀一年書。由於離開香港，才發現自己和它原來已訂下一種無可擺脱的關係。由於離開學生和學校，才察覺自己原來對他們有無限的思念。事情漸漸明朗，忐忑的心情沒有了。我又找到安心之所！

夏天，唐老師路過京都，他帶我到南禪寺去。坐在紅氈上，眼看滿庭幽草，我啖着無味的湯豆腐，他嚴肅地説：「淡中有喜，濃出悲外。」於是我一心如洗，明白超拔的道理，決定一條應走的路向。

推崇唐老師的人，都會用「大儒」、「哲者」、「博厚」這些字眼來稱頌他。污貶他的人，又會用「糊塗」、「固執」、「不識時務」這些句語描述他。我應該怎樣向下一輩描繪他呢？也許，我實在沒辦法説，因為知道他的事情並不多。能夠説的，只是他身體力行，堅持原則的精神，怎樣挽救我於水火之中。

煙波萬頃，把天邊朗月散化成閃閃銀輝，瞎者無緣可見，而站得愈高的看得愈多，對唐先生，也作如是觀。

一九七八年三月十五日

# 下部

# 年表簡編：學術活動及著作

- 盧瑋鑾（下稱小思）迄二〇二五年止的主要學術經歷。
- 學術經歷包括：籌劃及參與的學術及文化交流活動、與本土和外國作者、學者的交誼。
- 學術著作（只列初版，包括合編作品）。
- 個人參與的學術講座和演說不計其數，記其重要者，餘不一一。

《緣緣堂集外遺文》
1979 問學社

## 1976

**十二月** 出席香港大學語文研習所主辦「國際雙重語文教育研討會」，發表〈香港中文教學的情況及前途〉演說。

## 1979

**三月** 任香港中文大學中文系與香港大學語言研習所主辦的「香港語文教育研討會」小組討論主席。①

以「明川」之名編輯《緣緣堂集外遺文》。②

香港語文教育研討會主席常宗豪邀約主持小組討論的函件

## 1980

出席香港中文大學主辦的艾青、王蒙演講會。

出席艾青與王蒙演講會，右二起：黃維樑、艾青、王蒙、黃繼持、常宗豪。

## 1981

**四月** 二十二日出席教育專業人員協會等教育團體合辦的「教育觀摩周中文日」，發表〈寫作教學〉演說。

**十二月** 籌辦香港中文大學中國語言及文學系舉辦的「中國現代文學研討會」，接待中國作家訪問團。在研討會上發表論文〈中華全國文藝界協會香港分會的組織及活動〉。

與黃繼持在中國現代文學研究會上

① 這是小思主持學術會議的開始。詳見本書下部年表後許迪鏘〈一九七九年香港語文教育研討會〉一文。
② 由許禮平裝幀設計，豐一吟封面題字，馮康侯扉頁、書脊題字。

# 1982

**三月**

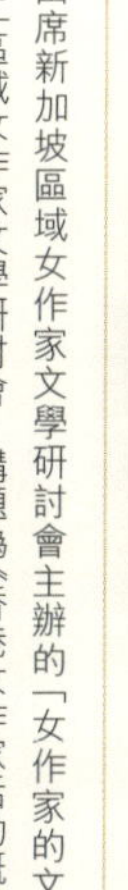

出席新加坡區域女作家文學研討會主辦的「女作家的文學使命」區域女作家文學研討會，講題為《香港女作家活動概論》。

在中國現代文學研討會聯誼宴會上，台灣詩人余光中給大陸詩人辛笛看掌。此照片在台灣解嚴後才公開發表。

在中國現代文學研究會場外與（左二起）丁景唐、劉殿爵、林煥平、王辛笛合照。

出席新加坡文藝研究會女作家的使命研討會

# 1983

編《香港的憂鬱——文人筆下的香港(1925-1941)》

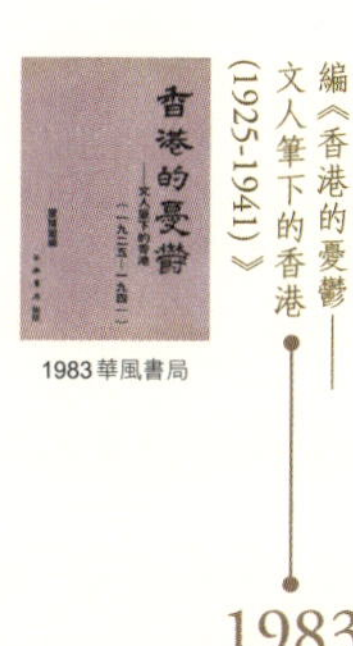

1983華風書局

**九月**

出席廣州中山大學「中國詩壇座談會」。

編輯「南來作家」有關香港的書寫為《香港的憂鬱：文人筆下的香港（1925-1941）》出版。

出席廣州中國詩壇座談會時與詩人鷗外鷗合照

中國詩壇座談會出席者在廣州中山大學

《茅盾香港文輯（1937-1941）》

1984 廣角鏡出版社有限公司

## 1984

**六月** 出席在深圳舉行的香港作家與全國作家訪問團座談會。

**八月** 任中國作家協會廣東分會《當代文壇》報主辦的「1984台灣、香港文學講習班」講者之一，講授「四十年代的香港文學」。

**十月** 出席香港中文大學巴金座談會，時巴金來港接受香港中文大學頒授榮譽文學博士銜。編輯《茅盾香港文輯（1937-1941）》。

在深圳與中港作家合照。前左起：艾蕪、周揚、李輝英；後左起：小思、佚名、東瑞、陶然、李輝英太太。

在巴金座談會上，左起：陳方正、小思、佚名、余光中、巴金。

與巴金在香港中文大學

## 1985

**四月** 出席香港大學「香港文學研討會」。

**十月** 參與中國作家訪問團梅窩交流營。丁玲訪問香港中文大學，出席中大主辦的丁玲演講會。

出席香港大學香港文學研討會。左起：趙令揚、小思、劉以鬯。

梅窩中國作家訪問團交流營大合照

黃裳（左）、唐琼在梅窩交流營。

出席丁玲演講會。左：趙令揚。

## 1986

**四月** 戴厚英訪問香港中文大學，出席中大主辦的戴厚英演講會。訪問廣州中山大學。

**九月** 出席山西太原趙樹理八十誕辰紀念大會。

**十月** 赴北京出席「紀念魯迅逝世五十周年座談會」，並參觀初創的北京中國現代文學館。

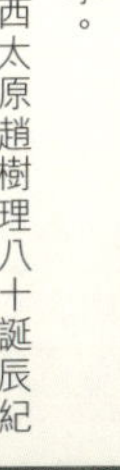

主持戴厚英演講會

出席趙樹理紀念活動的學者與趙樹理家人合照，前中立者為趙樹理太太。

參觀北京中國現代文學館時與館長舒乙合照

## 1987

《香港文縱——內地作家南來及其文化活動》

1987 華漢文化事業公司

**七月** 於台北「抗戰文學研討會」上發表論文〈抗日時期香港的文藝活動〉。參與香港中華文化促進中心主辦的「四十年代港穗文學活動研討會」，並宣讀論文。

**十一月** 白樺訪問香港中文大學，出席中大主辦的白樺演講會。《香港文縱——內地作家南來及其文化活動》出版。

在抗戰文學研討會上與台灣學者合照，前右一為林海音。

柳木下（左）與鷗外鷗在四十年代港穗文學活動研討會上相遇，為二人罕有的合照。

與白樺（右三）和中文系同事在演講會場外

1988

■ 十月 出席上海「中華文學史料學研討會」。

■ 十二月 參與香港中文大學與香港三聯書店合辦的「香港文學國際研討會」。

在上海中華文學史料學研討會上與出版家趙家璧

香港中文大學與三聯書店合辦香港文學國際研討會大合照，前排左六為高錕校長。

1989

■ 一月 出席中華文化促進中心主辦的「文學創作、文化反思」研討會。

■ 四月 於淡江大學中文系主辦的「三十年代文學研討會」發表論文〈一場小品文論爭的前奏——從《語絲》、《莽原》、《駱駝草》看分歧〉

出席在台北舉行的「五四文學與文化變遷學術研討會」。

在五四文學與文化變遷學術研討會與（左二起）周策縱、李瑞騰、楊松年。

1990

編輯《許地山卷》。

《許地山卷》
1990 香港中華文化促進中心

1992

接待日本學者山田敬三。

與日本學者山田敬三和中文大學同事楊鍾基、高美慶。

## 1993

《不老的繆思：中國現當代散文理論》
1993 天地圖書有限公司

《「南來作家」淺說》

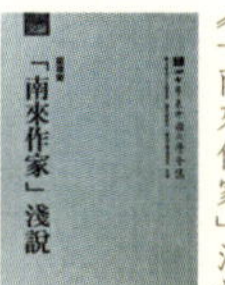

1993 台北：聯合報系文化基金會

### 五月

出席香港中文大學「兩岸暨港澳文學交流研討會」。

接待《香港文學散步》日譯者岩佐昌暲。

### 十二月

出席台北聯合報系文化基金會、聯合報副刊及聯合文學雜誌社合辦的「四十年來中國文學會議」，講題為〈「南來作家」淺說〉。

編輯《不老的繆思：中國現當代散文理論》。

出席中大兩岸暨港澳文學交流研討會，旁為徐學、周英雄。

與楊鍾基（左一）和黃繼持（左三）接待日譯者岩佐昌暲。

在文學交流研討會場外攝錄參與學者動態。多次學術活動只有小思拍攝記錄。

參與四十年來中國文學會議的戶外活動。左起：蘇煒、吳亮、李陀、黃繼持、小思、劉再復、瘂弦。

## 1995

《奼紫嫣紅開遍：良辰美景仙鳳鳴》
1995 三聯書店（香港）有限公司

### 一月

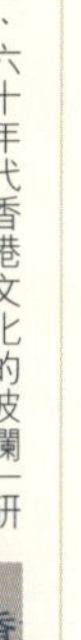

出席香港中華文化促進中心「五、六十年代香港文化的波瀾」研討會。

主編《奼紫嫣紅開遍：良辰美景仙鳳鳴》。

與羅孚在五、六十年代香港文化的波瀾研討會發言。

## 1996

《香港早期（1921-1937）文藝雜誌目錄》
1996 香港文學（1921-1937）資料蒐集及整理計劃

《香港文學資料冊（1948-1969）》
1996 香港中文大學人文學科研究所香港文化研究計劃

《香港文學大事年表（1948-1969）》
1996 香港中文大學人文學科研究所香港文化研究計劃

《〈星島晚報．大會堂〉目錄及資料選輯》
1996 香港中文大學資料蒐集及整理計劃

**八月** 接待日本學者荻野修二。

進行「香港文學（1921-1937）資料蒐集及整理計劃」，出版《香港早期1921-1937文藝雜誌目錄》。

主編《香港文學資料冊・1948-1969》。

與黃繼持、鄭樹森合作展開「香港文化研究計劃」，出版《香港文學大事年表（1948-1969）》。

進行「香港中文大學資料蒐集及整理計劃」，出版《〈星島晚報・大會堂〉目錄及資料選輯》。

與日本學者荻野修二

## 1997

《舊路行人：中國學生周報文輯》
1997 次文化有限公司

《香港散文選：1948-1969》和《香港小說選：1948-1969》
1997 香港中文大學人文學科研究所香港文化研究計劃

與黃繼持、鄭樹森合編《香港散文選：1948-1969》和《香港小說選：1948-1969》。

編輯《舊路行人：中國學生周報文輯》。

## 1998

《葉靈鳳書話》
1998 北京出版社

**六月** 出席「中國現代文學研討會——研究方法與評價問題」。

編輯《葉靈鳳書話》。

與黃繼持、鄭樹森合編《香港新詩選1948-1969》③、《早期香港新文學資料選1927-1941年》和《早期香港新文學作品選1927-1941年》出版。

主編《〈新晚報・星海〉目錄（1979-1991）》出版。

出席中國現代文學研討會：研究方法與評價問題，中坐者為錢理群。

③ 三部香港文學作品選（散文選、小說選、新詩選）為「香港文化研究計劃」成果。

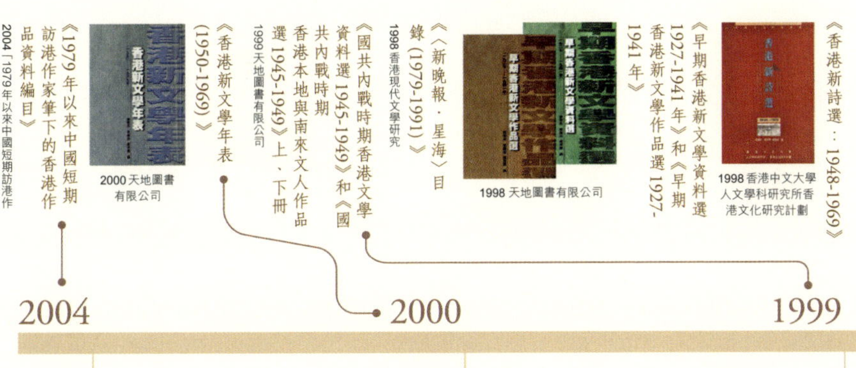


## 1999

**四月** 參與香港中文大學主辦的「香港文學國際研討會」，與黃繼持教授共同發表論文〈關於香港文學史料的整理〉。

與黃繼持、鄭樹森合編《國共內戰時期香港文學資料選1945-1949》和《國共內戰時期香港本地與南來文人作品選1945-1949》上、下冊出版。

香港中文大學主辦的香港文學國際研討會大合照，前排右七為金耀基副校長。

## 2000

與黃繼持、鄭樹森合編《香港新文學年表（1950-1969）》。

## 2004

與何杏楓參與「1979年以來中國短期訪港作家筆下的香港」研究計劃，合編《1979年以來中國短期訪港作家筆下的香港作品資料編目》。

## 2006

《武生王靚次伯：千斤力萬縷情》
2006 三聯書店（香港）有限公司

**四月** 出席「香港《華商報》學術座談會」。

**七月** 出席「八十年代從頭越」座談會。

與張敏慧合編《武生王靚次伯：千斤力萬縷情》出版。

## 2007

《文學與影像比讀》 
2007 三聯書店（香港）有限公司

與熊志琴合編《文學與影像比讀》出版。④

## 2008

**四月** 出席新加坡南洋理工大學圖書館與香港中文大學大學圖書館系統聯合舉辦的「中國與新加坡現代作家簽名本展覽」開幕禮，並任當日「中國現代文學公開講座」講者。

**五月** 任公共圖書館諮詢委員會委員，至二〇一〇年四月。

**十一月** 任國立成功大學台灣文學研究所「區域文化形構與知識生產」國際學術工作坊講者。

## 2009

《辛苦種成花錦繡：品味唐滌生〈帝女花〉》
2009 三聯書店（香港）有限公司

**三月** 任嶺南大學、哈佛大學及復旦大學於香港嶺南大學聯合舉辦的「當代文學六十年國際學術研討會」圓桌論壇環節講者。

**七月** 任三聯講座：「品味唐滌生《帝女花》」講者。

編輯《辛苦種成花錦繡：品味唐滌生〈帝女花〉》出版。

## 2010

《雙程路：中西文化的體驗與思考，1963-2003：古兆申訪談錄》 
2010 牛津大學出版社

與熊志琴合著《雙程路：中西文化的體驗與思考，1963-2003：古兆申訪談錄》出版。⑤

## 2011

《梨園生輝：任劍輝，唐滌生》
2011 三聯書店（香港）有限公司

編輯《梨園生輝：任劍輝，唐滌生》出版。

參觀華商報展覽會。左起：李國強、甘成、李祖澤、趙世光、張雙慶、小思。

---

④ 是二〇〇二年自香港中文大學退休前「文學與影像比讀」大型課堂講座的內容結集成果，熊志琴整理。

⑤ 與熊志琴聯合訪談，熊志琴整理。
本年以後，小思基本不再參與個人公開活動。

《淪陷時期香港文學作品選：葉靈鳳、戴望舒合集》

2013 天地圖書有限公司聯書店

《香港文化眾聲道 第一冊》

2014 三聯書店（香港）有限公司

《曲水回眸：小思訪談錄》上冊

2016 啟思出版社

《香港文化眾聲道 第二冊》

2017 三聯書店（香港）有限公司

《曲水回眸：小思訪談錄》下冊

2017 啟思出版社

《淪陷時期香港文學資料選》

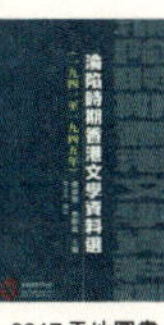

2017 天地圖書有限公司

**2013**

合編《淪陷時期香港文學作品選：葉靈鳳、戴望舒合集》。⑥

**2014**

合編《香港文化眾聲道・第一冊》。⑦

**2016**

訪談：《曲水回眸：小思訪談錄》上冊。⑧

**2017**

合編《香港文化眾聲道・第二冊》、《淪陷時期香港文學資料選》⑨。

訪談：《曲水回眸：小思訪談錄》下冊。

**2025**

香港牛津大學出版社修訂、增訂再版《曲水回眸》、《香港家書》、《香港故事》、《夜讀閃念》（改題《香港書情》）和《香港文縱》。一九七三年留學京都期間抒寫所見所感的豆本，將出袖珍紀念版，定名《初見之雪——京都小思集》。

天地圖書出版的幾部合編作品和資料集，都有「三人談」作為前言，與其他兩位編者黃繼持（中）和鄭樹森對談時留影。


參考：

- 李薇婷：〈盧瑋鑾小思創作及研究履歷簡表〉
- 香港中央圖書館特藏文獻系列編輯委員會：《盧瑋鑾文庫目錄》。香港：香港公共圖書館。
- 香港中文大學圖書館「盧瑋鑾小思老師」簡介網頁：http://docs.lib.cuhk.edu.hk/hklit-writers/topics/writers/LuWeiluan/about.html


⑥ 與鄭樹森合編，熊志琴整理。

⑦ 香港作家口述歷史，與熊志琴聯合訪談，熊志琴整理。是二〇〇二年開展的人文學科研究所「口述歷史：香港文學與文化」研究計劃的成果。

⑧ 個人口述歷史，訪談者包括楊鍾基、陳永明、鄧仕樑、黃潘明珠、黃念欣、樊善標。

⑨ 一九九〇年代初始，與黃繼持、鄭樹森合編香港文學史料，整理結果陸續出版達十冊，只餘淪陷時期三年零八個月的史料，因黃繼持於二〇〇二年去世而一直懸擱。後來熊志琴加入幫忙，終與鄭樹森合編完成這計劃。

＊ 照片由小思提供，但拍攝者應有多位，恕不一一列名。

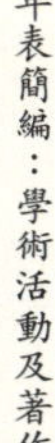

# 筆耕心田

**楊**：楊鍾基教授　**樊**：樊善標教授　**黃**：黃念欣教授
**潘**：黃潘明珠女士　**李**：李薇婷女士

## 執筆為文：求真先於求美

**楊**　**我很喜歡「筆耕心田」這標題，它讓我聯想到小時家家常見神主牌上「心田先祖種，福地後人耕」的對聯，這實在很能切合小思作品中的人文關懷和對文化承傳的重視。另外，「心田」兩字，合文生義，又構成了小思筆名中的「思」，雖然小思解釋過，「小思」緣起於「夏颸」的棄繁就簡，但我想補問的是，這筆名伴隨了你幾十年，會否增添了與你的文風和理念有關的意義或聯想？還有，你對「筆耕心田」的標題有何會心之處呢？**

**小思**　啊！真虧你想得到，神主牌上常見的老對聯，會那麼傳神寫意。只要不是「擺我上神枱」，那就好了，反正所有有心思的寫作人，都盼望「福地後人耕」的呀。至於「思」字，倒果真是一塊心田，幾十年來，別忘了加一個「小」字，才稱得上是我。小耕小種，順其自然，源我心志，談不上文風理念的意義。

**楊**

**我在閱讀你的作品時，有一些想法。你常常運用一種孩童的、回憶的視角，這種視角，隨着年紀增長又會變化。你的散文集《翠拂行人首》，內裏篇章雖由黃念欣編選，題目卻是你自訂的。我查過題目出處，那篇同題散文〈翠拂行人首〉是《豐子愷漫畫選繹》中的一篇，寫於一九七〇年，卻由「楊柳依依」寫到「雨雪霏霏，滿頭華髮」，為甚麼這樣早就有像退休般的心境呢？待你真的退休後，文章風格又是一變。**

**小思**

「翠拂行人首」，出自宋代詞人宋祁〈錦纏道〉，是豐子愷借題繪畫時用上的。我演繹豐先生的畫，也是無端生感，字與畫沒配上，卻與題配上了。原因只為了我很喜歡《詩經．小雅》的〈采薇〉。儘管眾多箋解，說甚麼戍役思人之切，我一讀，只深感楊柳依依，雨雪霏霏，那強烈對比，烘托了今、昔，聚、散的悲情，不必多着一字。而我又愛讀宋詞，喜讀周邦彥，不忘〈六醜〉：「長條故惹行客，似牽衣待話」，多年後，頓覺柳拂人首比柳牽人衣之情更微妙，不着痕跡，會記得一生一世。那不是寫退休般的心境，是少年想像的情愫而已。

**楊**

**那你想不想聽一則黑色幽默？那時我們向莫可非老師說，師姐這些文章，唉，有點「哼唧唧」……**

豐子愷有多幅以「翠拂行人首」為題的畫作，下圖是刊於《中國學生周報》第九五四期，一九七〇年十月三十日，小思（筆名明川）的專欄。

豐子愷漫畫選■古詩今畫之二十

# 翠拂行人首

明川

昔我往矣，楊柳依依。

當年，湖畔有香塵十里，春風把柳陌的碧綠都凝住了，映得有半湖閒閒的春色。那時，我還年輕，總愛過着彫鞍顧盼，有酒盈樽的疏狂日子，等閒了春的殷動，柳的依依。

有一天，我向江南告別，只爲自信抵得住漠北的蒼茫。我對拂首的柳說：「你別挽留，我有出銷寶劍，自可不與人羣。」

驀地，我從夢中醒來，發現了雨雪霏霏，發現了滿頭華髮，發現了四壁空虛。我已經很累了，什麼都不願想，只想念曾拂我首的柳絲。

**小思** 其實莫老師沒看過我寫的文章。你們說的有點「哼哼唧唧」，應該並不是指我，而是指當年學力匡[1]體寫「海呀山呀」的師兄師姐們。我讀初中二年級時，莫老師已經教我讀課外書，要我讀馮友蘭「貞元六書」：《新理學》、《新事論》、《新世訓》、《新原人》等等。印象最深的是他講吳偉業〈圓圓曲〉，講明末清初政治的不堪，譴責吳三桂降清之不忠……會背「全家白骨成灰土，一代紅妝照汗青」的我，怎會「哼哼唧唧」？如果你認為我年輕時的作品哼哼唧唧，無病呻吟，我只能說的確是有種蒼涼感覺要表達，而非假意。

**楊** **我想問，你作為一個散文作家，在年歲增長，技巧漸漸爐火純青的時候，如何再寫過往那些較抽離於現實的文章？你覺得自己散文之美，究竟美在甚麼地方？你有沒有一種身為作家的自覺？**

1 力匡（1927–1991），原名鄭健柏，另有筆名百木、文植。生於廣州，一九五〇年來港，任職中學教師及圖書館主任，於一九五八年赴新加坡從事教育工作。曾主編《人人文學》及《海瀾》，著有詩集《燕語》和《高原的牧鈴》、散文集《北窗集》等。作品見於《星島晚報》、《中國學生周報》及《大學生活》等。力匡在港期間發表大量詩作，作品深受年輕人歡迎，文藝青年爭相仿效，人稱這些寫作風格為「力匡體」。

**小思** 我在《中國學生周報》上的專欄，一開始就關心作品要寫給甚麼人看。〈一月行〉[2]、〈書林擷葉〉[3]、〈路上談〉[4]、〈豐子愷漫畫選繹〉均如此，都給學生青年看，其中〈豐子愷漫畫選繹〉是寫給一些很需要感性文字的讀者看的，我知道那年代許多年青讀者喜歡這類文風。後來，在《星島日報》、《明報》寫專欄，一星期只有一篇或兩篇，五百字至一千字一篇，我不能估計甚麼人會看我的文字，但我很珍惜這發表機會。我有話要說，盼望以文字來道出心中所想，有人共鳴、有迴響的事。我一向不大寫抽離於現實的文章，這是我執筆為文的自覺。美不美，我不刻意去求，我要真。

**楊** **有話要說，即是作家本色，你還是不要逃避「作家」這個身份吧。讓我單刀直入問一句，你真是「都忘卻，春風詞筆」了嗎？還會不會寫較早期，像《豐子愷漫畫選繹》那種文風的散文？**

2 〈一月行〉為小思在《中國學生周報》撰寫的第一個專欄，連載台灣之旅的遊記，於一九六三年十一月十五日至一九六四年一月二十四日止（第五九一期至第六〇一期）。

3 〈書林擷葉〉為小思在《中國學生周報》以「盧飆」為筆名撰寫的專欄，由一九六五年八月二十日（第六八一期）開始，至一九六六年四月一日（第七一五期）為止，共十五篇。

4 〈路上談〉為小思在一九六九年五月二十三日起至一九七〇年一月三十日於《中國學生周報》撰寫的專欄，後來分別由純一出版社和山邊社結集成書。（小思：《路上談》，香港：純一出版社，一九七九年；小思：《路上談》，香港：山邊社，一九八一年。）

**小思** 你既用姜夔的〈暗香〉垂問，我就回你：「又片片，吹盡也，幾時見得」？

**楊** **你不願自評，我能理解，那說說你對他人評論的看法吧。如李瑞騰在《今夜星光燦爛》的序言說你的散文風格「清爽親切，質而實綺，癯而實腴」，我覺得很有意思。你固然能寫正氣、不外露的美文，但有時也有較綺麗的作品，例如〈秋之小令〉之類。你雖說過不喜歡「閨秀」這標籤，但這婉約風格又從何而來？**

小思：《路上談》，香港：純一出版社，一九七九年，水禾田設計封面。

**小思** 我讀中文系，陶醉宋詞。一本上彊村民重編、唐圭璋箋注《宋詞三百首箋注》，自一九六二年至今，仍在枕邊，隨手翻開隨緣讀一闋。我讀宋詞，多配詞話細味。陳廷焯、周濟、梁啓超等等，一句中的，引我泛舟桃源。婉約者貴在含蓄，往往一字一句即令意境全出。我連寫散文也想這樣，故很難「有碗話碗，有碟話碟」，絕不合現代速食讀者口味。

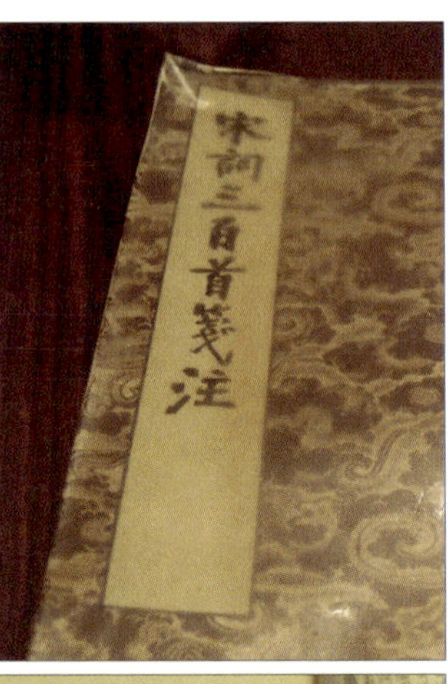


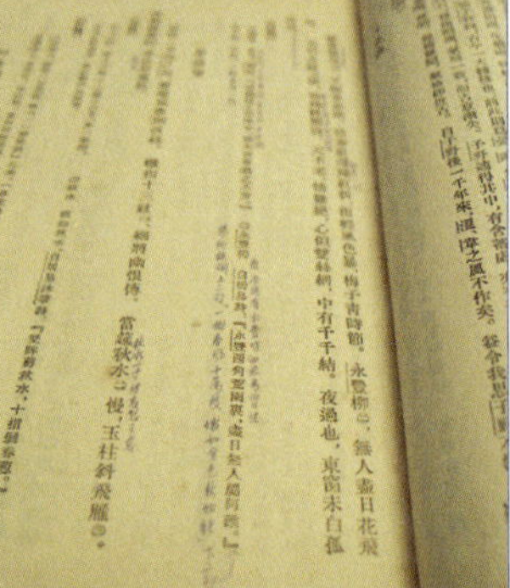

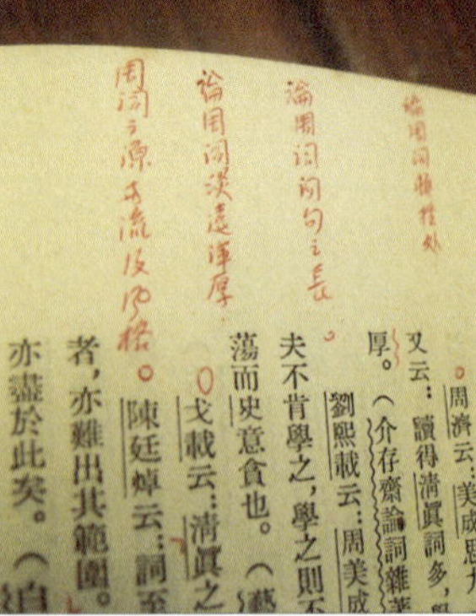

小思讀了五十多年的《宋詞三百首箋注》，眉批、筆記處處可見。

**楊**　但同時你亦寫過許多雄辯而有氣勢的文章。記得你說過小時候曾代表學校參加演講比賽，又入選過辯論隊，最後卻因友情而「害怕」辯論。但在文章世界，我看你之後還是有許多因事而起的散文，皆理直而氣壯。《明報．一瞥心思》專欄的文章最見「事事關心」的散文特色，能否談談此一專欄與你以前的散文比較，在思想上、心情上以至文章題材和風格的最大轉變？

**小思**　從幼年在母親身邊，已慣聽母親講中國歷史、世界新聞。她也關心左鄰右里的事，例如她提議一梯三層六伙的唐樓住客科款合造梯間木扶手，以減上落危險，這種公眾事在五十年代不作興的。我想「事事關心」就源於母教。我小學、中學作文，都「事事關心」的。故在思想上、心情上以至文章題材和風格，都沒有多大轉變。

## 寫作路起步：「穀青社」的意義

**樊**　**雖然盧老師您的自我定位是教師多於作家，但客觀上您一直寫作，發表數量相當多，成績備受肯定。您走過作家的路，由投稿到接連發表，甚至擁有自己的專欄，從您的歷程裏可看到香港文壇的一個面向。數年前您介紹我認識區惠本先生[5]，從他那裏我得到的印象是，登上文壇對於五、六十年代的青年來說是很困難的。這次希望從您這裏了解成為作家要走的路、作家之間的關係，以至不同世代如何輪替。這些其實就是文學生產的機制。**

5　區惠本（1938–），廣東南海西樵人，幼年來港，一九五九年畢業於新亞書院文史系，一九六一年在新亞研究所取得碩士學位。在嶺英中學就讀初中時開始投稿於《星島日報・學生園地》、《華僑日報・學生園地》等，後就讀新亞書院時與黃俊東、扎克（麥仲貴）合組文社「微望社」。畢業後曾任小學教科書編輯、《明報晚報》副刊編輯、《香港電視》編輯等。作品發表於《大公報》、《文匯報》、《新生晚報》、《天天日報》、《星島日報》、《星島晚報》等報副刊，筆名孟子微、穆逸、鄧國英、慧庵、于徵等。

**小思** 這是一個好問題，需要詳細地分開幾個層次來回答。首先，我強調自己並非作家的原因，是我並不認為自己擁有作為詩人的自覺，或創作者的敏感與豐富聯想。在金文泰中學讀初中時，班上有喜愛寫詩的男同學，郭漢宗、徐柏雄都是那年代學界略有名氣的詩人。他們總是在寫詩，但五、六十年代並不像現在，有許多機會讓他們發表自己的作品，他們只能自掏腰包購買蠟紙針筆鐵板來製作油印本詩刊，分給同學閱讀。忽然一天他們「迫使」我當上一回《青年樂園》的編輯。一群愛好文藝的同學聚在一起，自然會互相影響。他們說：「你不寫詩，不如試寫散文吧！」於是我便開始寫散文。

**樊** **那大概是甚麼時候？**

**小思** 初中二、三那兩年吧。

**黃** **那份油印本詩刊有名字嗎？**

**小思** 沒有。只是後來我們又在班裏組織辦壁報，便以「毅青社」作社名。

**樊**　**「毅青社」是由金文泰中學幾位同學發起成立的？「毅青社」是「文藝青年」的簡稱嗎？**

**小思**　忘了誰想出「毅青社」這名字來。後來班上的同學多加入了，我想指的是「有毅力的青年」。不過，社內真正創作的人不多，反而成為像班會性質的組織。我們曾以「毅青社」的名義設計壁報，方便同學寫作。可惜壁報上板後，卻被迫清拆，因為當時學校最害怕政治滲透，早已不滿我們結社了，還做壁報？當然禁止了。我任社長，要向校長申請，他要我找一位中文老師肯擔保壁報的內容政治正確，才批准面世。結果，連那些疼惜我的中文老師都因為害怕負上責任而不願意簽署擔保，校長便叫我們拆下來。我們只好無奈拆下。《青年樂園》那一次後，我們便不敢再以「毅青社」的名義出現。

**李**　**「毅青社」那群男同學是怎樣的人？**

**小思**　他們整天在寫新詩，但對古典文學的功課卻不大理會。有時甚至上課的時候，也偷偷在桌子下寫詩。有一次，中文老師終於發現他們的行為，知道他們在報紙上發表過作品，氣得在課堂上公開說：「你們現在得意洋洋，以為自己的作品很好，十數年後回望時，才知道羞愧！」當時，我將所有暗地寫下的稿子及貼着同學作品的剪報全都銷毀了。

《毅青社同學錄》封面、內頁及金文泰中學校長序文。

序文一

羅嗣超校長

古者以文會友。晝夕講習。互相切磋。其於研求道術之功。裨益匪尠。有明一代。結社講習之風尤盛。洎夫末流。標榜門戶。頗尚虛聲。乃變其質。清初文網甚密。嚴禁士子糾衆集社。此滿人鞏固政權。強施鎮壓。以摧殘士氣焉耳。實則結社講習。問難析疑。以宏其學。與古人所謂借他山之石以攻玉攻錯者。無異致也。本校一九五六年初中三年甲級諸同學。夙設有毅青社。社中諸人。今已升至高中三肄業。去卒業之期不遠。恐夫別易而會難。日久而情疏也。乃倡議刊印同學錄。誌其里居。附以照像。蓋欲聲氣相通。永篤情誼。其意固殷殷也。顧本校校友會設立多年。不限於入學先後。不問於肄業班次。凡屬同學。皆為此團體中之分子。毅社諸人。固無例外。會中寧無同學之錄乎。吾轉以毅社為多此一舉矣。頃社友范君於斯錄之刊。丐余為序。并述其設社之經過。經由當年校方允許。而社中同學。如針芥之相投。苔岑之同契。真誠相感。古道是求。非敢別樹一幟以自異。予感其意。乃書所欲言者以告之。期其能臻於古人以文會友之意。而弗溺於末流標榜之習也。毅社諸君。其勉之哉。

金文泰中學

毅青社同學錄

一九六零年一月

小思曾輯選《中國學生周報》（左）的文章，編成《舊路行人——中國學生周報文輯》（右）。

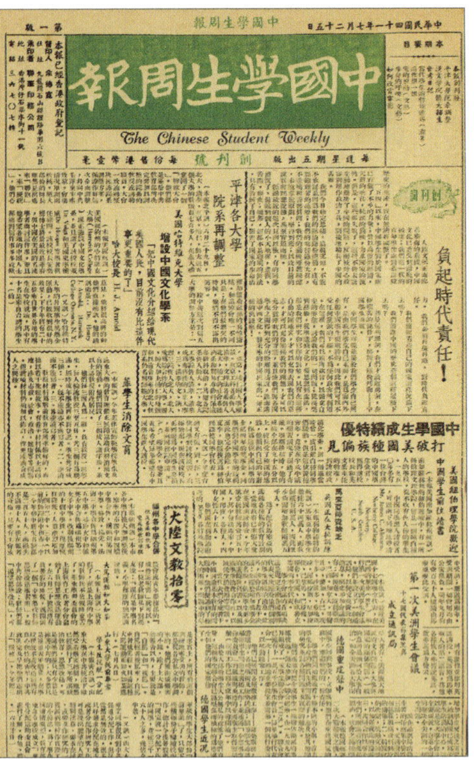

中華民國四十一年七月二十五日　中國學生周報　第一號

中國學生周報

The Chinese Student Weekly

每逢星期五出版　創刊號　每份港幣壹毫

本期要目

負起時代責任！

平津各大學院系再調整

美國哈佛大學增設中國文化學系

中國學生成績特優 打破美國種族偏見

華學生消除文盲

大陸文教拾零

第一次美洲學生會議

**黃** **當時的老師不鼓勵學生創作嗎？**

**小思** 當然不鼓勵！因為害怕學生「多事」，而且也看不起白話文。可嘆今天有些學生卻認為老師鼓勵他們創作是一種「迫害」。當時我們無論做甚麼，都有老師潑冷水的。也正因如此，磨煉了我們寫作的意志，潑不滅我們心頭的火。那時有兩類人，一是像我這樣，被同學拉攏後才開始寫作；另一類就是中文水準好，有寫作能力，自然不畏寫作。但很奇怪，有些人一出外工作便銷聲匿跡，停止創作。他們其實與區惠本先生同期，但區先生仍寫文章、當編輯。這就是中學時期，未曾有文社、學生刊物時，我們所走過的路。

我繼續回應樊善標所問。一般愛好寫作的年輕人，可以說無法打入所謂「文壇」——報刊設的《學生園地》、《青年文友》、《中國學生周報》、《青年樂園》，都只提供部份園地給學生試筆，就算較多見報的作者也不能說登上文壇。因為當時文學雜誌罕有，報紙副刊卻是成名作者天下，例如若由上海人作總編輯，他便會招來自己的文友來寫專欄，分割地盤，久而久之讀者便習慣了讀某些作者的文章，若是突然換別人寫，讀者便來詢問，若有所失。哪輪得到青年作者佔一席位？當然，以當時《周報》為例，只要你的文章讓陸離、羅卡、吳平覺得可用，便會刊登，甚至忽然火紅起來。又例如《星島日報》的〈學生園地〉，雖然常常只看見幾個熟悉的名字，但若是好稿，要被採用也是不難的。以上提及的刊物，再加上一些文學雜誌，如《文壇》、《人人文學》、《海瀾》、《當代文藝》……偶會採用學生水準的作品，但也非常態。五十年代中葉，才見青年自辦的雜誌如《詩朵》出現。文壇嘛！當年是個狹隘空間。

## 「被」當了一次編輯：《青年樂園》軼事

**樊** **當時您有創作嗎？**

**小思** 五十年代，《青年樂園》便刊載了我的一篇文章，現在回看也不像是中二、中三時能寫出來的作品，那是我人生中最危險的青年期寫照，父母雙亡後，才會寫得那麼悲哀，但這不算是創作，只是習作。

**樊** **為何《青年樂園》會來邀約你們編輯其中一版呢？**

**小思**　有一天在《星島日報》、《華僑日報》的〈學生園地〉已經略有名氣的同學說《青年樂園》希望讓中學生試編其中一版，由學生自行組稿、排版，於是提議我們參加。不過，那些寫詩的同學怎會動手做編務？便拉我來協助。我傻傻地答應了，但哪懂得編輯工序呢？只是把稿件都集中起來，獨自走上《青年樂園》編輯部，告訴編輯我們希望刊登甚麼文章罷了。誰料我日後便莫名其妙地被認為當上了該版的「編輯」，用現在流行語應叫「被當編輯」。

**樊　《青年樂園》的編者是因為在《星島晚報》、《華僑日報》看見幾名金文泰中學的學生投稿，所以主動邀請？還是全港的中學都邀請呢？**

（第六十三期）　青年樂園　　毅青社　　（第

# 夢幻的樂園

·夏颸·

楔子

在現實的環境裡，卻替自己創造了一個夢幻的樂園，在那裡，我可無拘束地抒發一下，可找尋失去或得不到的東西，更可尋到天眞的氣息。「人是離不開現實的。」我承認這句話，但在更深人靜的時候，我的思想，倒可以擺脫了這殘酷的現實，自由地去找些趣味。因此，每夜裏，我會流連在自己的樂園中，創出了不少自以爲不平凡的平凡故事，和許多荒誕無稽的笑話，但，不論怎樣，我是那樂園的主宰，我從那裡得到了安慰，唇上更會掛着微笑。也許，你會笑我是個傻子，在欺騙自己，不過，你要知道，只有深夜裡的我，才屬於我自己的，而且現實的洪流永不能沖走我這夢幻的樂園，如果有人稱我做「傻瓜」，我也願意接受。

星星的話

迷糊間，我飄然地離開了，那不見天日的混濁境界，坐着輕雲，浮游在淸曠無邊的原野上空，這一個似曾相識的地方，使我心中有些迷惘。地上那些奇異的嬌嫩花兒，吹送陣陣幽香；靑靑的仙草，爲我鋪陳了絲絨般的睡榻；我熟悉地臥下去，放縱地在上面打滾，打滾；更盡情地大笑，大笑……驀地，我

然無恙。不要以爲我忘記妳，只爲那混濁的境界阻隔着我，使我無從擺脫；恐怕久別的我，也染上了幾分濁氣，更怕使妳的銀光沾着它。」突然，所有的星，集成一團銀霧，漸漸淸晰、淸晰，移近眼前，像一張溫和笑臉，又像一張莊肅而天眞的面孔，溫柔地向我點點頭，「朋友呀！謝謝你的愛護，更高興見到你，不過，你眞的改變了不少。別以爲

弱及矛盾所還罩着。朋友，醒來吧，不要再怨恨環境，小心尋回你自己。我願伴着你去找，但願我那絲銀光，使你看得淸楚些。」我從燦爛的銀光中，淸醒過來，決意找尋眞正的自己。

和平的小麻雀

在一個狂風暴雨的黃昏，雨吞噬了大地，風玩弄着所有的生物，死物。有一隻離羣的小麻雀，在矮林中亂闖，希望逃過

小思初中時便以筆名「夏颸」於《青年樂園》第六十三期，一九五七年六月二十二日，發表〈夢幻的樂園〉。全文見本章附錄一（第256頁）。

**小思**　我不知道。只是當年《青年樂園》接觸許多中學生，特別是名校如聖保羅、皇仁、英皇、庇理羅士、金文泰等，是他們希望接觸的重點學校，因為這些都是精英學生才能入讀的學校。

**樊**　**他們的組織和滲透能力的確厲害。當時中學生很流行在《星島日報》及《華僑日報》的校園版投稿，您曾在這些園地投稿嗎？**

**小思**　沒有，倒是經常閱讀，像區惠本，中學時我便經常閱讀他的作品，把他當作偶像一樣。

**樊**　**所以中學時期，您的投稿只限於毅青社內以及《青年樂園》那一次？但您一直有看《中國學生周報》和《星島日報》這些報刊？**

**小思**　對。特別是《中國學生周報》、《青年樂園》，都是中學校工代購的。他知道我喜歡看這兩份報紙，小息時候，便會放在我桌面，待下課再付款。我還訂閱《青年文友》。

樊　　較多投稿是升上新亞書院後？

家國感懷的〈一月行〉

《青年文友》封面，右為創刊號。

《青年文友》是十六開約三十二頁的綜合性半月刊，內容有國學研究、科學新知、攝影、連環圖、遊戲、文藝……等多項。而最吸引我的，是它的問答遊戲和學生園地。常識問答比賽的內容，多是中學生能力所能解答的，每次接到問題，我都會到圖書館去翻書，很多時都要花兩三小時才能答好題，把答案寄出，然後等待揭曉的時刻，享受那種「名登金榜」的榮譽。

一九六〇年代初，香港學生文社如雨後春筍，發展得蓬蓬勃勃，很多文社人都把文章投到《青年文友》的學生園地發表，主要是它的稿費不錯，一篇幾百字的散文，通常都會有五元。在四毫子可買一本言情小說，一兩元可買到厚冊純文學創作的當年，這些稿酬是相當可觀的數目，也是我輩窮學生零用的主要來源。而學生園地也由每期兩頁而增至四、五頁，大受歡迎！

《青年文友》創刊於一九五二年初，一直出到一九六三年末才停刊，算是一份長壽的期刊。

許定銘〈從書影看香港文學之三〉（轉載自《香港文化資料庫》網站，二〇一五年六月九日。）

**小思**

是。大一暑假，我參加台灣僑委會主辦給香港大專學生的觀光團，到台灣旅行一個月。那是我首次離開香港，到陌生的台灣，受到很大刺激。完成這趟旅行後，我心中積壓了很多感觸。大二開課，經常在大學新亞校園的圓亭內徘徊。當時生物系的系主任每次看見我，都招呼我進辦公室聊天。閒聊中，他問我：「細路，為何這樣不快樂？」談及台灣之行，我告訴他原委，他竟叫我把這些想法寫出來。我寫好了就給他看，他還用鉛筆為我修改。沒想過，鼓勵我寫作的竟是生物系的老師。

**樊**

**這位是任國榮先生？**

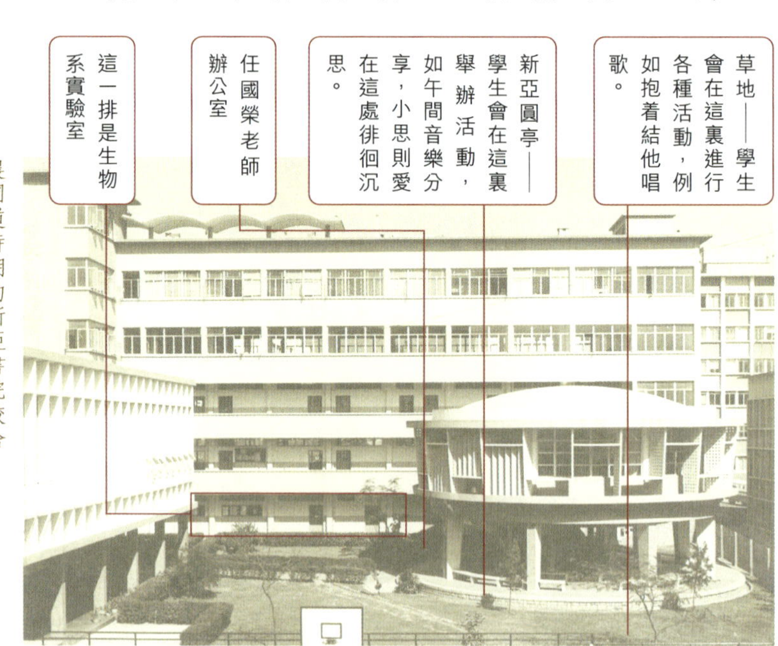


農圃道時期的新亞書院校舍

**小思**　對，他是個嚴厲的老師。他喜歡請學生吃飯，但學生卻很害怕，理由是你拿碗筷的方式不對會給他罵，夾餸的遠近不對又罵。但是，我們都非常尊敬他，因為他對生物系的建樹甚多，他開創了新亞書院生物系，徐立之是他徒孫。我常追隨他去實地生物考察，也學會了許多人生道理。我也常向陸離提及台灣之旅，又把任老師看過的文章給她看，她就叫我登在《中國學生周報》上，成了我第一個專欄。

**樊**　**中大圖書館「香港文學特藏」裏展出了一張《中國學生周報》發給您的稿費單，是一九六三年的。因為是複印本，數字痕跡模糊，我依稀看見是十月時發的，但您說〈一月行〉是您首次投稿的，而刊登的時間是十一月份。**[6]

**小思**　〈一月行〉是我首次投稿，那稿費單是關於一段小稿，不算正式投稿。

**樊**　**那麼您純粹是以讀者身份投稿？還是早已認識陸離？**

《中國學生周報》一九六三年發的稿費單

6　小思：〈熱與驪歌〉，載於《中國學生周報》第五九一期，一九六三年十一月十五日，第三版。

**小思** 我大一那年已認識陸離了。我大學三年級寫〈一月行〉，而她畢業便進入《中國學生周報》工作。

**樊** **那時一投稿便是連續十一篇的〈一月行〉？**

**小思** 因為當時甚少人寫遊記性質的作品，便開始有人注意到。其實只因首次離開香港，感受很多而深，有許多話積在心中，上面說過，我對任老師說，也對陸離講，她就提議我把寫出來的給她登出來，便是〈一月行〉。算不算投稿呢？

## 為教而寫：〈路上談〉、〈大孩子信箱〉

**樊** **您接着在《周報》發表其他文章是否也和陸離有關？**

**小思** 我常在《周報》讀到陸離提供刊出的「花生漫畫」，而我認為中國也有好的漫畫，便把豐子愷的漫畫給她看。看後她說要原圖刊登，但我認為年輕一輩未必能輕易理解畫中深意，於是提出由我寫些自己的感想來幫助大家理解，這就是〈豐子愷漫畫選繹〉。有人並不喜歡我這樣解讀或強解豐子愷漫畫的，但畢竟我介紹了另一種漫畫風格，令中西兩種風格同時展現在《周報》中。

另外，陸離和我都很喜歡上海越劇，於是我們又介紹上海越劇。而我也喜歡唐滌生那一類廣東粵劇，我是首個在《周報》介紹雛鳳鳴的。[7]是陸離令「小思」這名字出現在《周報》的。

有一次「雙十節」的《周報》特刊，[8]整個版面由我負責，介紹許多為改寫中國命運而犧牲的人。後來剛巧有人不再寫〈大孩子信箱〉，陸離便希望我來寫，我答應後，寫了一兩次便不願再寫，竟然有讀者問為何小思突然不寫〈大孩子信箱〉。加上寫了〈路上

《中國學生周報》上介紹花生漫畫和豐子愷漫畫的版面。

7 小思：〈由辭郎洲的演出看雛鳳鳴劇團這些小傻瓜們〉載於《中國學生周報》第八九五期，一九六九年九月十二日，第十一版。

8 這裏指一九六四年十月九日的《中國學生周報》，頭版題目為〈國慶特刊〉，〈華夏篇次風字韻・堂堂華夏國大風〉為小思作。詳見《中國學生周報》第六三八期，一九六四年十月九日，第二版。

談〉，「小思」就定型是「老師」了。當年在《周報》，讀者、作者、編輯的感情，比現在的來得親切。這一點，在我回顧《周報》歲月時，是重要的特點。

**樊**

**我曾經查閱過您在《周報》上發表的文章，而您剛才的回答，印證了我閱讀後的許多想法。您從就讀新亞書院開始便發表，除了〈一月行〉的遊記外，早期的文章內容有許多民族、教育理想，例如剛才提及的雙十節特刊。您在特刊裏介紹了許多革命先烈，又附上一首以辛亥革命為題的古體詩，您又在〈學壇〉上寫年青時的孫中山先生等等。[9]我感覺您最初寫作並不是為了抒情，而是為了介紹一些事理，例如民族思想。後來有一篇文章〈為飢餓者向周報進一言〉，[10]指出《周報》的文字太深奧了，擔心讀者未必讀得明白，也是有明確用意的。我找到第一篇抒發感情多於教育目的的作品，是一九六七年的〈飛雲憔悴夕陽閒〉[11]（全文見本章附錄二，第260頁），這篇文章寫您回到新亞書院，[12]在圓亭**

9 小思：〈年青時代的孫中山先生〉，載於《中國學生周報》第六四三期，一九六四年十一月十三日，第三版。小思於一九六四年至一九六六年間，不定期撰寫《中國學生周報》專欄〈學壇〉，主要的題材為民族、社會時事。

10 小思：〈為飢餓者向周報進一言〉載於《中國學生周報》第七三二期，一九六六年七月二十九日，第三版。

11 小思：〈飛雲憔悴夕陽閒〉載於《中國學生周報》第七六三期，一九六七年三月三日，第七版。

12 指現在新亞中學位置，即香港九龍土瓜灣農圃道。新亞書院遷移至沙田馬料水香港中文大學校園後，新亞中學於一九七三年九月五日在新亞書院舊址正式開辦。

下徘徊的感受。這篇抒情文章相距您在《周報》開始發表已經四年，可見您的確不把自己當成作家。您本科畢業後便入讀羅富國師範學院（特別一年制）[13]，然後出來教書，我想了解當時的教育制度會否鼓勵教師寫作？

**小思** 新亞書院中文系只教作詩填詞，沒有教文學創作。師範學院更沒有這種課程。

**樊** **那您寫作是純粹為了教育？**

**小思** 對，我常說中文老師一定要寫作。情況就像不懂游泳的人，不能當游泳教練。你不知道不懂游泳的人下水後心中有多怯，不知道原來有人下水會抽筋，不知道水的阻力有多大，怎去理解游泳的難度？教寫作亦如是。你要知道學生所面對的問題在哪裏，才可以體諒或理解學生為甚麼寫不好一篇文章。

另外，有些話，由於教學課程緊湊，沒時間在課堂上跟學生說或討論，正如〈路上談〉內所寫的內容，用文字寫出來會方便些。有些話，在課堂上說，學生未必聽得入

13 一九五五年開始，香港羅富國師範學院設有「特別一年制」，專供專上學院本科畢業生修讀，以取得教育文憑資格，在香港中學任教。當時仍屬私立專上學院如新亞、崇基等畢業生，多考入特別一年制就讀。

心，但若然他們突然發現報紙裏有老師的文章，就會好奇，反而會爭相捧讀，討論一下。所以，陸離建議我在《周報》開個專欄，我就答應了。

**樊** **您寫作純粹是為了先下水試試游泳，然後再教學生？**

**小思** 對。且有話要說給學生聽。

**樊** **《周報》上的〈豐子愷漫畫選〉專欄是一九七〇年五月開始的。[14]那年一月您因為太忙碌而停止了另一個專欄〈路上談〉的寫作，稍後陸離宣佈您將成為〈大孩子信箱〉的其中一個回信者，她專門回答愛情問題，而您則回答家庭及學業問題，但您直到幾個月後，才首次回覆一名受學習壓力困擾的學生，介紹他閱讀西西的作品。後來再覆過一封信，[15]便停止了。**

14 《中國學生周報》上的欄名是〈豐子愷漫畫選〉，結集成書時名為《豐子愷漫畫選繹》。

15 小思：〈小思覆 TNT 同學〉，載於《中國學生周報》第九三〇期，一九七〇年五月十五日，第一、九版。小思：〈小思覆思絃同學〉，載於《中國學生周報》第九三一期，一九七〇年五月二十二日，第九版。

**小思**　老實說，我不寫是有原因的，那些年輕人的問題，不是一篇文章便能解決。如果你寫了一篇文章而沒能起作用，我認為不必再寫。

## 與豐子愷漫畫結緣：〈豐子愷漫畫選繹〉

**樊**　**您寫這篇回信的同一天，便開始寫豐子愷的漫畫。**[16]**（小思：**我都忘了此事！**）我認為這個過程之中，您早期大部份作品都是以教育為目的來寫。當然，〈飛雲憔悴夕陽閒〉一文也不一定要全部運用老師的角度來看，以散文欣賞的角度看也可，所以我認為是您首篇純抒情的散文。而豐子愷的漫畫，若非有您剛才的解說，我便以為是一名喜愛豐子愷漫畫的讀者的自由聯想，所以，儘管您沒有把自己當成作家，但仍然漸漸走上作家的路。**

**小思**　其實我剛才的回答，已經回應了你問我何以不把自己當作家的疑惑。我是有話要說，並非以創作藝術技巧來展現自己。我始終覺得作家要走另一條路，而不是寫普通的雜文、

16　明川：〈草草杯盤供語笑・昏昏燈火話平生〉載於《中國學生周報》第九三一期，一九七〇年五月二十二日，第九版。

依書直說、直抒胸懷。然而你問我，在文章中會否有個人的因素呢？這是直至後來我開始寫〈七好文集〉時才有的變化。我一直很在意報刊所面對的讀者群，《周報》的讀者都是中學生，但《星島日報》卻是廣大市民，於是我才慢慢抽離純粹講教育、講國家民族的範圍，因為這並不是每個人也接受的題材。我很重視文章寫給誰讀，而我又希望他們能讀到甚麼額外知識或他人的想法。別人花費金錢和時間來閱讀一份報紙，我認為不應該寫太私人的事。另外，我期望自己思考的事情，別人閱讀後也與我一同思考。讀者的想法或與我大相逕庭，但我不會直接指出自己喜歡甚麼，亦不強求別人喜歡同樣的事物。

**樊**　**這種想法與陸離很不一樣。**

**小思**　對，她在這方面很堅持。

**黃**　**為何只有豐子愷的文章才用「明川」這個筆名？**

「七好」專欄於一九七七年結集成書，由台灣遠行出版社出版。

《豐子愷漫畫選繹》出版後不斷再版，封面也換過好幾款。

**小思** 因為《周報》上「小思」的形象已定位為教師，常常書寫教育、國家民族、文化思想一類的文章。剛開始寫豐子愷的時候，我便察覺他的作品不全是這範疇。讀者有時候也很「殘忍」，當你給予他們一種既定印象，日後要改變就很困難，隨時引來爭議。在這種情況下，我便理解到，若小思談及文藝一點的、重個人感情的作品，讀者未必接受，才另擬筆名「明川」，而這個筆名也只用在寫豐子愷的文章中。

**樊** **您對豐子愷漫畫的興趣是從甚麼時候開始的？**

**小思** 還未唸小學，一九四七至一九四八年左右，香港與廣州仍然往來方便，我的姨丈來香港暫住，帶來兩件禮物給我，分別是一本豐子愷的漫畫，以及數張《十竹齋箋譜》的複印本。那時我並不知道有甚麼意義和價值，只覺得書中畫有小朋友的漫畫，非常有趣，便經常翻閱。小時候，因為家中只有繡像本的《紅樓夢》、《水滸傳》等，所以未入學我便看過那些繡像，記得當中一百零八個好漢的綽號、形象等等，也養成看圖畫的習慣。日後我很喜歡看漫畫，例如《何老大》。[17] 當時香港沒有公共圖書館，沒法借閱圖書，而

17 一九四〇至五〇年代，報紙常連載李凡夫的漫畫，主角是肥陳、大官和何老大，甚受廣大讀者歡迎。作品多為四格，題材以社會狀況或時事為主。

母親又不讓我看漫畫，幸好我經常到報紙攤替父親買報紙，那報攤老闆知道我喜歡漫畫，便跟我協議，讓我以一毫子的價錢坐在報攤看。看漫畫是我從小到大的愛好。當我接觸到與香港本土漫畫風格不同的豐子愷漫畫，便愛不釋手。直至小六、初中左右，我才開始閱讀豐子愷的文字，讀《緣緣堂隨筆》，這種漸進式的閱讀經驗，及個性使然，純樸的、自然的，以及談論小朋友的文章風格，很吸引我。

**樊**

**似乎影響相當長久。**

緣緣堂給戰火燒過的木門

緣緣堂的中庭

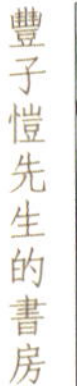

豐子愷先生的書房

**小思**　影響我一生。直至我最近再到緣緣堂去，才知道影響已根深柢固，至今仍存。

**樊**　**所以這是您知識與感受的根源，像得到一把尺子，讓您一生用來量度世事。**

**小思**　沒錯。

## 結交文友，隨緣散聚

**樊**　**您在新亞書院讀書時，九張學位試試卷全都是古典文學及歷史，但同時您卻寫作投稿。我猜想每個人在寫作初期都會有效法的對象，用以衡量自己作品的優劣，您有沒有這樣的榜樣？**

**小思**　在中學時期，每個暑期我都定一個閱讀計劃——預一年時間儲零用錢買書看。從小就看過《水滸傳》、《三國演義》等繡像本的繡像，以為不必再看，所以第一個暑假我便看《家》、《春》、《秋》、《雷雨》、《日出》，因為小學時聽過電台廣播劇，想看文字本。也看朱自清、冰心散文，徐志摩的詩。

**樊** **所以您在中學時期已經有寫白話文的效法對象。**

**小思** 啊，其實小學已經有了。小學三年級開始，國文老師在黑板上寫巴金描寫雲的段落、冰心描寫繁星的段落，要我們抄下來背默。所以說，白話文其實在小學已經打下基礎。至於寫作白話文效法誰，大概是朱自清、冰心吧。

但必須補充一點，到初中二年級，由於中文老師知道我全讀了現代文學，就叫我下一暑假要讀「三言二拍」及《聊齋志異》，終於我就乖乖讀了。到初中三暑假，蘇曾懿老師卻早早指定我讀《古文觀止》，還要我寫一篇讀書報告。真不明白，那是我自己的讀書計劃，又不是暑期作業——那時候沒有暑期作業這回事，為甚麼還要我寫讀書報告？讀得我好辛苦，許多文章根本讀不懂，最後苟且了事，做了篇讀柳宗元〈種樹郭橐駝傳〉報告交差。

**黃** **但是您並沒有跟隨任何一位長輩寫作？**

## 小思

我不認為自己能創作，在《周報》寫作只因陸離邀約，並不熱衷投稿。我在新亞書院，畢業考試的九張考卷都是古典文學、詩詞、文字學、聲韻學、歷史等，沒有現代文學及創作。當年徐訏先生任教過新亞書院，李輝英先生任教聯合書院，我都沒有上過他們的課，直至我畢業離開新亞，司馬長風、李輝英與徐訏諸老師開辦校外課程，我反而去聽課。那時他們不把我當成學生，也知道我並不是那種要跟隨他們創作步伐的人，只是感覺我是能談得來的年輕人，才經常找我聊天。

徐訏先生與小思合照

我相信現在很少長輩作家會直接致電給後輩找他們聊天，但當年徐訏先生便經常透過電話約我飲咖啡。我初進中大教學那一年，有一天宋淇先生突然到我辦公室來，說純粹坐坐，我也真笨，竟然沒有與他聊甚麼話題，結果他坐了十多分鐘就離開。由此可見，長輩對於我們來說，並不是高高在上、被神化的，而是見面時令我相當舒服的長者。司馬長風先生便提點過，指我的作品寫得太過一板一眼，不自然，不好讀。因為我正在教中學，常想告訴學生：起、承、轉、合的既定格式，刻意要求恰當用詞用字。到自己寫稿，當然更執意非一板一眼不可了。

**樊** **現在很難有這樣的長輩，大家都忙。**

**小思** 我以往也會約一些年輕人共享下午茶，但後來發現他們愈來愈忙，甚至需要把大學裏的課都安排在同一天，以節省時間出外工作，於是漸漸便沒有再約了。以往大家都悠閒，但現在連任教的老師都忙得不可開交，我更不好意思邀約學生了。

**黃** **剛剛談及一些世代輩份，您提到長輩給您許多影響，那麼您自己如何對待文壇上的後輩？例如您與素葉群體之間的關係？**

**小思** 我並不太喜歡以後輩來稱呼文壇上的年輕人，也不太參加某些特定團體。任何年輕人找我聊天，又或是我的學生喜歡寫作的話，我都會跟他們談，這並不是提攜的意思，而是知道有人喜歡談，自己又有能力，很隨緣的。我很害怕主動找一群年輕人來聽自己說話，免做成自己儼如「教主」的印象。我與素葉群體之間的關係，既是朋友，也是讀者。

**黃** **古蒼梧先生說您常提點他，這是別人都不敢主動做的事。**

**小思** 如果我認為一個人有好的質素，只要有機會接觸他，都會提出我作為普通讀者的意見。當然，有時候也會碰壁，別人明明不喜歡被指點，我卻一本正經地說東說西。我會避免斬釘截鐵，不令人難受，即不用批判的方法。特別對學生，我提意見，他聽不入耳那是他的事，往後碰壁，可千萬不能抵賴說沒人提點過。

**黃** **您與西西又是怎樣認識的呢？**

**小思** 那是大家互相透過朋友認識。她和我一樣，都不會特別參與甚麼社團。

**黃** **您讓我們回想起過往文壇的組成，其實「文友」這回事，現在還有沒有呢？**

**小思** 同聲相應，同氣相求，歷來文人結社，多的是。文友擁有共同理念的，聚在一起，現在也有呀。不過，我認為不一定要有一個實體組織，讀書、寫作本來就個人私密。但偶然與文友相聚，甚至理念不同卻同樣喜歡閱讀與創作的人聚首，談文論道，交流意見，我認為也是有益的。

**黃** **當年文友之間有沒有甚麼深刻的事件？大家的交流是怎樣的？**

**小思**　我不知道別人怎樣交流，但我肯定在讀過一個人的文章後，印象深刻了，我自然會注意，一直追看他的其他作品。不一定要結識其人，有緣認識，也記在心中。

## 七位女子，七種風格：〈七好文集〉

**楊**　**一九七四年起，你開始在《星島日報》撰寫〈七好文集〉，這專欄的概念是怎樣來的？**

**小思**　當時《星島日報》的副刊編輯何錦玲[18]女士說專欄多由男士來寫，但當時也有許多女性作者，她希望找些年輕女性來寫專欄。結果柴娃娃[19]就幫她組成「七女子」，即「七

18　何錦玲（1931–2023），曾任《星島日報》副刊編輯。著有散文集《錦心絮語》、《人生一瞥》。

19　柴娃娃（1940–2010），原名潘正英，另有筆名「伊芙蓮」。生於漳州，一九四九年移居香港。畢業於香港中文大學新亞書院，先後為《東方日報》、《星島日報》專欄作家，著有《娃娃集》、《第一眼》等散文集多種。

七好文集
13/4/74
杜良媞　圓圓　小思　陸離　尹懷文　亦舒　柴娃娃

唉！花生！
•小思•

小思首篇在〈七好文集〉發表的專欄，介紹花生漫畫。

好」了。當時她只想找一兩位女作家，可是出名的都忙得很，而我又未在報紙上寫過這類專欄，更加不敢答應每天寫，後來幾人組在一起，每人寫一日最理想了。專欄名稱也是柴娃娃想出來的，「七女子」，把「女」和「子」字合併，便變成〈七好〉了。這專欄存在很久，中途轉換了不少人，而我是由開始寫到結束的。可以說，這是香港首個由七位女作者輪流每周一人一篇的專欄。

欄名改得好。不過我們七人並非常見面，偶爾何錦玲會約我們吃飯，但難得人齊。理由很簡單，我們各有個性、各有工作。例如亦舒不大跟我們聚，因為她並不喜歡與人「群」在一起，我覺得這樣也好。真正熟悉的人，早已認識，例如我在新亞時便認識柴娃娃。（**楊：她的真名叫甚麼？小思：潘正英。**）陸離也熟絡，圓圓是莫可非老師的女兒，早就認識了。其他人見面時也談得來。

後排左：小思、潘止英、柴娃娃（潘正英）；前排左起：陸離、亦舒、何錦玲。（攝於一九八九年三月十五日）

**楊**　**假如蓋着〈七好〉作者的名字，別人能透過文字，猜到她們是「好」（女子）嗎？**

**小思**　大概該知道的。早期很少女性寫專欄，除了十三妹、潘柳黛、韋妮等外，沒有人談論女性生活話題的，結果有男作家扮女性，例如「艾露比」就是三蘇，專寫女性生活、思想。但是，這樣下去，始終有些地方不夠真實，還是要找女作家來寫。

**楊**　**那編輯有規定你們「七好」寫特定女性主題嗎？**

**小思**　這專欄並無主旨，編輯也沒要求我們寫甚麼。不過寫作的人，往往會因利成便、就近取材，女性作者自然便有許多女性話題。《中國學生周報》的讀者群是學生，但在《星島日報》寫〈七好〉，我馬上就要反省自己應該如何寫，應否繼續將自己定位為老師？雖然後來讀者還是認定我是老師，但我很清楚看《星島日報》的不一定是學生，所以下筆前我會多考慮一點，能不能多寫生活、多寫自己關心的事物。這是我後來寫報紙專欄的首要考量。當然，我知道學生也會看報，若有事情希望他們瞭解，也會寫的。

直至在《明報》寫專欄，我便知道再不能板起一副老師的臉孔了，因為時代、社會風氣都改變，我自己也需要擴闊視野。所以你們會發現我在《明報》的文章取材更多、更廣泛。或許別人會說：「這樣很容易寫吧？」其實不易寫的，一星期內發生許多事，每件都可以寫，但我要從中選出最想讀者知道、讀者能通過事件多作思考的來寫。我希望告訴別人，我在思考甚麼，但更重要的是，通過我的筆下，別人會怎樣聯想。至於讀者能否做到，那是另一回事，我寫作的考量的確如此。

後左起：陸離、尹懷文、小思；前左一：何錦玲、張浚華、柴娃娃。

左起：何錦玲、徐訏、三蘇、小思、陸離。

**楊**　**那麼事事關心應該是你寫一系列散文的切入點吧？**

**小思**　是的。我曾經教過「中國現代散文」，三十年代有過爭論，有人認為寫個人的事都是「肚臍眼的散文」，與別人無關。當時中國政府腐敗，天災人禍、烽火連天，不應只寫私人的事，遂引起「該寫甚麼」的論爭。但同代中的另一群人，例如林語堂，認為不能事事總是嚴肅認真，應該寫點幽默內容，帶出認真的道理，讓讀者自己反省。另外，豐子愷也是個好例子，他筆下充滿自然、童真、愛心，有不少人喜歡他的作品，但在抗戰時期，曹聚仁就罵他，日本人都打到來了，人人在談「一寸山河一寸血」的時候，他卻在談「護生」。

該談些甚麼社會話題，該怎樣表達自己意見，這都是我切切考慮的問題。生活在一個複雜而多困惑的社會中，我和許多人一樣，所思所感定多。一星期只有兩篇文章，字數又少，理論寫不深，敍事寫不厚，但我珍惜這一周兩次的發言機會，你以為我不會寫吃喝嗎？我一樣會寫。但我想別人看見我在談吃喝中，知道我是希望透過吃喝這件事，切中反省一些道理。我要再重申一次，我沒有幽默感，而且沒有放鬆的時刻。我想，這也是我的悲劇。

**楊**

**還未至於悲劇吧，但你的確連談吃喝也相當認真。好像寫味精的〈千味雷同〉或感嘆時人味覺雜亂的〈盆菜之惑〉，都帶出道理。我覺得這未嘗不是一種對味精一般無個性或粗糙的時代的回應，引發讀者對生活態度的反省。**

**小思** 謝謝好言安慰。

**楊** 我還想談談另一種時代回應，即在歷史重大時刻中的小思散文。我看《七好》專欄，竟從一九七四寫至一九九九年！當中跨越了多少香港變遷或個人變遷。一九八二年中英開始就香港前途會談，你明顯寫了許多關於中國現代作家的散文，〈許墓重修〉、〈斯人寂寞〉，或著名的〈染血的水袖〉，皆充滿歷史悲情。你好像要透過文學、透過現代中國去理解香港？

**小思** 從小母親就引領我認識中國。未進小學，她已為我講盤古氏、燧人氏、有巢氏……一直講到武昌起義。唐詩三百首與中國歷史同時進入我的記憶首幾頁。懂事以後，仍一貫「家事，國事，天下事，事事關心」。多讀了書，多了解事源人情物理，方知香港身世，國運變化。讀現代文學，方知中國有良知的知識分子尋路艱難。可是小人物如我，除卻悲情，還有何事可為呢？

**楊** 我甚至覺得，每到香港的重要時刻，你就會回到現代中國文學的世界，或尋求支撐，或慨嘆歷史的循環。一九八九年你先寫下〈永恆的，五四精神〉，再有〈筆寫的，有相干？〉、〈懦弱印記〉等一系列文章。**你雖說過與魯迅的文風不接近，但我卻覺得這幾篇的沉痛感，與《彷徨》、《野草》精神相接。你希望讀者如何理解你的這些文章？**

**小思**　我相信當年事，任誰曾經歷的、間接目睹的，只要不昧良知，都會沉痛傷懷。歷來，一涉及政治，就難定是非與真假對錯。局中人各有理據，局外人如何評得清？但真理總應存在，從歷史學習教訓，一比對，自有分解。只可惜不懂歷史、懂歷史而善忘的人太多。連魯迅的鏗鏘鏘之聲，人們都忘記了，我那小眉小眼文字，有甚麼可讓讀者理解的呢？

**小思歷年專欄**

一月行

**〈一月行〉**(1963－1964)
小思首個專欄，在《中國學生周報》連載，記述人生首次踏足台灣的所思所感，共十一篇。

1960

**〈書林擷葉〉**(1965–1966)
以「盧颿」為筆名撰寫，在《中國學生周報》連載，談書話、書評，共十五篇。

**〈路上談〉**(1969–1970)在《中國學生周報》連載，與年輕人談修身，講抱負，論興趣與品味。

**〈豐子愷漫畫選〉**(1970–1973)以「明川」為筆名撰寫，在《中國學生周報》連載，以一圖一文的方式解說子愷漫畫。

**〈日影行〉**(1971–1972)在《中國學生周報》連載，記述旅日體驗。

**〈七好文集〉**(1974–2000)在《星島日報》連載，由七名女作家輪流撰文，以女性角度談女性話題、談生活。

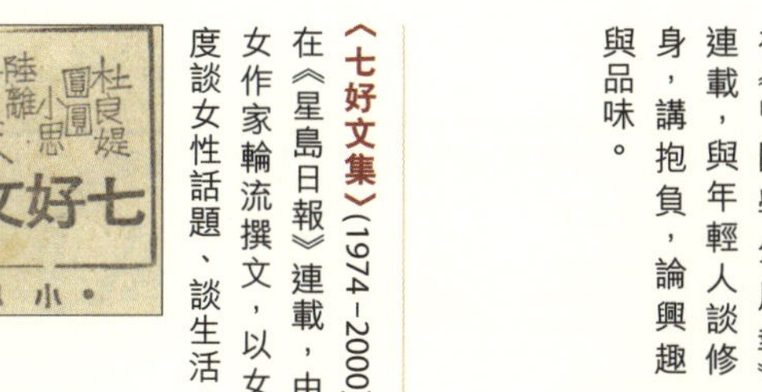


1970

1980

2000

**〈三人行〉**(1981)在《學生時代》連載。

**〈香港文學散步〉**(1987)在《星島日報》連載。

**〈心田集〉**(2004–2010)在《明報月刊》連載。

**〈一瞥心思〉**(2005–2014)在《明報》連載，談生活觀察，時事、文藝評論等。

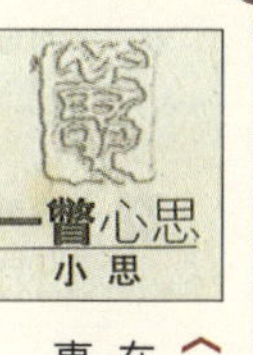

星島日報〈七好文集〉專欄歷年版頭

1975

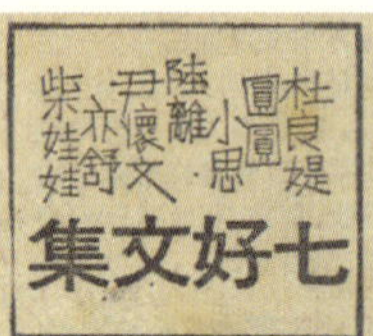


4/1974–7/1975

8/1975–12/1975

1976

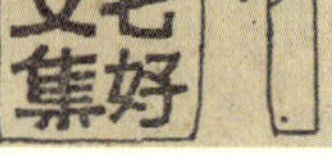

1/1976–9/1976

1977

9/1976–6/1977

1981

1/1981–5/1981

1982

6/1981–12/1982

1983

1/1983–12/1983

1984

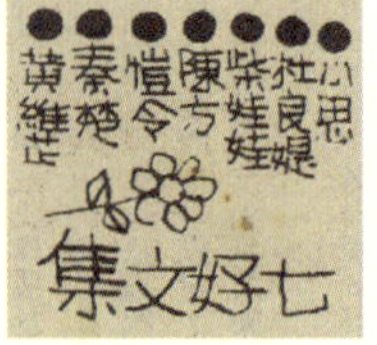


1/1984–10/1984

1991

9/1988–1/1991

2/1991–6/1991

1992

7/1991–6/1992

1993

7/1992–3/1993

4/1993–5/1993

1994

6/1993–2/1994

8/1980–/12/1980

1980

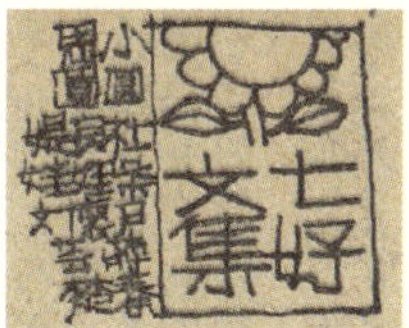
1/1980–7/1980

1979

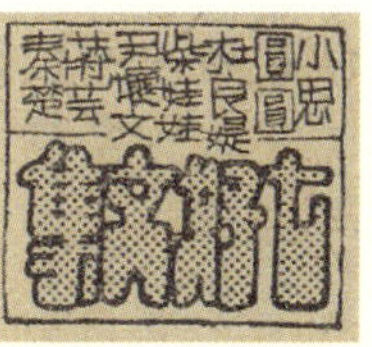
8/1978–12/1979

1978

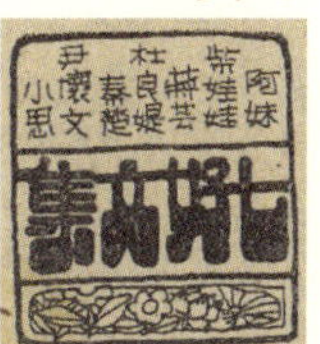
7/1977–7/1978

4/1988–9/1988

1988

10/1986–1/1988

1986

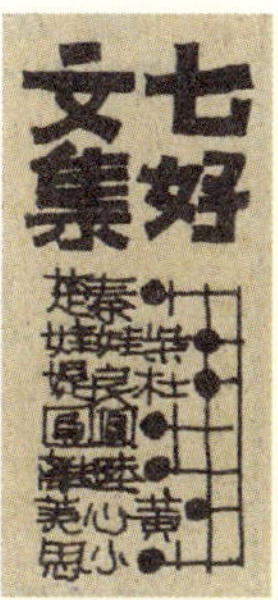

1/1986–9/1986

6/1985–12/1985

1985

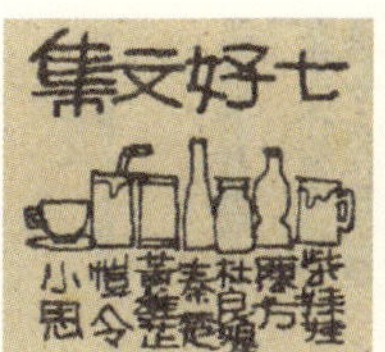

10/1984–5/1985

1997

11/1996–10/1997

1995

3/1994–10/1995

1996

11/1995–11/1996

2000

11/1999–1/2000

1998

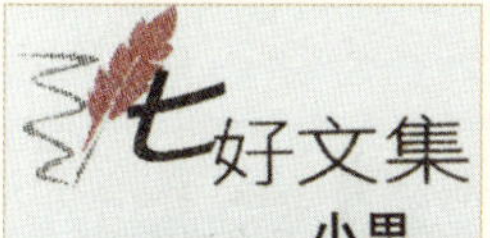

10/1997–10/1999

附錄一

# 夢幻的樂園

夏颸

## 楔子

在現實的環境裏，卻替自己創造了一個夢幻的樂園，在那裏，我可無拘束地抒發一下，可找尋失去或得不到的東西，更可尋到天真的氣息。「人是離不開現實的。」我承認這句話，但在更深人靜的時候，我的思想，倒可以擺脫了這殘酷的現實，自由地去找些趣味。因此，每夜裏，我曾經流連在自己的樂園中，創出了不少自以為不平凡的平凡故事，和許多荒誕無稽的笑話，但，不論怎樣，我是那樂園的主宰，我從那裏得到了安慰，唇上更會掛着微笑。也許，你會笑我是個儍子，在欺騙自己，不過，你要知道，只有深夜裏的我，才屬於我自己的，而且現實的洪流永不能沖走我這夢幻的樂園，如果有人稱我做「儍瓜」，我也願意接受。

## 星星的話

迷糊間，我飄然地離開了，那不見天日的混濁境界，坐着輕雲，浮游在清曦無邊的原野上空，這一個似曾相識的地方，使我心中有些迷惘。地上那些奇異的嬌嫩花兒，吹送陣陣幽香；青青的仙草，為我鋪陳了絲絨般的睡榻；我熟悉地臥下去，放縱地在上面打滾，打滾；更盡情地大笑，大笑……驀地，我靜止下來，仰視着在我頭上的一片深藍色，更嵌有一顆顆閃耀的星星，我的感情受了激動，低聲的喚道：「星兒呀，我終於找到妳了，可幸妳依然無恙。不要以為我忘記妳，只為那混濁的境界阻隔着我，使我無從擺脱；恐怕久別的我，也染上了幾分濁氣，更怕使妳的銀光沾着它。」突然，所有的星，集成一團銀霧，漸漸清晰、清晰，移近眼前，像一張溫和笑臉，又像一張莊重而天真的面孔，溫柔地向我點點頭，「朋友呀！謝謝你的愛護，更高興見到你，不過，你真的改變了不少。別以為是甚麼污濁環境困擾你，而使你改變，而是你自己的思想改變，只要有堅強的意志，甚麼濁氣也不能沾染你、俘虜你。現在的你，已給自卑、懦弱及矛盾所籠罩着。朋友，醒來吧，不要再怨恨環境，小心尋回你自己。我願伴着你去找，但願我那絲銀光，使你看得清楚些。」我從燦爛的銀光中，清醒過來，決意找尋真正的自己。

# 和平的小麻雀

在一個狂風暴雨的黃昏，雨吞噬了大地，風玩弄着所有生物，死物。有一隻離群的小麻雀，在矮林中亂闖，希望逃過這一場無情的風雨。突然，在迷濛的雨幕裏，浮現了一個恐怖的魔影，正窺視這無知的小鳥，「啪」！他雙手一動，那小鳥便像觸電似的墮下來。魔影得意的移近，對小鳥瞟了一眼，便帶着瘋狂殘忍的笑聲，漸漸在雨幕上消失。我——這個忍受着雨狂風暴而踱步的傻瓜，發現了那隻呻吟的小麻雀，便拾起來，呀！我的手沾着一絲溫氣。「還沒有死去！」我告訴我自己。我小心地替牠抹去羽毛上的水點。當我看見牠從羽毛間滲出一斑斑的血絲，我不禁低下頭來。一會兒，牠蘇醒了，用低微的聲音對我說：「朋友，請帶我回家吧！如果你願意，可暫變成一隻小麻雀，一同回到我們的王國裏……」好奇心驅使我點頭，立刻，我的身體縮小，縮小……直至變成了一隻小鳥。我自然拍起翅膀，和那曾受創的小麻雀，慢慢地穿過那迷濛的雨幕，仔細找尋自己應走的路。不久，我們到了，我只看見千千萬萬的麻雀，奇怪地盯着我，有些更交頭接耳在討論我。我走近一隻老麻雀面前，牠有禮地點點頭，說道，「朋友，謝謝你，把我們的王子救回來，全國的人民，都感到慶幸，也對你敬重，朋友，你願意參觀一下我們的領域嗎？」我同意了，但突有所感的對牠說：「你們這麼有力量，為甚麼不去復仇，我樂意領你們去，找尋那殘酷的魔影。」老麻雀安詳地笑了一笑：「朋友，對你的心意，極之感激，不過，我們是從不戰爭的。人類曾傷殘我們不少國民，但，我們都在忍受，我們只顧逃避他們的摧殘，事事都自己小心便算了。而且，一場戰爭的死傷恐怕比多年來給他們殘殺的數目多！唉，我們怎能鬥得過他們。我們的復仇心理，已在很久以前死掉了，請不要再提！」

我聽完了，慚愧籠罩着我整個心扉，我黯然離開牠們。對不起，麻雀們，我褻瀆了你們，更為被人們殘殺的犧牲者默禱。我仍躑躅在迷濛的雨幕裏。我仍然慚愧不安——因為我是人類。

刊載於《青年樂園》第六十三期，一九五七年六月二十二日，頁碼不詳。

後收入黃慶雲、周蜜蜜主編：《香港文學大系一九五〇—一九六九・兒童文學卷》，香港：商務印書館（香港）有限公司，二〇二一年，頁378–380。

附錄二

# 飛雲憔悴夕陽間

小思

獨個兒像遊魂般回到圓亭子旁，那片可憐草坪，就像以往冬天時的模樣——一到冬天，牠就很老！你們知道麼？我沒勇氣像以往般；懶得要命挨着圓亭支柱坐下來：因為我怕水泥做的欖冷。草坪雖然老，依舊准許我坐。其實，牠從沒反對我們坐的，不是嗎？我們生氣吵架，吵得氣憤就狠狠拔牠一把。我們誦詩誦得高興了，不知不覺又拔牠一把。但牠從不因此而生氣。牠知道我們是愛牠的。春雨後，牠青得更青更青，我們就連踏一下也捨不得。如今，牠老了，還帶了一面回憶顏色——奇怪！怎的我從沒為牠作過詩？你們呢？作詩？嘿！別提這笑死人的玩意了！那些蹩腳的詩，使我們都做過一個時期吟風弄月的詩人，使我們意氣得像飛雲。你們知道麼？那兩棵影樹抖落了葉子，看來比從前更強橫了。一到冬天，牠總是滿面不體恤人家的神態，我覺得牠有些兒變本加厲！在牠底下一抬頭，就可以看到雲——我們歡喜的雲。我們曾以為雲最有靈性，極度的自由，可以掃過天空，可以飛快的從天的這邊抹到天的那邊，沒有一根繩子綰得住！不必老在地面上拖。其實，大概以往我們都錯了。今天，我一抬首，卻只見雲被撕裂、破碎、然後被亂擲在藍得怕人的長空裏。原來，冬天的雲會這樣的。你們發現麼？還有還有，它實在凄涼。當水點在她身上凝聚得太多，就挪不動，終於還是愁默默地投到厭煩的地上，幻化成一江春水（那算詩意點），或混了塵泥變成當人一提腿就濺得抹不清的泥漿。一下，變得令人聳悚的不自由。從雲變作地上的水，其間必定夠多難受！一開始時，就該在雲和水當中，任選一樣，然後死心塌地去安分，不變來變去，那多好？為甚麼我們從前沒如此想過？大概想過的，但誰也不忍提起！噢！原來我拔得滿掌是老草坪的草。這壞習慣怎麼還扔不去。咳！該回家了。太陽早攏了眼睛。記得麼？這個時候的太陽，總是閒閒的，愛理不愛的卧向「荒山」。黃得蠟着的光，迫出顯明的山痕，（只有這時候，獅子山使人看得很舒服、很有勁，是不？）真不明白，為甚麼誰都説太陽代表新生力，雄偉，不需依傍。只是看看牠現在這個多無可奈何，多寒傖，又倦又惱的模樣，就該失笑。多可憐的不需依傍者！毫無目的，就是天天由東爬到西，上來，下去。閒閒的，不知到何時方休！對於它，也該有些變化，如果太陽像雲般可以變成水，落到地下來，那多刺激？唔！它委實變不來。依然每個黃昏，無可奈何地挪動累贅身軀，投向荒山！

走了！回來就像以往一般看雲、夕陽、和老草坪。你們此刻正幹着甚麼？

載於《中國學生周報》第七六三期，一九六七年三月三日，第七版。

# 熱血青春

**楊**：楊鍾基教授　**黃**：黃念欣教授　**李**：李薇婷女士

## 楊

**小思你常笑言自己沒有年輕過，小小年紀已能寫出感覺蒼涼的散文，可說是年少老成！（可參看上一章附錄一〈夢幻的樂園〉）你很早已經是眾人眼中的溫厚師長、學者，但我卻覺得你另有熱血青春、不平則鳴的一面。記得在作家紀錄片《四人行》[1]中看過你的一些青春印記；而對於香港社會的許多現象或亂象，也會在你的散文中找到毫不含糊的感受和評論。關於你的青春歲月、熱血經驗，你有甚麼要先說一下的嗎？**

## 小思

「青春」，幾乎應是「熱血」的代名詞。誰的青春沒有熱血過？只差是吶喊的熱血還是溫柔的熱血罷了！我的青春，正處於朦朧、好像甚麼大事都沒發生過的世代——你說「社會的許多現象或亂象」，在當時殖民地政府「有效」的隱藏嚴控政策、教育策略、傳播媒體不發達等條件下，青年人大概都不知情。故我的青春歲月，其實並無吶喊。到中年過後，多讀了書，人生歷練稍增，懂得反省，才添了些不含糊的感受，看清楚走過的道路。

1 《四人行》為香港電台於二〇一四年播映的紀錄片，歸入「華人作家」系列中，分上、下兩集，記錄小思、石琪、古蒼梧、陸離四人如何因着《中國學生周報》認識，在寫作路上從同行成長到走出自己天地的歷程。

## 回顧與前瞻：中文合法化運動與雨傘運動

**楊　我覺得最近對你而言發生了兩件大事，一是病了一場，另一件就是香港的雨傘運動。在這個時刻，你發表了一篇重要文章〈浴火鳳凰〉[2]，以示不再撰寫專欄。這篇告別文章刊出後曾帶起廣泛的迴響，也有許多不同的解讀。可以談談你寫作此篇時考慮過甚麼？今天再行回望，又可有甚麼不同於寫作當日的想法呢？**

**小思**　我也希望藉機談談。許多與我熟絡的學生可能不知道，我很怕事，在他們心中我是溫柔的人。不明白平日教我「閒事莫理，眾地莫企」的母親，在我未進小學前會告訴我甘地「不抵抗主義」的故事。我對此印象深刻，一名中國傳統女性，為何會對孩子說社會運動的人和事？記得甘地一九四八年被殺[3]，當天香港電台播放這則新聞時，我便哭了。現在想起來，也覺奇怪。

2　小思：〈浴火鳳凰〉，載於《明報・一瞥心思》，二〇一四年十月十一日，D05版。

3　莫罕達斯・卡拉姆昌德・甘地（Mohandas Karamchand Gandhi）於一九四八年一月三十日結束絕食前往祈禱會途中，遭一名印度教狂熱分子槍殺。

**楊** **以「不抵抗政策」為社會運動之啟蒙，的確耐人尋味。後來有沒有一些具體事件？**

**小思** 我從未公開詳細提起過，自己是「中文合法化運動」一個工作委員。我得先說這故事，再評論〈浴火鳳凰〉一文。一九六八至一九七〇年之間，孫淡寧大姐，即農婦[4]，在報紙上談中文合法化問題，她的學生黃震遐[5]在香港大學發動支持。後來他在伊利沙伯醫院當醫生，並組織中文合法化運動工作委員會，推動簽名運動。當時我在中學教中文，對社會運動完全沒有認識，但覺得中文合法化是重要的一步，於是參加了。我們到黃震遐的宿舍開會，漸漸組織起一群人，開始了運動。

4 孫淡寧（1922–2016），散文家。生於上海，祖籍湖南長沙。筆名農婦、張昭明、紫箋等。畢業於復旦大學新聞系。於抗日戰爭末期從軍，一九五〇年南下香港。一九六四年任《新民報·新聲》編輯，後創辦《新聲》雜誌，一九六七年先後任《明報月刊》、《明報》及《明報周刊》編輯，並撰寫專欄。一九七〇年參與「中文合法化運動」，多次撰寫文章聲援。一九八二年移居美國馬里蘭州。著作包括《狂濤》、《鋤頭集》、《水車集》、《犁耙集》等。

5 黃震遐（1939–），出生於新加坡，腦神經科專科醫生，現任亞太區中風學會司庫、香港腦科基金會主席。香港民主黨創黨成員，曾任香港立法局議員（1991–1997）及南區區議員。一九六三年入讀香港大學，後赴澳洲悉尼大學就讀，並先後於悉尼大學與香港大學任教。一九七〇年代曾於香港大學學生會議中以學生身份用廣東話發言，質問為何學生大多為華人卻不准以中文溝通，引起爭執，掀起爭取中文成為法定語言的「中文合法化運動」。

大家的初衷本是很清晰的，過了兩、三個星期便開始社會行動了，過程是怎樣呢？記憶中好像很鬆散。只記得中文合法化運動的標誌是橙色的拳頭，我們曾為此爭論。我認為要中文合法化並不是用拳頭，但他們卻說要表現自己的決心，拳頭象徵力量，也表示鬥爭的出手，於是便認定這圖標為運動標誌（相關相片見後頁）。往後為了一些行動，又生爭論，內部開始分化，有些人認為要幹些事情，爭取見報，讓政府看見。部份人卻認為，新聞很容易便會被遺忘。

有一晚，我記得很清楚，大家約好在「大專公社」開會，但等了個多小時，還沒有多少人出席會議，原來其他人到彌敦道遊行，展示自己的實力。直到晚上十時左右，他們才回到開會地點，一臉意氣風發、快樂、興奮的情狀到現在我還記得。我問他們是否仍然要開會，怎料他們卻只顧敍述當時「舞台」——街上行動的情形。自此以後，我便細細思考，究竟中文合法化應以甚麼方式推展才好，是否上街遊行、引起大家注意便可以促成呢？其實我已經試過幾次在這類分裂的會議中突然抽身，我知道自己的個性不適合街頭運動，那天之後我便退出了。

這件事後，我知道自己應作長久之計。在中學教中文是多麼重要的事，這才是一條長到不得了的戰線。不過，他們的行動也見效果，因殖民地政府自一九六七年暴動事件後，也有了新的管治策略，學乖了如何順滑處理及撫平群眾運動，一九七四年宣佈英文及中文為香港之法定語文。

1970

## 中文合法化運動（「爭取中文成為法定語文」運動）

「中文合法化運動」是香港一九七〇年代爆發的學生運動，以「爭取中文成為法定語文」為目標。香港過去以英文為法定語言，但香港居民中百分之九十八以上為中國人，爭取中文成為法定語文的提議卻一直未受殖民政府關注。事件發端為一九六八年一月由崇基學生會召開的「中文列為官方語文問題研討會」，以及黃震遐於香港大學學生會會議上的質問。一九七〇年七月十六日，十七個學生及文化組織舉行公開論壇，討論「中文成為法定語文」。及後，港大評議會於同年十月十九日成立「中文運動工作委員會」，推動簽名運動，並由學聯（香港專上學生聯會）成立特別研究小組等。運動持續近兩年，經多次爭取，立法局於一九七四年通過《法定語文條例》，並於一月十一日宣佈：「英文及中文為香港之法定語文，以供政府或任何公務員與公眾人士之間在公事上來往時之用」及兩種法定語文有同等地位。

拳頭（橙色）圖案為當年中文合法運動的標誌。

**黃　其實中文合法化這個運動，今天我們覺得是成功的。**

**小思**　對。其實尚有幾個因素，中文合法化之前發生過暴動，暴動後殖民政府覺得不對勁，這群人竟然可以動亂成這樣。於是政府便開始在公眾碼頭舉行青年舞會、唱流行曲，讓青少年的精力得以發洩。殖民政府策略一貫以英文成績為招聘公務員準則。反正英文早已受到肯定，中文合法化，承認它的地位，也不會削弱英文重要性。

那次經驗使我有反省機會。年輕人都有關注社會狀況的熱情，行動最初動機必然是純潔和真誠的。這次「雨傘運動」開始，我即回顧了五四運動那一年的事情，特別是「五四」發生後，蔡元培所寫的反省文章。第二年，他又寫了一篇重要的文章，說學生出來運動，便已經做了一件應該做的事，已經盡了責任。[6] 蔡元培當年很受學生愛戴，他為了救學生，甚至連校長都可以不當，但是，像他這麼愛學生的校長，你無法想像，他曾經因為北京大學要加考試費而被學生追打。相信今天沈祖堯校長也理解那種處境。

---

6　蔡元培於一九二〇年五月四日發表文章，談及五四運動：「依我看來，學生對於政治運動，只是喚醒國民注意。他們運動所能收的效果，不過如此，不能再有所增加了。他們的責任，已經盡了。」見蔡元培：〈去年五月四日以來的回顧與今後的希望〉載於《晨報》，一九二〇年五月四日，五四紀念增刊第一版。

我們要明白，群眾意識，很容易反覆的。有些事情，很難一下子定出誰對誰錯。這也當然基於革命路線不同所致。此外，一牽涉到政治，就變得萬分複雜，箇中各方手段，並非當初發動或參與的年輕人所能想像。自從中文合法化抽身以來，我看了許多這方面的書籍，歷史告訴我們，參與群眾運動，燃點火種固然重要，但應該如何繼後香燈，這長久的路很難走，但必須做。年輕人可能不喜歡做久久不見成效的事，所以我完全明白現在香港年輕人的心情。有些朋友會責備我高調稱讚這群年輕人，說他們是「浴火鳳凰」云云，但我認為，這要看你從哪個角度理解，如果我說《風俗通》中「路旁兒」的故事，那隻馬最後是死掉了的呀！[7]

我實在擔心最初參加運動那批學生現在的心理狀態和他們以後會尋着怎樣的路。我永遠記住：因為我們年輕過，所以要原諒年輕人做的事，而年輕人未有經歷老年，他們不懂我們為何後退。儘管他們不原諒我們，我們也要原諒他們。我更清楚這次運動與當年中文合法化運動，情況並不能一概而論，因這已經不純粹是香港問題、文化問題了。現在資訊發達，野心家多，國際情況太複雜，五四運動時期也有外國勢力，但當時

7 此處指〈浴火鳳凰〉一文中「殺君馬者路旁兒」的典故，原文為「又曰：殺君馬者，路旁兒也。語云長吏食重祿，芻槁豐養，馬肥，希出，路旁小兒觀之，卻驚致死。案長吏馬肥，觀者快馬之走驟也，騎者驅馳不足，至於瘠死。」見【宋】李昉：《太平御覽（第四冊）》，《卷八百九十七・獸部九》，北京：中華書局，一九六〇年，頁3981。

中國積弱，外國隨便插手，都可佔便宜。然而現在中國強大了，世界大國小國，都有對付動作，國與國之間的複雜對策，我們平民百姓，可能永遠不會知道。我引用蔡元培的文章，是想借歷史來提醒別人思考。

**楊　你真的不再寫專欄來表達這些想法嗎？**

**小思**　專欄我不再寫了。我身體不好，以前一天可做四件事，現在就只能做一件事。這次可能是天意使然，如果我只是生病而沒有發生雨傘運動，我也不會如此緊張。病後我再反覆思量，自己能力、時間都不足夠做太多事，應該珍惜有限機會，做能做的事。還有些資料要整理出版，這些我很想在有生之年完成。

現在人群思想分歧，兩極化到不可融和的階段。我最擔心是那些純真地曾留守廣場的中學生。他們太年輕，對歷史不認識，對中國政治欠經驗，缺乏深層分析力及觀察力。特別現在風頭火勢，他們無機會回頭思考自己的行為，被一些人不問情由，不分好歹判定「搞衰香港」，這是很慘痛的。

## 學運的啟悟：金禧事件

**小思** 我有一難忘經驗要說一下。「金禧事件」過後，有個金禧學生考進了香港中文大學中文系。當年考大學是很難的，應該很快樂才對，但她竟然不敢告訴別人自己來自金禧中學，又不願意與群體聚集，因為她經歷過罷課，教育司署又封閉了金禧中學，她認定自己做錯事，連累了學校，十分痛苦難過。她對我說起往事就忍不住哭。這使我到現在仍念念不忘這學生，不知道她出社會後怎樣了。

**楊** **你提及金禧事件，勾起我當年回憶。與我們相識的陳松齡[8]，曾經領導這場學生運動，結局卻使人黯然痛惜。**

**李** **陳松齡是誰？**

8 陳松齡，一九六五年畢業於新亞書院歷史系，後於寶血會金禧中學任教。一九七七年二月一日與黃顯華、范美容在司徒華的陪同下到廉政公署舉報校內賬目不清之問題，引發「金禧事件」。

**小思**

他是我金文泰中學同學。當年中文中學學生，不能報考香港大學的。但他呢，在金文泰中學讀書，同時報讀一年制英文課程，考取英文科良好成績，來報考香港大學。果然港大錄取了他，他卻沒有接受，反而到新亞書院去就讀。當時新亞還未成為中文大學，他只是要證明給別人看，讀中文中學一樣可以考進港大，「不過你錄取我，我又偏不讀」。

## 1977–1978

### 金禧事件

「金禧事件」發生於一九七七年二月至一九七八年七月。寶血會金禧中學師生因不滿校方以不當方式斂財，與校方發生連串衝突。直至一九七八年五月十四日，教育司署突然宣佈關閉金禧中學，在原址改辦「德蘭中學」，校監、校長、學生不變，除了曾參與靜坐的老師外，其他老師均獲續約，因此引發一連串師生集會、請願、絕食行動。及後港督委任調查委員會，該委員會建議另設五育中學，由原金禧中學的教師任教，學生自由選擇就讀五育中學或德蘭中學。政府於一九七八年七月十五日接納委員會建議，成立五育中學，事件才告平息。

金禧師生靜坐請願。（攝於一九七八年）

## 楊

**那時他是開創新亞學生會的。**

## 小思

新亞本來沒有學生會。一九六二年「大逃亡潮」[9]，幾個大專社團合作做了些支援工作。當時我們是新亞書院的代表，負責與崇基學院、聯合書院接洽。那次我們在新亞書院，花一個上午便籌募了一筆可觀費用！要知道當時大家都窮，募捐不易。我們拿着錢去找錢穆先生，說要捐給難胞。但錢先生說不准做。得到這樣的回覆，我們都很生氣，也不知如何向捐款的同學交代。他們叫我去問錢先生應如何處置這些錢，他說替我們捐到台灣「救總」[10]。於是我們便將捐款交予校方，然後向同學滙報結果，幸而同學也同意了，沒有追究。經過這件事後，我們發現單找幾位同學與學校高層交涉是不可行的，陳松齡與胡耀輝兩個「老友記」說要籌組學生會。當時陳松齡是低我一年級的師弟，

9 一九六二年五月至六月初，大量內地民眾逃難至香港，人稱「大逃亡潮」或「偷渡潮」。逃亡潮爆發，是因為內地因「大躍進」計劃而出現大饑荒。當時一天的逃亡人數高達四、五千人，一個月的難民達十五萬人。過程中，港英政府多次將難民遣返內地，最終因輿論壓力而迫於接納難民。

10 此處「救總」指台灣「中華救助總會」(CARES)，於一九四〇年四月四日成立，一九九一年易名為「中國災胞救助總會」，二〇〇〇年改為現名「中華救助總會」，現址為台北市羅斯福路一段七號二樓。總會成立初期以救助大陸逃抵港澳或海外地區的華人為主，一九八七年轉型，以「關懷、救助、服務」為信念，主要工作包括服務在台大陸配偶、國內救助服務、兩岸婚姻參訪交流、社會福利論壇等，並且參與國際人道救援。

學校先是不允許，我畢業後，學生會才成立。

**楊**　**對，那時我是第一屆新亞學生會的學術出版幹事。**

**黃**　**陳松齡「結局卻使人黯然痛惜」是怎樣一回事？**

**小思**　我相信陳松齡懷着很好的理想到了金禧中學教書，並遇上一名很好的修女校長。校長讓陳松齡當主任，推行「師生治校」的概念，讓學生與老師參與管理學校。但這是一所天主教學校，天主教教會總是身不由己，學校的金錢不能由校長管理，要先歸給教會的，想不到陳松齡發現這不公正、不公開的制度後，竟然追究到底。事件便變得麻煩，陳松齡於是帶領全校學生罷課，甚至跑到天主教總會示威。[11]這件事鬧得很大，香港從未發生類似事件，於是政府便出手干涉，

一九六二年，廣東出現嚴重饑荒，大量居民逃往香港。圖為香港警察遣返偷渡者。

11　此指一九七八年五月九日至五月十三日期間，金禧中學師生就金禧中學四名學生被停課，到堅道明愛中心主教區教堂靜坐，要求主教胡振中革除金禧中學校長職務和讓四名學生復課一事。見〈教署稱注視金禧事件　必要時將會採取行動〉條，載於《大公報》，一九七八年五月十一日，第五版。

關閉了金禧中學，將學生轉移到新設的五育中學。而陳松齡作為領頭人，就是政府視為搞事之人，他怎可能有機會做其他工作？自此他便在我們的圈子銷聲匿跡。後來，聽說他在培僑中學任教。他沒有再見我們任何人了。在香港這麼複雜的環境下，陳松齡年輕，堅守信念，以為香港是很好的空間，讓他實踐一套有別於殖民地奴化教育的教育方式。一個這樣有學問、有骨氣的人，落得如斯田地。你說結局不是使人黯然痛惜嗎？

**楊**

**當年許多學生很崇拜他、支持他。於是，在他失勢後，那班學生非常失落。「師生治校」制度，我認為是有少許左傾的，漸漸演變成一種學生鬥學生的方式，與內地的風氣非常有關係。總之，他以一種很嚴格，甚至過份的嚴厲來管治。而最後證明這套方式是失敗的，當時的同事也有敢怒不敢言，甚至反對他的，這又是另一個問題。胡耀輝是我大學時代最熟稔的朋友，他到了五育中學任校長後，運用另一種教育方式。他引用孔子所言的「寬柔以教，不報無道」。[12] 那又是另一種慘淡，我也不欲多談了。總之這兩位好朋友就這樣淡出了學運。有人說陳松齡離開教育界後有很長時間當工人，我想或是自我放逐的心態使然。**

12 「寬柔以教，不報無道」典出《中庸》中孔子的話，意思是應以寬容、柔和的精神教育人，即使別人對自己蠻橫無禮，也不加以報復。

**小思**　對。當年《華僑日報》教育版，天天都刊登胡耀輝談論「柔道教育」的文章。

## 「浴火鳳凰」的喻意

**楊**　**有時我們又會說，當事件紛紜萬象，莫衷一是的時候，就只能「以我之心行我之志」，這也許是沒有錯的。**

**小思**　現在許多人說「死啦！香港給搞亂了！」，那當年「省港大罷工」[13]，共產黨要把香港搞成「臭港」，現在歷史又是怎樣評價的？歷史說明每一個運動都必然會引起一些人的不便與不滿，但當前着眼的與日後的影響及結果，往往截然不同。

13　「省港大罷工」是一九二五年六月至一九二六年十月在香港和廣州發生的大規模、長時間大罷工運動。一九二五年五月三十日，上海的學生、工人聲援中國工人被日本棉紗廠日籍職員槍殺而發起示威遊行，遊行期間，有英籍巡捕開槍射殺示威者，史稱「五卅慘案」。中國共產黨廣州區委員會決定發動大罷工以示抗議，並成立臨時委員會，不斷在香港發表宣言，如《中國共產黨為「五卅慘案」告香港同胞書》等，不少香港工人參與是次大罷工，離港上廣州聲援，使本地工業一度癱瘓，經濟蕭條。事件至一九二六年十月十一日，國民政府和省港罷工委員會商議海關機構附加稅，罷工委員會解散，省港大罷工才告一段落。見何錦州：〈省港大罷工始末〉，《香港大罷工研究——紀念省港大罷工六十五周年論文集》，廣州：中山大學出版社，一九九一年，頁330–340。

**李**

**剛才小思老師提及「金禧事件」，上次訪問後我查找相關資料，發現一本名為《香港學生運動回顧》[14]的書，學生組織其實會撰文作自我評價，參與運動時，若能看清社論方向，其實應該有足夠的能力反思自身處境。**

**小思**

你要小心使用一切資料，只看「一本書」就得結論，不可靠，很危險。你說「學生組織其實會撰文作自我評價。若能看清社論的方向，其實應該有足夠的能力反思及自身處境」，問題就在「撰文作自我評價」。我們不能期待人能完全中肯自我評價。應參考多方面資料文獻、不同立場的紀錄，方可下判斷。

**李**

**我身邊的朋友不斷轉發小思老師的文章〈浴火鳳凰〉（全文見本章附錄一，第286頁），覺得您非常支持學生運動，然而我卻着眼於最後您提到《風俗通》中的「路旁兒」故事，覺得那才是最重要的訊息。這也是小思老師散文的特色，在閱讀的過程中，以為您純粹是正面地討論此事，但筆鋒一轉便有另一層意思。這一記回馬槍，其實非常準確地刺中我們。**

14 香港專上學生聯會：《香港學生運動回顧》，香港：廣角鏡出版社有限公司，一九八三年。

**小思** 我同輩中許多朋友生我的氣，覺得我撰文是替學生說話。我寫那篇文章時是經過掙扎的。最初階段，我認為學生值得稱讚。他們對社會有責任感，真心想香港好的。但時間一長，就會出問題，事情發展下去，再難按理想行事。我想用蔡元培的文章勸告學生，不能因旁人的態度而決定做事。我不理會《風俗通》的典故，只想借用五四學生運動時，身當教育工作者的蔡元培的擔憂說明我的擔憂而已。

**楊** **但這與「浴火鳳凰」的故事又有甚麼關係？**

**小思** 其實我想暗示「危險」，火是危險的，經不起鍛煉的便隨時會被燒死。

**楊** **所以我才說，你用「火浴的鳳凰」是一定燒死然後才重生。**

**黃** **但的確可以有兩種理解，既是極高的評價，也可以是極之危險。大家感到您給予學生們「浴火鳳凰」這麼高的評價，但下一句卻說自己自此便不寫專欄，要與大家告別，其實這是否一個轉身呢？當然，我知道您一定有思考過要暫停專欄，但在這時候停寫，令大家又多了一重解讀，您是否覺得要退出這件事？**

**小思** 我說自己有思考過是否應用此題目撰文，當然我真切盼望鳳凰重生。只有五、六百字的專欄，很難說得深。我只想趕快表白我對他們行動的支持，及我的憂慮。

**黃** **雖然這是一種巧合，但若大家把它解讀為一種退場的姿態呢？**

**小思** 那也沒有辦法，我的確要退場。因為我年紀大了，那場感冒惡菌入鼻入舌，令我完全失去嗅覺味覺，相當長時間全身乏力，躺臥不起，實在令我覺得無能為力。再加上把世事看得透徹些後，就知道五、六百字的文章，寫不出甚麼大道理來。

**楊** **所以說每個人看同一篇文章都有不同反應，「殺君馬者道旁兒」，其實也可說是小思用來形容自己的。那故事就是說一邊隨口稱讚「你真厲害」，那你便做到死為止吧。像我現在說「小思做訪談真精彩」，那你便更努力做訪談，也是同一道理。(眾笑) 所以我就想起另一句：「識君馬者真伯樂」。**

**小思**

呵！我只是隻疲倦了便不跑的馬。不過無論如何，我早猜到你們會特別問及這些話題，例如中文合法化的運動。我也可趁機會說明它給予我一次重要的教育，原來所有的群眾聚集必然會有這樣分化的情況。結果一定有成功的人、有失敗的人，以及抽身而出的人。而我便是抽身而出的人。

## 2014

### 雨傘運動

雨傘運動（Umbrella Movement），是指於二〇一四年九月廿六日至十二月十五日在香港發生的公民抗命運動，由於期間曾有大批示威者以雨傘抵擋警方施放的胡椒噴霧，媒體因而以黃色雨傘為運動的象徵。此運動為香港專上學生聯會（學聯）及學民思潮就「爭取香港真普選」所發起的「九二二香港學界大罷課」之延伸。二〇一四年九月廿六日晚上，約一百名學生發動「重奪公民廣場」行動，至九月廿七日凌晨，警方清場，引發八萬名市民前往公民廣場集會，聲援學生。九月廿八日傍晚，警方施放胡椒噴霧及催淚彈驅散示威者，引發更多市民前往支援，並佔據金鐘、中環、灣仔、銅鑼灣、旺角及尖沙咀各區的主要幹道，進行靜坐、集會、時事研討，佔領時間接近三個月。

## 筆寫的，有相干？

**楊**　一口氣聽你那麼多對香港學運的回顧，非常難得。我想回到文學，你如何看文章與世界的關係？一方面，你雖說自己幼受庭訓，「閒事莫理」，不喜歡挑起爭端，但我發現其實你的文章對世界大事都十分關心，東西德統一、猶太人的歷史悲情、日本對東亞的態度，你都寫過情理十足的文章。中國與香港的歷史大事更不用說了，中英草簽、香港回歸，以至較近年的國民教育風波，各種社會運動，你也會主動以文章發聲。但另一方面，在最沉痛之時，你也會像周作人一樣思考「文學無用」，會像朱自清問「那裏走？」，甚至說一句「筆寫的，有相干？」，那麼我現在問你一句：筆寫的，到底有沒有相干？

**小思**　〈筆寫的，有相干？〉是我回應魯迅一九二六年三月二十九日刊於《語絲》的〈無花的薔薇之二〉一文，卻又生疑惑的命題。在這裏我忍不住要引錄魯迅文中幾段憤慨話的其中一段：

「中華民國十五年三月十八日，段祺瑞政府使衛兵用步槍大刀，在國務院門前包圍虐殺徒手請願，意在援助外交之青年男女，至數百人之多。還要下令，誣之曰『暴徒』！」

文章最後，魯迅如此寫：

「以上都是空話。筆寫的，有甚麼相干？實彈打出來的卻是青年的血。血不但不掩於墨寫的謊語，不醉於墨寫的輓歌；威力也壓它不住，因為它已經騙不過，打不死了。」

我扭轉一下，不循魯迅所說青年血的正義之力，卻真的說筆寫之力。現在世代，不止筆寫的，有相干，還有各種科技媒體記錄的都有相干。我知道魯迅當時憤然講了反話，他自己也用筆寫，當然有相干的。但必須鄭重考慮一個重要先決條件：執筆者、操制科技媒體的人心思應屬正道，不作假。在這裏不必定義何謂正道，魯迅當年心思就是正道了。以正道的筆寫出來的，有相干！

1989.6.26.

七好文集

□紫婷□小思□梁鳳儀
□若炘□壽楚□圓圓□愷令

筆寫的，有相干？

過去的個多月，日子是怎樣過？

憂愁、悲切、憤怒、痛楚、無奈、惘然，一針一針刺入心脾，淌了血，痂剛結成，又再剔破，再淌血……。我幾乎看得見一顆千瘡百孔的心在無力掙扎着、掙扎着，然後頹然倒掛空蕩蕩的軀體裏。

夜裏，習慣性地睜開眼睛，準時開啓收音機。新聞簡報的前奏曲聲響，足以令我霍然清醒過來。白天，我完全破壞了生活常規，直直躺在床上，腦袋空白一片，——是我盡力、有意讓思維觸不及任何一點實質，不是懼畏觸及痛處，而是害怕發現已經無淚。

我曾嘗試提起筆，應該寫下一些甚麼？魯迅寫過《無花的薔薇之二》、《死地》、《可慘與可笑》、《紀念劉和珍君》，朱自清寫過《執政府大屠殺記》。突然，我怵惕驚心，因為我讀到魯迅寫的句子：

「以上都是空話。筆寫的，有甚麼相干？實彈打出來的却是青年的血。血不但不掩于墨寫的謊語，不醉於墨寫的輓歌，威力也壓它不住，因爲它已經騙不過，打不死了。」

筆寫的，有甚麼相干？

我忽然覺得，這正刺中要害。扔下筆，又直直躺在床上。不知道過了多少天，我再翻開《魯迅全集》，竟讀到這樣一段話：

「這回死者的遺給後來的功德，是在撕去了許多東西的人相，露出那出於意料之外的陰毒的心，教給繼續戰鬥者以別種方法的戰鬥。」

筆寫的，有相干？六十三年前魯迅在《空

原載於《星島日報．七好文集》，一九八九年六月二十六日。全文見本章附錄二（第288頁）。

**楊**

我很喜歡黃繼持評論你的散文〈藍玻璃〉。你在文章中原說「我怕藍玻璃」，因為世界被染色了，走出藍玻璃後會無法面對驕陽下的真實。這固然是對各種蒙蔽或扭曲的對抗。但評論者續問了一句，那麼小思面對得了「白玻璃」嗎？我不知後來你有沒有回答過他這個問題，我很想知道答案。

**小思**

我沒有回答他這個問題。因為我當年沒有勇氣答：「白玻璃，也終隔一層，有折射，有反光，還是不夠真實。」

**楊**

除了文學與真實的問題，另有很耐人尋味的一篇〈木偶之死〉，談受制與自由。我覺得這篇寫得非常微妙，你說「主宰他的人

原載於《星島日報．七好文集》，一九七九年十一月十日。全文見本章附錄三（第290頁）。

原載於《星島日報．七好文集》，一九八二年二月二十八日。全文見本章附錄四（第292頁）。

溫情地撫着他的手」，又說「木偶生命源於幾條繩子」、「說『受制』，許多人受不了，認為那就是不自由，但木偶沒了繩子，不再受制，那又怎樣？——木偶死了！」寫作此篇的背景是甚麼？放諸今天，你的看法可有甚麼改變？

**小思** 哦！我忘記了是法國還是捷克的木偶大師來香港表演。木偶師牽着提線木偶出場，運用幾條繩子讓木偶活起來，流利表演各種姿態，觀眾都拍手稱許。演着演着，木偶一臉不滿，不想給主人操縱，反抗掙扎，用力扯斷了繩子。嗒一聲，整個木偶癱委在地。此時全場燈滅了，只剩一線微光照在木偶身上。主人把癱死在地上的木偶抱起，緩緩消失在黑暗中，節目完畢。台下觀眾若有所失，全場沉默，竟然久久不懂鼓掌。我當下呆了，往後還有甚麼節目都記不得。受制、掙脫、自由、自由後卻因先天條件所限而癱死在地……這個結局令我苦思極久，直到今天，更強烈纏繞着我。

**楊** **所謂熱血青春，大都離不開受制的促發與自由的追求。你的青春，雖然你說沒有吶喊過，大概都如你的文章，端正清爽，偶然卻也藏着細密的心思，實難一言以蔽之。**

**小思** 謝謝你點出「實難一言以蔽之」。我的青春，沒有吶喊過。但直到今天，我相信熱血仍在。

附錄一

# 浴火鳳凰

小思

我想了很久，應不應該用上這個題目。終於決定用上。

一貫在我們成人眼中，香港年輕一輩，生於單純、無知的世代，從來未見憂患。教育政策也欠恰當指引，教他們怎樣面對世道。可是，一場意想不到的危難演變，竟逼出全新面貌來。當看到舉起如林的雙手，當看到分秒危機臨近卻沉默挺前的身軀，我為自己的軟弱而慚愧，為成人世界的某些卑劣行為而悲傷，可更為他們的安危而痛心。

也許，天意要為這一代香港人設下浴火重生的洗煉。純真的人無法想像成人世界的複雜與真偽不分，如今，他們終受真切洗煉。煉，是用火燒製使物質純淨、堅韌。但火燒煉，是必然經歷痛楚。浴火鳳凰的故事：「鳳凰是人世間幸福的使者，每五百年，就要背負人世所有不快和仇恨恩怨，投身於熊熊烈火中自焚，以生命終結換取人世的祥和與幸福。在肉體經受了巨大的痛苦和磨煉後，才能得以更美好的軀體得以重生。」我很敬畏這壯烈故事。還有一個《風俗通》的典故：「殺君馬者道旁兒」。意思是一匹好馬跑得很快，但路邊看客不停地鼓掌，馬兒遂不停地加速，結果不知不覺地被累死了。這教訓也很重要。

我病了三個星期，沒想到會遇上令人身心俱傷的事件。在嗅覺味覺全失的病態中，方知平常習以有之的感覺失去的難受。自由，也只有失去才知道寶貴。

病體支離，思維力也弱。我勉強執筆寫成此文，祝禱香港平安，青年人平安。

也以此文結束「一瞥心思」專欄，向讀者告別。

附錄二

# 筆寫的，有相干？

小思

過去的個多月，日子是怎樣過？

憂愁、悲切、憤怒、痛楚、無奈、惘然，一針一針刺入心脾，淌了血，痂剛結成，又再剔破，再淌血……。我幾乎看得見一顆千瘡百孔的心在無力掙扎着、掙扎着，然後頹然倒掛空蕩蕩的軀體裏。

夜裏，習慣性地睜開眼睛，準時開啟收音機。新聞簡報的前奏曲聲響，足以令我霍然清醒過來。白天，我完全破壞了生活常規，直直躺在牀上，腦袋空白一片，——是我盡力、有意讓思維觸不及任何一點實質，不是懼畏觸及痛處，而是害怕發現已經無淚。

我曾嘗試提起筆，應該寫下一些甚麼？魯迅寫過〈無花的薔薇之二〉、〈死地〉、〈可慘與可笑〉、〈紀念劉和珍君〉，朱自清寫過〈執政府大屠殺記〉。突然，我怵惕驚心，因為我讀到魯迅的句子：「以上都是空話。筆寫的，有甚麼相干？實彈打出來的卻是青年的血。血不但不掩蓋於墨寫的謊語，不醉於墨寫的輓歌，威力也壓它不住，因為它已經騙不過，打不死了。」

筆寫的，有甚麼相干？

我忽然覺得，這正刺中要害。扔下筆，又直直躺在牀上。不知道過了多少天，我再翻開《魯迅全集》，竟讀到這樣一段話：「這回死者的遺給後來的功德，是在撕去了許多東西的人相，露出那出於意料之外的陰毒的心，教給繼續戰鬥者以別種方法的戰鬥。」

筆寫的，有相干？六十三年前魯迅在〈空談〉中寫得清清楚楚，教我們戰鬥方法，只是，我們大意，事前沒有好好讀懂記取。又一次怵惕驚心，我竟想起了周作人，他就在六十三年前，確信了「教訓無用」、「文學無用」，從此躲在苦茶齋裏，淹沒了自己。

這是一個選擇的時候了，我忽然看到朱自清蒼白而溫柔的面相，朝着我說：那裏走？那裏走？

附錄三

# 藍玻璃

小思

車窗玻璃全是淡藍色。

夏秋之際，陽光還很猛烈。車子在山間飛馳，捲起陣陣風塵，叫人瞇着眼。忍受不斷的撲面侵擾，委實不容易。我習慣把窗子關起來，借一借藍玻璃的護蔭。

藍玻璃一隔，車外，就變得色彩奇異：説是個淡藍色的世界？那又不是，分明仍看得清楚窗外景物的原來顏色。只是，原來顏色之外，彷彿還有一層透明的幽暗，蠱惑着人的視覺。

我隔着藍玻璃看窗外。看着看着，青山、白雲、建築物、各種車子、穿着不同顏色衣服的行人……飛快從車外投進我的視線，一下子又過去了。無論那有多快，我樂意相信自己仍然分得清他們的原來顏色。

乘車，總有下車的時候。

踏出車外，黃澄澄的陽光撲頭撲面罩過來，我不禁驟然吃驚，像給誰一掌推進另一個世界似的。驚訝的不是陽光太猛，而是——一直自己以為看得清楚的顏色，跟原來的並不一樣。

從此，我怕藍玻璃。

附錄四

# 木偶之死

小思

木偶緩緩抬起頭來，緩緩提起右手，緩緩嘗試挪動左腳，他發現——自己也可以提起左手，挪動右腳。

他開步，來回走了幾步，輕快的動作使他走得更有信心。突然，一條黑柱阻擋着他的左腳。他抬起頭來，應該是看見主宰他的人了。但，他看得更清楚的，是牽引着自己的手、腳的一條又一條的白色繩子。

他再緩緩提起右手，動了幾下，白繩也動了幾下，看得明白，是白繩先動幾下，右手才動幾下。他緩緩抬起頭來看主宰他的人，又緩緩垂下頭來看自己的手腳。大眼睛充滿悲哀。他掩了面，哭得連身子都抖起來了。

主宰他的人溫情地撫着他的手，可是，他哭得動氣了，甩開關懷他的「安慰」。

他又再緩緩抬起頭來，又再緩緩提起右手，今回，他提得更高一點，高得足夠緊握住一條白繩子。用力一扯，白繩子斷了，同時，他身體一部份塌下來了。他再勉力握住另一條白繩子，用力一扯，他身體另一部份塌下來，他緩……緩……用最後一點力，最後一條白繩子斷了……格嘞、格嘞，他全身塌得像堆廢料，不再動一動。

木偶死了！不能再動一動，照一些人的意見：他自由了！

自由了？不是嗎？掙脱牽引自己手足的繩索，從此不再受制，不是絕對自由了？

木偶生命源於幾條繩子。他不制於陽光、空氣、水分、養料，特定的生活空間，但受制於幾條繩子。說「受制」，許多人受不了，認為那就是不自由，但木偶沒了繩子，不再受制，那又怎樣？——木偶死了！

# 一瓦之緣

楊：楊鍾基教授
樊：樊善標教授
黃：黃念欣教授
李：李薇婷女士

## 從《日影行》到《一瓦之緣》：追記京都那早晨

**楊**　說到小思與日本或京都的關係，確是一言難盡。從一九七一年的《日影行》，到一九七三年到京都大學任研究員而「脱胎換骨」的一年，以至往後多次再訪京都與閱讀京都的體驗，如何總結呢？你用了新散文集的書名「一瓦之緣」作為這次訪談的題目，我覺得頗有深意。

你寫〈青龍寺一瓦之緣〉記錄了日本空海和尚仰羨大唐文化而到長安青龍寺求佛法，一千多年後西安政府把一塊青龍寺遺瓦送到京都東寺，以證此段文化因緣。你雖然在散文裏寫過當年選擇到京都修學一年的原因，有個人的、也有文化學習上的客觀因素，但我仍然想問，寫〈青龍寺一瓦之緣〉時，你有鏡像地自比空海嗎？有追求佛法一樣追求文化理解之心嗎？有過「一生一別難再見，非夢思中數數尋」的喟歎嗎？

《一瓦之緣》由香港中和出版有限公司於二〇一六年三月出版

**小思**

我怎敢自比空海大師？去京都遊學一年，真的為了個人原因。在香港教學七年後碰上一些教學的小挫折，聽從唐君毅先生的話，算是休養生息也好，半逃避也好，離開香港，透一口氣的行為而已。當年對日本文化一無所知，何來「追求文化理解之心」？

歸來後更無「一生一別難再見，非夢思中數數尋」的喟嘆，有的是積極追索更多更廣的知識及反省自己的不足。

因緣際會，竟給我遇上了一段中日文化交往的舊緣重訂場合，當年寫《日影行》所感是淺情，幾十年後，寫《一瓦之緣》卻是深思。明白一瓦易碎，正好象徵中日交情。幾篇靖國神社的文章湊合在一起，遂展現「一瓦之緣」作書名的含意了。

**楊**

**可以肯定，京都一年對你的學問與人生都有深刻的影響，不然——我以為這是我讀《承教小記》的獨得之見——**

西安青龍寺遺址的「空海大師紀念碑」和「中日友好紀念碑」

這本叫《承教小記》的散文集，為何第一篇不是〈承教小記〉，而是這篇描寫初到京都的〈不追記那早晨，推窗初見雪……〉[1]呢？

**小思**

你也看出來了。是的，這篇是我經歷了在香港看不見的天地明顯更替循環的現象後，恍然有悟而寫的。有幸承受了「自然四季」之教，明白天人合一之義。

**黃**

很喜歡裏面所說的「天地間就明明白白有一股生命之流在湧着，在一草一木間，陣風片雨之際，場景的迅速變換，足使對季節慣於無知無覺的人，又興奮又淒然」。在四季分明的地方，才明白古人惜春傷春之意，並非興感無端。

**楊**

我認為承自然之教甚有文藝意義。借用錢穆老師對《論語》「子在川上」一段的解說，當孔子面對滔滔川流，才開了

不同版本的《承教小記》：右為明川出版社版本，左為華漢出版社版本。

1　小思：〈不追記那早晨，推窗初見雪……〉，《承教小記》，香港：明川出版社，一九八三年，頁1。

竅，所謂「眼界始大，感慨遂深」，讓自然景色入眼通心，體悟到「四時行焉，萬物生焉」。在你生命中，何時有這種意識上的感動？最深刻是哪一件事呢？

**小思**

我說過因為學生發生了問題，令我感到失望，決定停職一年，到京都去。正如我曾提過，這是脫胎換骨的一年。在香港生活環境中，並無機會讓我「眼界始大」。直至那年我孤身一人，首次身處另一全新環境，才會「感慨遂深」。那時我經常一個人走在路上，凝望路邊的河流——我住的地方就是川端町，宿舍附近有一條河。或者星期天到訪山水如畫的嵐山。春季在櫻花樹下徘徊，夏季穿過篩風竹林，秋季踏在如扇的銀杏葉、如火的楓葉上，冬季忽見素雪舞長空，全都讓我與自然感通起來，這是我在香港從未體會過的。我感到自己的生命忽然起了爆炸性變化。頓感「天地之大」，明白自己渺小，更感悟自然生命的強勁。這是很重要的一年，並不單是哪一件事特別深刻感動我。

小思除了步行往返宿舍外，偶然也會花點錢乘火車。（攝於近川端町的車站）

這一年，我在京都更學習到另一套學術研究方法，又從古典文學研究轉向現代文學研究，在學術上也是重要的轉捩點。所以，我把〈不追記那早晨，推窗初見雪……〉列為《承教小記》的首篇文章，以誌我「眼界始大」的一年。

**楊**　**那麼你去日本前後所寫的散文，內容與思想相差很遠嗎？**

**小思**　由於人生歷練，思想有改變，該是正常發展。加上我回港後，再寫的文章是刊在《星島日報》副刊的〈七好文集〉。讀者對象與〈路上談〉完全不同，不再是學生了。故我取材下筆，都以一般讀者為念，寫多了，筆調會較寫〈路上談〉從容些。這點我認為與去京都一年無關。可是，個人的觀察力，學術研究方向，卻的確有了很大轉變。

## 文化衝擊：走上研究現代文學之路

**楊**　**由此聽來，你的京都一年，就像是在茫茫人海中，突然抽身到某個地方一個人生活，初抵埗時有特別感覺嗎？**

**小思**　有呀。我到埗那天，正值京都嚴寒，我卻沒帶足夠禦寒衣服，下了巴士找宿舍所在，走過幾條街，冷得我牙關打顫。到達宿舍，才知道預訂的房間還沒空下來，怎辦？那種徬徨真難以形容。幸好宿舍裏有位台灣女孩子，她很仗義，同情我「初來埗到」，說有親戚在京都，她可以去借宿一宵，把自己的房讓給我。結果，那一夜，我就在一間不屬於自己的房中，陌生牀上，蓋着異樣濃濃別人體味的棉被，度過遊學京都的第一夜。那旅人孤單感，至今難忘。

**楊** **還有甚麼衝擊嗎？**

**小思** 那就是京都大學圖書館藏書的衝擊。在香港，當年新亞圖書館藏書不夠好不夠多，我又沒機會進香港大學馮平山圖書館，根本不曉得甚麼叫藏書之盛。初到京都大學，圖書館藏書的陣容，簡直令我神魂震撼。

**楊** **那裏所藏的某種類中國典籍是世界上最豐富的。**

**小思** 對，京都大學的圖書館，特別是人文科學研究所的閉架藏書，無論中國古籍或現代文學書刊，收藏都極珍貴，例如唐宋筆記小說——當年不易看到的。由於唐先生介紹我去跟平岡武夫先生學習，平岡先生是從事唐代基礎文獻整理、唐代

小思在京都大學圖書館

拝啓　新緑の候いよいよ御清栄のこと賀し上げます。

東方学会は昭和二十二年の設立以来その方面の国外学者との連携を趣旨の一つとして参りましたこと御承知の如くでありますが、京都支部に於きましては近畿在住の外国学者と日本側学者との聯歓を計りますため左記のごとく国際東方学者会議関西部会を開催いたします。御多忙中とは存じますが御来臨下されば幸に存じます。

追って、**昼食準備**の都合上同封葉書にて**御出欠の旨五月二十五日まで**に御回付賜わるよう併せて願い上げます。

記

一、日時　六月二日(土)午前十時より

一、会場　京都市北区小山上総町二二

大谷大学　電〇七五(431)三一三一

一、講演会　午前十時～午後〇時三十分（図書館講堂にて）

○豊子愷随筆中之「児童相」
（豊子愷の随筆にみえる「児童像」）
香港中文大学　盧瑋鑾氏

○The Evolution of Southern Sung Policy upon the Mongol Invasion of the North.
（モンゴルの華北侵入と南宋の動向）
コーネル大学助教授　C・A・ピーターソン氏
(C.A.Peterson)

○Motives for the Silk-trade between Han

文史及長安、洛陽史的專家。我便想尋找唐代庶民生活的零星散記，在正史以外，補上些趣味紀錄，於是着手看唐人筆記。

**楊**　**那真奇怪，後來你怎會轉變了研究方向，變成研究現代文學？**

**小思**　哦！那該是天意命定的一回事。一九七三年二月有一天，平岡先生叫我去他辦公室，給我一封英文信，說由吉川幸次郎先生當顧問、「京都支部」部長貝塚茂樹先生主持的「國際

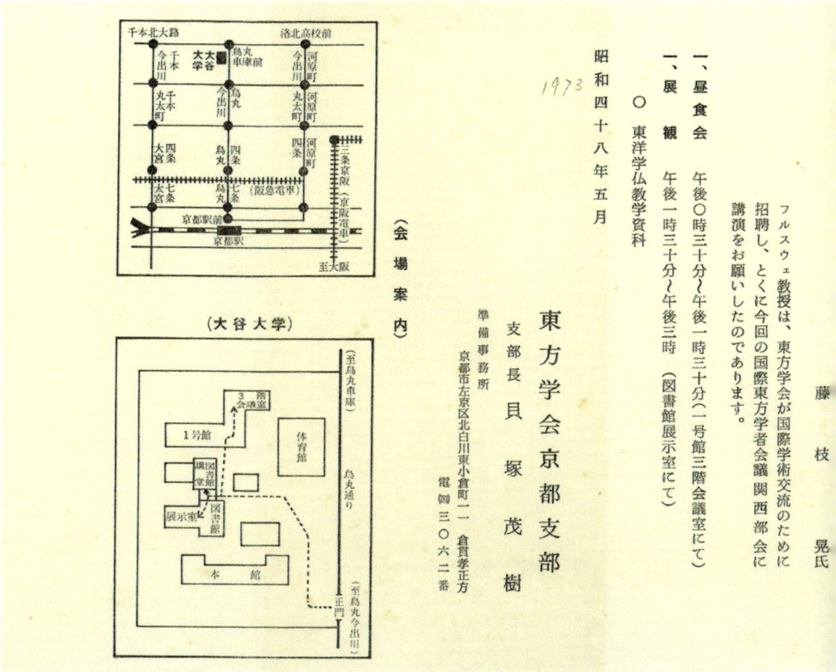

藤枝晃氏

フルスウェ教授は、東方学会が国際学術交流のために招聘し、とくに今回の国際東方学者会議関西部会に講演をお願いしたのであります。

一、昼食会　午後〇時三十分〜午後一時三十分（一号館三階会議室にて）

一、展観　午後一時三十分〜午後三時（図書館展示室にて）

〇 東洋学仏教学資料

昭和四十八年五月

1973

東方学会京都支部

支部長　貝塚茂樹

準備事務所　京都市左京区北白川東小倉町一一　倉貫孝正方

電㈧三〇六二番

（会場案内）

千本北大路　洛北高校前　千本今出川　大谷大学　烏丸車庫前　河原町今出川　千本丸太町　烏丸今出川　河原町丸太町　四条大宮　四条烏丸　四条河原町　三条京阪　七条大宮　七条烏丸　（阪急電車）　（京阪電車）　京都駅前　京都駅　至大阪

（大谷大学）

（至烏丸車庫）　3階会議室　1号館　体育館　図書館講堂　烏丸通り　展示室　図書館　本館　正門　（至烏丸今出川）

國際東方學者會議邀請函：小思的〈豐子愷隨筆中之「兒童相」〉報告列為當天首項議程。

東方學者會議」，要在京都舉行研討會，叫我寫一篇論文去宣讀，算以香港代表身份去參加。嚇了我一大驚，因為我從未寫過出席學術會議的大論文，臨急臨忙也不知道寫甚麼題目。老師下命令，又不敢違背，只好苦思一番。

時間緊迫，實在無法做自己不熟的題材。我忽然想起吉川幸次郎先生，就是首位翻譯豐子愷《緣緣堂隨筆》，介紹給日本讀者的學者，而我去京都之前已在研究豐子愷，遂因利乘便以此為題做個報告。

由於手邊沒有帶豐子愷資料，必須借助京大圖書館藏書。怎料，這樣一頭栽進去中國現代文學書庫，便如開啓寶庫之門，一發不可收拾。那麼多從未見過的書刊、豐子愷資料都幾乎前所未見。

做完那報告後，我就決定不讀唐人筆記，全力讀三十年代中國現代各種雜誌，從此改變了讀書方向了。

小思在「國際東方學者會議」上以豐子愷為題發表研究報告。

**楊　由新亞中文系的傳統中國文學語言訓練，轉向現代文學，遇上困難嗎？**

**小思**　的確有困難。我在新亞全修讀中國古代文史哲，對現代文學可以說一無所知。但正因如此，翻閱現代文學書刊，幾乎樣樣新鮮。中學時代讀過朱自清、徐志摩、冰心等人作品，原來在三十年代還有另一面貌。讀着一種雜誌，怎麼內裏忽然罵起另一種雜誌來？為了好奇，我找來另一雜誌同年同月的一期配着讀，這時候才分辨出是左右派陣營或第三種人罵戰。從此，我便同時讀當年幾種立場不同的刊物，又借該時期的作家作品回宿舍夜讀。慢慢才由無知到瞭解一點點。我是讀完二、三十年代各種重要的刊物，才回過頭來讀《中國新文學大系》、王瑤的《中國新文學史稿》、劉綬松的《中國新文學史初稿》、唐弢的《中國現代文學史》等書，卻又發現各文學史中，無數在雜誌中頻頻出現的作家都缺席了。無知的我疑團太多，無人可請教，實在困難。

**楊** **那你怎樣應付？**

**小思** 呵！幸好我到京大人文科學研究所不為求學位，不必寫論文，屬遊學性質。半途連平岡先生也因退休離開京大了，我不用向誰交代。那些雜誌內容十分豐富，有些刀光劍影，有些風花雪月，有些幽默閒適，有些浪漫柔情……簡直如進文學博覽會。不明白的地方，原來看得多就逐漸明白過來，有疑難逐一考查就解決了。反正自己讀書，不用應付甚麼，於是愈讀愈快樂。

## 京都學運：反思自身與前路

**楊** **說到京都，我和你應有許多共同話題。我從一九六七到一九七二年在京都大學待了五年，比你早一年離開，其間是日本學運非常熾熱的時期。京大學生有大半年封鎖校園，**

批鬥老師，開辦「自主課程」。學生之間分裂成為水火不容的派別，武鬥不休。有一次東京學生的打鬥鬧出了人命，肇事學生躲在校園，可是大學校方堅決拒絕警員進入。我相信你的京都也不是一味的寧靜古雅，在潛心讀書做學問之餘，可有感受過一點社會運動的餘波？這方面有沒有影響過你？

**小思**

哎喲，提起京大學生運動，又顯示了我的無知。到日本之前，我對日本現況又是一無所知，甚麼東大全共鬪安田講堂事件，甚麼京大赤軍事件……通通不懂。一九七三年我進京大校園時，學運高潮雖已過，可是餘波未了。時計台（鐘樓）全被標語布條封住，校園天天都有不同派別學生手持木棒，列隊呼喊示威，還有人告訴我學生曾把校長禁錮在鐘樓裏。在香港，哪會見過這種大場面？相比起來，香港中文合法化運動真太小兒科了。可是我未見多怪，每天經過校園去學生飯堂午飯，總得躲躲閃閃，避開人群，常常被吆喝聲弄得驚魂不定。近年讀了日本評論家川本三郎的《我愛過的那個時代》，自傳式寫六十年代末七十年代初的日本學運親歷記，方知自己所見真是微不足道。

**黃**

一九七二年好像還有過三位京都大學學生以赤軍的身份襲擊以色列機場，引發了莫大的爭議。一個政治運動傳統那麼激烈的地方，卻同時可以發展出一派以實證和田野考察見

**稱的漢學重鎮，讓您有不問世事、脱胎換骨的一年，真是十分神奇。記得您有過一篇論文——〈那裏走？——從四個文學家的惶惑看五四後知識分子的出路〉[2]——談論現代中國四種知識分子的選擇，有左傾、有隱世、有寄情宗教或美育的，可見同一時代環境，可造就不同的路向。我一直想問，回望您的人生，您又選擇了哪一條路？**

**小思**　京大校園除左右兩派學生的對壘外，還有不少與日本學運無干的不同派別也各有據點，甚麼「日中友好協會」、「毛澤東思想學院」、「在日台灣學生連誼會」……眾多政治派系間的鬥爭，受香港教育長大的我，從來沒實際體驗過，困在校園有聲有色的現場感，給我印象十分深刻。

加上不斷閱讀二、三十年代的書刊，自難避過當年不同派系政治、文藝鬥爭的情況。儘管躲在圖書館裏彷如隔世，也不由得我不想想自身路向問題。特別讀到朱自清的〈那裏走〉[3]一文，他坦白敍述了面臨不同政體選擇的猶豫與徬徨，使我也微泛憂思。可是一九七三年，一般香港人還不會意識到身份、路向等等的嚴峻問題。我是一般人，那時候，微泛憂思後，一下子也就忘卻了。

2　小思：〈那裏走？——從四個文學家的惶惑看五四後知識分子的出路〉，中國古典文學研究會主編：《五四文學與文化變遷》，台北：台灣學生書局，一九九九年，頁335–357。

3　朱自清：〈那裏走〉載於《一般》第四卷三月號，一九二八年三月，頁373–374。

一九七三年在日台灣學生連誼會出版的《台生報》，頭版刊登了當時積極參與政治運動的台灣大學哲學系副教授陳鼓應的論政文章。

〈1〉昭和44年9月20日第三種郵便物認可　台生報　1973年7月25日発行（91号）

台生報

発行人　王 春 洋
編集人　台生報編集部
発行所　在日台湾学生連誼会
〒151　東京都渋谷区代々木 1－5－5 和田荘玉山舎
TEL（370）8013
1966年1月25日創刊
全年12回　毎月25日発行
定価1部20円
郵便振替口座　東京77292番

# 容忍与了解

陳鼓応

「海外学人月刊」来信、希望対於「国是」問題提出意見。我向来不談政治的問題、「国是」兩字、在我心中所産生的荘厳感和可笑感同時並存。此地的一般青年人、対於国事表現着兩種顯著的心情：一類表現的是憤激、一類表現的是冷漠。很不幸、這兩種感覚如此尖鋭地存在於我的内心：一方面、拉開視線、從広大的文化背景与歴史的洪流中去看、任何現実問題都引不起我的興趣。另方面、対於周圍人羣的生存与事務却又充満着関懐之情。幾十年来、多少知識份子熱心作諍言、然而換得的結果是如何呢？在這種政治環境中、明知議是談不出所以然来的、然而一股説不出的関切之心、使我提起筆来。現在、我僅就自己接触機会較多的青年人与知識份子間的一些感受、提出来談談。

## 一、距離感与压力感

知識份子普遍所表現的冷漠与憤激的情態、原因之一、産生於知識份子与執政者的距離感。距離感的産生主要由於彼此互相漠視或輕視。執政者們在投身於実際政治之前、大半都是知識份子、他們懐抱理想、期求以行動来実践、但是当他們專注於行動的效果時、往往与原有的理想疏離、因而和抱持理想的知識份子間的共鳴感逐漸降低。再則、由於繁忙的俗規工作、使得和書本脫節、当知識的饑荒与心靈的饑荒到達自覚的程度時、就産生某種心理来作自我弁護、一方面賦予自己工作以重要感、另方面認定知識份子只是無用的空談家。因周圍的屬美言称頌、更使自己在不知覚中擁握權位、傲然自得、俯視「下層」知識份子、漠視之情油然而生。由漠視而産生輕視的一個主要原因、是由於在位者所目擊的「知識份子」：盡皆不過爾爾；経常出現於権勢階層左右的「学人」、不是打躬作揖、便是逢迎阿諛、口中又吐不出什麼墨来。在位者既然從無機会接觸真才実学者、於是把這些文化垃圾当成所有知識份子的代表而産生蔑視的心理。至於一般知識份子、則常持着高度的理想標準去識評執政者、以為官場如濁流、並認為一切官吏都表現雙重人格。種種歧見、都由於彼此缺少接触与解所形成。

形成知識份子冷漠与憤慨的另一個更要的原因、乃是由於压力感所致。

一個青年学生、由中学開始就有足够的経驗体会到沉悶的空気。最直接的是訓導方面的管制拘束。訓導人員的訓而不導、已普遍見於各専科学校。許多訓導人員不僅習慣於「訓」、而且動輒以懲罰為脅。我遇見好些訓導同事們、在督訓学生過後、対我搖頭説：「你看、這些学生就是這個様子！……」説完、露出一副無限感嘆的神情、我也頗為了解他們的感嘆之真切、只是覺得他們内心缺少一份真摯的愛。**現在的青年人、在他的四周很少有被愛的感覚。当他踏進社会或走進学術工作的園地時、立刻就被另一種低沉的気压所籠罩。**任何文化份子所呼吸的空間、都感到有無数看不見的眼睛注視着每一個人的言行。任何人都深深地疑懼着自己会在不経意的時候説出一些不経意的話而被記録下来、而記録者可能正是逗引你説出内心話的人。

一般人之所以対於国事漠不関心、事実上他不能不表現冷漠、也不敢不表現冷漠。

## 二、付出容忍的代価、向歴史作交待

上面所説的現象如果不假、如果有相当的普遍性、如果這種情形可堪憂慮、那麼我願坦誠的進一言：

㈠台湾這幾年来在経済建設上頗引以自慰。起碼、我們可以看到馬路修得很好、房子蓋得很高、工廠建得很多。然而、一個知識份子所最関心的是：政府是否能提供一個可供自由思考的環境、人民的精神可否不受到無謂的干擾以及基本人権能否被尊重而不輕易被剥奪。在這些方面、仍待努力。我們必須了解在長期精神压力与思想管制的受限下、無疑地会造成学術的停滞、人格気象的萎縮以及生命活力的消減。

㈡幾十年来、中国内憂外患、弄得人民動盪不安、最後的一次大翻滾、我們從死裡逃生、因而、很自然的、人民和執政階層都如此渇求安全、而安全感遂成為価値取向上的首位。這二十年来、台湾確実維持了相当的安定、然而執政者們是否認真検討過安定所付出的代価？是否認清到安全過藉厳密的安全網所発揮的效果来維持安定会変成何種的景況？思想言論的压抑所引起的精神不安与情緒不満将会造成怎様的結果？当整個群体的情感出路受到過分的阻塞時、是否考慮到要如何適当地去疏導？某種程度的言論開放是否真正会影響社会的安全？這些問題都値得研究。

㈢現代化的国家、多数都能容納各種不同的思想見解、使他們能発揮多重的功能。今天、我們正在民主学歩的過程中、難免不習慣於容忍不同的意見、我們不知道到底有多少人由於意見的不同而遭受「特殊的照顧」、我們相信目前治安単位已漸漸的做到若非証據確鑿、則無辜者的人権都能獲得保障。然而許多安全人員或許由於工作心太重、或許由於求功心切、往往看到草繩就以為是蛇、於是疑雲四起、所形成的空気、却帯給普遍人的怖懼不安。**当安全人員的安全工作造成很多人的不安全感時、検討和改進是必要的。**

㈣我們不知道有多少青年人被認為「思想分歧」而記録在卷、我認得好些人、只因為被認為講了幾句「激烈」的話、或交了一個講「激烈話」的朋友、結果有的工作難免受阻而生活淪落、有的因此不能出国而失去進修的機会（也有女友或未婚妻出了国而失去永遠相会的機会、多少個人幸福之事被付諸流水、誰能一掬同情之淚！一個人在青年的階段、無論思想或情感都富有不平穩的傾向、這是生理和心理発展過程中的必然現象、到了成年期間、許多観念都会有很大的転変、許多看法都会自我修正、如果一個青年人因偶而的批評就暗地裡被永遠記録在卷、豈非有違於愛的教育的宗旨？如果観点不同、難道不能用討論或弁論的方式合理地説服対方嗎？**他們都是此時此地教育成長的人、自己教育成長的子弟都不信任、還信任誰？**

㈤任何一個政体、当它開創的早期、都難免採取非常的手腕来鞏固政局、但安定之後、必須立即採取開放的文治、才能樹立堅厚的穏定基礎。在歴史上、長久使用鎮制的力量総難免不受到後世的譴責、特別対於異見的不容忍所産生的文字事件。**如果我們允許批評份子存在的話、批評份子永遠是批評份子、而絶非叛異份子。**

假如我們以目前安定的基礎開始建設一個合理化的社会、相信後人撰写這段歴史時、将会寛諒過去所採取的非常措施是為了建成今後合理社会不得已的手段、国家安全応從長期的角度設想。我們不可止於一時的安定為足意、我們応以長遠的歴史文化做為存在的背景。因而、我們必須付出容忍的代価、来向歴史作交待。

## 三、建議

**最後、我懇切的提出下面幾項原則性的建議。**

**㈠関於安全措施的問題、我僅作四点簡単的建議：(1)有関個人的思想問題必須依循法律的程序処理。(2)清理以往的安全記録、若発現無辜者、請将〇案銷除。(3)提高安全調査工作者的水準。(4)用説理的方式解決所謂「思想」的問題。総之、治安措施必須逐步走向合理的方式、才能得到社会正義的支持。**

**㈡学校訓導工作者応充実教育心理方面的知識。**目前有過許多訓導講習班的設立、但是多注重如何「加強管理」的一点上、面対上級的耳提面命以及為了保存自己的飯碗、一般訓導人員多用心力在防患的事務上、而較少関注於疏導、啓発和感化的工作上。訓導人員的重要職責乃在於了解並幫助学生精神状態的発展、因而一般心理学的知識是必須具備的、特別是青年心理的認識。**要重要的是学習去愛人、特別是学習如何去愛那些頂人的学生。**

**㈢政府応積極培養青年人的参与感。**一個学生在学校的時候、経常聽到老師和校長們説：「国家是你們的。」「你們是時代的創造者。」但当他走出校門以後、他的被冷落感就愈来愈濃。他除了偶而到鎮公所投一次票之外、再没有任何的機会参与自己国家社会的公共事務。而這種選挙権又少得可憐、滑稽得可笑——凡是立監委及国 代表等重要民選、他都没有選挙機会（他從不知道誰代表誰、誰是他的代言人）而剩下的議員一類的選挙、角逐者僅僅是五十歩与一百歩之別、甚至於有時看来都是一丘之貉。「神聖的一票」不可乱投也、一個清明之士很可能未使用過這可憐的選挙権。青年人既無糸毫参与的機会自然対於国事冷漠不聞。最近張宝樹先生擬於每週挙行一次「午餐会談」、以聽取各方面的意見、這是和民衆接触的可取的方式之一、我們不僅希望張先生能多邀青年学者参加、也希望能邀青年学生参加、而且這種性質的会談応拡大到各個層面、凡是学校的主管和各階層的党政負責人都能長期挙辦、這樣所聽取到的意見可以更為広泛而具体。這種会談既可発掘許多問題、又可讓参与者有表達和批評的機会（批評即使有時是発洩、這也是很重要的）。

総之、有参与的機会才能培養出責任感来。一個政府、如果不只是少数人的機構、那麼、如何讓更多有活力的青人来参与是急待努力去做的事。

假如能透過各種方式使各階層的成員有充份参与和表達的機会：才可激発関懐的熱情、而且也只有使大衆凝具其対公共事務的熱情和向心力、才能獲得真正的社会安定。

假如政府希望青年人関心国事、並且培養参与的能力、那麼必須以愛心来了解、来容忍：了解他們的特長和短処、並容忍他們可能的錯誤、一如容忍他們出於熱情的批評。用愛心去啓発疏導、不用任何压制的方式、這是我們至誠的期望。

（転載自大学雑誌第卅七期）

在日台湾生学連誼会
主旨

一、本会是由全体在日台湾学生所組成的親睦、福利、自治団体。
二、本会是以溝通会員間的感情、培養互助合作的精神、提高対家郷之関心、並共同謀求解決学業上及生活上面臨的各种問題為目的。
三、本会是以促進会員与在日台湾同郷之親睦、増進会員与日本国民的親善与理解為目標。

留学雑感廿
(二) まだお願いします
去年八月二日
バンザイ！

聯合公論十二～1

今天你問我選擇哪一條路？我想是走許地山的路。

**黃** **可以肯定的是這脱胎換骨的京都一年真是非常關鍵，值得細意追尋、瞭解。**

## 北白川學者村與京大式卡片

**黃** **您雖多次提到京都大學那一年對您影響深遠，但我們今天仍希望再問得具體些。我見過一些談京都大學、甚至深入分析京都學派的書，但最想知道的還是您親身經歷的感受。例如您在散文中時有談到，北白川住了許多學者，又有許多研究室和小組。但光是讀散文，我還是不大瞭解，究竟北白川是甚麼地方？**

**小思** 北白川是一個閒靜的住宅社區，住了許多文化人，故有學者村之稱。京都大學人文科學研究所是座建於一九三〇年的西式住宅，臨近疏水道北白川，風景幽雅。樓下有天階，兩廊有老師辦公室、研究室、課室。許多研究小組都定期在這裏做座談。還有擺着講究皮梳化的大客廳。二樓是圖書館。

**黃** **為何那些研究所的研究題目會定得那麼細？您說過有「《洛陽伽藍記》研究小組」、「五四運動研究小組」和「李白杜甫研究」等。**

**小思** 你別忘記這是個關西學派的重鎮。老一輩的學者如我的老師平岡武夫，吉川幸次郎、貝塚茂樹、島田虔次等先生尚在。整個學術風氣都講究精研細讀中國典籍的。加上一九七二年，中日開始邦交正常化，社會一時盛行中國熱。這批中國研究專家學人帶領着學生小組作專題研究，教學過程最重要的不是上課，而是每人精讀典籍，作報告及討論。

**黃** **您有參與過嗎？**

**小思** 沒有，但我曾經進去旁聽。他們在小組裏輪流朗讀自己從讀過的書中節錄出來的重要片段。研究方法重點在找尋文獻中研究題目的關鍵材料。例如研究「風流」二字，就得從古代文獻中查看此詞，一邊抄卡片紀錄，統計在某典籍裏用過多少次，另一本經典又用過多少次。這種研究是用資料證實結論，是很紮實的基本功夫。

另外，研究室是老師挑選承繼人的地方。一群研究生差不多畢業時，老師便會挑幾個學生，叫他們不要離開，跟隨自己繼續研究。例如老師研究《文心雕龍》，幾個學生就幫助查找資料，找完資料就一起做目錄、索引及論文。因為當時未有電腦資料庫，所以一定會以老師的名義出版這些書籍。研究生長時間跟隨老師做研究，一定會成為專業。出類拔萃的，他日便是學術承繼者了。

**黃** **這類的研究生很多嗎？**

**小思** 多。我不知道現在中文系如何，從前日本是這樣的。學生無論多辛苦，仍願意留在老師身邊，任勞任怨，因為既是工作又是學習磨煉，研究的出版物也有學生的名字，這是很重要的。不過京都大學現在也改制了，以前讀完博士不等於有博士銜，要待你成為某個範疇的名家才追認為博士。楊先生（按：楊鍾基教授），是這樣麼？

**楊** **至少在一九七二年我離開京大之前是這樣的。不過，「博士課程修了」在日本的大學向來是被承認作為入職的學歷的。**

**黃** **那看來他們的師承是很重要的，知道誰是你老師，便知道你研究甚麼範疇。那麼，當年在京都大學還有哪些小組？**

**小思** 我記得平岡先生開設了「長安研究小組」、「白氏文集之校訂小組」。小組研究生，都看古籍抄卡片。

**黃** **他們會隨身攜帶卡片？**

**小思** 對。他們身上常常帶着卡片盒，就因為抄資料需要用許多卡片。我每次出門也帶着一個裝有許多卡片的盒子。

**黃** **當時的「長安研究小組」也很切合您現在的方向呢，以一個地方作為研究座標。**

**小思** 也許當時受了影響而不知道。不過，學懂抄寫卡片，卻是事實。

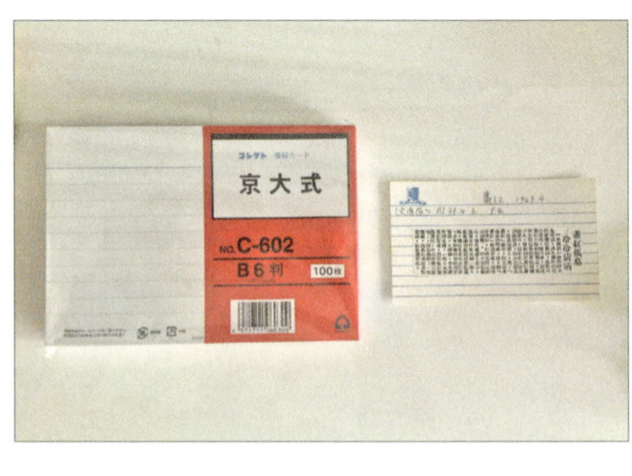


京大式卡片與小思用的卡片。

小思學會抄寫卡片後，卡片與卡片盒長年隨身，日積月累的卡片記錄也成為香港文學研究的重要資產。

## 京大圖書館與京都日常

**黃**　**我很想知道您在京都一天的生活是怎樣的。您說當時不用上課，也沒有指導老師，應該是很自由的。**

**小思**　的確很自由，我可以自由進出京都大學及人文科學研究所圖書館，計劃好好利用每天的時間。

**黃**　**當時您是整天都在圖書館嗎？**

**小思**　不去遊玩的日子，就整天都在圖書館。圖書館九時正開門，我習慣早一小時開始從宿舍步行前往。路上風景美麗，整段路遍植銀杏樹。初春有新綠，秋來一爽，忽然一夜之間，全數黃葉舞風，飄然落地。到圖書館路上，我踏着黃葉沙沙前行。這完全是詩化的生活。我之所以能脱胎換骨，皆因在京都的一年，盡是美景良辰。

抵達圖書館，我便開始工作。因為我與圖書館員的關係良好，前一天未看完的書，他會替我留起，待第二天繼續看。本來我不能進入閉架圖書館的，後來他也讓我進去，於是我可以隨意翻書。

**樊** **當時您怎樣看書刊的？**

**小思** 由於為了撰寫豐子愷論文，我開始查閱雜誌。最先看《宇宙風》和《論語》兩套雜誌，待論文寫完了，便按年把二、三十年代的重要雜誌都讀了。因影印費很貴，我手抄所有重點，做了筆記。

**黃** **當時香港看不到《宇宙風》雜誌？**

**小思** 對。當年只有一間香港大學圖書館，我又不能進去。我不知道有沒有。

**黃**　看您這些筆記，您似乎是一晚看完一本書？

**樊**　還有時間抄筆記。

宇宙风

（详细总结見宇宙風读后報告！）

在人文科学研究所圖書館中藏宇宙風月刊五大册，第一集是由創刊号至第12期的合訂本，期与期间取消每期封面及目錄頁，失去本来面目，又欠目子，读来十分不便，是一大缺点。此後：由第8期至第12期合為一册，由第13期至第24期又合為一册，由第25期至第36期合為一册，由第37期至第48期合成一册，則每期均保留原来封面封底，連各種廣告亦依照存在，阅读方便（都是民国25年26年间的）
又每封面均見「親和会」三字红印

宇宙风　合訂本第一集　P.334
有関鴉片的诗联：
凡魚「鴉片的話」一文：

清代鴉片盛時，大小官署，上下人等，幾於無人不吸，公门之中，成为烟窟，有人仿唐诗一首：「一進二三堂，坑床四五張，烟灯六七盏，八九十枝槍」

仿雲南大觀樓長联嘲吸鴉片：
五百两烟泥，賒来手裏，價廉貨淨，喜洋洋兴趣無窮，看粤誇黑土，楚重红瓤，黔尚清山，滇崇白水，杭以辨色，不妨清客闲评，趁火旺炉燃，煮就了魚泡蟹眼，正更長夜永，安排些雪藕冰桃，莫辜負四稜響斗，萬字香盤，九節老鎗，三鑲玉嘴。
數十金家產，忘卻了头，癮發了疲，嘆應酬錢財何用，想各類色氣，膏珍福壽，种得鸞果，花兑美器，横枕闹灯，足尽平生樂事，只朝吹暮吸，那怕他日烈风寒，繳妻怨兒啼，都做作天聾地啞，只剩下幾寸肉毛，半

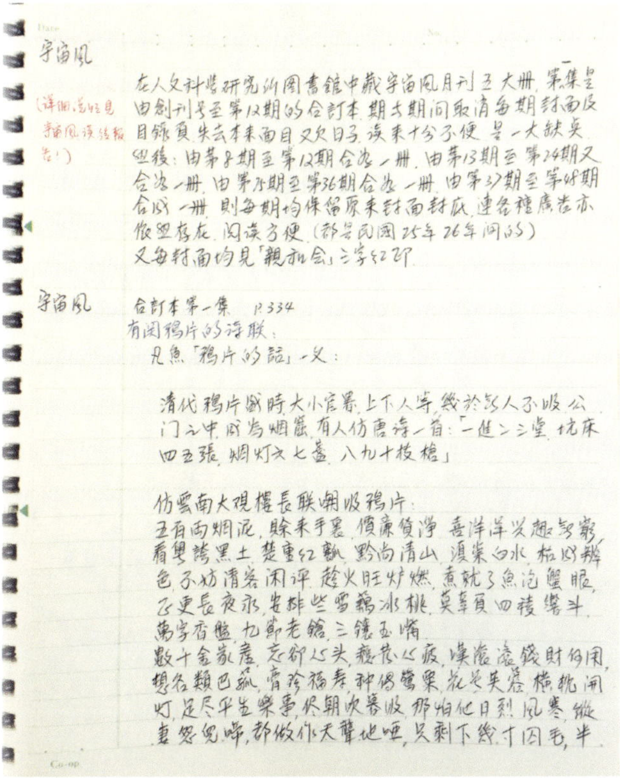

小思在京都一年所整理的關於《宇宙風》的研究筆記

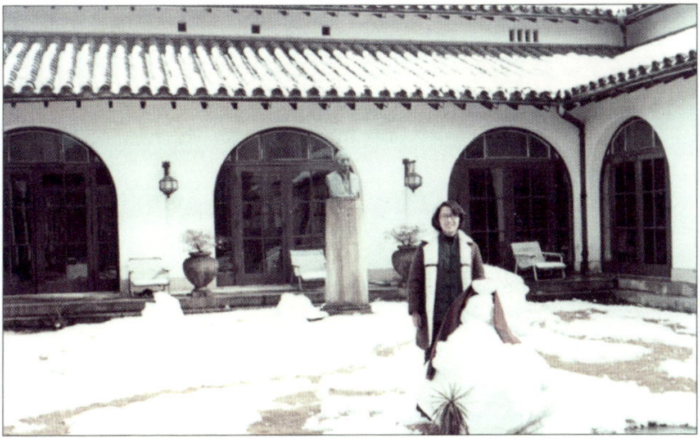

攝於京都大學人文科學研究所中庭

**黃**　**而且筆記裏會記錄另外看了多少文章。這是何時開始有的習慣？**

**小思**　有嗎？我倒忘記了。

**樊**　**有，這裏您有記下每一段筆記是何時寫完的。**

**黃**　**這就證明真是早上借書，晚上就回家看。我想自己人生裏最勤奮的日子也沒有這樣過，慚愧呢。**

**小思**　這就是我讀書的過程。中午圖書館會閉館一小時，如果沒有閉館時間，我也希望坐在圖書館內看書。

**李**　**但您總要吃飯的吧？**

**小思**　當時京都大學的學生飯堂最便宜，要走半小時才能到達。我常常走得很快，為了爭取時間。

我總是很快吃完午飯，因為要去附近的「朋友書店」看書。這間書店專賣日本人研究中國的書。書很貴，我買不起，只去「打書釘」，專門翻看最新出版的書。我在圖書館看的是舊書，在書店裏卻能看到最新的，翻一翻目錄便能知道日本正在研究甚麼新項目，這也讓我眼界大開。原來日本人可以這樣研究中國的。特別是日本人對古典中國文學的研究，資料豐富，書末總含出版索引和年表。看那些年表，可以提綱挈領一目瞭然。當時我節衣縮食，便為了把有用資料影印回來。

二〇〇二年小思重訪京都朋友書店

**李** **京都大學現已變成了旅遊景點。**

**小思** 是嗎？我見現在的學生飯堂已變成很現代化的餐廳了，當年卻是黑沉沉的，只有一塊餐牌，告訴你今天有甚麼吃。我總是站在餐牌前計算，吃甚麼最便宜，因為我沒有錢。計來計去，最便宜的是一碗白飯加一碗味噌湯。吃了一星期，才覺得也要吃點肉，便叫炸豬排。所以現在有人叫我吃甚麼名店的炸豬排，我總是很怕，因為會想起當時的生活。

**黃** **您在京都會自己煮飯？**

**小思** 晚上一定要的。因為窮，每天都在附近的菜市場買當天最便宜的菜，多是津白。記得師兄陳志誠曾跟我說，可以買「雞骨架」回來煮湯，我便去市場看看，五日元一個。日本人不賣活雞，都是中央屠宰的，預早切好雞肉出售，所以就剩下「雞骨架」，把雞骨和津白煮一鍋，有湯有菜，可吃兩餐。就因為這樣，我身體反變得健康起來。

**黃** **圖書館何時關門？**

**小思** 不記得是五點抑或五點半，但傍晚我都要趕快回宿舍去爭位置煮飯。宿舍只有一個廚房供大家共用，大家都要煮晚飯。

晚上我們要在簿上簽名排隊洗澡。洗澡後就要看看簿上接着的宿友是誰，然後敲門叫她去洗澡。（**黃：這很有趣。**）對，宿舍生活就是這樣。我習慣最早洗澡，因為可以盡快回房看借回來的書。（**黃：大概是甚麼時候？**）大概七點左右我就洗完澡回房看書了。

當時的牀鋪枕被要每個月計錢。除了牀鋪和一桌一椅之外，房裏就沒有其他家具了。東西放在哪裏呢？我會到街市拾來蘋果箱，砌好用來放物品。偶然也會看看電視，因為可以看到當時的社會狀態，就在那時我迷上了「紅白合戰」。（按：日本紅白歌唱大賽）

**黃** **那不是一年才一次的嗎？**

**小思** 年終是決戰。平時會有許多預選，要看歌手入圍多少次來計算排名，到最終才可以參加年終紅白合戰。

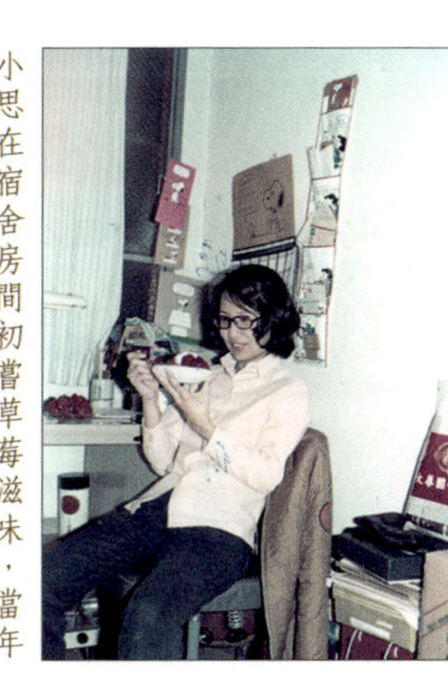

小思在宿舍房間初嘗草莓滋味，當年這麼大盤的草莓只售港幣三元。

**樊** **當時您聽得懂嗎？**

**小思** 不懂。我以為自己可以聽得懂，但原來他們用詞是不一樣的。我一年間講日文最多就是和街市的檔主講買賣，回宿舍後就用那些日文來跟寮母樣（按：看管宿舍的女監護人，「寮」即宿舍）聊天，[4] 她說我講的是「菜市場日語」，沒禮貌，給她罵個半死。（眾笑）

4 小思：〈寮母樣〉，載於《星島日報・七好文集》，一九七五年五月四日，頁碼不詳。後收入《一生承教》，香港：三聯書店（香港）有限公司，二〇〇七年，頁131–132。

**黃** **電視放在公眾地方？**

**小思** 對。寮內的公眾地方有廚房、廁所和客廳，廳內有一台電視機。

**李** **老師寫《明報．自由談》時的日本來稿似乎多寫電視節目，您當時會定期看電視節目嗎？**

**小思** 也不是。不過，除了新聞，愛看電視台專門製作的紀錄片及歌唱節目。他們的紀錄片，實在能令我學習許多知識。那年陳美齡剛紅，另外有幾個台灣歌星，在日本電視節目出現，有親切感，我喜歡看。

**李** **我看〈自由談〉中談及的節目覺得很特別，他們談許多中國歷史與文化。**[5]

小思與寮母樣在宿舍樓下客廳留影。

5 詳見《明報》專欄〈自由談〉中小思的文章：〈中國西域之旅〉（一九七三年三月二十三日）、〈北京之春〉（一九七三年六月九日）、〈一個節目的特寫〉（一九七三年十月十五日）。

小思在京都看了赴日發展的香港歌手陳美齡的節目後，寫下一篇文章，談在異鄉生活的思鄉之情。（《明報周刊》第二三五期，一九七三年五月十三日。）

明報週刊 235期 13-5-73.

# 在電視中看到的——陳美齡哭了

小思

宿舍的大廳有座電視機。一到晚上，房中沒有私家電視機的人，總愛坐在那兒「泡」。我倒不大「泡」的，因為她們多是在「追看」電視片集，一個晚上就只看幾個片集，未免太浪費時間了，可是，凡有特輯或特訪，我卻永不錯過。所以，我可以看到「中國西北邊疆特輯」、「現代中國版畫特輯」、「河南地區解放軍新人訓練」、「猶太人的歷史悲劇與以色列復國」、「東德面貌」、「越南戰地孤兒」、「美國逃兵的生活」等等難忘的實錄。至於其他節目，多是人家熱心給我介紹，我也不妨趁趁熱鬧看而已。這些節目裏面，有令我開心的，也有令我難過的。現在讓我說一宗吧！

## 陳美齡「相睇」

那天，頭等電視迷跑來對我說：「喂！別錯過，你們的 Agnesu Chan今晚上電視啊！」誰是什麼Chan？還說是「我們的」？搞得一頭霧水，才弄清楚原來是陳美齡。啊！香港來的陳美齡，彷彿來了一個熟人，加上她一向給我的印像是乖乖的、純純的，抱着結他柔柔唱着民歌，偶然，側一側頭，甜笑一下的女孩。當然，不會錯過。準時，我已經在電視機前坐定了。那個節目叫做Love Love Show。每次，由兩個年齡差不多的歌星或藝員，扮作一對。有點像廣東人口中的「相睇」，男方的家長，往日的老師等人都出席，向女方的家長陳述男孩子怎樣怎樣好，小時候又怎樣怎樣。然後女方家長也說一番，而男女孩子又分別唱幾首歌，最後，便由雙方家長同意他們「成對」了，節目也就完結。

那晚，跟美齡配的是個很受女孩子歡迎的歌星，叫野口五郎，也是乖乖模樣。看他們一對，十六歲、十七歲，還帶着稚氣的羞笑，真看得人滿心歡喜。等男方家長咕哩咕哩說了一大堆話後，該是女方家長說話了。也許陪美齡出席的依齡沒法作主，電視台安排了給在香港的陳媽媽一個長途電話。

## 我係尾尾呀！

美齡拿起電話：「喂！媽咪，我係尾尾呀！」嘩，廣東話！在日本電視中，我聽到廣東話！「廣東話！」我拼命指住電視機叫。開心得七顛八倒的我，在同宿舍的人眼中，一定有點失去常態，因為她們都在莫名其妙瞪着眼。「喂！媽咪，您好嗎？……：我好好。我而家做緊電視節目呀！佢哋介紹個男仔俾我識，問妳好唔好。……哼！依家佢同您講嘢呀！」只見野口五郎傻傻的接過電話，不知如何是好，尷尬地對着美齡笑笑，終於擠出句寒暄的日本話，便趕快把電話交回美齡。美齡甜甜的笑了笑：「媽咪，您唔好收綫，我唱支歌俾您聽呀吓！」於是，音樂響起，美齡唱歌了。……「媽媽，媽媽，我將獻給您如同您給我的一樣……。」對不起，那是首英文歌，不知道是不是這樣譯，因為一方面我聽不大清楚，另一方面我早給閃在美齡眼中的淚光慘得亂了心神。歌唱完了，再拿起電話，只說了一句「媽咪」，她已經哭得說不出別的話來。

## 幫我多謝各人

我們卻聽見遙遙從香港傳來她媽媽的聲音：「幫我多謝各人，你要俾心機做呀！知道嗎？」美齡緊緊咬住下唇，想是要忍住不哭出聲音來，但淚實在沒法子忍了，最後，她哭得連鏡頭也不敢擺向她，轉到主持人身上去。由于這突如其來的場面，使主持人有點意外，而坐在電視機旁的我們，也由嘻嘻哈哈變得沉默了。等鏡頭再向住她時，不知誰給她一條手帕，淚還沒有來得及擦乾，又要帶着笑唱另一首歌。唉！假如，你今年十六歲；假如，你剛中學畢業；假如，你剛離開學校，又跑到遙遠的地方來，過着一些與學校生活截然不同的另一種生活；假如，第一次你離開了媽，又再聽到媽的聲音，還有許多許多我沒說出來的假如，我想，你定會哭得比美齡更慘。美齡能幹，可以立刻止了淚便唱歌，但正因如此，才叫人看得更心痛。

## 俾心機做呀！

現在，美齡在日本很紅，天天可以聽到她唱的「麗春花」，也常常見到她在電視上表演，大概也磨練得不再易哭了。但我只想知道，當她媽媽說：「俾心機做呀」時，這個哭得淒涼的乖女孩，心中正在想些什麼。

**小思** 是的，連「九一八」特集也有。這類節目在香港沒有，我在日本所知道的中國比在香港還要多。

**黃** **但您不懂得聽日文也能看那些節目嗎？許多人覺得不懂日語便不用看電視。**

**小思** 一邊聽一邊猜。新聞有畫面看，會猜到多些。

**黃** **其實盧老師您是懂得日語的吧？（眾笑）不看電視時就看書和做筆記？**

**小思** 當時懂一點點。我看一回電視就回房看借回來的書。

**樊** **老師會記掛香港的生活嗎？**

**小思** 偶爾會。在香港我是不喜歡吃月餅的，但那年中秋節前突然想吃，便叫張敏慧買盒月餅，托我任職空姐的學生帶到大阪，再轉到京都，我到京都車站接過。

一盒月餅我只吃了少許，就請宿友吃，日本人很喜歡甜食，於是大家便圍在一起分吃月餅。

你問我是否掛念香港，在那段日子，我似乎惦記中國較多。因為走到某個地方，總會想起：這就是長安、洛陽，就是唐代風貌。當地人有時會問我香港情況，可是我卻說不上甚麼，這使我回來後，多看了許多關於香港歷史的文章。

## 京都行腳：散步的實踐

**黃** **您在文章中也常常提到在京都玩樂，例如您訪問松尾芭蕉的後人、到道場坐禪[6]，究竟是怎樣才能有這些特別的經歷呢？**

**小思** 這件事我常感到抱歉，因為我一直記不起一位年輕日本男士的名字，也忘了是誰介紹我認識的，只記得他姓服部，全名我就記不起了。京都有時有節，這一年他主動帶我去遊歷京都最好的地方，看各種「祭」。例如平安神宮的薪能、鞍馬寺的伐竹祭，壬生寺的

---

6 小思：〈本來這個不須尋〉，載於《星島日報・七好文集》，一九七五年五月二十一日，頁碼不詳。

狂言、去落柿舍訪問松尾芭蕉後人，就是他帶我去的。連初穿和服，也是他帶我去他家的百年吳服老店見識的。

他是京都吳服店世家子弟，溫文有禮。

**黃** **原來您認識了一個京都富二代，還整年帶您四處遊玩，感覺真像韓國偶像劇的情節啊！（眾笑）**

**小思** 假如像韓劇，按道理應該發展成愛情吧？但並沒有。相信這位男士很想多認識中國事物，可惜語言隔閡，我無法讓他知道更多，但他總是很熱心的告訴我日本風俗。

**黃** **老師有與他保留較長久的友誼嗎？**

**小思** 很奇怪，竟然沒有。

**黃** **可憐他明明與您遊山玩水了一年之久……（眾笑）**

**小思** 的確奇怪，一般人到異地都會認識許多不同的朋友，但不記得也是沒辦法。哈！就算發展下去，也只是一瓦之緣罷了。

除了服部先生帶我去遊京都外，我還會自己找地方去逛。我有個習慣，一早回到京都大學人文科學研究所，圖書館未開門，我便在樓下大廳看報紙。日本報紙上總有一欄開列今天或明天舉行的節慶活動或文化新聞。我就會按指引，不放過任何可觀可遊的節目。特別曾依川端康城《古都》中女主角一年四季所到不同的地方去遊遍京都名所，「文學散步」的概念，也得到實踐。

**黃** **京都有許多祭典。**

**小思** 的確很多。我曾經聽一位京都人說，即使在京都住上一輩子，也未必能把京都名所走遍，也無法看完所有祭典。他驚訝我怎會一年走過那麼多地方。

另外，星期日圖書館不開放，我便用一星期節衣縮食省下來的錢，跟宿友林月先坐車到處浪遊。她是台灣人，在京大讀藝術系。我們走到哪裏都可隨便坐下來，看透春花秋月，這樣便過一天。這是令我脱胎換骨的另一重要因素。

## 京都文化財產：藏書和文庫

**黃**　您在散文中提及過京都大學的藏書室有七十四所，我想這藏書室並非指圖書館吧？

**小思**　這是文庫。日本各大學圖書館、研究所都有許多文庫。

**黃**　所謂文庫，就是將一個人捐贈的書全數放在同一個地方嗎？香港的圖書館好像不會以捐贈者為單位去建立文庫。

**樊**　我不清楚，但北京大學也有類似的做法。他們將某位學者捐出來的書全放在某一個室內。

**小思**　日本圖書館的習慣是：一個人捐書後，從不打散書籍原本的排列，便開設特別藏室存放他捐贈的書籍，成為一個冠名文庫。

**樊**　這似乎只有日本人才能做到。這樣查書似乎也不太方便，有點像以前的中大，要往崇基、聯合、新亞三間圖書館才能找齊需要借閱的書。

京都大學（攝於一九七三年冬）

京都大學人文科學研究所正門

**小思** 不會不方便，有目錄可查。他日要查我藏的舊教科書，在香港中央圖書館「盧瑋鑾文庫目錄」即可全觀。

**黃** **我還是不太明白「文庫」的意思。例如新潮社的「新潮文庫」以出版社為單位，一個人的藏書室又是文庫，中大圖書館的一個角落也能稱之為文庫。**

**小思** 你說新潮社出版的「新潮文庫」是指出版社專門出版某種型態的叢書的總名，是新書。台灣、香港或叫文叢。

日本叫文庫的，除了出版社設的叢書類冠名某某文庫外，還有特指某個人的專藏。京大著名文庫有松本文庫、內藤文庫、矢野文庫，都是京大著名教授捐贈，是一流善本、專業研究參考用書。拆散重編上架，就失去意義。這幾個文庫可能比不上東京的靜嘉堂文庫，因這個文庫在清末購入了中國藏書家陸心源的「皕宋樓」所藏宋元版刻本和名人手抄本等稀世版本，成為靜嘉堂文庫的鎮庫藏書。

**李** **所以文庫是個人的？**

**小思** 文庫都是個人的。例如三十年代日本駐外記者松村太郎在東洋文庫設立之初，就曾幫忙搜集漢籍、地方誌、族譜、《明實錄》等等。他在一九四〇年返國，一九四三年將數千冊有關近代中國的書籍、雜誌捐贈給東洋文庫。

**黃** **那時的記者這麼有錢買書嗎？**

**小思** 據說當年日本政府會給官派留學生許多錢專買中國書回國的。我想當時的外派記者也會肩負起搜集某些資料的任務。

**黃** **現在的老師捐書可能有許多情況，例如退休教授因不想在家中放置太多書便全部捐出，這種情況圖書館不一定接收。您的情況很特別，我知道您在買書的時候總是帶着很大的熱情，但原來您早決定將自己的書全數捐贈？**

**小思** 對。因為那都是我朝準研究香港文學目標買的書刊資料文獻，非常集中專業。能為香港文學研究者所用，是我心願。

**黃** **您怎捨得呢？甚麼時候讓您有這樣的想法？**

**小思** 「捨」是很重要，同時是很艱難的。我很能捨去自己喜歡的事物，你看看豐子愷先生的酒杯。那杯子跟隨他多年，他去世後，豐太太把它送給我。落在這麼喜歡豐子愷先生的我手中，我自是喜歡。但是，我的考慮是，自己最喜歡

送回緣緣堂的豐子愷小酒杯

的、最重要的物件，應該安置在最適合的地方。故當石門灣緣緣堂重建完成，我便把杯子送回去，不再屬於我。讓去緣緣堂的參觀者都見到它，這就是最適合的地方。我的「捨」，就成全了它。

## 日近長安遠：知彼與危懼

**黃** 楊老師開首提到「一瓦之緣」的文化交流一面，我覺得甚有意思。您寫京都，既是個人最真切的生命情調之體會、學問的啟迪，但同時亦時見宏觀的中日文化思考交流。在您寫京都的散文裏，讓我們印象最深的恐怕是〈蟬白〉、〈日近長安遠〉、〈京都短歌〉、〈不追記那早晨，推窗初見雪〉等比較個人內省以至深情的幾篇，但在二〇一六年的《一瓦之緣》裏，說是一部關於日本的散文集，卻竟然不再收入這些文章。您是刻意放下個人感性，希望在這本結集內更客觀地思考嗎？為甚麼？

**小思** 我想《一瓦之緣》含意已不單指向中日文化交流了。作為曾經歷中日八年抗戰的中國人，左舜生先生的提醒，至今適用，而且愈來愈急切反省。

大和民族的優劣兩面是截然兩分的，要理解、要借鑒，也得情理截然兩分。情容易表達，理則必須冷觀。此書我是想做到情理截然兩分的。

**楊**

**我看《一瓦之緣》不只是「放下個人感性」，更是直面小思人生中的一切中日因緣。從「日近長安遠」複影疊形的盛唐想像，到今天小思依然念茲在茲的日本軍國主義陰魂，糾結很深。青龍寺一瓦之緣是如此無私而美好，但往後馬上就轉入一系列關於日本人參拜靖國神社的文化觀察。這些文章有寫於八十年代、九十年代、千禧之後，以至你最近加入的「多說幾句」，都有一種「激動」，也就如這一輯文章的標題所言，處處在想：「怎麼辦？」**

**但老實說，眼看今天日本國內新一代的面貌，以及世界各國互相制衡的政治架構，我個人是很難相信日本可以再有統領「大東亞共榮圈」的想法與能力的。看你寫《激動之昭和半世紀史料》，[7]我不怕讓你生氣地問一句，犯得着這麼激動嗎？這激動或危懼之情，到底何來？**

7 在〈靖國神社內外（一九九二）〉的「多說幾句」欄目中，小思這樣描寫自己遇上《激動之昭和半世紀史料》時的心理反應：「激動！誰該激動？我記得在東京書店中初翻閱時，就告訴自己：千萬別激動。繼以冒了汗的手去掏腰包，拿錢付款買下日本出版的地圖。」，詳見《一瓦之緣》，香港：中和出版有限公司，二〇一六年，頁43。

**小思**　謝謝你為我解讀了《一瓦之緣》的核心想法，同時代我回答了念欣的問題。

你說得對，今天國際政治形勢，變化莫測，誰大誰小，誰強誰弱，沒有最可靠的評估。日本夾縫處世，的確不易再有統領「大東亞共榮圈」之夢。但近代日本一直在「興亞」、「脫亞」、「返亞」的路上徘徊，尋求自身定位。中國弱，是可欺；中國強，是可懼。可欺可懼的心理狀態，都足使日本做出不利中國的行為。

二〇一六年三月二十九日，日本首相安倍晉三實施新安保法，正式解禁集體自衛權，可派遣軍隊到任何國家去。這是值得注意的！曾任日本外務省國際情報局局長的孫崎享在《戰後史の正體》（中譯改名《日美同盟真相》）一書中說：「如何在『自主』路線和『對美追隨』路線之間尋找到最佳答案，是今後對日本人的考驗。」而他更強調日本「與美國的關係，總在隨着情況的變化而變化」。無論「自主」還是「對美追隨」，對中國都會野心再生。我激動危懼之情，是這樣來的。

**黃**　**盧老師您有看到今屆奧運閉幕時東京二〇二〇奧運的交接儀式和宣傳短片嗎？安倍晉三竟然可以化身馬里奧（Mario）出場，並以一眾流行文化產物，如電玩、動漫，叮噹（多啦A夢）、足球小將等展現東京都會之動感，傳統的古都神社、四時景物、東方美學和禪意，全都不見了。這樣的日本進一步讓我們忘記歷史中原有的戒慎恐懼，您看東京二〇二〇奧運又會想起甚麼？我很期待您的看法。**

**小思**

真好！有此一問。這正正表現了大和民族的情理截然兩分的好例子。「傳統的古都神社、四時景物、東方美學和禪意」等等都是屬於日本人自己的，乃「情」之所牽繫。「幽玄」、「物哀」、「曖昧」，真正瞭解的只有日本人自己。一九六八年川端康成諾貝爾文學獎的得獎感言〈我在美麗的日本〉，外國人能完全明白他在說甚麼，我相信沒有多少個。

日本人對這屬於自己的寶，並不真的想向外人推銷。日本民族學學者梅棹忠夫在他的名著《梅棹忠夫の京都案內》（中譯改名《民族學家的京都導覽》）中曾大力向京都市觀光局提出應「為京都的文化築起一道防波堤，遏止流俗的大眾化觀光主義進入京都裏頭橫行霸道」，反映典型日本人的內斂深藏。

可是「一眾流行文化產物，如電玩、動漫，叮噹、足球小將等」就是向外國宣傳、推銷、賺錢的工具——當然對本國同胞也有作用。一切利之所在，也是理之所在。動漫、電玩，推向外國，基本人人不學而能，又易深入人心。

宣傳二〇二〇奧運，一切在利，即一切在理。你說日本人該亮甚麼東西出來？聰明的日本人難道還推銷毫無動感、慢吞吞的茶道、坐禪、花道、能劇嗎？

**楊**

**但話說回來，讀《一瓦之緣》也能見出另一種的豐富。不看還不知道你那麼會看日劇、日本電影，會買日本精品、逛街市，還多年追蹤政治人物參拜靖國神社的新聞。在一片**

**「哈日」、「潮玩日本」以至尋找「小確幸」的潮流中，你如何看日本這個民族，對今天的我們、對香港和中國，又帶來怎樣的啟示？**

**小思**

你這樣說，我就得多說幾句了。

我最早讀日本歷史的經歷，是敦梅小學時期。莫儉溥校長請中文老師把黃遵憲的一首古詩〈哀旅順〉抄在黑板上，要我們抄下來背。很深的字，很不順口，很難唸，小學生也不懂它意思。到今天我只記得「一朝瓦解成劫灰，聞道敵軍蹈背來」兩句。老師說甲午戰爭中國就輸給日本人了。

到大學畢業後，追隨左舜生老師聽中國近代史，他要我讀蔣百里的兩本書：《國防論》及《日本人——一個外國人的研究》。《國防論》很專業，讀得吃力，可是《日本人——一個外國人的研究》卻很易吸收，對我影響也大。中日抗戰期間，一位在日本受軍事訓練的軍人，一個娶了日本人為妻的中國人，坦然講出日本許多優劣點，在此書最後一段〈這本書的故事〉中，借在德國柏林遇上如仙人般老翁的口，說出中國應有態度是：「勝也罷，敗也罷，就是不要同他講和！」作全書結語。當時讀得我熱血沸騰。

往後我在京都開始大量閱讀「中國人筆下的日本」書刊，黃遵憲、王韜、戴季陶、周作人、王芸生……都讓我知得多些。還有就是對日本漫畫的好奇。在公車上，總見不分男女老幼，多人手一冊漫畫，埋頭細看。我不禁追查一下，果然是漫畫大國。特別是築摩書房大手筆出全集、漫畫家集、專題漫畫集，數不勝數。我感到此時不買，過後未必買到，咬緊牙關買下幾種。這些是研究日本的另類有用材料，沒多少人提起，怕只怕香港各大學圖書館都不屑收藏，他日它們無處棲身。

回到香港後，我基本上多追讀有關日本的資料，特別近十多年，海峽兩岸翻譯日文書刊愈來愈多，而中國人講日本的作品也多了，我是不理優劣都會讀讀。

你說我「會看日劇、日本電影」，其實近期我看得最多的是清末日本留學生、外交人員的中國遊記和劄記。你說我「會買日本精品」，我最近買的是第二次世界大戰前後日本的時事雜誌、圖片、廣告，真是資料精品。

現代漫画　全15巻

❶ 横山隆一集　デンスケ・フクチャン・百馬鹿・他
❷ 横山泰三集　プーサン・ミスガンコ・社会戯評・他
❸ 荻原賢次集　忍術武士道・なんとか侍・他
❹ 加藤芳郎集　オンボロ人生・千匹の忍者・まっぴら君・他
❺ 水木しげる集　河童の三平・悪魔くん・ねこ忍・他
⑥ 手塚治虫集　鉄腕アトム・ファウスト・ごめんねママ・他
❼ 小島　功集　仙人部落・日本のかあちゃん・他
❽ サトウサンペイ集　フジ三太郎・アサカゼ君・ランチ君・他
❾ 白土三平集　赤目・いしみつ・ざしきわらし
❿ 園山俊二集　ギャートルズ・カレッジねえちゃん・他
⓫ 東海林さだお集　新漫画文学全集・ジョージ君・他
⓬ つげ義春集　ねじ式・紅い花・李さん一家・他
⓭ 石森章太郎集　ミュータントサブ・佐武と市捕物控・他
⑭ 漫画戦後史Ⅰ（政治篇）
⑮ 漫画戦後史Ⅱ（社会風俗篇）

定価各巻680円・毎月一回刊行　白ヌキ数字は既刊

築摩書房出版的現代漫畫系列

《漫畫戰後史I》封面

你問我「如何看日本這個民族，對今天的我們、對香港和中國，又帶來怎樣的啟示」，我仍然相信左舜生老師的話：「日本是個可怕、可敬的民族。」今天我們必須自強不息，知己知彼，好自為之。

附錄一

# 初見之雪

小思

## 1 不追記那早晨，推窗初見雪……

香港真是一個好地方！因為人活着活着，很可以不知老之將至。也許，善感的人，還會在歲暮時嘆聲一年又去；在發現絲絲白髮時會怦然心動；看見兒女成長會憂傷不再年輕，但忙碌的生活，也不易讓人有善感的閒情。於是，年年月月，像在一個密閉房間裏，沒日沒夜，倒不易察覺物換星移。

土生土長的我，悔不該一離開它，便來到這四季那麼顯明的地方。天地間就明明白白有一股生命之流在湧着，在一草一木間，陣風片雨之際，場景的迅速變換，足使對季節慣於無知無覺的人，又興奮又淒然。

不追記那早最，被窗外白光驚醒，推窗初見雪的心情了，就自春分之日說起吧！經過兩天的微雨，釀出了一點兒暖意，等再放晴時，滿街的楊柳竟然已經帶了嫩得宛如輕輕一彈便碎的綠，而人們也在緊張地預測花開的日子了。只算過一天認真地暖，櫻花在一夜之間，便開了七八分。她開得如此突然，使人沒法子不想到她會凋落得快，我這外地人估計是兩個星期。在上學途中的街頭，那一片繁花景象，已經夠我目眩，但老京都說你必須去平安神宮、圓山公園、清水寺、植物園……而且必須趕快去。櫻花絕不可以逐朵細看，該是一大片一大片的朦朧，遠望似一層微紅的輕霧，罩在山間人叢。當我在垂柳垂櫻間分花拂柳而行時，只驚訝日本人的狂歌大醉，和由朝至暮，甚至挑燈去賞櫻的行徑，竟忽略了看櫻的艷。在花開的第四天晚上，一陣不大經意的夜來風雨，到早上出門，地上滿是未殘的落花，而風一來，更飄得人肩襟都是，這時刻才悚然察覺櫻的淒艷。我繞道而走，只為真的不忍踏住落花。裝束古樸的大原女[1]用竹帚慢慢收拾殘局，京都人又去賞滿城皆綠的新綠時期了。果然，好像也只不過一夜之間，所有樹葉都冒了出來，定一定神看，楊柳已經變成放蕩的冶綠。有點情緒追不及景色的變換那麼快，但必須趕，因為還要看杜鵑花、紫藤花、鬱金香的開謝。現在人們又備好雨具，等梅雨天，去西芳寺看苔。

1 大原女：在京都左京區，有大原，此地婦女穿藍白古服，多到市區執粗作如清道剪草為活，稱大原女。——刊一九七三年七月一日〈文林月刊〉8期，作者署名明川。

面對這些場面，彷彿參透天地的機微，就是不屈指來算日子，也體會整個宇宙的飛快推移。從前讀詩讀詞，曾懷疑古人哪裏來許多惜春傷春之意，到如今，才了悟他們並非興感無端。恐怕不是善感，離開香港，令我覺得老得真快！

一九七三年七月於京都

載於《文林》第八期，一九七三年七月，頁2–3。

## 2 初見之雪——京都小思集

**離**（一章）

詐作好忙　又嘻哈說終於可以去，
天天說些無關重要的話，
對着面也沒提一句叮嚀。
其實
我們都好怕
去數算那啟程的日子。

---

**離**（二章）

總以為　臨別有一番拖泥帶水
但三文治與奶茶之間
宛如往日的下午茶，
着意於輕鬆　奇怪，
心中泛起的空洞。
彼此不看一眼，是
怯懦的證據！

**離**（三章）

有的是一身臃腫，不瀟灑地
彳亍向機艙。
如同打開魔瓶的勇氣
回首看看來處，
卻不知道，想見到的是甚
麼的場面。

**一個新的時間**

點點行李，我有意外的力量。
迎上面來是兩個生熟面孔。
忘記了說過甚麼，
只記得：
哦！下午四點鐘。

**離**（四章）

第一滴淚濕了那張明信片，
訝然趕着問；何故？何故？
不敢尋索答案
只拚命吞下一口熱茶。

**房間**（一章）

沒有房間，這個我選擇的
去處。
陌生人的熱情，
感謝，
但依然，怕——那股異樣的氣味。

**房間**（二章）

好倦，我勉強擁住一股異樣
氣味的被。
卻更驚訝
竟想起來買張回程機票。

**房間**（三章）

咳！咳！好冷！是榻榻米。
好冷，好冷！這算是
自己的房間。
咳，好冷，好冷。

**房間**（四章）

我想擁住火爐。
我想擁住重重厚被，
我想擁住……
卻擁住了濃濃的冷寂。

**信**（一章）

也許，這是十分十分
荒謬！
但，不能不相信。
輕輕一紙竟是整天的希望。

**信**（二章）

想從字中再覓出字，
想從句中再找出句，
等等，會泛一陣呆，
一把年紀了，
還那麼幼稚！

**信**（四章）

急急的步伐，還比不上
急急的心。
緊張的剎那
是抬頭看：
今天有沒有？今天有沒有？

---

**信**（三章）

猛然，搖搖頭，想把掉下的
淚揮去、揮去。
還有淚，但不禁笑問：
哪裏來？那麼多？
淚！

**下車**

人家好心腸，指點了路徑。
只怪自己是遲了一個站，
還是早了一個站？
雨網中，才知道
甚麼叫迷失！

## 塔頂

假如，問我甚麼是最好。
我會說：人文圖書館的塔頂。
因為，我正慌時，
竟然看見了它。

## 雪（二章）

窗外，光亮超乎尋常。
只訝異好奇怪的陽光。
推開窗子，那一片白，
使人有一點點狂。

## 雪（一章）

把手放到嘴邊，噓氣暖一下，
說着　哎唷，好冷。
就不知道，
原來，明天下雪了。

## 雪（三章）

沒有把脖子縮進衣領
就讓一片無意地
飄落，冷一冷。
脖子一陣冰涼，
哦！這是真實！

## 雪（四章）

從來沒有看過，
那麼深的足跡，回頭再看，
那麼深的足跡！
第一次，看得清楚
自己的歷史。

## 雪（五章）

想起，冰國孩子的玩意。
把盈握的雪球扔出去，
脫下圍巾送給雪人，
忽然，這南方的人，
覺得，好寂寞！

## 雪（六章）

有三隻　把羽毛抖得鬆鬆
顯得胖胖的麻雀，
互相依偎在簷上，
真想　開一扇窗，
叫牠們進來。

## 雪（七章）

該是一種神奇力量，
可以把大地蓋得如此
圓渾。
沒有了醜惡，
難怪贏得詩人的稱讚。

**溶**

融？溶？不必疑惑。
我只想起：溶。
地如一個器皿，
陽氣如水，漸漸，
就溶在陽氣中。

**想訴**

有一句話在唇邊
是自心底衝出。
猛然，
發現原來只有自己
一人。

**寒氣升起**

想像冷如銀針，或許更細，
透過三四層衣襪，
專心鑽向雙腿。
有時，以為自己帶住一個
冰箱！

**夢(一)**

匆匆提起電話，
我竟然，
忘記了，
那熟悉的號碼。

### 夢（二）

醒來，找不到門的方向，
好驚！
才知道，
還以為——在家。

### 夢（四）

搔着滿頭白髮，
不見一個親人。
趕快驚醒，
黑暗中，只覺
心跳得太快。

---

### 夢（三）

上課鈴聲響了，
我竟遺失時間表。
每個陌生的課室門前，
都看見，
我，十分徬徨。

### 一切一切

從前，十分討厭，
説是，李我口中的措詞。
如此討厭，現在卻，
變得親切，因它
代表了無限。

**買餸**

操着陌生的言語，
買了熟悉的菠菜，
盤算還要買一百公克的豬肉。
只有傻笑，
因那賣豬肉的，
說了一串聽不懂的話

**晨望比叡山**

不在高，是一陣山嵐使它
如此挺拔。
綠痕深淺，
刻劃着歷史的個性。

**賣魚的**

魚很貴，我不吃魚，
可是，每天，我都走過魚檔。
很貪婪
想聽：好？你好！你好！
他用國語講的。

**霧雲中比叡山**

如有一度縫，霧雲要偷偷
閃入山中。
又似無心，
比叡，似拒似迎。

**晨望比叡山**

不在高，是一陣山嵐使它
如此挺拔。
綠痕深淺，
刻劃着歷史的個性。

**踏雪訪比叡**

該深深謝過，狂風使纜車不
開。
好讓我，這陌生人
在雪上，留，
步步戀痕。

**微雪比叡**

誰殺風景，說
宛如天公散落了麪粉？
應是，比叡相思，
想得一夜白了頭。

**比叡下望**

我原在山下，並不知道，
山下如何。
憑了它，洛北、洛南、洛中……
都在袵席之下，
只是，望不到長安，或
香江！

**根本中堂的鐘**

古寺鐘聲，本來，
莊嚴、震動。
但又何必俗人動手，
頻頻，
打擾山的沉思。

**快雨新晴望比叡**

我本是個看慣山的人，
卻驚異
比叡可以如此清透
一山靈秀
快雨使它更驕人。

---

**法然堂禮佛**

深深一拜，佛法本來自中土，
異地有緣。
不必上一炷香。
攜本觀音經歸去，
試悟色即是空。

**比叡山徑**

漫天風雪，更是泥滑雪滑，
賴一根扶持的軟索，
如個朝山香客，
追步着兩個
衣袂飄飛的比丘尼。

**比叡滑雪場**

十分可笑，自己。
在一個動如飛快的場所，
竟袖了手
呆呆，立定。
只為懾於那片白。

**真如堂裏**

偏愛的是那座短牆古屋，
門前又添幾樹枯枝，
沒有下雪，已夠
淒迷。
只是，人該穿的是
古裝。

---

**小街**

我數過幾扇舊木門，
又幾堵竹欄柵，
出牆來是今春新花新葉，
一個弓着背的老人，
也不抬頭望我一眼！

**這樣過年**

吉田神社有陌生的熱鬧，
在人潮中，
仍有隔了汪洋的感覺，
牛頭馬嘴的謬誤，
我過一個這樣的年！

## 東寺會如此

一角是煙薰了眼，
一角有菩薩沉思，
一角保了歷史光輝，
一角竟忙着討價還價。

## 祇園小街之柳

風使她更放蕩，
紅色小橋叫她更嬌，
水做她粧鏡
櫻只配當她侍婢。
我是她的情人！

## 堀川通的柳

何必匆匆，汽車！
奇怪，如此車塵，她們竟然
仍綠得如此放肆！
最異相的，
該是那沒水的河。

## 柳

和風中最嬌柔，
但請您勿亂抖，
説甚麼翠拂行人首，
怕只怕，
動起了千萬離愁。

**清水寺看櫻**

默默的過客，為了，
看一片櫻霧而來，
倚欄處，是朦朧可愛，
有出塵之感，
且上高台！

**植物園櫻下**

埋沒在微紅海中，
看人間的歡樂，
一片、兩片、三片、片片，
飄落在肩上襟上，
驚訝這一陣風，
驚訝如此匆匆。

**円山公園櫻放**

酒氣歌聲自紅氈上升起，
大和魂！大和魂！
悲劇在醉漢夢中響着，
那櫻下，還有一個老婦
沉默咀嚼已逝的哀傷。

**櫻落**

今朝撒得一地，
累得我繞路而行，
淒然是感覺，
想問一問大原女，
有甚麼淨土，
來葬花魂？

## 嵐山

與比叡遙遙相對，他是個
威武人格，
你是個詩人
幾時，都有一面沉思
層層深入！
看你，絕不可匆匆。

## 渡月橋

從對嵐坊漫步，
自有松迎客，
月自水中升起
此際方悟　沿此
可訪嫦娥！

## 大悲閣

疊疊殘破石階，遠離桂川，
鳥居倒了，鐘樓也塌，
何曾見
如此古剎？悴憔寂寞，
老僧一笑
破了千古淒涼。

## 小渡月橋

柳色青青，為繫住蘭舟，
今夕，不必催發，
因嵐光留客，
卻憐那
閨中人，已數盡千帆，
淚泛。

**竹林**

把陽光篩成一絲一絲，
煙霧如蘿帶，
清澈空氣使鳥鳴更響，
步步，想起
衣袂飄然　持酒放浪的
七賢。

**苔寺**

西芳，名字已夠想半天，
那幽徑，只配一人
獨自徘徊。
輕輕，帶顆平靜的心
怕擾了苔的沉思。

---

**竹林**

謝一陣好風，於是聽到
蕭蕭索索，
該欽羨當年可以席地狂歌
如今，我只可
獨行寂寞。

---

**苔寺**

花也無色，樹也無色，
人要躬下身來，
宛如覲見
深不可測的哲者，然後
一心如洗，
歸來。

**釋迦堂聽尺八**

佛像莊嚴，金幡穩掛，
紅氈之上，泛起
空洞，難以成音的音。
往事遠去，神靈尚在，
燭光之下響遍
冷寂悲鳴。

**落柿舍**

有舍名落柿，是俳句之鄉。
我往叩門，可惜，
有張冰冷面孔，拒人。
本欲拜一拜
異邦文士，卻怕
守門的人。

**天龍寺**

飛龍在天，在壁上。
魚潛在池，在水中。
垂櫻竹林　全都只有
一點點。
別怪我，
竟似心中無此。

**廣隆寺**

拈花一笑，創下永恆之謎。
如今，卻跏趺而笑，
細看，細看，
想悟出個甚麼道理來。

## 祇園甲部觀都舞

我設想金陵紅粉，
秦淮笙管
追看桃紅的妓女。
吃一碗苦茶，
嫌院中排場洋化。

## 嵯峨野

溪山小小，竹藪迎風
幾户農舍，非隱居之地，
但有閒人如我，
拖住瘦影，痴立在
淡淡斜陽中。

## 鴨川先斗町

狹窄的長巷，
許多閉了門的小屋，
想像每屋的茶和酒
忽然覺得：
這種詩只配男人去寫。

## 直指庵

竹林中如個隱者，
老尼揮筆的時刻，
我卻全心看住一隻，
低眉閉目似佛在紅毯上
睡着的
白貓。

## 大覺寺藏經庫

烈日送我入三門，
迴廊要靜，不看
贋品，卻走下地窟。
原來，鎖住百年冷寂，
問有多少卷梵經？

## 平安神宮薪能

日落落於飛簷之下，
冷風扇着鐵盆中薪火
慢慢、慢慢
人物如木塑，靠咽咽唱音
提醒　正在演戲。

## 壬生寺狂言

木已如朽的舞台，在
單調得怕人鑼鼓中站着，
全戴面具，向觀眾
默默搬演幾齣
古今皆如此的戲。

## 鞍馬寺伐竹祭

本想孤獨朝山，卻逢上
兩個至今仍是陌生的伴。
看武士揮刀，斷竹
忘記了核子武器，原始鬥性，
使深山更見陰沉。

**修學院離宮**

一重又上重重，
婆娑樹影使池水更澄，
過幾座茶屋
觀月賞雪各有名堂，
只佩服懂得向
比叡山借景。

**枚方公園**（三十四歲生日）

三十四年前我來此
花花世界。
傍住三千株異種名花，
燦爛中，願看
一株莫名小樹
迎風無語！

**桂離宮**

樹遮斷了天涯路
使前景如無限，
小中見大：草如林、石似山、
困於小、思於大。
是無奈？是寬懷？

**十二段家**

陶淵明的濁酒，稍沾！
紅爐火，秋道太太煮牛肉，
金剛經在壁上冥冥，
文化在大嚼之間，忘了！

## 南禪寺

陡然上去山門　京の貌
在目下。鴿語喃喃
訴不盡許多京の物語。
古道陰沉，不敢
擾亂苔痕！

## 無隣庵

唯一，要叩門的庵。
雷聲雨中，小庭凝聽
自己呼息重濁，
不煮茶，卻澀澀在喉，
是孤寂。

## 南禪寺聽松院湯豆腐

哲者念念在茲，
盤膝對爐，湯中泛起一陣
禪！禪！
淡淡然，我説
未悟未悟。

## 古書攤

洋場中，我當是琉璃廠的影子。
古舊年代的氣味
自疊疊中升起，
徘徊，翻動，
痴痴想找到一本
吾土吾文的書！

**鮮草莓**

鮮香使鼻子動動，曾珍惜
數過一枚兩枚。
如今，狂狂地啖下無數，
就後悔，為何
不推得遠遠，似愛情！

**大德寺石庭**

枯山枯水，本又是一宗
無可奈何，
有石：似蓬萊，如舟、如鼓。
來客靜心，但我
心卻在真山真水中。

**夕陽中重訪金閣寺**

瘋狂火炎中，金閣寺留了名，
但遊人俗履，使它可去可不去，
陪客只好一再入園。
忽然，訝它在夕陽中，
有令人震懾之美。

**詩仙堂**

抬頭看李杜崔王，如風動了
異國人的心。
紅氈上，老僧獨白，
年輕人嘗試沉入古舊況味，
我趿一對拖鞋
去看黃杜鵑花。

**曼殊院**

破落是別有風緻，
白沙庭前，紅火杜鵑放肆
春雷春雨留住了
陌生人　長廊下　咀嚼
另一種悲感！

**初遇狂風暴雨**

如千萬支鐵棒直搗大地，
似億兆巨扇只吹弱草，
天地的怒吼悲號。
漫漫歸途上，該憐憫
傘的肢離！

---

**愛染倉茶道**

無端我跪向茶碗，茶爐，
不懂的語言正讚美每一件
東西。隆重啖一口只是
糖的糖，然後，
定睛看濃濁的綠漿，轉兩轉，
吞下陌生的文化。

**葵祭**

無色無聲，一隊沒神沒氣
的人馬來了，
惹得我有撲個空的感覺。
厚厚脂粉也不過畫出
沒表情的艷面，
如雨汗中盡見腳伕呆呆。

## 黃塵萬丈

攜一把傘，因比劍低了眉，
門外壓壓如愁緒
陽光似患感冒，
推不動許多，非雲非霧，
想抹抹罩眼的
黃塵。

## 三船祭

龍鳳衝破現代，昂首中流，
且歌且舞，可追想秦淮，
船中有詩人揮管成章，有
畫師調彩。
求一把扇子
記住這個文采風流。

## 小酒吧

紅唇與酒隱隱泛着一種慾，
素手調酒又劃一支火柴，
鈔票買得聲音，和不我屬的笑
旁觀者帶了悲情
狠狠，關上那白扉
連同酒色留在裏面！

## 平安神宮神苑看菖蒲

人家説春光已老
但仍有花兒正好，遊人
半跳走過蟠龍石上
我在微雨中，只覺要看
菖蒲　還早還早還早。

**平安神宮神苑水榭**

該是一道橋，但卻有蓋！
支頤看雲在水中變化，
數不盡萬千花樣，
我信　造物者在畫一幅
永恆又多幻的畫！

**隔街的蛙鳴**

我懷疑在那有一國的蛙
不安於夏，
鼓噪如亂軍
聲在耳畔，聲在枕旁
唉！卻在隔街！

**上七軒**

無意造訪，這時代遇上一個
賣木梭老人，
札札札札
機杼來自低扉，竟在
這時代！

**蟬**

何必聒聒？那不過是夏，
年年樹梢聲竭！
斜陽裏
想起秋風顏色
又寬恕了　如此切切。

**初穿和服**

疊疊，只覺腰兒不瘦，
說甚麼婀娜豐姿，
對鏡只有一面傻笑，
就想汗不要流
免把人家衣衫濕透。

**五條坂陶器市**

整條街上，都是會破碎的東西……
老人家、青年人細細檢看
夥記們灑着汗。
在他們手中，會破的東西可以
漫不經意的
拋來拋去，
五十円，一個好看長杯！

**聽日語誦杜甫詩**

飄來陌生語音，誦唱
中原的千年感慨，
家書抵萬金！
白頭是思鄉的表徵
我都明白，明白這陌生語音。

**祇園祭——宵山**

日落，汗也散了，
古代風情盡情發洩在
大街小巷中。
囃子聲，老人的閒適，
我緊緊盯住　對對
穿浴衣的戀人。

**祇園祭——宵山**

燈光很放肆　比平日的霓虹
更放肆。
人在其中很想浪漫。
一條板凳有兩個老人家抽煙，
背後有家室由人參觀，
這該只是一個夢中世界！

**祇園祭——宵山**

月鉾長刀鉾是節日的心臟。
可笑囃子聲呆呆，
遊人卻在自我製造了
好多氣氛，
我不愛刀鉾，
只愛那夢樣的氣氛。

---

**祇園祭——宵山**

日落，汗也散了，
古代風情盡情發洩在
大街小巷中。
囃子聲，老人的閒適，
我緊緊盯住　對對
穿浴衣的戀人。

**祇園祭**

烈日下，有壯士的力，也有
遲暮的頹然。
看力我感動
看遲暮我感動，
可是，我身旁有一個
睡着的人！

**祇園祭**

曾經有過一場瘟疫症
君主要天見憐，
終於，生命保存。
感謝，求叱喝上達
奇怪，中國的郭巨李白
都借來用了！

**苦熱圖書館下午**

假如，還未昏迷，
是多謝那條濕透冰水的毛巾，
額上的熱氣使它
如此溫暖。
每次，為求一秒鐘的冰涼
我得走五十步路。

**苦熱**（七月十八日）

像千斤重擔要人承受，
身體似一片沼澤，
不敢希求會有風
因為
怕它刺　怕它蒸，
我想伸出舌頭，
像狗，給舌透透。

**嵐山花火**

湯鄉的熱鬧，三年
如昨日。
嵐山也該如是？
三角石上，如病後的花火，
使我好想念：
三年前。

**大文字燒**

妙法燭天，寫上玄妙之理，
燦爛原只一瞬，
當看它冉冉時，
就後悔
何必歡呼？

**東大谷萬燈會**

風雨玩弄盞盞淡黃生命，
有心人提了燭去續，
續？能多久？
曾亮過，就了一段塵緣。
何必，
強它在風中掙扎？

**東大谷萬燈會**

一個燈是一個魂，
螢螢，隔一度夜牆
諷笑繁華塵世，
形役享樂，
到頭來，
還不過山頭一個燈。

**中國出土文物展**

楚墓漢墳，歷史是頂
可以炫耀皇冠，
片風陣雨，國家需要的，
卻是頂擋風遮雨蓑衣
勾踐劍好看，
但怎比七億建設之椎？

**有隣館**

雲岡石窟菩薩斷臂
熹平石經殘肢在此，
漢銅鼓整個搬來，
居然說德不孤，
鄰人眼濕，十全老人
也在低眉！豈有此理！

**竹苞樓古書店**

陣陣古舊紙味　有如
那穿和服老闆的年紀。
掛鐘嘀嘀如囉囌說想當年的
白頭宮女，
拍拍塵封獲一本
三十年前的緣緣堂，
我喜！

---

**有隣館**

秦權漢尺，應該表出
有幾多搶來文化，
回頭一想，究竟誰不爭氣，
緊緊靠近
祖國來人，希望得個保證：
「這種情形，以後不會有！」

---

**雷雨交加**（八月十九日）

有九頭的龍在空中翻身，
暴怒之神
揮動斧鉞　砍天碎地。
人善良的心出現
想找個懷來投，
但卻撲個空。

**病中**

朗月叫醒了沉睡，
閉窗仍推不出去，連同惆悵
況味不似銀翹
我只好多喝兩口冷水
沖淡沖淡，
月的哀傷。

**大覺寺望月**

笙歌遙遠，耳畔只聽蟲鳴。
戀人使籠燈點點
遊於疏落林影
今夜有
鎖住月光的
雲。破罷！總不該如此淒清！

---

**中秋夜遊大覺寺**

捕捉西湖神采，大沢池畔
鳳首船尚嫌質弱，
最可笑，一隊隊人龍不見尾，
甚麼詩情畫意
儘都被收票人攔到
無影無蹤。

**初見螢火蟲**

負手而行，不想甚麼。
痴望着許多草木剪影
比白天，更有韻緻。
驀地一閃上下，
呀！失聲一叫
嚇走那隻我初睹的小蟲。

**大覺寺長廊小坐**

琴瑟有時仍顯得
俗！
兩個晚課後僧人沒於迴廊盡處，
一窗淡黃燈光衝破夜色迎來，
沙沙，只為有風，
等看一隻螢火，像別人
等月。

---

**青龍寺瓦**

超越時空，異國寶藏中，
有一身深沉顏色，
說不盡漁樵的話，它只好
默默而深沉。
慧果弘法，
那都不是理由。

## 3 京都短歌

### 引子

您用剛學會的日語，柔和地說：「請您和我一起到京都去，好嗎？」我用幾乎全忘掉的日語，生硬地說：「不！」

且為您，寫下短歌八闋，從此我不再提起京都。

### 天滿宮梅開

不必卜問花期，據説年年總在二月廿五日。沒有雪，我趁一輛公車，問了兩個路人，驚訝的是天滿宮如斯荒涼。

幾樹寒梅，一帶憔悴顏色。沒有流水，就只怕，那幾株梅花，有夢也難到天涯。

### 清水寺櫻放

且上高台，不飲三線清泉，過客不求福不求祿不求壽。人説道，青山不老，每到春來，必泛起陣陣醉後微紅。

我在寺中，寺在山中，山在櫻霧中。但不覺暗香浮動，不沾一瓣落櫻，只因——遙遠。

**平安神宮薪能**

日落，於飛簷之下，竊去初夏黃昏應有的餘溫。殿角滲出微涼，高架鐵盆裏的薪火顯得囂張。

沒有帳幕，遂無劇始劇終。只有：嗚咽不成音調的歌聲散落，寬袍長袂凝重游移。面具後面該是一張怎樣的臉？蘭陵王當不在東洋史裏。

**祇園囃子**

坊眾的團扇搖曳出盛夏的姿態，男女的木屐敲響祇園祭的序曲。笛子、雲鑼、小鈸奏成單調的主題——祇園囃子。樂工坐在巨大的長刀鉾、山鉾上，單調的節拍卻含許多感恩典故。

花街盡處，有兩個老者，坐一張板凳，靜看通衢燈火。色冷，守口如瓶。

**滿街之銀杏**

天地忘情！忽然，滿街失戀神色。葉葉萎黃，如秋扇。一葉一聲，總關美麗的愛情故事。

那兒，有人焚葉，煙似惆悵的魂裊裊，到死也不離不棄。明年西風一起，又見傷情消息。

### 高山寺之楓

美酒傾樽，一山的楓都醉去。客來，站在崖上，各執一塊白瓦，擲向山下，然後許個再來的願。我拾幾片紅葉，藏在袖裏，也不題詩。

無願無諾，我即歸去。

### 鞍馬寺火祭

我翻起衣領，寒風中，不上九十九級青石台階。今夜，人們不參拜洛北的守護神，只擎着如柱的火炬，瘋狂的吆喝奔跑。熊熊火光，閃着原始而蠱惑顏色。

我站在人群之外，看住幾點火星，自火炬甩出，濺在如墨的夜空中。

### 比叡山初雪

人們都說：趕快去看，比叡雖然孤高，但也相思，一夜裏，竟想白了頭。我且去，訪一訪這獨聳的山靈。

原來天地之間，就有一種易逝的東西叫做「雪」，比叡於是迷糊了，也使我這朝山者失路。

山中，有座法然堂，我尋到了，不上一炷香，攜本心經歸去，試悟色即是空。

小思：〈京都短歌〉，載於《素葉文學》第四期，一九八一年十二月，頁14。

附錄二

# 京大式卡片

小思

提起京大式卡片記錄方式，不能不細講一下。

一九五〇年開始，京都大學著名人類學家梅棹忠夫組成「法國百科全書」研究小組，在「人文科學研究所」展開工作。由於他早在田野調查時發現用筆記簿記錄資料，翻查不易，改用了卡片，覺得極方便，故提議全組人用卡片擴大到知性領域去。他綜合自己經驗，設計了一種尺寸、紙質都方便的無孔卡片，從此成為記錄資料的典範用品，就稱「京大式卡片」。一九六九年更出版《知性生産の技術》一書，確認了讀書研究者的一種方便記錄、尋找索引的好方法。

一九七三年我到京都大學人文科學研究所當研究員，根本甚麼研究概念、方法都沒有。但在教授專責帶領的研究小組組員辦公室，都見到他們用卡片抄東西，一櫃一櫃的藏好。書店文具部也陳列不同質地的卡片盒、大小尺寸的卡片，我實在好奇，就向師兄求教，果然發現十分方便。可惜那時我已全用筆記簿抄資料了，無法改動。回到香港，做香港文學資料蒐集，下定決心採用京大式卡片方式，只是京大式卡片太大

——12.8 × 18.2cm，我改用香港常買得到的尺寸：7.5 × 12.5cm。從此奠定一生的卡片因緣。

我把豐子愷研究卡片送給豐一吟大姐，她也依此法處理繼續的工作，最近我才發現有學生原來也有此方法。用手抄資料，對現在善用電腦的後生一輩來說，似乎太笨太慢，也許是的，但經手抄過的東西，入腦深刻。不過，有了電腦，我會把入卡變成檔案，再加大量可下載資料，擴展了京大卡片範圍。

載於《明報・一瞥心思》，二〇一三年七月二十八日，S05版。

願為造磚者

楊：楊鍾基教授　潘：黃潘明珠女士　樊：樊善標教授　黃：黃念欣教授

## 「造磚」與「拾荒」

**楊**　你對香港文學研究的貢獻，早已廣為學界肯定，許多學者的論文和你個人的著作已是明證。我非專研香港文學，卻對你作為學者的身份與自我定位甚有興趣。你的大部份檔案材料與珍稀書刊早已捐贈予圖書館供人閱覽，我先不問資料的問題，我想問你如何看待你的研究工作。

「我到為種植，我行花未開。豈無佳色在，留待後人來。」這是弘一法師李叔同之句，你把它放在「盧瑋鑾教授所藏香港文學檔案」網頁之首，也就是俗語所云「前人種樹，後人乘涼」之意吧？不過一句「豈無佳色在」，更見你對香港文學身世的肯定和珍惜，我覺得很有意思。你既為種花人，怎麼又在另一篇文章〈造磚者言〉裏自言是為文學與歷史製造一磚一瓦的「造磚者」呢？「造磚」很辛苦啊，那和「種花」是同一回事嗎？這個意象是怎樣想出來的？我不相信你是隨意打譬喻的人。

**小思** 種花與造磚，如要認真用心，同是一回事。最近看到北野武訪問佐野藤右衛門第十六代，這位專業栽培名種櫻花的京都園藝家深情對着一株珍貴小苗說：「我看不到它的花是怎樣的。」因那小苗要五十年後才開花。而造磚者，更對未來會成何種建築，一無所知。

**楊** **既然有造磚這個比喻，我就要深究下去了。一個造磚者，會對將要建成的大廈一無所知嗎？磚的長、闊、高、硬度、物料，都與將來的建築物相關。我直接點問一句：一直以來，你認為自己造得最「靚」、最滿意的磚是哪一種？《香港文縱》？《香港的憂鬱》和《香港散文選》的編選？還是近年的口述歷史計劃《香港文化眾聲道》？卡片和檔案又算不算？**

**小思** 造磚講求質地優良結實。他日良工用它，自會按建築所需尺寸敲取長、闊、高，這與造磚者無干。我造磚，無所謂靚不靚。全放在眼前，只看它是否遇上良工。

**楊** **這個比喻一直引申下去，做學問就要有人造磚、建屋、設計藍圖吧？今天如有熱愛香港文學的年輕人跟你說要加入造磚的行列，你會有甚麼勸諭？又或有新一代的建屋人、繪圖人要向你「借磚」，你認為他們拿起來就會用嗎？**

**小思** 造磚者不要有派系性，不要有私心。新一代建屋人繪圖人必須培養自己是個有心有力的良工，不是向我「借磚」，而是判斷應用甚麼尺寸的磚，拿起來就會用。

**楊** **待得你好好解釋了「造磚者」的意義，又有研究者說你搜集文學資料的行為像「拾荒者」了。我覺得這個形象更有意思了！**

**黃** **「拾荒者」(Rag picker) 是黃子平教授提出的，借用德國文化哲學家本雅明的一個譬喻。他認為詩人也好，文化人也好，都在「拾荒」——「拯救一切被歷史遺棄的物件」。老師您有這樣的「拯救」意識嗎？最難忘的一次「拯救工程」是甚麼？**

**小思** 「拯救一切被歷史遺棄的物件」，其實也應是保存逝去人的經歷或心血。我有極強烈的拯救意識。每淘到一件罕見的文獻、物品或人物心血所托付的東西，都感激，都難忘。不過，被歷史或人類遺忘的東西太多了，能否獲拯救，有時也得講命數和緣份。舉個例說

小思購藏之寫上葉靈鳳名字的租單

說：唐卓敏醫生是中國、香港歷史文物的收藏家，他編著的《淒風苦雨——從文物看日佔香港》，豐富的文件、照片原貌，補充了當年報刊及文字紀錄的缺失。其中有一張香港淪陷時期學校向學生增收學費通告，研究日佔時期社會的人，從這張通告所顯示，可以得悉一九四四年香港民生如何困苦、當局停止配米、有多少間私立學校、學費多少等情況。但這對我卻另有一重要意義。原來唐醫生購得的通告，同時是一家學校蓋章的增收學費收據。上面寫了三個交費學生的姓名：葉中凱、葉中健、葉中絢，正是著名作家葉靈鳳兒女的名字。此文件與我購藏寫上葉靈鳳名字的租單同年份而只相差一個月。對正在做箋注《葉靈鳳日記》的我來說，實在難忘。

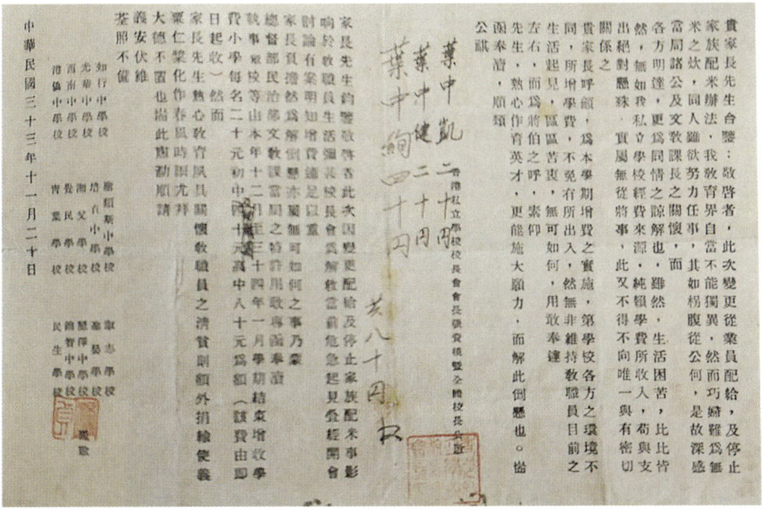
貴家長先生台鑒：敬啓者，此次變更從業員配給，及停止家族配米辦法，我教育界自當不能獨異，然而巧婦難爲無米之炊，同人雖欲努力任事，其如枵腹從公何，是故深感當局諸公及文教課長之關懷，而各方明達，更爲同情之諒解也。雖然，生活困苦，比比皆然，無如我私立學校經費來源，純賴學費所收入，苟與支出絕對懸殊，實屬無從將事，此又不得不向唯一與有密切關係之
貴家長呼籲，爲本學期增費之實施，第學校各方之環境不同，家長所增學費，不免有所出入，然無非維持教職員目前之生活起見，區區苦衷，無可如何，用敢奉達
左右，而爲將伯之呼，素仰
先生熱心作育英才，更能施大願力，而解此倒懸也。恊函奉瀆，順頌
公祺
香港私立學校校長會會長[illegible]暨全體校長同啓



家長先生鈞鑒敬啓者此次因變更配給及停止家族配米事影響於教職員生活彌甚校長會爲解救當前危急起見叠經開會討論有案明知增費適足以重
家長負擔然爲解倒懸亦屬無可如何之事乃稟
總督部民治部文教課當局之特許用敢專函奉達
執事敝校等由本年十二月至三十四年一月學期結束增收學費小學每名二十元初中四十元高中八十元爲額（該費由即日起收）然而
家長先生熱心教育夙具關懷教職員之清貧則額外捐輸使義粟仁漿化作春風時雨尤拜
大德不置也耑此恵勸順請
義安伏維
荃照不備

知行中學校 光華中學校 西南中學校 港僑中學校
[illegible]

中華民國三十三年十一月二十日

香港在日治時期的增收學費收據及增收學費通告

至於我在垃圾站找到一大紙箱罕見書本，那更是我遇上的傳奇，藏書朋友津津樂道的故事了。

**黃**　**這些一次一次的「拯救」，最後又如何構成系統？記得黃子平教授在文章裏提到，本雅明與您有相似之處，但他不講究系統，您即馬上補充說，您藏書與做檔案一定要有系統及分類。**

**小思**　藏書與做檔案要有系統及分類，是為了方便自己研究。但造磚者則需要提供用磚人各式不同質地大小的磚，這有別於單為自己研究而設。資料複雜而多樣，更需要有系統分類，以便用家。凡認真投入的收藏者，必有無限熱情與耐力，為自己、為他日用家方便，毫無疑問，必須系統整理。

**黃**　**但我覺得還是殊途同歸的。本雅明承認他的收藏不如官方資料庫或檔案局「有系統、有效率、全面、客觀」，但他的檔案最大特色不是有沒有系統，而是「能夠展現收藏者的熱情」。您的收藏也常見個性與感情。例如您提及過，以個人名義捐贈圖書館的文庫，最好不要按常見的美國國會圖書館分類法打散。**

**可惜我們大都未有機會參觀您以前的書架，今天想問一個實例問題，比方說，在您原來的書架系統中，蕭紅的《呼蘭河傳》會放在哪裏？旁邊的書是甚麼？會跟蕭軍或端木蕻良的書放在一起嗎？呼蘭地方誌呢？**

**小思** 研究者個人藏書，必依個人心中重點來設定安放方式。只看他個人的書架，未必完全掌握他的研究系統路數。例如《呼蘭河傳》，我當然放在蕭紅作品架上，蕭紅研究專書、各種蕭紅傳記、連同蕭軍蕭紅書信集都放在一起。而單篇有關蕭紅的文章，有些入檔案夾，更多是抄入卡片存放。

現在我藏的書，仍有部份以出版社分類的，但因再無當年書室有特設書架的分類方便，已經無法系統編排了。

**黃** **本雅明所謂「收藏者的熱情」，往往能夠因累積而帶動思考與生命，像礦藏一樣，可再生出新的能源，「是點燃課題（topicality）、保存作家個人特色，主觀、充滿空隙又是非官方的」。我覺得這是很恰切的比喻，也是我去年參與籌備《曲水回眸：小思眼中的香港》展覽時感受最深的。展出的物品雖然只是冰山一角，但蘊藏豐富能量。**

**舉例來說，這個展覽所呈現的香港是難以用「殖民」、「本土」、「中華」、「左右派」這些標籤去概括的，幾個身份就是如此交織着——看完一個展示熱血青年刊物**

**《島上》、《鐵馬》的展櫃，轉過另一頭就是整套的三毫子小說《二世祖手記》；看到日治時期報刊的統一口徑與高壓氣氛，轉過另一面又見五十年代小報的諧趣與香艷，小市民的歌舞昇平。而這些報刊的夾縫中，還細細記着一代文人寄生香江的足跡。這只是眾多觀察之一，還有許多許多題目，政治的、文學的……**

## 小思

在報刊上呈現的香港文學、文化面貌，基本必然具備「殖民」、「本土」、「中華」三大部份。不過，要注意的是時代不同，「左右派」立場各異，對文學的取態又會各取所需，用語含意即要分清楚。我的檔案分類不會用上「殖民」、「本土」、「中華」這些詞。因為五十年代以前，不流行這些用語。特別注意「左右派」的用語要分得清楚，例如文學，左派用「大眾文學」，說的是指工農兵等大眾能接受的文學，有時也用「通俗」一詞。但右派用了「通俗」與「純文學」分類後，「通俗」往往帶點貶義，與優雅、深奧相反。

岔開一筆，講一件小事，八十年代初——請注意是八十年代初——香港主辦了不少中港兩地的文學研討會。有一次，會上談及「通俗文學」，港方有人以為是指三毫子小說那種文學，就說不值得研究。此話一出，在座的內地學者立刻色變反駁，要主持人解釋一番，才冰釋誤會。左派不講「本土」，早期提的是「鄉土文學」、「方言文學」。香港偶然提及某些作品是「鄉土文學」，也惹來論爭。

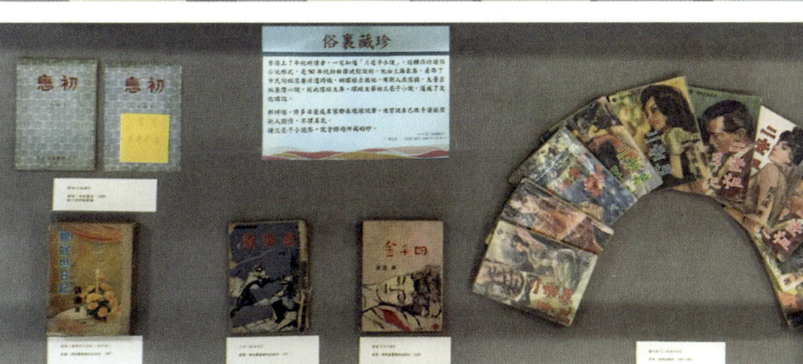


在《曲水回眸——小思眼中的香港》展覽（二〇一六年）中，一邊廂是熱血的青年刊物（上圖），另一邊廂是通俗諧趣的三毫子小說（下圖），相映成趣，可見小思收藏涉獵的範圍廣泛全面。

由於不同時代的香港報刊立場不同，採詞紛紜，反映較接近香港文學的真實生態狀況，我們用起來要格外小心。看我的檔案分類與設定標題，多是按當時用詞細分的。

**楊** **你這樣收藏與整理資料，與你的性格有關嗎？**

**小思** 有些人喜歡看大題目、長文章，但我卻從不放過那些細碎的資料。例如，我還收藏了「廣告」、「訃文」、「聲明」……。別小看訃文，特別如名人之治喪委員會名單，人的身份立場顯而易見。「聲明」的咬文嚼字、聯署人名，都可顯示許多微妙關聯。

**楊** **蒐集三十年間的資料亦非易事，你是如何整理出系統的呢？**

**小思** 我在整理一份資料的同時，可能聯想到好幾個範圍，就像是腦海裏已有一格格抽屜般，看到某些相關的內容便放進去。除了細讀資料內容以外，我會網狀蒐集、整體思考。如你們提問一個人，我馬上便能從腦中的櫃子裏抽出相關卡片。

因此做資料蒐集及整理，記憶力聯想力必須很強。例如有位老共產黨員叫陳翰笙，記憶中他只在一九三九年來過香港辦了份英文半月刊《遠東通訊》，好像沒有甚麼文化活動。但我仍買了二〇一二年出版，很冷門的《四個時代的我——陳翰笙回憶錄》一書，一讀才發現許多地下活動的關連人物資料，例如潘漢年、何明華，於是又增添了網狀連線點。

**楊** **看來卡片實在很方便。我現在也會使用卡片，閱讀時突然想到些點子，便馬上找卡片記下來。卡片累積到一定的數量，我便將它們分類，一部份是資料性的、一部份是聯想**

的，會有幾種不同的卡片。你抄下那麼多珍貴的卡片，能開啟萬千研究法門，我認為應該掃瞄、存檔，讓大家都能讀到。

**黃**　**許多檔案已經捐贈給中大圖書館甚至製成電子版供瀏覽使用，但使用卡片的技術可能較難掌握。盧老師能否跟我們示範一下抄卡片及歸檔的技術？**

**小思**　用文字說明抄卡片及歸檔的技術，很難講得清楚。不過，抄卡片肯定是笨功夫。例如一九三九年十月「魯迅逝世三周年紀念在香港」一項卡片，就包含活動前後及當日見諸報刊的一切消息、紀錄、特輯、專號、文章、照片、畫作等等，這些資料均抄置於「魯迅逝世三周年紀念」一項的卡片中。由於籌組團體眾多，我又為各團體項各抄一卡。紀念座談會共二十一人出席，我就逐一抄卡分置各人名下，又為每篇文章的作者各抄一卡，

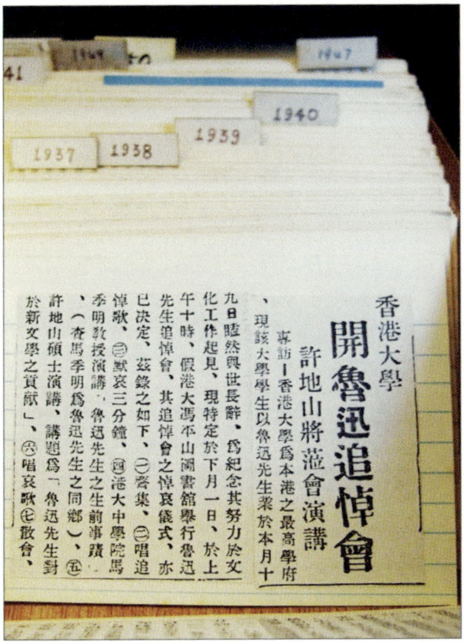

記錄了魯迅紀念活動的卡片

甚至「廣州復旦中學香港校」舉辦魯迅紀念展覽會的消息，我都剪存了。任何一項都可從卡片見資料出處。

**楊** **這些做卡片的方法你有沒有發表過？**

**小思** 沒有寫過。你找天來看看我的卡片，就知道那些卡片其實只是方便我自己看的，所以卡上有符號，有時有剪貼，後面又有字，很難叫別人來整理。現在我也很擔心「檔案」會誤導後來的用者，(按：「盧瑋鑾教授所藏香港文學檔案」) 因為它的內容，比我卡片所記的資料少許多。

另外還有一問題，有些人看公開檔案時或會問，檔案專研二十年代至五十年代初期香港文學活動及人物資料，何故其中又夾雜了近期文化人資料？而且這些資料很單薄，例如戴天、蔡炎培。由於那檔案沒有凡例說明，易惹誤會，我還是借機在此說清楚：我看到報刊上面有關任何文化人的資料，都會「順手」剪下來分檔，那不過是不想浪費而已，故內容絕對單薄，不能作準。

**楊** **看來造磚還是要有傳人，五十年代以後的資料要有人不斷完善。**

**黃**　**我看「香港文學資料庫」，二〇〇〇年後仍不斷有新文章加入，聽香港文學研究中心的助理說，是盧老師您平日看報紙見到相關文章，直接打電話叫他們收入的。您不但當年分身有術，到現在還是可以一心多用，研究、寫作、閱讀不輟。**

**小思**　我也覺得自己當年很厲害，怎能有時間既看報紙，又剪報，再整理。不過，後來也有朋友、學生代我分擔了剪貼抄卡的工作，很感謝她們。

**樊**　**後來因為有了 WiseNews（「慧眼輿情」電子剪報網），一九九八年以後的香港報刊文章都有全文檢索，省卻了許多麻煩，但這系統不能分類，也無法檢視報紙原先的版面設計和資料，只有文字的電子檔。所以若沒有您繼續剪報的習慣，剪報的功夫便幾近失傳了。**

**楊**　**你對蒐集資料的興趣，除了興趣使然，有沒有甚麼發端？**

**小思**　說到「發端」，應從童年講起。父親母親都喜看報剪報。未進小學，我在家工作之一，就是負責剪貼父母指定的報上有剔記號的部份。唸小學六年級時，遇上教社會常識的中文老師，規定每人每學期要交一本時事剪貼簿，那就養成系統主題剪報習慣了。我初教中學時要兼教經濟及公共事務科，也要學生交時事剪貼簿，到今天還有學生記得這件苦差。

至於對從前香港歷史、文學的資料蒐集，得從我到日本京都大學那一年講起。日本研究員知道我從香港來，追問許多香港歷史事件，我卻無法詳細回話，因為學校沒設香港歷史科，我們也從不關心。羞愧感油然而生。回港後，恰逢香港大學歷史系教授霍啟昌、冼玉儀等正在蒐集香港社會經濟史，並在校外課程中開講，希望引起大家的關注。我前往聽課，發現他們從報紙中找到許多材料，我追問有沒有文學方面的資料，記得當時霍啟昌回答説，他們不是研究文學的，所以不會整理。這句話對我刺激很大，覺得自己不如也學他們一樣，做香港文學資料蒐集。

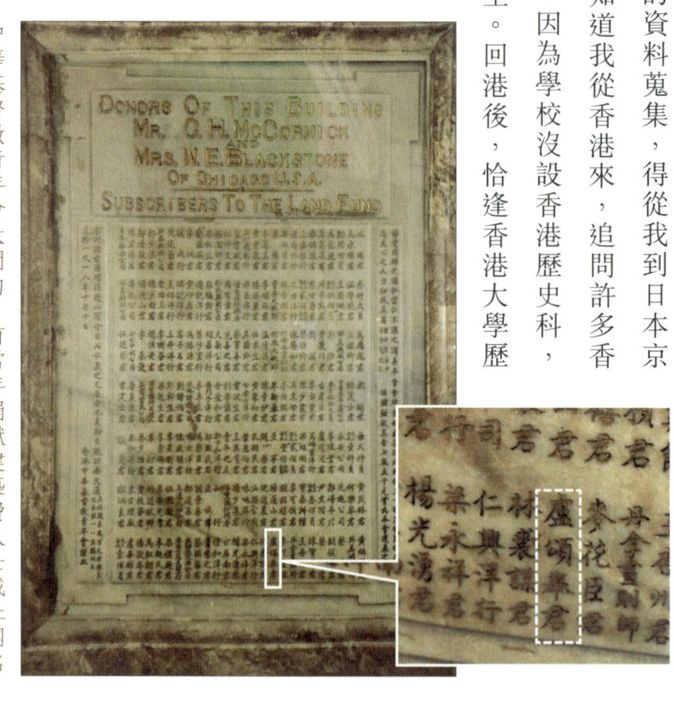


中華基督教青年會大門內，有當年捐獻建築費人士或社團名字的石刻。捐獻者名單上的盧頌舉原來就是小思祖父。

位於上環必列者士街的中華基督教青年會，魯迅於一九二七年曾在這裏演講。現址設有庇護工場和宿舍。

這也促成了我進入香港大學讀研究院——當時教中學，有沒有碩士學位不重要，報讀只為了合法地出入港大圖書館，像他們一樣從報紙上獲取海量的資料。起初翻閱時一直沒發現文學資料。不過，翻閱舊報刊，才發現自己對身處的香港的前世今生，原來那麼無知。正因無知，再加上有些事物又彷彿知道，例如魯迅曾演講過的青年會，如今還在，追查一下，發現祖父盧頌舉在捐建人名單內（見右頁圖），就燃起求知欲望，興趣愈來愈高漲，真欲罷不能，要追看尋找整個香港身世。

後來，在文化活動新聞、文藝副刊中，漸漸看到許多熟悉的名字，魯迅、許地山、茅盾、戴望舒、蕭紅、端木蕻良……。我說自己無知，是因為我根本不知道有甚麼作家到過香港，但慢慢尋源順向就找到無數中國文化人在香港的活動資料，開啟了所謂研究香港文學之門。在這裏我說「所謂」是很重要的，因為那時還不是一項文學研究，只是資料蒐集的初程而已。

**楊**　**那麼，蒐集資料為何要查找舊報紙？沒有相關的書籍嗎？**

**小思**　當時沒有。因為從來沒有人重視過香港文學，你看人人那麼「順口」說「香港是文化沙漠」就知道了。好像香港本來就一無所有，那我應該看甚麼呢？於是唯一的方法便是從原生態呈現的地方——舊書、舊雜誌、舊報紙——找尋資料。正因為這個特殊狀況，我便走進收藏的課題，一個研究者是無法單靠圖書館隨手拿到的相應資料，就可展開研究的。

到了八十年代，內地改革開放，無數文化人開始在政策較寬鬆的情況下，寫出回憶文章，這讓我方便尋源順向，找較深入的資料，於是發展成我訪問來過香港的文化人這一個重要環節。眾多回憶錄出版，擴大了蒐集網，要買的新出版物也多了。

可是，八十年代至九十年代，香港文學研究，忽然成為內地火紅的研究課題，紛紛揚揚的論文、香港文學史出版物眾多，較認真的、奇談怪論的，令我眼花繚亂。有些人沒有掌握好歷史資料及原始文獻，就下筆寫史，真令識者驚心動魄。這是警惕我不可隨便動筆寫史的原因之一。

《香港文縱——內地作家南來及其文化活動》，由華漢文化事業公司於一九八七年出版。

**黃** **這個答案很有意思，因為我們現在無法想像無人研究香港的時代。現在大家都處於資訊幸福的年代，一開始研究已經有資料庫、圖書館特藏，有看不完的選本、單行本，但原來這些資料曾經全都散見在報刊，無從接觸。那麼《香港文縱》一書又從何而來？**

**小思** 我進香港大學研究院追隨馬蒙老師寫論文，手頭資料積存了相當份量時，就寫成碩士論文《中國作家在香港的文藝活動（1937–1941）》。[1]可是這畢業論文因字數所限，許多資料無法收入，自己也嫌沒有論點，提交後我一直沒拿過出來。後來把幾位著名作家如魯迅、茅盾、蕭紅、豐子愷、戴望舒，香港文藝界左右分歧情況、左右兩大陣營組織活動等等，分開再細寫出來，遂出版了《香港文縱——內地作家南來及其文化活動》。

這本書總算是交了香港文學研究初階的功課，但現在重讀，我很不滿意。資料是足夠的，但只是堆砌，沒呈現史識與史觀，更欠缺理論支持。有人想我重印出版，我拒絕了，因事隔三十年，新發掘出來的資料以倍增，不添加還是不圓滿。另外，我已決定作為造磚者，且自信優為之，寫史就不如有待後來人了。

1 盧瑋鑾：《中國作家在香港的文藝活動（1937–1941）》，香港大學文學院哲學碩士學位論文，馬蒙教授指導，一九八一年九月。

## 另一種磚：口述歷史

**楊**　**造磚方式不止一種，近日你出版的《香港文化眾聲道》，便以口述歷史的方式來造磚。你是何時開始做口述歷史的？是甚麼促使你開始做口述歷史的？**

**小思**　報紙上看見的資料有時可說是「死」的，剛才說八十年代初，中國改革開放後，我還來得及有機會追蹤一些「活」資料——那些為數不少的過港、居港的中國作家。例如我研究戴望舒，雖然他已經去世，我仍能找到他的朋友施蟄存、吳曉鈴、馮亦代、徐遲諸先生，從他們口中，聽見活生生的資料。現在你們幸福，戴望舒的資料很豐富，但我當年並沒有機會讀到，只從報紙上知道他曾與好友施蟄存先生在同一版面上，知道二人曾經一同在香港生活而已。我有幸在八十年代追蹤到這些文化人，令我明白：活人歷史很重要的。所以那一段時候，幾乎所有曾到過香港而又仍在世的文化人，我也盡可能訪問了。

小思與施蟄存先生合影

我利用課餘時間，逐一走訪，那時候，還未流行訪問、口述。經歷過文化大革命的內地文化人，心有餘悸，會懼怕這個來歷不明的香港人訪問他們的動機。有的訪問幾經轉接介紹，還算順利，但受訪者對錄音機仍存抗拒，連筆錄也怕，我只好記在心中，回來再記在卡上。當時有人甚至以為我是女特務！我用最短的時間去訪問，後來才知道原來自己掌握的資料不足夠，但總算確認了口述歷史的重要性。外國人做口述歷史，一做經年，每天好幾個小時一直訪談下來，我卻匆匆交談一兩小時，稱不上口述歷史，不合格。

剛剛出版的《香港文化眾聲道》，做法就比較符合口述歷史條件。我以「眾聲道」為名，是因為同一機構的幾個人，對同一件事，可能有不同的看法，懂得閱讀的人就自然會將這些重新組織起來，得到最近似的事實或比較可靠的結論。

**黃** **您是如何讓受訪者後來變得安心信任的呢？**

**小思** 我有一個最佳方法，就是先讓受訪者看我收藏有關他們的卡片。記得第一個看自己的卡片的是郁風，她一邊看一邊感動落淚。卡片上記錄着她最青春、最有活力的歲月，她三、四十年代來香港活動，不久又匆匆離開，不及保留自己的材料，直至看見我抄的卡片，她說彷彿重見自己最青春的面貌。

儘管有些對象我會再三尋訪，比如端木蕻良，訪問過後我仍與他聯繫，但這並不足夠。且人的記憶，也不能盡信，對同一件事，他重說兩次，會有差異。口述歷史也必須事後查證。另外，同一件事，你要訪問不同的人。

**黃**

**您說您早期的訪問「不合格」，有許多客觀環境因素所限制。但我從「香港文學檔案」裏看到好幾筆有關您的受訪者的資料，卻又非常令人感動。如廣州作家杜埃的〈結網牽絲的人——香港掠影，記一位女作家〉（全文見本章附錄一，第417頁），寫的就是您在八十年代造訪他的經過。從起初懷疑您的身份到後來見到您和六十幾張關於他的資料卡之感激，寫得很詳細。另有黃谷柳的女婿請您代複印資料、丁昭言感謝您的蕭紅研究資料等。微觀來看，可見您以真誠與努力開展口述歷史的方法；宏觀而言，這是一筆珍貴的證據，說明香港與內地在文化上曾有如此深層次的互相幫忙。**

**小思**

由於當年到過香港的中國文化人離開香港時走得匆匆，沒帶走在香港留下的文字資料，就是有，也因種種政治運動、批鬥，散失殆盡。寫起回憶錄、傳記、編文集時，單單缺去香港這一塊。我佔了地利：香港大學馮平山圖書館藏書，雖經淪陷戰火，幸保不失。七十年代末，我埋首翻閱那些所藏書刊，獲得豐富資料。自己手頭方便，別人既

〈結網牽絲的人——香港掠影，記一位女作家〉見「盧瑋鑾所藏香港文學檔案」（hklitpub.lib.cuhk.edu.hk/lovf/search.htm）〈杜埃致盧瑋鑾信，附：結網牽絲的人〉。全文見本章附錄，第417頁。

# 结网牵丝的人

## ——香港掠影，记一位女作家

杜　埃

在北角寓所，一天晚饭后，电话忽然响了，

"是杜先生吗？"

"是的。你是哪位？"

"我是卢××。"听不清名字，是个女性声音。再一问，还是听不清。不便再问。我捂住话筒，向小厅坐着的两位伙伴示意是个我不认识的女人。喧嚣不夜天的香港，这还不算是晚晚，不一会，电铃响了，我开了内门，只见隔着铁栅门外婷婷立着一位女郎，神态雍容安祥。我忙问"你就是卢女士吗？"她应了一声，露出笑容。我道了声欢迎，一边迅速向她身后的走廊扫瞥，见只有她一人，便开了铁门，请她进到小厅坐下，这才看清楚她是个中

占主导地位，而反动统治区毫无言论自由，"生活书店"二、三十个分店全遭封禁，文……极其严重的窒息，大批的作家、文化人因……反共高潮，不得不撤到香港，造成了这两个……香港进步、民主文化、文艺空前蓬勃，成为……化、文艺的鼎盛时期，对沿海省份、华南游……首先是港澳地区以及广大的海外侨区有过广……影响。卢女士殚精竭虑，埋头报库，做了……界还没人做过的大量工作，很使人敬佩。……其中很大一部分是大陆上找不到的，因那……军沦陷了半个中国，而蒋区又根本不准发……刊。

我对她说香港主权问题已得协议，为迎……的到来，她可以编一本《香港文学史料》……个很大的贡献，也为北京中国作家协会的……资料馆提供了一份难得的史料。她听后，……，若有所思。

卢女士从手提袋里取出一厚册《自选集……签个名。很抱歉，此书应该由我来送给她……已买了来。又取出摄影机，征询了一下，……相，还与我合照了两张，末了，我被告知……片的文稿，她可以用微型胶卷代为复制。……谢她的关注，请她先复制一份卡片，让我……思考虑再说。我告诉她这次来港只有七天……许过几个月还会再来，也许我们会有重晤……一迭连声说"欢迎，欢迎！"随即告辞……到电梯口，再次道了谢。

过了三个月，得到朋友的厚爱，获得专……家、访问的机会，我和老伴住在铜锣湾一……的朋友寓所中，打电话约她共进晚餐，老……样小菜，卢女士也从超级市场买来便菜，……份已经复制的我的作品卡片目录。我们已……朋友了，谈得很欢畅。

又过了几个月，她被广州中山大学中文……学，趁这个机会，广东社会科学院文学研……文学研究中心负责人杨樾和许翼心同志邀……士以及新加坡作家蓉子女士餐聚，戏云、……嘉、育中等作陪，我又一次会见了卢女士……家谈起香港文学史问题，希望她能够组织……照"马华新文学大系"做法，编个十卷本……新文学大系》，为迎接1997年的来临，这……有意义的壮举，大家期待着能够实现，卢……辞，但她谦逊，希望两地合作……




主　编　杨　滨

副主编　林　叔

本期责任编辑

华　棠

杨湘粤

李秀环

陆添红

美术编辑　吴炳德

有需要，提供以便他人寫作及研究，那正是公器的作用。何況許多資料本屬某作家所有，歸還他也理所當然。

**黃**

**口述歷史有時會涉及敏感話題，如重組關鍵歷史事件的經過。大家對您的印象是十分小心謹慎，不輕易議論政治的話題；但同時在您的收藏中又經常發現許多與政治相關的獨立檔案，比如香港政府對傳媒審查制度、《明報》記者席揚事件、二十三條立法等。政治對研究香港文學而言是甚麼呢？**

**小思**

我本來很懼怕政治，但當我深入研究香港文學時，就發現不應該有政治潔癖。理由是在香港這個號稱言論思想自由的空間，歷來有不同政見的人在此活動過，他們把這裏變成一個勾心鬥角的戰場，利用報紙或文學副刊作品來充當武器。英國殖民地政府

小思收藏的一些與政治相關的檔案

善於利用「容納」不同派系的人，以便自己圓滑統治香港。因此，我更需要知道香港文學的舞台背景是怎樣的。

兩冊《香港文化眾聲道》中，你可以看見我不斷追問受訪者與友聯出版社相關的敏感議題，我個人雖然迴避政治，但研究卻不能迴避任何政治一派的資料蒐集。

**楊**

**說到敏感，《香港文化眾聲道》第一冊中訪問了許多被稱為受「綠背文化」影響的《中國學生周報》相關人士，這在當時也是敏感的話題，在今天更可能變成所謂「外國勢力」影響青年的問題。你為何會展開這次口述歷史計劃？**

**小思**

首先我得說清楚，我從不用「綠背文化」這個詞，因它是含政治派系立場的用語，且太簡單化，學術研究者不宜用。

《香港文化眾聲道》的口述歷史計劃，從構思到成書，再到整理出版，已進行了十多年。由於二〇〇二年我已退休，沒辦法取得香港中文大學的研究經費。其中只有最初幾年，得到文學院有些已給的研究費、各種個人慈善基金、我教中學時的學生、香港中文大學圖書館的熱心資助。餘下日子，只有我和熊志琴二人無償地工作。

其實，最初我沒有周詳計劃。

在八十年代初開始訪問曾來香港的文化人時，正值香港回歸議題擺上中英談判桌上，香港人忽然要面對身份認同問題，對一些敏感的人來說，追查歷史身世是當年一項「新興」行為。我想起《中國學生周報》早年曾有過身份問題[2]的討論，而它與《祖國》、《大學生活》、《兒童樂園》是友聯出版社旗下重要出版物，影響香港許多讀者。也有人認為友聯出版社營運資金來自美國，即今天所謂「外國勢力」，帶着濃厚反共色彩。其實，世界各國的政治糾纏、文化交流中，外國勢力一直存在，沒有甚麼奇怪。深切想想自己成長過程中，果然受《大學生活》、《中國學生周報》影響很大。雖然大學時期已在《周報》寫專欄，也認識一些文友，但我從不參與任何活動，對這個組織所知不多。乘着「追查身世歷史」的興頭，我便首先以「友聯出版社」為題目，趁認識它的人較多，方便訪問，便大膽地展開這次口述歷史計劃。

2 在《中國學生周報》第五五三期，一九六三年二月二十二日，林福孫的〈與香港青年談責任和理想〉文中，討論到香港人應該面對身份認同問題。文章刊出後，一直未有讀者投稿回應。到《中國學生周報》第五八三期，一九六三年九月二十日，〈學壇〉版才見石凱林在〈香港青年談愛國〉談及青年愛不愛中國的問題。直至同年五八五期，〈學壇〉版刊登三篇中文中學學生來稿，談論香港側重英語，漠視中國人文化和身份情況，而五八八期〈學壇〉版有三篇英文中學學生的回應文章，五九〇期有吳靄儀就此事撰文〈我們就不愛國嗎？一個英文書院學生的自白〉，當中涉及語言運用與身份認同問題討論。

又因我研究三、四十年代香港文學，深知文化範圍是左右兩派必爭之地。我早知道五十年代至今，情狀並無改變，為了公平顯示實況，假如設定友聯出版社是「右派」，我必須也訪問「左派」。於是再訂定《青年樂園》為訪問單位，再加一份我熟悉的在左派系寫作的文化人名單、一份沒顯明政治立場的文化人名單，遂成《香港文化眾聲道》雛型。

**楊** **有人拒絕你的訪問嗎？**

**小思** 當然有。八十年代初我想訪問《青年樂園》負責人，通過阿濃介紹，幾經困難，才見過一次面。他最初很多疑慮，不願意接受訪問，直至十年後，他才開始信任我，願意接受我的訪問。再加上計劃開始後，香港已經回歸，他不再害怕。有些人接受訪問，也半推半就，始終抱極保留態度；有些人接受訪問時侃侃而談，可是讀了文字稿，又拒絕授權出版。

**楊** **這些《中國學生周報》的受訪者，許多都不在香港，你們到海外訪問嗎？**

**小思**　對。當中有些人不在香港，例如戴天和金炳興在多倫多、胡菊人在溫哥華。怎辦？二〇〇二年暑假，我要到多倫多探望哥哥，一直幫助我做訪問的熊志琴說戴天他們也在多倫多，希望能順道訪問他們。我一個人不能做訪問，她便自己買機票、借住朋友家，與我一同到多倫多訪問金炳興、杜漸和戴天。難得到加拿大，她不想浪費機會，又隻身特地去訪問在溫哥華的胡菊人、江河、劉惠瓊、阿濃。回港後，我認為不應要她自資機票，便向文學院申請，報銷她的機票費用。

還有部份友聯出版社的人偶然由外地路過香港，例如奚會暲、古梅、王健武、吳平，我們都能把握機會做了訪問。故有些訪問，只有熊志琴一個人提問。在這個計劃中，事前她既要準備大量受訪者資料。要參與訪問，事後轉口述為文字稿，一再整理受訪者交回的修訂稿，最後還要一一核實受訪者提及的資料、找出文獻、照片、書影等等，以便出版。付印出版前，仔細校對。一切工序，獨力負擔，實在辛苦。不過，十多年的認真投入，《香港文化眾聲道》口述歷史計劃，已成為她專門研究的項目了。

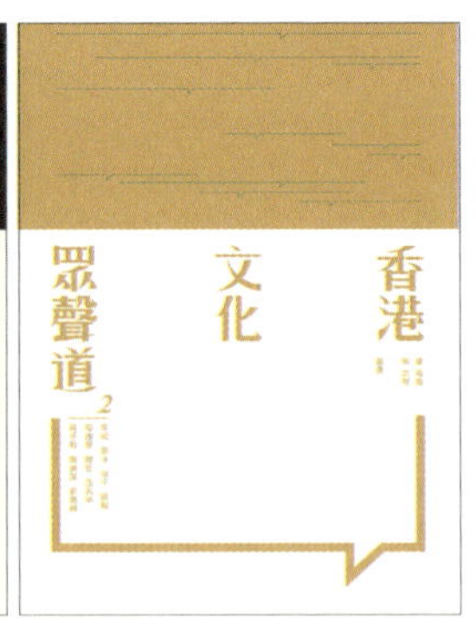

兩冊《香港文化眾聲道》先後於二〇一四年及二〇一七年由三聯書店（香港）有限公司出版

**楊** **這次受訪人數眾多，相信也有許多困難吧？**

**小思** 的確有。訪問對象有些是老人家，例如何振亞受訪時已經七十九歲了，他不是寫作人，而是負責辦友聯出版社的人。他講話談笑風生，喜歡説笑、談下屬中誰跟誰談戀愛之類，但訪談中卻提供許多微妙訊息。有些受訪者東拉西扯，突然一句「不答」，我們便不知如何繼續問下去。有些受訪者記憶力很好，不過總有些話會保留，我不熟他不好，太熟他也不好，訪問時必須細心聆聽，找些空子鑽，才尋得意外線索。

我最難過的是稿件整理需時太久，終於出版了，受訪者中有幾位已離世，沒機會親眼見到《香港文化眾聲道》。我實在對不起他們。

**黃** **原來這樣艱難，比現在《曲水回眸》的訪談計劃艱辛多了。**

## 從造磚到藏磚：香港文學研究中心、電子資料庫

**楊** **從你「造磚」的經驗，引申到「香港文學研究中心」的成立，我認為是頗有趣的轉折。**

**從個人的「造磚」，到成立一個面向公眾的「香港文學研究中心」，當中的契機是甚麼？你能具體談談成立的時間、地點、人物嗎？**

**小思**　「香港文學特藏室」及「香港文學研究中心」的成立經過及資料，等會由負責的黃太（當年副館長黃潘明珠）和樊善標交代補充，但我要趁此機會澄清一件事，「香港文學研究中心」是一個「怪胎」。到現在為止，外界仍未能分清「香港文學特藏」、「香港文學研究中心」、「香港文學資料庫」及「香港文學檔案」的分別和關係，甚至連中文系行政人員都曾經以為「香港文學特藏室」，即包括我所捐出來的書刊，是屬於中文系所有的。這是多危險的事啊！很多人都搞不清這幾個項目的關係。

當年圖書館願意收容我捐出的書刊及檔案，我很高興，因這些書刊、檔案有藏身之所了。但應如何作為公器運用呢？當時的中文系主任提議成立一個單位，與圖書館掛鈎，以便互用資料，及幫助圖書館處理資料，於是「香港文學研究中心」便順理成章創立了。但中心只是個「虛名」，既沒有工作人員，又沒有資金，更沒有辦公室，如同空殼公司，我當個義工主任，以中心名義幫助圖書館，一起運作。

**楊**　**那是甚麼年份？**

**樊** 讓我補充一些年份資料。「香港文學資料庫」網站是一九九九年開始建設，二〇〇一年正式開放給公眾使用的。而中心成立的日期，根據中文系的紀錄是二〇〇一年七月。所以我猜想，在大學圖書館籌備「香港文學資料庫」的最初階段，已經陸續向盧老師收集材料，所以一九九九年前圖書館副館長黃潘明珠女士便應與您有合作的關係了。

**楊** 那現在是怎樣運作的？

**樊** 這我亦能補充，但容我先說說中心面對的問題。我覺得中心歷年來最嚴峻的問題，是沒有人手、資金和地方。其實歸根究柢是經費短缺。所以無論是盧老師主理時期的發展方向，還是二〇〇八年由我接手後，都是被資源帶着走。沒有資源的事我們不能做，有資源時則可兼做其他我們想做的事。

**小思** 中心的確是個空殼，但我是滿意的。既與外界無利益衝突，又不必向誰拿錢，不必向誰交代，我覺得這樣很自在，很舒服。想不到，現在這中心倒真有點成績。維持研究中心固然很辛苦，從無到有地爭取存在是艱辛的過程。你或者會問，沒有中心不行嗎？

也並非不行，只是研究中心存在，就能提醒大家，這是研究香港文學的一個中心，可和「香港文學特藏」，「香港文學檔案」配合起來運作。

**樊** **「香港文學特藏」成為大學圖書館裏重要的收藏（Collection），是因為得到您捐贈的書刊和資料，這對於中心和大學圖書館建立緊密的合作關係是很重要的。**

**小思** 建立一個機構並非獨自一人能成事，而是許多人際關係配合而成。我想捐書，別的地方可能拒絕，但這一次圖書館館長和副館長共同促成此事，就是基於大家擁有相同理念所致。

**樊** **人際關係在這裏指的是大家建立了一種基於共同信念的互信，並非純為利益的交往。**

**小思** 對，提起圖書館，我在此無論記錄與否都要提及一件事。我的捐書和資料，為圖書館員工增添巨大的工作量。而且黃太特別要求工作人員在收到有心人捐書後，短期內一定要寫致謝信，一定要整理捐贈目錄，我捐的大量書刊，對工作人員來說，在情在理應會因工作量突增而有點不高興。但我卻看見他們認真投入苦幹，這種團隊精神很令我感動也感恩。

樊　我想提出一個想法：「香港文學研究中心」應該置於「香港文學研究」體制形成的角度下審視，再評價其價值。八十年代初香港文學才開始在教育體制裏出現，之前很多人都懷疑香港有沒有文學。香港文學研究中心的成立是為了協助架設「香港文學資料庫」，而「香港文學資料庫」又令「香港文學」成為一個不同學者都能進行有系統研究的範疇。

小思　真的是這樣嗎？

樊　是真的。「香港文學資料庫」最近一年的點擊率超過四百五十萬人次，三份之一使用者來自內地，三份之一來自香港，另外的來自海外。香港文學作為學科雖然從八十年代就開始，但如果沒有這個資料庫，特別是它的全文瀏覽功能，外地學者就很難研究香港文學。當初你們建立這個資料庫時，無條件地開放予公眾使用是成功的關鍵。

小思　我一直強調資料文獻是公器。那又何必限制大家取用呢？最近我又取得了《大學生活》、《盤古》等刊物的全文版權。如經費許可的話，宜盡快掃瞄上網，以便公眾應用。你們看，光是把二十二年的《中國學生周報》全文上載，就已經極受關注，足證網絡威力，要好好利用。

**樊** 其次是「盧瑋鑾教授所藏香港文學檔案」。儘管因為版權所限，在大學圖書館裏才能看到檔案的內文，但從您對條目的分類，已經為香港文學研究提供了很多具體的方向，讓研究者明白，原來不僅文學作品值得分析，很多周邊資料都可研究。我覺得中心的成立對香港文學作為學科的發展很有推動力。

**小思** 其實我希望中心還有另一發展方向，就是我蒐集的許多通俗流行小說，雖然有些只是殘篇斷簡的報紙，那些報紙是各大學及公眾圖書館不會收藏的，但我認為這是香港文壇特殊的棲身點。各大學也有人在做這類研究，但有些論文往往理論先行，單從一兩個文本就推論出宏大結論，我認為不夠嚴謹。有志研究者可以深探其他圖書館不收藏，而中大特藏室收藏的這些書報，對研究必會更有幫助。

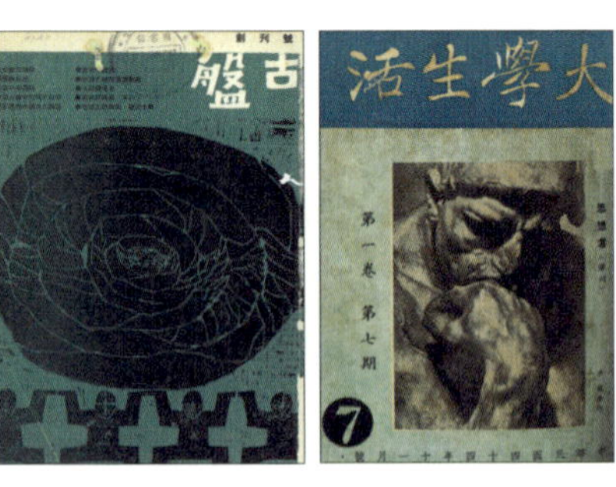

小思最近取得《大學生活》、《盤古》等刊物的全文版權，將會上載到「香港文學資料庫」中。

**楊** 現在香港中文大學圖書館有「盧瑋鑾文庫」嗎？

**樊** 有的，不過是虛擬的文庫。圖書館電子目錄裏會標明某書是「小思捐贈藏品」。

## 盧瑋鑾教授所藏香港文學檔案

盧瑋鑾教授（小思）經過三十多年的耕耘，積累了大量罕見的香港文學書刊及檔案材料，包括從無數微型膠卷和塵封的合訂本中，逐頁鈎沉香港報刊上刊載的文藝事件、活動、作品等紀錄，複印存檔，搜集了超過三萬八千多條香港文學及文化的原始材料，並整理成一千二百多項檔案。這批檔案後來捐贈予香港中文大學大學圖書館，更在二〇〇四年正式展開「香港文學檔案」的電子化計劃，為香港文學研究者提供大量珍貴的研究原材料。經圖書館調整分類後，一般讀者更易按圖索驥，找到所需資料。

**資料參考**

馬輝洪：〈豈無佳色在　留待後人來——論「盧瑋鑾教授所藏香港文學檔案」〉載於《城市文藝》第五十九期，二〇一二年六月，頁94–98。

| 小思原本的檔案分類 | 變動 | 經圖書館整理後的檔案分類 |
|---|---|---|
| 人物檔案 | | 人物檔案 |
| 社團組織 | 改稱 | 團體及檔案 |
| 文藝論爭 | 改稱 | 香港文學專題 |
| 文學活動、文藝活動 | 合併 | 香港文藝活動 |
| 報紙副刊 | 改稱 | 報紙 |
| 報刊歷史 | 分拆 | 報紙、刊物 |
| 社會背景、其他子類 | 合併 | 香港文化資料 |

**小思**

虛擬的文庫，不會見到分類。我認為日本的個人「文庫」特藏，最理想。退休後我看許多雜書，但也有分類，例如有關日本京都、中日文化人交往、京都學派、日本漢學研究等等，但這些書一旦捐到圖書館，就會按圖書館常用編目方式，分散於不同範疇，這與以個人讀書興趣、研究方向、資料蒐集態度為主的「文庫」設置，差別很大。例如屬於日本著名漢學家內藤湖南，藏於關西大學圖書館的「內藤文庫」，是相當重要，值得研究的資料瑰寶。我最近讀到國家圖書館出版社出版，錢婉約、陶德民編著的《內藤湖南漢詩酬唱墨迹輯釋》，經錢婉約介紹，才知道此文庫之充實豐盛，令人嘆為觀止，只要細心發掘，足可反映晚清中日文化交流、中日文人往來等極細緻情況。其中有「非冊子體資料」，竟包括了各時期的請柬、名片、唁電、參會名冊、菜單、車船票、賬單各種雜件。原來不止我會如此收藏別人當成「垃圾」的雜物，我不禁心中一喜，但又不禁心中一憂。我不是內藤湖南，不是大學者，香港各圖書館也不像日本般重視文庫收藏，我一去世，那些東西，就真成垃圾了。

　　岔開一筆，交代一下：錢婉約是北京語言大學人文學院中文系系主任，主要從事日本中國學（漢學）研究，她是錢穆先生的孫女。

**樊** 以前的圖書館很少收藏流行刊物，例如《西點》、《藍皮書》等，但盧老師的收藏中卻有，所以這是很珍貴的。不過，要推動系統的研究是困難的，因為中心成員除了研究助理，全都是兼任的，只能待有興趣的研究者加入。

## 從造磚到藏磚：香港文學特藏室

**黃** 今天難得黃太（按：黃潘明珠女士）也在，正好補充「香港文學特藏」的成立背景。您在建立「香港文學特藏」以至促成圖書館與香港文學研究中心的眾多合作活動上，都是重要角色。

**潘** 記得當時的文學院院長郭少棠先生問我，有沒有辦法由圖書館和文學院合作申請一筆UGC（大學撥款委員會）撥款，來建構一個人文科學的資料庫，參照英國的Humanities Data Set，包含文學、藝術、音樂、宗教等範疇。我認為這建議可行，因為香港中文大學在這些方面很具優勢。於是，我便找馬輝洪先生一起商討如何合作，他比我熟悉香港文學，兩人合力撰寫了一份計劃書。UGC的審批委員會，大約五至七人組成，總之當時只有一人反對，就是香港大學的委員，結果計劃不獲通過。

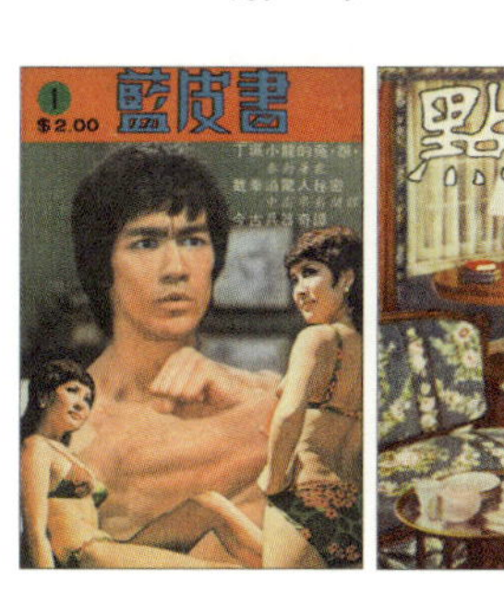

那時我很傷心，因為花了很長時間做研究。我記得那天晚上七時多經過參考部見到馬先生當班，就跟他說，沒理由做了那麼多工夫卻無功而還，他就建議一起找小思老師幫忙。好像是在三月二十三日，我們在約好在「十八溪」酒家與小思老師見面，傾談這個計劃。其實我知道小思老師多年，但卻未曾有任何接觸。我們問她，香港文學研究值得下功夫嗎？她說當然值得，我那時還不知道她收藏了大量的資料。

我在一九七四年進入中大，那時我先生（按：黃宏發教授）已經在中大聯合書院任教。聯合當時有很好的傳統，就是鄭棟材院長在每日十時半左右，都會在行政樓舉行茶聚。茶會上可以聽到許多大學內部的事情，以及認識不同的老師。有一次，我遇見幾位研究香港社會科學的教授，他們說香港沒有足夠的研究資料，而我發現相關的研究資料就在圖書館流通處後面，有讀者要求才可以取閱。大家都認為很多人需要使用這些材料，經聯合書院圖書館館長同意，希望建立一個「香港特藏」。當時中大的圖書館館長並沒有直接拒絕，卻看得出她不願意開設特藏。但因為鄭棟材院長是土生土長香港人，而他又很重視香港研究，於是說可以由聯合書院基金會出錢支援。

**黃** 換言之，香港特藏是先由聯合書院促成的？當時是哪一年？

**潘**　那是一九七四年。基金會有資金可支持這件事，給予我們五萬元一年，有了錢便可以添購新書，甚至在英國購入關於香港的舊書。當時我們甚麼都收藏，除了金庸、亦舒以外，但其實這些書都不用錢，根據書籍登記條例，每一本書出版登記後都必須送一本給港大及中大。但有人認為收藏這些流行書籍並不恰當，於是便轉而收藏與香港相關的英文書。我那時未見小思，只是直覺地認為圖書館也應該收藏香港的中文相關書籍。其實香港中文大學是大專界最早成立香港特藏組的，比香港大學還要早。港大早期只有 Far East Collection（遠東特藏），並沒有意識到要把香港文學分拆為一個特藏系列，至八十年代才獨立成為香港特藏。

**黃**　那麼盧老師捐書、捐檔案的過程又是怎樣的呢？

**潘**　是後來的事。那時圖書館開始建立香港文學資料庫，我問小思能否擔任顧問，知道她藏有大量香港文學資料和書籍，便與她談起捐書的想法。

**小思**　我很早已經有個念頭，就是香港中文大學圖書館要有一個具特色的特藏室。一九七三年我到京都大學時，看到京大最特別的收藏品——唐宋時期的隨筆。許多外國學者特地前來拜訪，就為了這筆收藏，不能借出便即場抄寫資料。我當時非常好奇，便問一位美國學者為甚麼值得遠道而來，他說這些資料全世界只有京都大學圖書館藏有，不得不來。這令我印象深刻，原來查看中國的資料不是到中國去，而是要到京都大學。所以我就確認，每個地方如果有令別人非來不可的特色，就成功了。後來曾有不同圖書館的負責人問我可不可以捐出香港文學藏書，我都沒有馬上答允。到我將近退休，想到自己的藏書、資料需要一個安置的地方，才仔細考慮。退休前，我先後租用過中環一個寫字樓作小書齋，後來又搬到銅鑼灣去存放書本。在當時來說，這是非常奢侈的行為。但書放在自己家中，始終不方便別人前來翻閱，我認為那些東西應該放在一個讓後人都可任意運用的地方，所以退休時

香港中文大學圖書館特藏室

恰巧黃太找我談特藏的事，我心中早已有這個想法，很容易便決定只要圖書館願意接收這些書，我定當傾囊相授。那是二〇〇二年，我退休的那一年。

## 編寫香港文學史：留待後人來

**黃** **問一個外行的問題——研究用書，為甚麼要由學者自行搜購？為甚麼不由圖書館去做呢？資料庫為甚麼要由個人研究做起呢？**

**潘** **一間大學約有二千名教師，假設二千名教師要做二千個研究項目，一所圖書館的藏書根本沒有可能做得齊全。**

**小思** 圖書館沒有專門研究人員面對專門的科目，他們沒有可能知道甚麼書要收藏、甚麼書不要。我專門研究香港文學，才知道資料庫要有甚麼。而且，我有些資料都是別人沒有接觸過的，當時亦只是為了方便自己的研究才去收藏。況且，有些資料有錢也買不到，所以不是說給予圖書館一筆錢就可以收藏到這些材料。有時候要補購某些舊書籍，也要找特別的門路來買。這些情形，並非每個圖書館的管理層都能夠做到。

**黃**　**我們很少機會以圖書館學的角度去看收藏與研究的關係。平常只考慮作者，例如收錄了哪些作家、多少的作品等等。**

**小思**　就算作家出版了單行本，圖書館也不一定來得及購入，因為館方有一定的收書策略。最近我借了一套書給一位研究香港五、六十年代散文的年輕研究者，我問他可有看過高原出版社或人人文學出版社出版的作品？有否讀過一些散文集？他竟大都不知道。許多當年十分重要的作家，他連名字都未聽過。那也不能怪他，因為圖書館沒有。我也只靠在舊書店中發現他們的作品，才深入研究。這也是我常說不能急於寫香港文學史的原因，因為未有足夠的材料，屋可以勉強建好，但卻並非全面的。有人可以寫部份小說史、新詩史、散文史，局部寫可以，但要寫一本全面的香港文學史卻尚有許多欠缺。我就是因為沒有「磚」，才動手造磚，然而後來我又發現一個問題：造了許多磚後，竟然來不及建屋。最後惟有把磚都拿出來，讓有能力的人寫香港文學史。

你問我現在可否寫？到現在我認為自己勉強可以寫了，可惜已沒有能量和魄力了。寫史需要魄力、史識、史德，同時也需要視野，一直以來，我都知道自己的視野困在細眉細眼的地方，魄力我現在已經沒有，有點史識史德，亦只能說「只是近黃昏」了。

**黃**　一路聽您說來，其實您已為香港文學研究取得了兩項最艱巨的成果。第一是「造磚」，就是您在大家仍未意識到這個學科的可能性之時，抓住一瞬即逝的機會，付出心力、時間和資金，收購舊報刊、收藏新書、做訪談與編纂各類檔案及資料冊。第二是把「藏磚」公開。這是一個很實際的問題，試想像現在房子可以只有百多呎，到處都是教人收納法、「斷捨離」的書，即使有保藏舊物的心，亦不一定有保藏之力。有了基本資料，有心人才能安心就自己願意努力的方向繼續研究、了解。

**小思**　對不必要、多買的東西，斷捨離，是對的，也是居住環境不理想而迫出來的主張。不分皂白的斷捨離，會令人情薄。希望作為學術機構的圖書館不要情薄。

**楊**　對於你有沒有魄力這回事，我不能跟你爭論。但讀到你近年受訪的紀錄，我覺得是「功架盡現」，例如去年十月《信報財經月刊》的〈安土不遷　小思：香港命大不會死〉（全文見本章附錄二，第174頁），是寫得非常好的訪問，亦見你的視野非凡。現在的香港可謂談「中華」色變，但你卻有能力、有證據道出中國與香港，或中國人與香港人曾經有過的種種交流與聯繫，一頁一頁的文化人往來香港留下的歷史，有分歧也有共濟，都是不能磨滅的，亦非一兩句心繫家國、血濃於水的宣傳口號可以取代。「安土不遷」，的確很能代表你的精神價值。你或許沒有建成你心目中「香港文學史」的廣廈，但卻至少為香港研究者建成了一所得以安身立業，在時代變遷中保持文化自信、一間「何陋之有」的居所。

附錄一

# 結網牽絲的人——香港掠影，記一位女作家

杜埃

在北角寓所，一天晚飯後，電話忽然響了：

「是杜先生嗎？」

「是的。你是哪位？」

「我是盧××。」聽不清名字，是個女性聲音。再一問，還是聽不清。不便再問。我捂住話筒，向小廳坐着的兩位伙伴示意是個我不認識的女人。心裏忽有點兒敏感。香港地很複雜，朋友中無此人，怎會知道我們客居的地址呢？而這地方政治情況不簡單，在這瞬間，對方似乎察覺了我的懷疑，便主動解釋說她是從報上知道我們是來舉辦「近、現代文物書畫展覽」的，還說看了有關文物走私問題回答記者的談話，看到了開幕式的照片。最後她說她從熟悉的「三聯書店」和「博雅齋」的朋友中獲悉我們的住址、電話的。

恍然，並有點歉意地說：「啊，是這樣。女士，你有甚麼貴幹嗎？」電話中傳來她愉快的聲音，說她是在遠郊沙田「中文大學」教學的，未謀一面，但有些事要討

教。並說她的家就在附近，想就近來拜訪，說只需半小時的會見就行了。我心裏有點嘀咕，素昧生平的陌生者到底有甚麼要緊事？恰巧我們因有事急於出門，只好對她解釋，並問她有何急事？她說是有關我的作品的事，希望我能過過目，只要半小時就可以了。

我有點釋然，因為她要談的是我的作品，是自己的東西，要問甚麼都好回答。於是我高興地回答說是否可以改個時間，譬如說明天上午或晚上六時以前，她斷然說「不行」，六時她剛從沙田坐車連轉車要六時多才能回抵北角。她說改為七時半到八時吧。我說很抱歉，剛好明晚六時起至十時也已有了安排，可否改為晚上十時半屈駕光臨。對方在電話裏沉吟半晌，隨即答道：「行，十時半，明晚見，一言為定。」她放下了話筒。

第二天晚上，我們外出歸來已是十時許了。在喧騷不夜天的香港，這還不算是晚哩，不一會，電鈴響了，我開了內門，只見隔着鐵柵外婷婷立着一位女郎，神態雍容安詳。我忙問「你就是盧女士嗎？」她應了一聲，露出笑容。我道了聲歡迎，一邊迅速向她身後的走廊掃着，見只有她一人，便開了鐵門，請她進到小廳坐下，這才看清楚她是個中等身材，有點消瘦的女人，穿戴樸素，不事修飾，沒有燙髮，微笑地頗有禮貌地在沙發上端莊坐下，把一個手提袋，一盒包裝得很華麗的餅食擱在茶几上。

原來她叫盧瑋鑾，小思是她的筆名。我聽後不禁驚呼，我看過幾篇署名小思的文章，其中也有兒童文學作品，可我很抱歉，近幾年來多在內地農村寫點東西，大大減縮了城裏的文藝界活動，與港台文學界接觸更少，竟弄不清她的原姓名了。她告訴說她任職的大學中文系邀請內地幾位作家來港交流，我原是被邀請之列，後因不在廣州而作罷。此事我也微有所聞。她嫻靜地從手提袋裏取出一個小小的卡片盒遞到我面前：「這裏面是你的作品目錄，今天我就為這個而來，請你過過目。」

我真是又高興又感動，忙打開卡片盒，一張張仔細察看，忍不住發出驚喜之聲。這裏搜集到的資料真詳盡不過了，裏面有時評、專著、文藝評論、小說、散文，也有一部分是當年在香港文藝界活動的消息（如宣言簽名、文藝集會等等），這些文稿刊於三十年代後期及日本侵略軍投降後的四十年代後期的香港報刊上，計有《大眾日報》、《大公報》、《申報》、《立報》、《港報》、珠江、華僑、星島、華商報等以及文藝雜誌《作家》、《文藝生活》、《野草》等，其中最難得的是一九三六年上海「七君子」事件前後，鄒韜奮避居香港主辦的《生活日報》，她也居然收集到了。看到這些報刊卡片，引起我的回憶，一九三六年夏南京政府的嫡系軍隊進入廣東，因寫稿的事我避到鶴山金崗四堡山區，曾為《生活日報》投去幾篇短文，卡片中就有《向高爾基學習》等文章，睽違近五十載，一旦重睹，不禁很有些感慨。在翻閱卡片中，腦際不時浮現往事的疊影：三十年代最後三年我曾在八路軍駐港辦事處廖承志同志領導下做公開文化聯絡工作：當年負責人吳華胥等進入內地參戰，我們又接辦了「九龍中華藝術促進會」，成立寫稿隊，聯繫了上十家香港報紙出過幾期有關堅持抗戰問題的專刊，更早些時也主編過《大眾月報》副刊，日軍投降後我重返香港，為黨辦的《華商報》做過編務，後又接編《茶亭》，那些年分國內疊次掀起反共高潮，因而與疏散到香港的不少作家有過來往，以上她所搜集到的文章就是大陸戰火紛飛，風雲急變的歲月中寫出的急就章。在卡片中我還看到了我遍覓未得的一篇論文藝的民族形式問題的文稿，那是在香港《大公報》副刊上發表的，副刊主編為蕭乾，副為楊剛女士，蕭到歐洲作戰地特派記者後，由楊主編，而楊是由我單線聯繫的，這篇理論稿子是我應她因當時需要而寫的，現在也居然找到了。

再仔細一看，每張卡片上都列一題目，注明文體、內容中心和登載的報刊及時間，像此類卡片索引約有六十張，可以想像需要付出多少勞動和付出多大的心血啊！更何況她做得很細緻很詳盡呢！這次相晤，真是我短短的幾天香港之行極其愉快和意想不到的收穫，為此我也一再向她表示由衷的謝意。因為她不僅搜集詳盡，而且有好些篇目連我自己也淡忘得蹤影全無了。

我輕輕地摩娑着手中的硬紙片，問她為何能夠搜集到這些戰亂中失去的文稿，盧女士告訴説，她原是「香港大學」中文系畢業生，後被聘去沙田「中文大學」講文學課，她花了一年多時間到與香港大學幾乎齊名的馮平山圖書館報刊庫裏尋到的，香港淪陷三年間，日本法西斯來不及清查大批抗日、民主報刊，因而得以保存下來。更可貴的是，她不僅搜集某個人的資料，舉凡當年從內地撤來的香港的郭老、茅公、夏公、馮乃超、邵荃麟、黃藥眠、秦牧、林默涵、司馬文森、端木蕻良、陳殘雲、周鋼鳴、華嘉等等作家在香港發表的作品，都在搜集之列。

這件事做得太好了，因為三、四十年代，除了廣州、桂林、重慶曾一度有過短暫的民主空氣，使文藝界較為活躍外，只有延安和解放區的文藝始終佔主導地位，而反動統治區毫無言論自由，那時連「生活書店」二、三十個分店全遭封禁，文化受到極嚴重的窒息，大批的作家、文化人因一次次的反共高潮，不得不撤到香港，造成了這兩個年代的香港進步、民主文化、文藝空前蓬勃，成為香港文化、文藝的鼎盛時期，對沿海省份、華南游擊區、首先是港澳地區以及廣大的海外僑區有過廣泛而深遠影響。盧女士殫精竭慮，埋頭報庫，做了香港文藝界還沒人做過的大量工作，很使人敬佩。這些報刊其中很大一部分是大陸上找不到的，因那時侵華日軍淪陷了半個中國，而蔣區又根本不准發行這些報刊。

我對她說香港主權問題已得協議，為迎接一九九七年的到來，她可以編一本《香港文學史料》，將是一個很大的貢獻，也為北京中國作家協會的現代文學資料提供了一份難得的史料。她聽後，頻頻頷首，若有所思。

盧女士從手提袋裏取出一厚冊《自選集》，要我簽個名。很抱歉，此書應該由我來送給她，不期她已買了來。又取出攝影機，徵詢了一下，照了幾張相，還與我合照了兩張。末了，我被告知如需要卡片的文稿，她可以用微型膠卷代為複製。我當然感謝她的關注。請她先複製一份卡片，讓我回去後考慮考慮再說。我告訴她這次來港只有七天逗留，也許過幾個月還會再來，也許我們會有重晤的機會。她一迭連聲說「歡迎，歡迎！」隨即告辭而去，送她到電梯口，再次道了謝。

過了三個月，得到了朋友的厚愛，獲得專到香港探親、訪問的機會，我和老伴住在銅鑼灣一座十九層的朋友寓所中，打電話約她共進晚餐，老伴做了幾樣小菜，盧女士從超級市場買來便菜，還帶來一份已經複製的我的作品卡片目錄。我們已是熟悉的朋友了，談得很歡暢。

又過了幾個月，她被廣州中山大學中文系邀請講學，趁這機會，廣東社會科學院文學研究所港台文學研究中心負責人楊樾和許翼心同志邀她和黃博士以及新加坡作家蓉子女士餐聚，殘雲、秦牧、華嘉、育中等作陪，我又一次會見了盧女士，席間大家談起香港文學史問題，希望她能夠組織力量，仿照「馬華新文學大系」做法，編個十卷本的《香港新文學大系》，為迎接一九九七年的來臨，這是一件很有意義的壯舉，大家期待着能夠實現，盧女士很振奮，但她謙遜，希望兩地合作……

收藏於「盧瑋鑾所藏香港文學檔案」（hklitpub.lib.cuhk.edu.hk/lovf/search.htm）〈杜埃致盧瑋鑾信，附：結網牽絲的人〉。

附錄二

# 安土不遷　小思：香港命大不會死

鄧傳鏘、麥善恒

香港作家及文學研究者盧瑋鑾（筆名小思），三十年來孜孜不倦做歷史的拾荒者，收集大量香港文學史料彌補空白。她感慨中港矛盾激化，蓋因兩地人都沒有歷史觀，不了解香港的前世今生。七十七年來她安土不遷，親歷香港的跌宕起伏，自信地說，歷史告訴我們，香港命大不會死。

香港中文大學早前舉辦「曲水回眸：小思眼中的香港」展覽，展出小思歷年來的珍貴藏品，包括與香港文化息息相關的書刊、小報、通俗刊物和資料卡片等。五十多年來，她以一己之力默默在舊書堆中尋找蛛絲馬跡。二〇〇二年中大退休後，她隨即將香港文學資料檔案、文獻、書刊悉數捐贈中大圖書館，先後創建「香港文學特藏」、「香港文學資料庫」。

為何要花費這麼大力氣做這笨功夫呢？小思解釋，懂歷史可鑑古知今，自己要讓證據說話。香港正值多事之秋，只要略窺百多年來動盪的歷史，就會明白香港不會死。「太平天國（一八五一至一八六四年）失敗後，思想家王韜來香港，創辦《循環日報》宣傳變革。省港澳大罷工（一九二五至一九二六年），香港幾乎被搞死，但工人卻藉此機會發聲。三十年代，抗日戰爭時期，日本封鎖整個中國沿海，香港成為運輸中心。三年零八個月，餓死了很多人，許多香港人北上。接着國共內戰（一九四五至一九四九年），有錢人再湧來香港。韓戰（一九五〇至一九五三年）爆發，香港沒有禁運，很多人藉此機會賺錢。十年文革動盪（一九六六至一九七六年），香港成了避風港。八三年中英談判香港前途，戴卓爾夫人在人民大會堂一跌，港人嚇破膽，很多人移民，後來又回來……很多次，香港都能絕處逢生。」

## 過去不平坦 前路仍有盼望

小思明白香港走過的路從來都不平坦，對於前路她依舊有盼望。一九六七年香港暴動，小思在筲箕灣嘉諾撒學校教書。「沿着電車路從北角走到筲箕灣，走一段路要停一停，菠蘿（炸彈）放在電車路上。等到警方處理爆炸後，再繼續前行，只能照常生活，換了是現在，肯定要停課了。」

不害怕嗎？小思憶述猶有餘悸：「我每分每秒都覺得很危險，但前路只能繼續走下去。當時徒步上學，很多學生以為跟在老師後面就很安全。我一個人被炸死也沒這麼害怕，萬一學生有閃失呢？這是我走過的歷程，也是香港的歷程。」

「在一塊屬於自己的土地上——是肥沃是瘦瘠，不能苛求了，好歹是自己的土地，算是命中注定，就在這土上一生一世。」這是小思散文集《不還》的一段話，安土不遷是她多年來的心聲。

一九八〇年代中英開始談判，目睹親友一個個移民，觸發她研究香港身世。「原來有一些人對那片土地的留戀並沒有那麼深，有事就趕快走，沒有事情就回來，那這個地方不是很慘麼？如果我父母有事，我走開，有錢了，我再回來，那太可怕……」所有親人都移民了，只有她堅持不走。「哥哥當年勸我走。我心想：『為何要移民呢？況且我很喜歡在這裏教書。』現在很多香港人後悔為何不早點走，我比較食古不化的，從沒有後悔。」

小思動情地說：「香港孕育我，我十分感激這個地方，如果有難便離開，太不負責任了！」

回顧歷史，小思深信秉持一貫的包容精神，香港將履險如夷。「今日香港有中港矛盾、排外情緒高漲。一九四九年後，很多上海人逃難來香港，當時包括我媽媽在內的廣東人都抱怨上海人搶貴物價，但看到上海人在香港設廠帶來就業時，很快就出現張愛玲所說的南北和了。」

小思在著作《香港的憂鬱：文人筆下的香港（一九二五——一九四一）》寫道，沒有一個地方像香港一樣有這麼大的包容。從收集到的舊報刊中，她發現香港特有的兼包並蓄。「在一些小報上，黃色小說旁邊，就是西西、也斯、劉以鬯介紹文藝的專欄。葉靈鳳要養活七八口人，在不同小報開專欄。劉以鬯在《快報》寫稿也很受氣，但他心態好，認為要娛人娛己。」

香港曾是三教九流人物雲集之地，左、中、右大鬥法，但都鬥而不破，今日卻赤裸裸地撕破了臉。「在中學、大學階段，我已認識了很多十分優秀的共產黨員，他們真心為黨去宣傳，因為當時我只能透過這些中介去認識大陸。以前他們很懂得統戰，往往被統戰了也不知道。乒乓球、女排、傳統戲曲都成了統戰工具。現在的做法太強硬了。你打我一拳後，又要我和你做朋友，怎能真正友好呢？現時部分香港學生連中國也沒有到過，甚至連回鄉證也被沒收，入境後又當成賊一樣被跟蹤。」

小思憶述了當年求學時期的一件趣事證明軟比硬有效。一九六一至一九六二年間，有一個大型的上海越劇團來香港演出《紅樓夢》，由頂級演員徐玉蘭、王文娟分別飾演賈寶玉和林黛玉，原本小思抱着一種很敵意的態度去看。「當年，許多父母大都是從內地來的，自小聽到有五花大綁的屍體從對面河飄過來，經常聽到有人講逃難慘況，那時香港長期有一種恐共情緒。」

不過，這種敵意很快就消融了。「當賈寶玉一出來，我就完全投降了，完全忘了什麼是反共。在政府一聲令下，即使頂級的演員也只能服從組織充當小角色，該齣戲雲集了全國最優秀的演員，呈現出一個最好的劇本。」

在那個沒有「國教」的年代，許多年輕人卻自發愛國。「中文、歷史、地理等科目已經滲入國教的元素。其實許多科目都是互通的，不需要鳴鑼打鼓、旗幟鮮明地去推行『國教』。我現時還隨手可以畫出中國地圖、黃河，因為小學時，地理老師已經教我們了。」

「從家庭到學校，從小到大，從沒有人教我們去愛國。小時候媽媽教我唸《唐詩三百首》，中國文化素質慢慢就會滲入我心裏。愛國並非要講政治口號，太硬的東西要拋棄，軟的東西自然會沉潛入你的血液。」小思媽媽愛寫詩，今次「曲水回眸」展覽品中，就有她讀私塾時被老師批改過的詩句。

小思形容，共產黨統戰利害，英國人管治也很聰明，懂得如何拿捏香港人。「在英國管治下，香港享有相對，但非絕對的自由。以前英國人怕共產黨搗亂，可以不需要裁判，就將人遞解出境，許多文化人因此被迫離開香港。」

「當時我仍在教中學，英國人知道如果要取消歷史課，一定搞到滿城風雨，因此刻意將歷史科搞得很複雜。高中可以選甲、乙、丙組，甲組、乙組修讀上古到明代歷史；丙組則包括民國、共產黨成立的複雜歷史。到中三選課時，老師和同學都不願選丙組，對於老師來説，軍閥割據等歷史很混亂，又不知道是否容許提及共產黨。這就是英國人管治智慧、政策手腕的高明，不是不讓你讀，是你自己選擇不去讀。又例如，以往在清代歷史中，中文中學是沒有鴉片戰爭這一段的，英文學校則叫做貿易戰爭。但當時大家都知道，即使自己學了，也一定不會出這一試題。」

無論是香港當權者或平民百姓，一直以來都抱持變通、包容的心態，令香港度過幾許風雨。「香港人很聰明地變通，不能穿膠花，便去製造假髮，包容也是香港人一直死不去的原因。當然，最要感謝的是香港有令人信任的法治，如果連這最後防線也守不住，香港就真的會死去！」

刊於《信報財經月刊》二〇一六年十月號

附錄三

# 人物訪問

小思

人物訪問，是口述歷史的雛形，我也嘗試做過一些訪問，可惜的是都很失敗。事後檢討失敗原因，一方面是我準備不足，事前沒掌握受訪者的重要資料線索，問不出甚麼珍貴材料來。

另一方面也是最重要的一點，是時間不夠。人家做口述歷史，兩個負責人可以朝夕相對，生活費及經費由其主事機構或某些基金提供，一邊談一邊補充資料，一邊研究，花一兩年時間也不成問題。我卻靠個人有限的公餘時間，還得等待受訪者甚麼時候有空。而許多老人家回憶時愛跑野馬，一兩個鐘頭說來說去還不到主題，採訪者必須耐心，加上如果一本正經說是「訪問」，老人家就往往變得無話可說，反不及平日喝茶聊天來得自然多采。但以目前工作量，哪有時間去喝茶聊天？結果就錯失了許多採集口述歷史的機會。

經驗中，做得較好的是陳君葆先生的回憶，只因當時我任助教，工作消閒，每一星期，總有一天到南丫島或太古城去訪陳先生，陪他聊天，讓他隨意說三四十年代文化界往事。

遇到疑問，我就回圖書館找文字資料，隨時訂正，又複印有關資料給他，提起他的記憶。這樣，他斷斷續續提供給我很多有用資料，憑着這些線索，可不斷擴大或集中搜索範圍。可惜後來我太忙，沒辦法繼續「聊」下去，而不久，陳先生也去世了。另一個訪問，本來是訂了較詳細計劃的，對象就是馮康侯老師。約好每星期一個晚上，由他自小生活說起，但只做了一次，就因馮老師有些個人問題，晚上沒空而暫停，誰料這麼一停，以後就再沒機會，因為不久前，馮老師也去世了。

許多老人家是資料寶庫，可惜總來不及開啓，這種損失，是不能彌補的。

載於《星島日報・七好文集》，一九八四年七月三日，頁碼不詳。後收入《不遷》，香港：華漢文化事業公司，一九八五年，頁73–74。

附錄四

# 口述歷史

有人說我是個「資料狂」，這個壞名聲，我願意承擔。愈來愈明白，沒有翔實資料，甚麼歷史面貌、評價，都無從說起。一切資料，包括文字、實物、口述，足可幫助發掘歷史真象，有時比看史家寫出來的文字，更容易反映事實，也更叫人驚心動魄。

許多資料種類中，以當事人的回憶最珍貴，因為必然包括了個人的感受和當時文字不宜、不能、不便記錄的人與事，但正因這樣，許多當事人都不願意「真實」地寫回憶文字。所謂「真實」，是指不迴避對他人的評價，不怕牽涉其他有關人等。時光易逝，一切不為外人所知的真相，就埋沒在當事人心底，隨他遷化了。

美國哥倫比亞大學曾有過一個「口述歷史計劃」，請了些與歷史發生關係的中國名人，由對該人有研究的學者來協助，讓他們口述錄音，而最重要一點，是那些錄音資料「絕對保密」，等過一大段日子，人物都過去了，才正式公開。有了保障，口述者就可以暢所欲言，也較真實。

不過，既然是當事人口述，其中也難免個人主觀偏見或誤記，因此，那個協助的研究者就十分重要。他必須先下苦功，把當事人所有文字資料、旁及資料研究清楚，再與當事人共同議定口述歷史的大綱，同時也提供有助當事人記憶的正確資料，甚至提出某些已見的錯誤資料，以求訂正。

這樣，既可填補文字記載的空白，又能訂誤修訛，同時，還可以避免回憶者亂跑野馬或胡說一番。

這些珍貴資料，如果落在有識見公正的歷史學者手中，必然為後代寫下具真實性、批判性的史書。鑑古知今，還歷史真面目，一切該由史料蒐集開始。

載於《星島日報・七好文集》，一九八四年六月三十日，頁碼不詳。後收入《不遷》，香港：華漢文化事業公司，一九八五年，頁71–72。

附錄五

# 盛載曲水意念的藏書室設計——彭一欣與小思對談（文字稿）

**彭**：彭一欣女士　**許**：許迪鏘先生　**黃**：黃念欣教授

**彭**　我想問老師，第一次來翻新後的「香港文學特藏」，那個印象和感覺是怎樣的？這跟你想像中，或者你之前有否想像過，新的香港文學特藏會是怎樣的？

**小思**　其實我應該先講另一個故事，就是在「進學園」裏面，我第一眼看見進學園的感覺是甚麼。我從未想過在香港中文大學的圖書館裏面，竟然會有一個如此破例，或者可以說反轉了圖書館感覺的地方出現。很多人希望我說不喜歡，不料我說，非常驚艷。

**彭**　感謝。

小思與彭一欣（右）對談

「彭一欣與小思對談」影片

**小思**

他們對於我的反應覺得奇怪，因為這個設計是一個非常逆反的思維，但又最適合青年人，時代感很強。當他們告訴我，這個設計都是由同一個人做的，我便回想，從前的香港文學特藏是怎樣的呢？就是方方正正，深色木製的玻璃書櫃。這是我們老一輩人最夢寐以求的藏書的地方。但當我進來的時候，我再次驚艷。很多人想告訴我，他們不喜歡這個設計。譬如有人說，走在這種曲曲折折的地方會頭暈。那我便問他：你現在在此跑步嗎？你是來找書的，找書是否要漫步呢？此處的「曲水」，正適合你在這裏慢

翻新後的「香港文學特藏」

慢走動。我一直沒有問你，究竟怎樣設計這個地方，但是我早已說喜歡。我也有種感覺，希望這裏能帶出一個新時代的感覺給讀者。你做到了。

**彭** 真的很感謝老師。

**小思** 我又想問你，你也是一個建築師，你完成了進學園的設計之後，是否想過配合進學園、設計一個看書和藏書的地方呢？

**彭** 其實在十年前設計進學園時，進學園是我第一個獨立負責的項目，當然或多或少會受到我師父的影響。

**小思** 你的師父是誰？

**彭** 其實我有三個師父，一個是西班牙的建築師 Rafael Moneo。

**小思** 你說慢點，我聽不到。

**彭** 好的。另外兩個是在日本時工作時的老闆妹

藏書室的新設計蘊含「曲水」的意念。Kevin Mak 攝。

島和世先生與西澤立衛先生。我或多或少受到他們三位的影響。其實當時做進學園的設計，很多東西要跟圖書館團隊配合，所以我很感激圖書館團隊。我曾問圖書館館長：其實你們心目中的「進學園」究竟想做甚麼、需要甚麼呢？她很簡單地說「桌子」。只有「桌子」這兩個字，我便想，「桌子」，那很有趣，怎樣能把桌子變成一個空間呢？於是輾轉之間便想出這個設計——我想做全世界最長的桌子，用桌子劃分出一些空間，配合不同人的讀書模式。有的人喜歡自己一個人靜靜地閱讀，有的人喜歡一群人一起溫習，有的人想躺下來，有的人想像吃早餐般在吧枱上……這就是為何我會設計了高、低、闊、窄，不同形態的桌子。而進學園的桌子亦與空間互相配合，達至一個層次。從你一進去那個空間，看到房間的分佈和桌子的曲折，都是刻意這樣編排，帶有層次感。到最後，有水影投射下來。你進來已看到那個水影，繼續往內走，最後又見到另外一個水影，這是設計上的編排。

**彭小思**

你何不把這段說話好好寫下來呢？

或者我覺得，如果我的設計是成功的話，每位用家都會感受到，其實應該讓作品自己去呈現這件事。就像今次設計香港文學特藏，你問我有沒有刻意地與進學園配合？其實沒有。可能兩者都由同一個人（我）設計，或多或少有些相似的地方吧。但是在設計香港文學特藏的時候，我覺得最重要的一點是讓香港文學有一個自體的身份。我想讓她有一個自己的存在性。她存在在一間圖書館裏面，並不是一個獨立的個體。像你看到圖書館有這些矩形、直角、長方形、正方形，都是直線的平面。如果要在一個直線的平面內，呈現一個清晰的身份，怎樣才能衍生這件事呢？另外，我認為最重要的事，一定是由書本自己呈現這個空間的形態。香港文學特藏最重要的就是特藏，必須讓書本成為首要的事，將閱讀與書本「擁抱」每個人的訊息呈現出來，使來到此處的讀者感受到被香港文學特藏「擁抱着」，因此如何去呈現藏書是最重要的。當然，在設計構思上一定跟歷來的設計、我自己的作品是有關係的。以往我見過一些覺得很震撼和很重要的圖書館設計，譬如瑞典有一個由建築師 Asplund 設計的圓形閱讀室，我在設計時絕對有想到此事。我有兩位很喜歡的設計師，一位是西班牙裔、墨西哥籍的結構工程師 Felix Candela，另一位是烏拉圭的建築師 Eladio Dieste。他們做出來的東西，都是從一個很理性的設計模式去設計的。當時我在思考，要在一個長直、方形的平面中，突顯香港文學特藏，最簡單的就是用一個同樣清晰、強烈的形態。所以我把一個圓形放進一個長方形，即是一個矩形、直角的平面圖中，這是當時決定用圓圈的原因。確立了用圓圈後，便很清晰地想用那些藏書劃分出這個空間，希望表現出被書包圍的感覺，也希望有層次感，不只是一個圓圈那麼簡單，因此有這些分層的書架。同時亦因為有了層次製造了路徑感，你可以沿着它去體驗這個空間。我們做了很多不同比例的模型，去看究竟這個圓形如何呈現出來時，發現如果用一般的設計手法，只會做出很普通的書架。就在當下發現，一定要做些很特別的東西，便想起老師的「曲水回眸」，如何能把「曲水」帶到這個圓形裏面呢？一方面是「曲水」的弧度，呈現了「曲水回眸」或「曲水流觴」的意象；另一方面參考剛才 Diesta 和 Candela 兩位設計師理性的設計，啟發我由「曲水」聯想，想到書架有自己的結構性考慮，因此用這個獨創的方法設計書架。

**小思** 但你曾告訴我，你說這個「曲水」盡頭的地方……

**彭** 是的。

**小思** 請你談談這點，因為我很為此感動。

**彭** 是的。為何這個圓形會這樣放上去？其實有兩個原因：第一，我留意到此處有一些玻璃窗，光線可以滲進來。我想利用這些光線，帶出層次感。我當時考察場地時，發現那個位置最漂亮。我也想補充，我為甚麼要在此擺放你的檔案，是因為那個位置最漂亮。春天的時候，外面開了很多花，你坐在此處，你會見到外面的花，是唯一一個空間、場地可以看得到花。

**小思** 好像是鳳凰木，對嗎？

**彭** 是紅色帶紫那般，很漂亮的。

**小思** 是嗎？

**彭** 所以我當時便決定了，小思老師的檔案一定要放在那裏。整件事的鋪排就是走到最後，你在這個空間會見到那些花花草草，這就是老師的珍藏。這個編排也是刻意的。

**小思** 你覺得這些光與影你滿意嗎？現時這樣做能達到你的理想嗎？

**彭** 其實做一位建築師，某程度上也頗痛苦。因為有些事情，你心目中想做到這個樣子，但當那件事離開你的控制時，因為始終不是自己親手做，有很多東西需要與實際環境和物料、裝配融合。我覺得能把這個書架製造出來是頗為奇異的一件事，因為不容易做，沒有人懂得做，亦從來沒有人做過。我很感激在過程中跟生產商互相配合，亦很感動，他們做到了這件事，實在不簡單。在過程之中，我們可以做的就是做不同的立體模型。我們砌了一個一比十的模型，自己逐片、逐根棍棒去砌成模型，拍了影片給他們看，告訴他們怎樣做。另一方面，日本有一位結構工程師，叫平岩良之先生，我們一向合作得很愉快，他也很努力去想究竟整件事要怎麼完成。所以說，並非由我一人憑空想像出來的，一直有一群有心人、一個團隊合作。我跟他們說，我想做這個曲水時，他們便構思怎樣能在結構上達成此事，所以你見到這個書架，其實是用直線製造一個弧度出來的，這是當時很想做到的東西。這些棍棒，其實是生產商由頂至底這樣貫穿，然後用點焊的方法做出來，每一項細節都是每個人很用心做出來的。

**小思** 但我曾聽你説過連蓋着的那些膠片做起來難度也很高，你也要談一談這個問題。

**彭** 因為它的形態不是一個簡單的弧形，所以要做一個立體模具，然後將那片膠片壓下去，再吸出來。所以每片膠片也是一個立體弧形。簡單來説，在弧形書架的狀態下，要做到打開門片，中間有許多挑戰，也需要解決許多問題。你試想像一扇門要打開，門一定要是一道直線才能打開。如果它不是直線便不可行。説實在，也要多謝圖書館李麗芳女士（圖書館高級助理館長）很支持這件事，很多時候也樂意嘗試新的東西去配合。因此，如果沒有她和圖書館的團隊，這件事亦不可能達成。

**小思** 曾經有人考慮過，那些光線會不會影響到書籍？這個問題你又如何解決呢？

**彭** 在這個問題上做了兩件事：第一，在窗户加上防紫外線的貼膜，這樣已防了99%的紫外線。加上在書架的門上也做了同樣的處理，這樣又防了99%，即是防了99%乘99%的紫外線。所以從科學層面看，應該沒有問題。但從心理層面而言，這要他們接受才行。

**小思** 心理層面上接受，是單指管理人員，對嗎？

**彭** 不是，每個人也有他的主觀看法。何者是對？何者是錯？從科學層面而言，我們已做了解決的方法。有許多人主觀地覺得事情對或不對，就要視乎每個人的接受程度不同。

**小思** 你最近又曾説過，你覺得這間房全是白色，想加一點顏色，我很好奇．在哪裏加？為何要加？加甚麼顏色呢？

**彭** 我覺得最重要是小思老師的檔案，對我而言是一個 Finale（終章），我不知道 finale 的中文是甚麼，但是這個 finale 應該要呈現出你的個性和情操。當時，其實我覺得這是未完成的一點，因為當時始終還未完全認識老師的作品、為人與性情。我覺得現在是時候可以在那裏作點綴，究竟你的特藏應該如何呈現你的情操。在那個位置應該思考如何呈現你，或者我認識的你，用合適的方式去呈現你的情操。

**小思** 我很期待啊，因為我不知道自己的情操或個性，你會用甚麼顏色表達？還有一項是我很想問的，就是這樣的空間，許多圖書館不會這樣運用的，有否感覺浪費了？

**彭** 浪費是指甚麼？

**小思** 即是「浪費了那些空間」，如果全部放書架，一堆一堆地可以放很多本書。

**彭** 其實空白很重要。在人生裏，空白與不空白的地方同等重要，甚至較之重要，所以浪費於我而言是一個很抽象的想法。如果沒有白，怎能夠平衡黑呢？當然我從來沒想過這是浪費。我覺得如果不給別人空間去吸收與接納你身邊環境的資訊和形態，那又怎麼會有空間去處理那些資訊？所以我不認為是浪費。還是那一句，主觀理解是很難去界定對與不對的。

**小思** 我其實很喜歡，因為我同意你的説法，太缺乏空間，反而沒有流動的生命，這是很重要的。但問題是將來你加的東西，你猜會否讓人有更多聯想。

**彭** 聯想是指哪方面？

**小思** 這個空間，我希望有些引導性的聯想。身為老師的我，比較習慣給別人空間，但我也有點盼望，希望他能從我訂下的某條路線，到達我希望他得到結果的地方，是否是很複雜呢？

**彭** 你的意思是放一些譬如説……

**小思** 我不知道你會在這裏放些甚麼。

**彭** 我要想一想。但老師你仍未分享你對這裏的第一印象與感覺。

**小思** 我的印象就是，第一，我覺得這個是很反叛的。

**彭** 這裏？

**小思** 對，我很喜歡。

**彭** 多謝。反叛？

**小思** 即是它跟傳統有許多很不一樣的地方，這個跟進學園其實是一樣的，所以我常常認為是呼應。為何我説希望反叛呢？只有坐在此處的人，或者是用這裏的藏書的人，他們能夠有比較多樣化的思維，才會有新的感覺出現。這個時代需要徹底地有新的感覺、新的聯想，才能令這個世界進步。知識本來也應該如此，不只是一種積聚，而是應該要有這樣的發放。這裏有一個足夠的空間，讓思想發揮，這個是我很想得到的東西。這裏就讓我得到了，所以我很高興。

**彭**　謝謝老師。

**小思**　好了，你們有沒有問題要問？很難得原作者在此，有問題便要問。我希望他們問你一些問題好嗎？

**彭**　好，當然可以。

**許**　彭小姐，我有一個問題，我聽小思老師提過，你是否在設計特藏室之初曾經問過她對特藏室的設計有甚麼期望？老師曾回答你，好似跟水有關，不知道這個

眾人一起參觀翻新後的「香港文學特藏」。左起：許迪鏘、李麗芳、彭一欣、小思、黃念欣。

答案對你的設計意念會否有所影響呢？謝謝。

**彭** 是有的。你記得我們討論過嗎？有的，在 WhatsApp 上問的。

**小思** 在 WhatsApp 上問的，糟糕，那我當然不記得了。

**許** 小思老師曾回答你，跟水有關的。

**彭** 小思老師曾回答我甚麼呢？天人合一。這個也可能是原因之一。即是為何是圓圈呢？那時我們討論過新亞書院的水池，因為老師是新亞人，我們討論水池是看得到水和天空。

**小思** 上面啊，即是天人合一亭那裏，在新亞。

**彭** 是的，我有想過這件事。即是最初說到天人合一的時候，這個亦是設計成圓圈的原因。因為天人合一，即是天圓地方，有想到這件事的時候。其實是任由東西關連起來，就如圓圈為何衍生出來，以及最初何以想到圓圈的原因。想到了圓圈之後，那麼如何跟一個矩形的平面圖配合呢？其實並不需要配合，就是任由那個圓圈有自己的自主性，所以就放了這個圓圈進去。放了之後發現，咦，原來可以的。

**小思** 可行啊。

**彭** 是可行的，其實很不錯。如果你想像一下，一個長方形的平面，勉強加一個圓圈進去，似乎有點奇怪，但實行之後，又發現有些不曾預料的效果。話說回來都是老師提出的天人合一，讓此事發生的。

**小思** 你們還有沒有問題要問？

**彭** 其實我想補充，可以嗎？

**小思** 可以，說吧。

**彭** 不論文學或建築設計，我覺得融會前人的作品、想法和哲學，才可以考究如何創新。當然我不是一位作家，從建築設計的層面討論此事，我覺得今天的香港文學特藏，我希望其他人來到的時候，會有一份感動吧。這亦是作為建築設計師的盼求，就是他們來到的時候，會有些東西可以觸碰到他們的內心，讓這件事、成就一些這樣的事情。我很想表達的是，人文、歷史、人文學、文化、文學，所有東西要融會在一起，才能去思考創新。就算像這個香港文學特藏，剛才老師說，以前那些木書架是一排排的。其實我十年前看到這個圖書館，我做進學園的時候已經覺得：為何會這樣古色古香，是好事嗎？已經開始思考這個問題。到了負責翻新此處時，就會想怎樣可以帶起這個訊息？這個跟古色古香的訊息、跟歷史有關的訊息、跟文學發展相關的訊息，如何用一個有思考、有內容的方式呈現出來？去明白歷史與過去，去明白不論是藝術還是文學，將所有範疇融會起來，我覺得是很重要的。這是我想表達的事情。一切不是憑空發生的。

**小思** 你現在覺得能達至你那個想像和希望嗎？

**彭** 我覺得我沒有資格去決定這件事，應該是由來這裏的人，或者對文學有興趣的人，或者應該由市民去決定。

**小思** 好，謝謝你。

**彭** 謝謝老師給我這個機會。

**小思** 有沒有問題要問？

**黃** 你現在設計一個特藏，或者說是一個大學圖書館裏面的香港文學特藏，但現時社會上，也討論到香港文學是否需要一個文學館。我想你從設計師或者建築師的角度談談，其實一個好的香港文學館或文學館，需要留意甚麼，或者應該如何設計？

**彭** 之前提到，我的老師：西班牙建築師 Rafael Moneo，以及日本的西澤立衛先生及妹島和世先生，其實這兩個組合，他們三個人的作品的樣貌很不一樣，但在理念上是很相似的。兩個團隊或者說是三個建築師的想法，都是着重於理解人文，或者說是理解人與社會的關係。另一個要考慮的就是那個場地。

**小思** 地緣？

**彭** 即是那個位置。因為建築師做的成品永遠是社會的一部份，即是城市的一部份。當你有一塊地，思考要興建些甚麼的時候，你要考慮周邊環境、那個城市本身的文化和歷史，或者當地市民的特質。如果要設計一個文學館，首先要問的問題是：究竟甚麼是文學館？究竟我們想呈現、想表達的是甚麼？為何要有這個文學館？而這個文學館最後想達到的目標是甚麼？應該是從這樣的方向去思考一個設計，再加上，究竟那一個環境和周邊環境是怎樣才適合？周邊城市的、較廣闊的城市規劃。要從這兩個層面去考慮，但效果可以很不同。如我剛才説到西班牙的 Rafael Moneo，對比日本的西澤與妹島，雖然大家也同樣會考慮這些特質，但他們做的設計會很不一樣，所以是很有趣的。跟特藏很不一樣的是，香港文學特藏本身的規限性。之前提到，要在一個固有的空間裏做一件事，這些限制其實營造了這個設計。好多時候其實是有規限的，即是所謂「有危才會有機」。究竟那個規限是甚麼，要在那裏尋找答案。

**黃**　其實有機會由建築師的角度談文學，真的很難得，所以我想多問一個問題：就是現在我們現在身處的香港文學特藏，裏面的每本書都可以拿在手上看，但同時我們也見到，今年許多很大型的圖書館，都有用來拍照打卡的大片書牆，這些書往往不預期你能取閱，甚至有人説，只有書脊作裝飾而已，不知道你作為建築師，對於這種設計有何看法呢？

**彭**　我其實覺得做每件事，就算做人也是要很誠實地面對自己的生活，自己身邊的事情，日常與困難亦然，所以從設計角度而言，將此類方式、方法用於設計上，便會覺得，如果要做一本假書出來，其實是不誠實的。如果要做一道假牆出來，做一些取不到的書，其實是不誠實的，更會有反效果。因為帶給別人的信息是有些書是取不到的，書應該是可接觸的，應該每個人也可以取閱，這樣才對。所以我覺得這類書牆是不好的，我亦覺得，做一些假書擺放是虛假的事。從效果的層面看，這與貼牆紙無甚分別。所以我覺得最後要問自己，究竟一本書的意義是甚麼？如果那本書是傳遞信息、分享文化、承傳思想與思考，那麼書應該要能取用、易於獲取，每個人也能接觸得到才對。

**小思** 謝謝你。

**彭** 不是。謝謝老師。

**小思** 不是，是真的。難得你這樣去闡釋，圖書館應該有的生命爭議是甚麼。

**彭** 其實每個人在這個世界中的存在都是很微小的，只是難得有這樣的時間和空間，在這個世界裏，希望做到些微小的事情，令這個世界稍微好一點。

**小思** 我們繼續努力。

**彭** 沒錯，沒錯。

# 縴夫的信仰

鄧：鄧仕樑教授　楊：楊鍾基教授　黃：黃念欣教授

## 退休生活與教育理想

**楊**　我一直希望與小思好好談一次具體的教育問題，例如普教中、教科書、國民教育、德育與美育的理想等。從前小思總會說她長期在大學工作，並非前線中學教師，不能隨意討論中學教育問題；後來退休以後，她更認為「不在其位，不謀其政」，不輕易參與大學教育的討論。我一方面很理解小思的分寸，但另一方面也暗暗覺得，「不在其位」或許更能高瞻遠矚。況且退休後的小思對教育的關懷有增無減。

**黃**　有關教育的文集《縴夫的腳步》是很好的總結。

**楊**　對，當中有許多重要的省思，值得稍後細細談論。今天很高興邀得昔日中文系的同事，退休後移居澳洲的鄧仕樑教授一同參與小思的訪談。我們大可從退休教授的生活談起？仕樑兄，這次短暫回港有何感想？

**鄧** 以前在香港放眼望去均是綠色居多。過往我回港總是住在崇基學院的訪客宿舍，但現在據説有新條例，不能以訪客身份租住，所以今次在界限街附近租了一間小單位，窗外沒有樹木，與我印象中的香港有很大分別。小時候住在堅尼地台也能看見綠樹，爾後搬進中文大學二十多年更是蒼翠滿眼，所以這次回來感覺差別很大，連紅棉也看不見。

**小思** 那也是因為過了季節，紅棉是春天才開花的。

**鄧** 也對。我在澳洲自己種了金銀花，在花期每天早上都會採擷一些，收集起來泡茶。可惜澳洲沒有紅棉。

**小思** 那是自然，紅棉是嶺南一帶的名物。

**楊** 金銀花是一絲絲的，你怎麼擷下來泡茶？

**鄧** 要趁它還未開花時採下來曬乾，要採許多才夠泡兩三次茶。十年間我已經採了幾百回，每天早上採集回來，自己做五花茶——其實是三花，沒有木棉花和槐花。

**小思** 啊，你看這便是「慢活」了。

**楊** **說到退休後的「慢活」，小思你退休後也有「慢活」過嗎？我看你近年創作、研究、出版不斷，相當「快活」！可否跟我們說說你的「退休生活」到底是怎樣忙碌和精彩？**

**小思** 真的相當「快活」。由按已定「時間表」安排的日子，走進沒「時間表」的生活，我愈來愈「自由」、「放縱」。「自由」是自我作主，「放縱」是隨意所之，我可給自己編排許多工作和遊玩節目。由於事前沒有妥善計劃，結果往往在同一段時間內，得同時趕着做幾件工作，速度就必須加快。如遇上幾項工作同時殺青，哇哇！那種「快活」，真難解難分。精彩？應是有趣、有用。

**楊** **有趣、有用？能舉些例子嗎？**

**小思** 退休前，我大部份時間用在備課、研究上，讀一切有關的書刊。例如開「現代散文」課，我對所有現代的作品、論文都不放過。就算當代文學不列入課程，我也緊緊跟貼，一切內地、台灣、香港散文選集，我都閱讀。一九九九年，內地舉辦第一屆「新概念作文大賽」[1]，香港沒甚麼人留意時，我已在課上提及獲得一等獎的韓寒了。

退休後，我大量「雜讀」，擴展多方向的視野，包括文化、社會、書籍出版、中日關係等等，進入一個全新知識世界。你說多有趣。滿是好奇心、生趣與意趣，令人「快活」而不疲。

另外，歷來手頭積累了許多文獻資料，也因退休有閒，遇上機緣，又有人肯幫忙處理，有人肯出版，就全力投入做些事，例如出版《淪陷時期香港文學資料選（一九四一至一九四五年）》、《葉靈鳳日記箋註》。這為後人研究，補充資料，對己對人，可算「有用」。

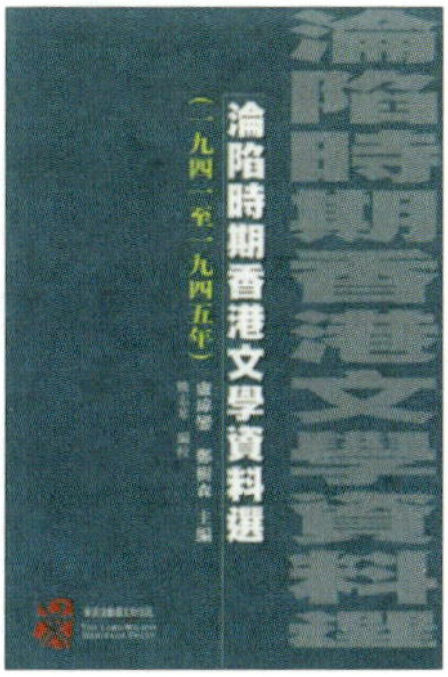

此集收錄香港淪陷時期最具意義的文藝和文化資料，為當時的寫作狀況，提供具體的參考脈絡。此集二〇一七年由天地圖書出版。

**楊**

**我認為你退休後也寫下了許多有具深度的遊記，例如**

1 新概念作文大賽是中國內地為三十歲以下青年舉辦的作文賽事，由《萌芽》雜誌社於一九九八年發起，一九九九年在全國重點大學聯合舉辦。賽事以「新概念」為宗旨，意在提倡「新思維」、「新表達」、「真體驗」，八十後作家如韓寒、郭敬明、張悅然均在比賽中獲獎而廣為人認識。韓寒於首屆獲獎的作品為〈杯中窺人〉，詳見陳佳勇等著：《首屆全國新概念作文大賽獲獎作品選（B卷）》，北京：作家出版社，一九九九年，頁405–406。

**二〇一二年你到訪白馬湖，追溯二十年代白馬湖派設立春暉中學的故事，對這「不講革命鬥爭，只求教育實踐」的「教育理想國」的嚮往，十分動人。回想這次行程，你最大的體會是甚麼？**

**小思** 訪白馬湖是我多年夢想。中學時代讀開明書店出版的書，朱自清、夏丏尊、葉紹鈞、豐子愷的名字與作品——後來被稱為白馬湖作家群早進入記憶中，但對遙不可及的白馬湖春暉中學，卻沒任何認識。從事幾十年教育工作，面對大大小小因教育政策失誤而引起的問題與困惑，我不禁思考前輩究竟有沒有遇上這些困惑？他們如何應付這些問題？於是，我不斷追尋他們文學作品未有記錄的事跡，例如浙江省立第一師範學校、上虞春暉中學、上海立達學園、開明書店、《一般》等等，這些都成了我追跡的目標。其中還加入兩位教育家：經亨頤、匡互生，是我從不知道的。

近十年，內地資料開拓多了，細讀《經亨頤日記》、《匡互生與立達學園》、《立達學園史論》、《大師鑄就的春暉——一九二〇年的春暉中學》、《春暉永照》……方知前輩雖艱辛千萬，卻堅毅不屈，不忘初心。尋路艱難，理想永在，是前輩必須守住的關口。

白馬湖山水之美，抵擋不住現實政治的陰霾，他們在短暫逗留後，終得在曉風殘月的早晨，捲起行李離開。令他們往後決定展開一條文化教育新路的力量——創辦開明書店，不是白馬湖的山水之美，而是在此地遇上的打擊與困難。

那個白馬湖下午，我坐在湖畔陽光下，思緒游離在今古之間，所想的並沒在《縴夫的腳步》中那輯「白馬湖圓夢」中寫得滿。

## 崇高惟博愛　無間東西溝通學術

**楊**　我們談起香港中文大學，往往讓新亞書院專美。上次與陳永明兄一起，我們談了許多新亞精神，仕樑兄是一位老崇基，在你看來崇基學院有甚麼特別值得稱道的呢？

**鄧**　我其實也考上了新亞書院，但由於班上大部份同學都選擇入讀崇基學院，所以我便和大家進了崇基，當時對書院沒甚麼特別的概念。崇基的特色是有基督教背景，但是校方在宗教上持開放的態度，學生有選擇的自由，課程也很開放。當時崇基中文系的老師與新

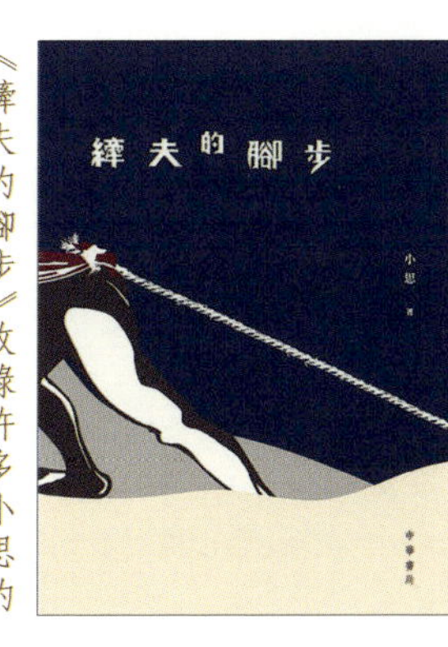


《縴夫的腳步》收錄許多小思的教育文章，二〇一四年由中華書局（香港）有限公司出版。

亞一樣，都是南來的學者。五十年代中期，黃季剛先生[2]的三位高足，伍叔儻先生[3]在崇基任教，潘重規先生在新亞任教，高明先生[4]則在聯合任教。黃先生除了文學以外，對訓詁與聲韻也精通，潘先生比較全面繼承，但伍先生卻認為文字學對文學沒有用，（小思：伍先生很有趣，他真是位詩人。）所以他從來不談論文字學，講《文心雕龍》也並不依循黃先生的一套説法。當然，我與伍先生的理解也不盡相同，但是這正配合他的精神，不必固執於某種闡釋。系主任是鍾應梅先生，原是中山大學教授。另一位王韶生先生，在北京師範大學受學於高步瀛和黃節。

2 黃侃（1886–1935），字季剛，晚年自號量守居士，語言文學家。生於成都。一九〇五年後留學日本，在東京師隨章太炎習小學及經學。先後於北京大學、中央大學及金陵大學等任教授。在北京大學期間，曾向劉師培學習，精通春秋左傳家法。

3 伍俶（1897–1968），字叔儻，詩人、學者。一九二一年畢業於北京大學國文學系，曾任教於上海市聖約翰大學、光華大學，一九三六年受國立中山大學校長戴傳賢禮聘，出任中山大學中文系教授。抗戰後前往台灣，先後任台灣大學、台灣省立師範學院國文系教授，再於一九五二年赴日本東京大學、日本御茶水女子大學講學，一九五七年受崇基學院之聘，出任中文系教授。主要研究中國古代詩學，擅寫五言古詩，喜好書法，作品多發表於《國故》、《華國雜誌》以及《小説月報》等。

4 高明（1909–1992），初名同甲，字仲華，一字聞尊。一九二七年起師隨黃季剛治經學、小學。後加入國民黨從事革命北伐事業。自一九四四年起，先後任教於西北大學中文系、國立政治大學中國文學系，台灣省立師範大學國文系，後任師範大學國文研究所所長，並為教育部編標準教材。一九六〇年往香港中文大學聯合書院任教中文系。見黃慶萱：〈故國文系高明教授學述〉載於《師大校友》第三三〇期，二〇〇六年六月，頁33–39。

**伍叔儻先生教詩選、專家詩、《文心雕龍》，也不時談到文學的種種問題，例如他說喜歡《奧勃洛摩夫》（Oblomov），此書是俄羅斯小說，以俄羅斯貴族生活為題材，伍先生從不論作品的意識形態，只討論其文學性。他認為讀書要轉益多師，與文學有關係的不是訓詁學與文字學，而是要強調文學性。《文心雕龍》的文學思想和西方理論應該相互調和，不宜割裂。中文大學第一任講座教授周法高先生早已提出，古典文學應與現代文學並重，而文學應與語言學並重。這可見中大中文系的學術取向，古典與現代本就不相悖。中文大學中文系勝在沒有包袱，可以配合時代的需要和學術發展的趨向。**

## 小思

說起古典文學與現代文學，有人曾經指我「背叛師門」，在新亞書院考九張卷都是古典文學、語言及中國歷史，沒有學習過現代文學，竟然跑去研究現代文學。（**楊：這也算是背叛師門？**）對，的確有這樣的看法。但我認為這轉向正正因為新亞書院的開放，使我們可接受各種事物，而大學時期打下的古典文學基礎，讓我鑽研現代文學更有效。時下研究現代文學的人有些沒有甚麼古典根基，然而中國現代作家，特別是二、三十年代的作家，每一位都讀古典文學出身，懂古典，對研究他們必有幫助。這次我做《葉靈鳳日記》的箋注便知道，只有閱讀大量古典文學的人才會懂得文中的意涵，所以，若我純粹讀現代文學出身，就未必能明白他想表達的意念。不過無論如何，中大前身幾間書院，皆有剛才所提及的南來學者的開明態度，才有這種自由風氣，讓我們各取所需。

**鄧**　**事實上當時所開的科目都是古典文學。應該怎樣貫通古典與現代呢？當然新亞書院也請過徐訏教現代文學。**

**小思**　但果效並不大。原因很複雜，我不想用「排斥」一詞，但當時現代文學的確在中文系中無法取得重要位置。

**鄧**　**我明白。崇基聘請兼任教師講授現代文學，如水建彤先生，但比例上現代與古典實不相侔。（小思：**水建彤即桑簡流，他的散文集《西遊散墨》寫得很好。）**事實上當時我們並不認為古典與現代文學是對立的，學生在課堂上讀古典，課外卻讀許多現代文學，除非你根本不用心讀書。八十年代我和秘書長到上海邀請巴金先生到中大接受名譽學位，巴金先生問我香港的課程有甚麼安排，我回答說中學課程基本有不少古典元素，但學生課外閱讀的現代恐怕數倍於古典，包括巴老先生的書。以我就讀的聖保羅男女中學為例，高年級國文用的是港大編的《中國文選》，其實屬於大學程度的教材，四書五經全都要**

讀。但是，我與班上一些同學一起讀《魯迅全集》，從中學到大學基本上都看完了。

伍老師也不排斥現代，錢鍾書是他的學生輩，當年錢氏考庚款（庚子賠款）獎學金的卷子便是他審閱的。五十年代知道《圍城》這本書的人很少，要不是伍先生介紹，我們不會看。事實上這本書是買不到的，我只在舊書店找到一本。（**小思：**對，那應該是晨光社出版的吧。）對。（**小思：**八十年代以來，已很容易買到不同版本了。）換言之，我們並非不看現代文學的書籍，從篇幅上看，相信比讀古典為多。而我也曾提到，小思雖然讀古典文學出身，但也可以教現代文學，樊善標亦如是，特別是黃繼持先生，讀古典的人亦能成為受人尊重的現代文學學者，這是不爭的事實。我覺得就算是教古典的人也不能脫離現代，如果對當代的文風完全陌生，研究只會局限於一個很小的範圍。但是當前大陸有些古典文獻專業和學者似乎過於專門化，幸而在中文大學並沒有這種情況，一、二年級基本上要讀遍四大範疇的科目。

初版《圍城》於一九四七年由上海晨光出版公司出版。

我們不能將兩者看成割裂，現在仍然有老師擔心學生不讀古典。其實讀現代文學並不容易，有時較古典更困難。現在有許多工具協助學生研讀古典，看《尚書》也較以前容易很多，所以有些人認為學生因為避重就輕，於是紛紛研究現代文學，這恐怕是過慮的。

**楊**　**說回崇基的課程特色，從你（指鄧）入讀那一年便開始有通識教育？**

**鄧**　**崇基開辦之始就設有這類課程，當時叫「人生哲學」。一至四年級共八個學期，每個學期修讀一科。**

**楊**　**在這一方面，崇基的確有開放的風氣。小思在新亞畢業，但卻是崇基的老師？**

**小思**　我屬崇基名額內的教員。可是，我一向不會把班上學生分成屬哪個書院來看待的。不過因為崇基規定每名畢業生都要上一個屬通識的「專題研習課程」。這個課程是由不同學系學生搭配成一小組，從大三暑假開始研習一個自選課題。我非常欣賞這個課程設計，每年都會爭取負責教一組。你剛才說的人生哲學課程，再加上畢業前這個專題研習課，是很特別的訓練過程。不同學系的學生面對非自己專業的題目，從開始討論時有點「牛頭不搭馬嘴」，直至後來針對同一課題能作深入研究，我總覺得看着他們做研究、慢慢成長，我也學到許多新知識，很快樂。所以我想問你在崇基的時候，是否已經有這個課程設計？

**鄧**　「人生哲學」課程一個學期修讀一科，合共八科，包羅不同學科範疇。其實這個課程經過許多修訂，學生在初時有一定抗拒，但校方的立場堅定，例如沈宣仁教授就付出了很大的心力。後來我在崇基任教，參與通識教育委員會的工作，發現這個課程已經改變了許多，校方也受到一些壓力。當時的崇基校長是芝加哥大學畢業的，芝大本來重視博雅教育。我自七十年代起便在通識教育委員會內，當時通識課程因應實際需要而經歷了許多變化。小思剛才說的畢業專題研習，其實始於八十年代初，屬於「學生為本」課程。（楊：當時崇基學院已有這類課程，聯合也開始了。）對，有些學生喜歡這樣的學習模式，所以便辦下來了。他們畢業後大都會發現這課程的好處。

**小思**　有些專題研習課的學生，現在仍然會約我飲茶見面，他們在不同的界別裏發展。現在仍然有這個研習課嗎？

**鄧**　崇基現在仍有。（楊：聯合也有。）一年級有大學生活指導，最後一年有畢業專題研習。大學生活指導是十二位不同學系的學生一組，有些學生直至我退休仍然繼續見面，學生們都因為這個課堂而對大學有了不同的見解。

**小思** 對，那真是相當有趣的學習。我從中認識了羅大佑在香港創作的心態與過程、明白歌星形象設計是甚麼一回事、學護的甘苦、五個非文科女學生一組，向全班男生分析白先勇《孽子》中男性同性戀的文學書寫……

**楊** **談及現代文學，就三院的課程而言，李輝英[5]來得很早，在聯合任教。聯合的學風，是由姚克[6]、李輝英和余光中所開展，因為校方是有意識地聘請現代文學作家來任教。而崇基又是何時開始的呢？**

---

5 李輝英（1911–1991），原名李連萃，筆名東籬、林山、梁晉、葉知秋等。畢業於上海中國公學大學部中文系。先後加入「左翼作家聯盟」及「北平作家協會」，抗戰期間曾加入「中華全國文藝界抗敵協會」。先後任《生生月刊》、《創作月刊》、《北平新報》副刊《文藝週刊》及《抗戰文藝》。抗戰勝利後任長春大學、東北大學教授。一九五〇年南下香港，以寫作為生。一九六三年任職於香港中文大學聯合書院中文系。一九八四年加入「中國作家協會」。著有小說《萬寶山》、《松花江上》、《霧都》、《黑色的星期天》、《名流》等；學術著作有《中國現代文學史》、《中國小說史》等

6 姚克（1905–1991），原名姚志伊、姚莘農。翻譯家、劇作家。畢業於東吳大學。一九三七年「盧溝橋事件」後發起創辦「中國劇作家協會」，後往美國耶魯大學戲劇學院進修，並於聖約翰大學及復旦大學任教，同時參與戲劇演出。一九四〇年與費穆創建天風劇團。一九四八年赴香港，在香港中文大學新亞及聯合書院任教。一九六八年赴美國夏威夷大學任教現代中國文學及中國哲學史。

**鄧**　在六十年代末，崇基學院也請了李輝英來兼教現代文學。（**楊：黃繼持是否也有開辦現代文學課程？**）那是後期的事了，早期他教《莊子》、《荀子》，後來也教作家課程。

**楊**　**那第一科現代科目是誰任教的？新亞最早是徐訏[7]，但那是兼課。**（**小思：**新亞是沒有專任的現代文學老師的。）**對，那麼專任的現代文學老師是由誰開始呢？可能直至你（指小思）的時代才開始呢！**

**鄧**　**沒有，當時小思也是古典兼教現代，並沒有專任現代文學的老師。**

**小思**　我當時進入中文系，他們還要我開魏晉南北朝文學史課呢！那是文學史裏的其中一門課，樊善標便是那時候被我的課所折騰的（**眾笑**）。余光中來中大，他開了新的現代文學創作教學，但也沒有講現代文學史。

7　徐訏（1908–1980），本名徐傳琮，字伯訏。一九三一年畢業於北京大學哲學，後轉至該校心理學系攻讀碩士，再於一九三六年赴法國留學，回國後居上海。曾於上海任《人間世》月刊編輯。一九五〇年赴香港定居，先後在新加坡、香港多所大學任教，先後任香港中文大學中文系教授，香港浸會學院文學院院長兼中文系主任，並在香港與曹聚仁等創辦創墾出版社，合辦《熱風》半月刊。一九八〇年在香港去世。

**楊** **崇基沒有專任現代文學老師？**

**鄧** 崇基的都是兼任。中文大學的課程其實是一九七八年才正式整合，在此之前都是各自延請老師。

**小思** 無論如何，聯合是最早較有系統地開現代文學課的。（**楊：對，你能清楚地看見李輝英任系主任。**）對，更重要是，當初姚克添購的中國近現代話劇劇本，那批書集中起來，成為現在香港中文大學圖書館一項重要文學特藏[8]，貢獻極大。所以有好的老師在，對大學院校是非常重要的。

**鄧** **大抵當時香港的大學都比較開放。老師們當然是各有各的想法，但是來到香港這地方，至少沒有太多禁忌與規範。這是香港地理與政治環境所造成的。**

8 此處指姚克來港時添購的戲劇叢書，後來收入了中大圖書館的「中國現代戲劇特藏」，前身為「聯合戲劇特藏」。

## 香港教育現況：閱讀能力、範文、普教中

**楊**　現在大學的評審也重視社會影響力（social impact factor），如何評價中文系畢業生對社會的影響？

**鄧**　中大中文系成立五十年，我們畢業生在許多方面應該都有影響力。前些時跟一些畢業生吃飯，有校友提及香港有些人對中文課程有意見，以為今天學生中文程度差，是課程改革的後遺症，當局不得不把範文重新納入課程。我說起PISA（Programme for International Student Assessment），這是國際大型學生能力評估計劃，每幾年舉行一次，幾十個國家數十萬學生參加。計劃的目的是評估學生語文、數學、科學的能力，沒有特定課程，更不必操練，由國際認可的專家設計，足以測試學生的真正能力。結果香港學生的語文閱讀理解能力數一數二，遠勝於美、加、澳洲，這算不算近年語文教學改革的成果呢？

我對校友說當前教學有令人欽羨的成效，卻受到種種責難，而且不大聽到辯解的聲音，這都令我大惑不解。其實教育局大可振振有辭說，香港語文教學有了不起的成就，豈非改革之功？總之理想的語文教學，是讓學生養成良好的讀書習慣，能思考，有體會，善表達，知道學習不是操練過關的功夫，而是一輩子受用的事。

**楊** 關於語文教育改革，近年翻來覆去還是應否保留「範文」的問題，仕樑兄有甚麼看法？

**鄧** 教育本來要開發學生的能力，使他們能應付未來的需要。我們這一代人習慣讀所謂「範文」，有些人很受用，就沒有甚麼不妥，最大的弊端可能是受那幾篇範文局限了，視野不免偏狹，而且靠操練應付考試，見不出真正能力，過多操練會抹殺閱讀的興趣。有些地區學校的語文科不大有「家課」，但學生每星期看一兩本書，畢業後仍保持閱讀習慣。其實即便沒有指定課文，教師大可一仍舊貫，教那幾篇範文。如果說考試不考就不用教，那正違背了教育的原意。有些人以為回復範文就是撥亂反正，明白了課程的設計原意，豈不可笑？當然，沒有範文的話，有些老師可能不習慣自行設計課程，那麼教育學院就該培訓能勝任的老師。

**小思** 補充一下，現在年輕一輩的老師很擔心設範文，他們不懂如何教，因為在中學時期沒學過。

**楊** 有些老師對文言文簡直是害怕。

**鄧**

這當然也是問題。但如果說沒有學過就不能教，恐怕是不能成立的。將來的教師，教的東西相信大部份是自己當學生時期沒有學過的。害怕文言，恐怕只是心理障礙，老師有責任使學生相信搞通了文言，就可以掌握上下幾千年的作品。我從來有個想法，就是時代進步了，學習甚麼都應該要比過去有效率。比如相對論初推出，理解的人很少，現在則物理系學生都不可能不懂。那麼語文何獨不然！今天累積了許多研究成果和經驗，建立了有效的工具和方法，我們對古代的認識必然比過去深刻，治文言也必然比過去進步。相信何志華、樊善標他們研究古代文獻的，讀古書的能力比我們都強。我從來不相信中文系學生治古典會比前幾輩差，不然學術哪裏還有進步？老以為一代不如一代，是讀中文的人最大的固執和誤解。

**楊**

一方面擔心沒有範文便沒有「揸拿」（把握），有了範文又擔心範文太多，更擔心不懂得怎樣教，我以為這是陷入了一個畫地為牢的「怪圈」，其實中國語文由古到今一脈相承，根本無須也不大可能劃分文言白話的界限，不同時代的文章各有不同的語文和思想特色，也沒有需要視個別篇章為「模範」或以之作為「規範」的標準。第一語言的教學有別於外語的學習，我以為不宜太講究理論、分析以至是取法乎下的所謂「語譯」。回顧自己大半生學中文教中文的經驗，無甚高論的「秘笈」不外大量閱讀，積蓄語料和培養

**語感。語料的來源，古人用的是《三字經》、《千字文》等「蒙書」，今人可用可不用，我則以為「成語」便是最現「成」的「語」料，「成語故事」更是切入中國文化的最佳啟蒙教材。至於培養語感，當然離不開閱讀和背誦。閱讀不妨由小說引入，小說中例如《紅樓夢》的語文很「白」，魯迅小說的語文頗「文」，金庸小說蘊含不少傳統文化元素，大量閱讀，便是語言文化薰陶感染之源。至於記憶和背誦，當然是繞不過去的學習環節，要掌握文言語感，我以為有一二十篇文章、三四十首詩詞，以朗讀熟誦為度便可有成效，當然也可因應學者的投入程度而增減。**

**小思**

我收藏一些自清末民初以來的中小學國文教科書，綜觀一下，所得印象，自五四白話文運動始，一直以來，中國國文教科書編排選材，從不缺選文言範文，且從不分文學、語言，範文佔量甚多。一代傳一代，無論老師教法如何不同，學生都必讀範文，傳統沒因有白話文興起而中斷過。畢業生當了中文教師，教文言範文，有前輩教法師承依傍，再加新式教學法及材料豐富的教科書協助，語感語料充足，自有把握。可是一旦範文在規定課程中消失，新一輩教師無法可依，怕教文言文，恐怕已經不是心理障礙，而是課程設計曾出現斷層，令他們失路迷途。我不責怪年輕一輩教師。

最近重新添入範文，説重一點，算迷途知返，可是文統中斷過，又要需時從頭啓航了。

**楊** **換個熱門話題，對於「普教中」(以普通話為中國語文科的教學語言)，你們又有甚麼看法？**

**鄧** 我寫過文章，説如果掌握得宜，普教中當然也可以，但要跟棄用母語比較，看看到底孰得孰失。我有個世姪女的姨甥進了國際學校，校方只准用英語和普通話，講廣州話是要受罰的，所以她回家後使用廣州話覺得很彆扭，結果不太適應日常生活，只好往紐西蘭升學。

事實上使用母語是每個人的基本權利，但基於政治或其他原因，有人認為用普通話就是高級，甘於棄用母語，真是忘其故步的活生生例子。普通話當然要學，我們在七十年代的研討會已經提出加強普通話教學，但視母語為不能登大雅之堂，那是把問題扭曲了。以為非普教中不能學好中文，在學理上不能成立。這問題我早有詳細的論證。

**楊**　**對，這是很政治化的想法。從教育原理來說，為了學好一種非母語的語言而要用該種語言來教授其他學科甚至全部學科，結果便是削弱甚至犧牲了對那些學科的理解和吸收。學好普通話，以至學好英文英語，固然十分重要，但是以之為教學語言便是違背了母語才是最能入耳通心的教育原理。**

**小思**　唉！我又要「講古」了。我沒研究語言教育原理，沒想過語言理解運用與政治的關係。我只談香港五十年代初讀小學的情況。

自小學一年級開始，上課老師說廣東話，用廣東話教一切科目。但有國音堂，教國語（那時不叫普通話）拼音，學白話詞語、唸成語。二、三年級讀片段白話文、古詩、古文。作文一時規定用白話，一時指定用文言。六年級畢業，人人都懂廣東話和一點國語，也懂寫一點文言文——寫得好不好是另一回事。英國殖民地教育官員沒下令實施「普教中」，我們卻樣樣懂得，就是那麼簡單。這是甚麼原理？讓專家找答案好了。

## 中文系教育今昔：學術的個性

**楊**　**說到中大中文系的課程特色，必修的「專題研究」，即撰寫畢業論文，應該是很特別的。**

**小思**　這些課程設計也是應該談談的。中文系是否試過取消必修畢業論文？

**黃**　**試過轉為選修科。但大學改回四年制後又變回必修科。**

**小思**　那恐怕又會怨聲載道了。從前，儘管同學每年從暑假開始準備論文過程很吃力，完成論文，就算步出社會後不再從事學術相關行業，普遍也會認為那一年很珍貴。因為在職場上，許多時候受益於當時訓練得來的資料搜集功夫。而且做過畢業論文，才知道甚麼是屬於自己的學問，這些都是已投身社會的中文系學生的感言。當然，老師指導畢業論文是辛苦的，學生在撰寫過程中若有差池的話，老師指導更覺疲憊。但是，再「論盡」的學生也會受益於這份畢業論文，因為擁有自己的代表作。

**鄧**　**教書本來是學習的過程，有些由學生提出的問題，會迫使老師有所思考，所以老師與學生其實是一起學習。我的意見與某些老師不同，比如畢業班的專題研究本要求寫論文的**

學生一起上課，但有些老師認為單對單指導便行了，因為每個同學研究的題目不同，他人不必參與。但我很堅持一定要一起上課。（**小思、楊**：一定要一起上課的。）

**小思** 有些課程設計如果試驗效果好，證明做得對，是要堅持的。

**鄧** 我認為做研究的確需要這樣的。我在九十年代初當過浸會大學中文系課程校外評審委員會主席，在正名為大學時，浸會對此非常重視，把專題研究論文稱為 Honours Project，若然沒有修讀此科不會獲得「榮譽」學位，因為沒有修讀這科的話並不能算作研究。我認為這是不能棄守的，若然中文大學認為學生應該都有研究的經驗，就必須要保留這科。

我曾把《問學三集》（載有畢業生的論文十餘篇）寄給柳存仁教授，柳教授在四、五十年前曾任中文系的校外委員，他說想不到現在的學生能寫出這樣的論文，當年我們其實沒有寫合規格論文的訓練，後來卻教出能寫的學生。

問學三集
香港中文大學中國語言及文學系
本科生畢業論文選
二〇〇三年八月

《問學三集》收錄大學生的優秀畢業論文十餘篇，二〇一三年由香港中文大學中國語言及文學系出版。

**小思** 當年我們怎會懂得寫學術論文呢？回想自己到京都大學遊學，平岡武夫先生要我發表論文時，我多恐懼！甚麼叫論文？連要用引文、要加注釋，一切論文格式都不懂，現在，想起來真慚愧。

**鄧** 所以你們（指黃）也是幸福的，我們雖然不懂寫論文，後來竟不能不懂得教！（眾笑）

**楊** 現在他們所寫的注釋比我們當時仔細很多，我們連做注的觀念也沒有。

**黃** 也因為現在的學術工具發展得好。現在學生打一個關鍵字便甚麼資料都能找出來了，也是圖書館的功勞。

**鄧** 崇基四年級時我們做的畢業論文，是參照一九四九年前國內大學的體制。我的〈謝靈運詩論〉寫了好幾萬字，但沒有注釋，也不用列出參考書目。

**小思** 那時都不下注解，結果後來都不知道那些資料來自甚麼書籍。

**黃**　但客觀而言，作為一個論文讀者，你們會否覺得當年的論文有神采一點？現在因為某種格式的規範，令大部份論文都是類近的樣子。

**小思**　這的確是。因為你們已經有了某一個格局，一開始就是大綱、背景、定義，其實也不差，特別是初學習時，這些都是基本功，等同扎馬步，要按照特定的套路。但某些文章卻為了某些理論來服務，「生安白造」也要加上你相信的那套理論、那一把尺來量度。

**楊**　現在有些人要製造一個集團，互相引用對方的文章，來增加引用次數。

**鄧**　學術界裏的確有這類行為，一旦形式化便會出現。

**小思**　這使某些人沒有了個性，你用一個框來框住便會這樣，然而過份有個性也並非好事，所以如何拿捏分寸也是一個問題。

**鄧**　學術評審隨時變易。像當年伍叔儻先生常說，誰的學問好，朋友之間都知道，不是計算你的論文或專著來升級的，大家認為你學問好便可以升級。現在一切都量化了，每樣都要計算，像論文有多少人引用、在哪些地方刊登。量化當然有量化的好處，但是亦有弊端。

**小思** 所以不是哪個制度好與不好，關鍵是運用的人如何準確拿捏。

**黃** **那麼我們怎樣才可以取回個性呢？**

**小思** 我也不知道。因為當年我寫了些過份刻板的論文，完全服從資料，結果真的沒有了自己。現在回頭看，也不知道這些論文想表達甚麼，因為把資料都鋪陳好，不代表就有自己的見解，這是我最大的缺點，也是我後來不再寫論文的原因之一，因為我尚未把資料消化，只是相信資料可以為我說明一切。當然，現在我同樣相信資料可以說話，但一個人的個性如何、運用資料的方式如何，也是非常重要的。

**黃** **但我們覺得您很有個性，例如聽您演講談論如何從廣告中研究香港文學時，我便覺得如果自己的研究可以有這樣有趣的角度便好了。**

**小思** 但這些不是學術論文，不能放進國際的學術論文集。

**楊** 小思所做的研究資料很豐富、很扎實。但她講書時卻完全不同，熱情傾注，大有個性。現在透過訪談便是最好的機會，讓小思在沒有甚麼規範之下再次談論自己的香港文學研究。

**小思** 我認為還有一件事，那便是時勢的問題。鄧先生任系主任時，尚未有迫切需要我們交論文來提高評級，若是強制的話，我也一定要寫。所以我常認為自己幸運，當時並沒有這些要求，不然可慘了，評核過不了關，升不了級事小，革職事大。在中大任職最後幾年，我基本上沒參加多少個學術會議。

**鄧** 剛才所提到的個性問題，其實每個人寫論文到了一定的層次，定必發展出自己的個性來。所以有學生向我說，在我的論文中看出一些幽默感。我不時看西方音樂評論，評論者往往有明顯的個性，後來在澳洲也看一些名家的酒評，發現評酒也可以有個人風格。所以，任何評論到某一個層次定必表現到個性，這是不必擔心的。

**小思**　也對。其實自從《香港文縱》起我便沒有再怎樣寫論文，現在偶爾再寫，也不再用硬的資料，而是憑自己想法自然流露。

**楊**　**你寫蕭紅便沒有硬梆梆。所以我認為你現在應該消化一下，再回顧一些作家，在訪談裏娓娓道來，其實也是很不錯的。說回幽默感，我認為你（指鄧）創作那些五言古詩是很有幽默感的，內裏很有趣味。**

**小思**　他是伍老的嫡傳弟子，這種傳承，有時候被老師影響了卻不自知。

**鄧**　**據說連發電報都可以認得出由誰發出來，雖然都是用同一組密碼，卻是各有個人風格的，有些人就能聽得出是誰打出的電報。就像鋼琴演奏，鋼琴名家 Wilhelm Kempff 所說，彈鋼琴不難，只要在適當的時候用適當的力度將手按在適當的位置，這當然是幽默的說法。但甚麼叫適當？這就取決於個性和天份。就算奏同一樂譜，每個人的風格、力度、音色也可以完全不同，一流於機械化便會失去特色，只要慢慢練習風格就自然會出來。**

**楊**　**總有好的或壞的風格，風格一詞本來是中性的。**

**小思**　伍老的詩可否替他整理出版呢？我常常聽你們提及他，感到他是位非常有趣的人。

**鄧**　**他的確不羈，聽說當年他曾與錢穆先生頂撞。錢穆先生請過伍先生教《文選》，結果一學期來只教了半篇，因為他總是天南地北談論許多東西，假如要求他像現在學位課程規範般教學，那定是不行的。**

**小思**　對有真材實學、思想靈活的人來說，這是多姿多彩的教學方式，他忽然間岔開一筆，談一句詩中的某一點，可能是他畢生所學精華所在，發散光輝斑斕。當然學生也得懂得吸收消化，融入自己生命中才有用。記得鄭騫先生由台灣來新亞教詩詞選，他講到杜甫〈後出塞〉：「落日照大旗」，講了許多詩話詩評後，忽然不講下一句：「馬鳴風蕭蕭」，卻岔開一筆，轉講溫庭筠〈菩薩蠻〉：「小山重疊金明滅，鬢雲欲度香腮雪」，他問此時眼中忽然金光聚焦在情人髮絲上，二者用「光」感覺如何？我們全都正沉醉在「金明滅」「香腮雪」的當兒，他就講到「壯美」與「柔美、婉約」之別。鄭先生也可以引起討論許多其他的事物。

我知道許多關於伍先生的幽默、瀟灑事跡。（**黃：令人很想聽。**）那你請鄧先生說些伍老的事情。

**鄧** **伍先生離開大陸前是中央大學國文系系主任，後來隨國民政府到台灣大學任教，但他不太滿意當時的政府，加上婚姻問題，便決定接受日本大學的聘約，在日本過了幾年。當時崇基學院很窮，（楊：大概是甚麼時候？）一九五七年左右，崇基請他從日本來上任時連船票都不能承擔，鍾應梅先生寫信說要請他自行買票來上任，感到非常不好意思，伍先生就寫十個字作回信：「男兒重意氣，何用錢刀為！」**

**小思** 你看，多麼瀟灑！五十年代的崇基當然是窮了，因為當時仍未有津貼。

**鄧** **伍先生當時在青年會住，租一間房，常說自己還是「青年」。佘先生（按：佘汝豐先生）當年在青年會做工讀生，負責接聽電話，常常見到伍老。佘先生當年是曾克耑先生詩選課的學生。我聽過曾先生的課堂，而潘重規先生的課我也有旁聽過，後來在中大研究院修讀了潘老師的《詩經》課。**

**小思** 那你倒是經常來新亞聽課，反而我們卻沒有到崇基聽課，因為當時乘火車很麻煩，一小時才有一班火車。

**鄧** 一九六三年中文大學成立後，開設了院系課程，有三科共同課程，包括文字學、《文心雕龍》、詞選，就在大會堂高座上課。

**小思** 我一九六四年畢業，但為何沒有上過這類課程？

**鄧** 那是一九六七年後才慢慢成立的課程，剛開始仍然是分別請老師開科的。後來合併，職級是高級講師以上由大學聘請，以下的由書院各自聘請，直至一九七八年便歸於一統。

**黃** 剛才說到中大中文系已成立超過五十年，幾位老師覺得中文系在現今社會上扮演甚麼角色呢？理想中的中文系應該是如何呢？

**鄧** 中文系作為大學的一個學系，大學對所有大學生都應該有共同的要求，我們訓練的學生應該有獨立思考，形成獨立的人格，將來在社會上是一個有獨立貢獻的角色。當然中文系有自己對語言文學的專業，在這些專業的範疇上應該有特別的要求，隨着時代不同而演變。當時我們認為每位學生能夠寫一篇似模似樣的學術論文，對中國語言文學有一定的認識，有一定的解決問題的能力。撰寫研究論文其實也就是學習解決問題，對許多學生而言，這篇論文可能是他最後一篇，但無論以後他當一名行政人員也好、普通職員也好，也因寫過論文，做過研究而學懂解決問題。其實不一定要在某一方面達至甚麼目標，在大學裏學會基本的東西便可以，因為這只是開始，將來還有許多路要走。問題是在這些基本的訓練是否足夠讓學生們獨立起來，學懂思考、求上進。事實上作為大學畢業生，一定要讀書，現在許多教師都說自己沒有時間讀書，但不讀書是不能教書的，當然我希望他們這樣說其實只是埋怨沒有足夠的時間多讀。現在的人愈來愈長壽了，八十歲才退休是絕不出奇的事，二十歲大學畢業的話，即是有六十年工作時間，如果你不求進步就沒有前景了。

楊

中大文學院裏有個藝術系，藝術系的課程規劃，學科和術科是兩個大類，術科就是教創作，而學科除了美術史，也重視藝術評論。這個設計或者可以給中文系一些啟示，文學既然是藝術的一種，所以文學教育當然應該給文藝創作和文學評論一定的位置。幾十年來，在中國語言文學系的設計上，也曾出現過中文系應否培養作家以至如何培養作家

**的議題。在這方面，我們倒是相當「先進」的，在六十年代我唸中文系的時候，詩選、詞選固然有詩詞習作，修《楚辭》要作賦，修陶詩要作五古，還有「各體文習作」的專科。至於文學評論方面，我以為是相當重要的，可是在中大中文系課程中則是相對地缺乏，以前《文心雕龍》曾是必修課，後來改為選修，甚至不開設了。中文系的課程，語文、文化、文學，再加傳統與現代的分類，包羅萬有，可真難於兼顧，但是既然談到社會角色和定位，則在創作和評論方面的功能顯然是需要加強的。此外，在語文的研究方面，傳統的文字、聲韻、訓詁之學，如何與現代語言學接軌，也是值得有關專家探討的。**

**小思**

其實近二、三十年來，中文大學中文系的課程已有許多改變。不過，在考慮保持定位及與社會時代配合方面，有時的確要小心分寸。

理想中的中文系應該是如何？首先中文系先得定位為保持傳統中國文化文統的傳授責任。以至如何培養作家，我認為開設創作理論、寫作訓練課，對培養作家沒有必然作用，一個人能否成為作家，天份、個性、興趣更重要。老師給鼓勵、實踐機會、同儕志同道合或比拚，才易見真章。

## 緯夫的信仰：言教與身教、德育與美育

**小思**　我想請教鄧先生一個問題，因為現在許多外國回來的老師常說，在大學只教自己所懂得的知識，但不懂得教人，換言之，即是不教道德的事。聽説現在大學生上課喜歡玩手機、傳短訊又或是吃飯盒，都是沒有辦法的事。有許多人都覺得這是尊重人權，每個學生有他的自由。我們中文系的老師是否仍然要固執地教學生為學與做人呢？

**鄧**　**我倒相信任何老師在教學生做人方面都要負上責任。當然，這並不代表要教條式地教導。剛才提及風格，其實任何學科的老師如數學家都有自己的風格，修不同人的課，你所體會的會不同，因為在處理問題上會有不同風格。當年楊先生大力推動STOT（Student Orientated Teaching Courses，即「學生為本」專題研習課程），有許多老師都不太接受，認為學生怎會懂得自己思考？永遠只有老師教學生，學生學會一點皮毛已經很好了。但我認為這種想法不對，其實學生在討論的過程中可能會教懂我們一些東西，不止是大專生，就算是中學生也有啟發老師的地方。任何老師都需要這樣的教學方式，當然老師或較開放或較保守，但你不能完全不接受他人的意見。**

**小思** 為何我會這樣問？是因為有些年輕一輩的大學教師曾在報上撰文說，他們並不需要負責學生的人格教育。

**黃** **這是知識專業化衍生的問題。**

**小思** 我曾問過一位醫學院的老師，要不要設一科「醫德」？他說人本來就應有道德操守。醫德是由人的基本道德做起，再加專業關懷而已，老師應隨機講授，不必特設一科。

**鄧** **伍先生在北京大學畢業，第一年回到溫州中學教書，後來北京師範大學的錢谷融教授就是他當時的學生。中學裏有一科名為「修身」，伍老當時只有二十出頭，有些學生比他還年長，他說自己不敢教「修身」一科，結果找來別的老師代教，為此還被扣了幾元薪金。有次他走過課室，看見一位老先生在教此科，對學生說「做人要好，愈好愈好」，伍先生說很後悔自己不教，如果「修身」只是這樣教，那麼他也可以教。如果教學生做人，只是叫他們要有崇高的道德之類，那是沒有用的。反而你怎樣做人，學生便從你身上體會到怎樣做人。這並不是讀幾篇《論語》便有道德，而是要看老師、父母怎樣做**

**人，這正是啟發下一代的關鍵。像小思所提及的那些老師，對學生完全疏離、不關心的話，自然是不對的。**

**小思**

即是說，最重要的仍然是有心，疏離其實就是沒有心。

剛才鄧先生說：「大學對所有大學生都應該有共同的要求。」我想起錢穆先生訂的〈新亞學規〉。開首幾則：「求學與做人，貴能齊頭並進，更貴能融通合一」，「做人的最高基礎在求學，求學之最高旨趣在做人」，「愛家庭、愛師友、愛國家、愛民族、愛人類，為求學做人之中心基點。對人類文化有了解，對社會事業有貢獻，為求學做人之嚮往目標。」這正是大學對大學生應有要求。今天社會過份強調個人權益自由，不多讀書，不立志求學，遂失做人基點。

**黃**

**《縴夫的腳步》收有一篇散文〈講心〉[9]（全文見本章附錄一，第491頁），裏面提到「用心」讀豐子愷先生《護生畫集》的方法，並指出「心不在焉，即不用心投向當前人和事，必然粗疏錯漏百出，害人誤事，惹來不幸。」說得很好。**

9 小思：〈講心〉，載於《明報・一瞥心思》，二〇〇九年七月二十六日，P09版。

**鄧** **文化、文學的教育當然非常切身，但事實上即使教物理，一位老師如何處理物理學上的問題，如何做實驗，對於別人的研究成果如何對待，如何處理自己不成功的研究，這些都會影響學生。**

**小思** 對，我認為就算是教理科，也可以有心的。中大曾經聘請一位獲得諾貝爾獎的地理學家，我曾寫過一篇文章介紹他。[10]他並不只是懂得地理知識，認為更重要的是自己關心自然界的一山一石。中學的時候有位老師教他如何看等高線圖，他從中發現了生命所在，於是以後便決定走這條路。這證明學科學的人都會「講心」，而不是唯物的。

**黃** **您另有一篇散文〈為誰風露立中宵〉[11]（全文見本章附錄二，第493頁），記廖慶齊老師創設香港太空館之事，憶起當年了解星空後如何發現唐詩宋詞的另一迷人境界——**「星垂平野闊，月湧大江流」，「人生不相見，動如參與商」**——意境幽美、哲理蒼涼。這都是文理合璧，人生與學問殊途同歸的好例子。**

10 小思：〈忠於內心呼喚〉，載於《明報・一瞥心思》，二〇一〇年二月六日，D05版。

11 小思：〈為誰風露立中宵〉，載於《明報・一瞥心思》，二〇一一年六月五日，P09版。

楊

說到《縴夫的腳步》這本教育文集，必要一提〈教育的信仰〉（全文見本章附錄三，第495頁）一篇。這既是小思為《香港教育大零落》一書所寫的序，也是一九二四年朱自清在《春暉》所寫的一篇文章。小思說讀着「以溫柔敦厚見稱的朱自清文章，不禁驚訝他筆下對當時的教育官僚、校長竟如此不留情面。」比諸溫柔敦厚的小思，她在二〇〇三年「香港教育學院傑出教育家獎」頒獎禮上為當前教育同工發聲、對教育決策者的批評，不也是遙相呼應嗎？[12] 我認為這部書正好說明了，縴夫的比喻，並不單指教育工作者逆流而上，埋頭苦幹的一面，他們也應有仰首前方的信仰。這次很高興與兩位從昔日中文系教育，一直談到當前中學教育的理念。這再一次說明了，即使小思經已退休多年，縴夫的腳步還是前進不息，深深的足跡仍感動每一位教師。這大概就是朱自清所說的：「權威是冷的，權威所寓的法則也是冷」，「教育者必須與學生共在一個『情之流』中」。我們都應該有信仰，都不應放棄。

12　小思：〈縴夫的腳步（代序）〉，《縴夫的腳步》，香港：中華書局（香港）有限公司，二〇一四年，頁i至vi。

**小思**

再引〈新亞學規〉一則：「完成偉大的學業與偉大事業之最高心情，在敬愛自然，敬愛社會，敬愛人類的歷史與文化，敬愛對此一切的知識，敬愛傳授我此一切知識之師友，敬愛我此立志擔當繼續此諸學業與事業者之自身人格。」

在薄愛缺敬的世代，人人都應有緯夫的信仰。誠心所願。

附錄一

# 講心

小思

重重欲障，惹出無數災孽。刀光血影，詭計多端，恐怕就因人講欲多而講心少而來。心不在焉，即不用心投向當前人和事，必然粗疏錯漏百出，害人誤事，惹來不幸。佛說心淨蓮開，自有一番景象。回歸省思，就有內心和平。

心，很抽象，也很真實。講心，原來是這樣子的：

豐子愷先生一九二九年為弘一法師祝壽，遵從師訓，繪成《護生畫集》。在抗日戰爭時，有人批評豐先生講護生不合時宜。那些妄評者一定沒讀到第一集馬一浮先生寫的序：「知生則知書矣。知畫則知心矣。知護心則知護生矣。吾願讀是畫者，善護其心。」護生，是源於一切關懷。一切關懷則源於永存善心，也就是護心了。

黃貴權醫生在「光影神韻」展覽的錄像訪問中說：「意的捕捉沒得傳授。」「心的重要遠比機械重要。」張五常也對他如此評價：「非技術也，非器材也。天賦也，性情中人也。」在展品中，多見他就把心凝定在刹那間，捕捉了人與物的意態，心神合一，遂成他的傑作。

方育平回顧自己的作品時，幾乎沒有提到技巧，卻強調了「愛心」。他説題材重點在有人的愛。這點心乃來自父母。在貧困中仍懂以愛心關顧鄰人，這影響他日後拍電影時，也以心的真去關顧觀眾，追求真實人生。我們從他的《野孩子》、《父子情》、《半邊人》，完全可以明白「心」的重要。

商業電台一台也標出「由心出發」口號，那便是最簡約、直接的呼喚，平民易懂的講法了。

忽然，人欲氾濫，人已走到山窮水盡，是回頭講心的時候了。

載於《明報·一瞥心思》，二〇〇九年七月二十六日，P09版。

附錄二

# 為誰風露立中宵

小思

電視上看見美國加州薩利納斯市一座房子頂天花板緩緩打開，戴着毛冷帽子、穿了厚重衣服的廖慶齊老師在天文望遠鏡前，動作幾乎跟幾十年前在新界村屋後院、水庫堤上教我們觀星時一模一樣。

八十歲、白髮稀疏的廖老師，年輕時曾以無限執着而熱誠的態度，感動我這對天空星辰一無所知的校外課程學生，每周上課，用功研讀他介紹的天文書刊，冒着寒冷，捱更抵夜隨他觀星去。

他說今天對太空的熱情不亞於初中生，唉！老師真不知道如今的初中生根本無法觀天，更無觀天熱情。想當年，我去學習，最初也非懷着了解星空的念頭，而是為了文學。唸唐詩宋詞，發現文人筆下，天空另一種迷人境界。初讀杜甫〈旅夜書懷〉：「星垂平野闊，月湧大江流」，香港城市人就聯想不到星如何可垂，月怎樣湧？讀楊凝

〈夜泊渭津〉:「遠處星垂岸,中流月滿船」,感覺美得很,但總以為虛擬之景罷了。還有「人生不相見,動如參與商」的蒼涼哲理,「氣沖斗牛」的描繪表示甚麼?通通有隔極之感。在沒有光害的地方,仰望夜空,才恍然大悟。通過天文望遠鏡首次觀察月球表面,或忽然流星一閃,或認出最容易認的獵户座,都心靈觸動。

廖老師為香港創設第一座太空館,遇上的困難,恐怕非一般人能想像。萬般困苦,沒文字記載,他也埋藏心底沒説。如果不是他愛得深切,願意抵受一切壓力,香港太空館不易設備周全。坐在太空館天象廳,我首次體認人的渺小,在浩瀚太空,我們還有何傲氣?只爭朝夕,未免可笑。

廖老師,謝謝您當年啟悟。遙祝珍攝。

載於《明報‧一瞥心思》,二〇一一年六月五日,P09版。

附錄三

# 教育的信仰

小思

我借用了八十八年前朱自清寫的一篇文章題目，只因我們面對的難題，我們需要反省的，都盡在他那文章中了。不過，讀後還是真為今天的香港教育情況慶幸，我們儘管對香港教育諸多不滿，對比起八十多年前的中國，今天已經極大開明和進步了。可是，進步了仍有許多困局有待解決，我們今天需要的，仍然是「教育的信仰」！

讀着一九二四年以溫柔敦厚見稱的朱自清文章，不禁驚訝他筆下對當時的教育官僚、校長竟如此不留情面。從關心學生教育出發，他無法忍受教育行政官僚與校長的權勢勾結，甚至連教師也墮落至不堪的情況——他舉了一些實例，簡直令人吃驚。他對腐敗、劣行的教育界，痛恨極了。歸根究柢，他認為「都因一般教育者將教育看做一種手段，而不看做目的，所以一糟至此！校長教師們既將教育看做權勢和金錢的階梯，學生們自然也將教育看做取得資格的階梯；於是彼此都披了『教育』的皮，在變自己的戲法！戲法變得無論巧妙與笨拙，教育的價值卻已絲毫不存在！教育的價值是在培養健全的人格，這已成了老生常談了。」

面對當時不健康的教育政策缺失，他提出「為學」與「做人」是教育應當並重的。由於為了滿足功利、要求效率，迷信數字，太重視學業成績，教育者只能用「課功、任法、尚嚴」三道關卡來控制學生，不再在培養健全人格方面下功夫，這便成了「跛的教育」，學生無法成為堂堂正正的人。堂正的人，「是要逐層培養的，不是可以按鐘點教授的。」而教育者先須有堅貞的教育信仰。

甚麼是教育信仰？就是從事教育工作的人，我想這些人應包括了教育官僚、教育決策者、教育理論家、校長、教師，都不能偏於一己之見，不考慮全局而重功利，信任權威法則，如此極易偏枯。朱自清說：「權威是冷的，權威所寓的法則也是冷」，「教育者必須與學生共在一個『情之流』中」。

「教育者須對於教育有信仰心，如宗教徒對於他的上帝一樣；教育者須有健全的人格，尤其有深廣的愛。」也許，在許多人心中這真是老生常談，但與空氣，營養一樣，不能因它們老已存在，而不需要再談。

我深信香港教育界仍存在無數不以一己之私，為下一代全身奉獻的工作者，否則也不會寫出這本書來。

二〇一二年四月二十九日（此文為彭志銘編：《香港教育大零落》之序）

給香港的情書

楊：楊鍾基教授　樊：樊善標教授　黃：黃念欣教授

## 香港情書　不變不遷

**楊**　**來到訪談錄的最後一章〈給香港的情書〉，標題是本書的編輯劉偉成所定，他有詩人氣質，題目也定得有趣——我們都聽過「香港家書」，小思也出版過散文集《香港家書》，可甚麼是「給香港的情書」？到底可以怎樣給香港寫一封「情書」？今天再想想，終於看出道理：小思你這些年為香港寫下的散文與研究，其中的情意與心力，已非「家書」所能形容，早已是一封綿綿不盡的「情書」了。**

**小思**　寫情書，是一件很危險的事。無論坦率直書，或含蓄暗示，都有誤讀危機。給命運無主、生態多樣、認知浮泛、情緒複雜等等組合而成的香港寫情書，更是千重犯險的事。

不過，幾十年來，我寫下的文字，可以肯定都以情為墨，以真為筆。出版的書，多經自我選定，正如你所說：已非「家書」所能形容，勉強說總能稱得上一本「情」書。是否寫給香港？不敢說。只能說我想用文字以情繫之，刻記自己對人、世界、祖國、香港的一地一時所思所感而已。

**黃**　而且書名往往帶有濃厚婉轉的感情和留戀，例如《香港的憂鬱》、《縴夫的腳步》、《彤雲箋》、《人間清月》，以及一九八五年出版的《不遷》。

**楊**　其中《不遷》這個題目我認為與情書最相關，所謂「我心匪石，不可轉也。」「不變不遷」從來是情書的關鍵詞。當然，你在一九八五年所寫的更可能是移民與否，遷或不遷的問題。記得你說過當年有舉家移民外國的機會，但你是家中唯一選擇留下來的人。容我先問一句煞風景的話——在今天人人高談「香港已非我所認識的香港」而紛紛再度部署移民的時候，你可有後悔當年「不遷」的決定？

**小思**　移情的原因很多，移民的原因也很多。「某某已非我所認識的某某」，「香港已非我所認識的香港」，都是「移」的原因之一。由不認識到認識，由認識到已非我所認識，三個層次過程變化多端，決定結果如何，因人而異，因環境而異。我不想在此用道德、價值觀來衡量別人。我只說說自己的情況。

生於香港，長於香港，可成長過程中，我對香港身世一無所知。小學中學時代，從教科書中能讀到中國歷史、地理。香港嘛，地理老師講經緯線時，提及香港在「東經

114°11'，北緯22°20'」，就只得兩個度數而已。歷史科老師講南宋史時才講講宋王臺，就只得一塊石和三個字。直至我當中學教師，由於擔起全校「經濟及公共事務科」的教節，此科新興，校長知道中文教師只有我在大學修過經濟學，一擔子如此落在肩上，無法推掉。考試範圍經濟學佔份量少，公共事務佔得多。於是全力備課，這樣逼使我千辛萬苦找尋資料，才由不認識香港到稍識皮毛。到一九七三年在京都大學遊學期間，有人問起香港歷史，我竟無言以對，從愧疚中撫心一問：香港，長我育我之地，我竟無知。再加一把壓力是：讀到聞一多〈七子之歌〉中〈香港〉、〈九龍〉「失養於祖國」[1]五字，真令我驚心動魄。這一驚一愧，遂決定了日後從文學細覓香港身世的方向。

英國殖民地不藏歷史紀錄，理所當然。《易．繫辭》說：「彰往而察來，而微顯闡幽」。英國殖民地政策就是不要香港人知道未來，故不彰記往事。香港，果然是一本難唸的書。幾十年來找到的零散資料，仍湊不成整全面貌，勉強說自己認識了香港，還是很心怯。我憑甚麼有膽量說「香港已非我所認識的香港」？正因我還沒認識香港，就更應趁此變化機緣——檔案解密，有關人等日記、回憶錄紛紛出版，資訊流通廣傳等等。設法多探尋認識香港的材料。現在不是流行說「在地感」嗎？不堅離地，不就是不遷了嗎？怎會後悔！

1　聞一多：〈七子之歌〉，載於《現代評論》第二卷第三十期，一九二五年七月，頁75–77。

**楊**

**既是無悔，我們這次大可首先藉着重讀三十多年前的《不遷》，談談各種讓小思無悔不遷的情感，以及從這些不遷之情帶出的人生實踐。在點題文章〈不遷〉裏你開宗明義說「安土不遷」就是命中注定，在一塊屬於自己的土地上，一生一世。你亦清楚提到，務農的民族最明白生命附着土中的不遷的意義。那麼，在今天現代化、都市化、全球化的香港以至中國，你認為「不遷」這種情感還存在嗎？**

**小思**

現在不好說中國是務農民族了，再說就會牽連上甚麼小農心態、不夠現代化的毛病罪狀了。在這裏三言兩語解答不來，我只能說自己的想法。

好一個「全球化」名詞！把全人類、眾多民族一籃子全載承起來，真的可行嗎？有人會肯定說可以。你看落後地方的人也用手機通訊啊！電腦全球通行了！那不是日漸全球化的表現嗎？物理的、科技的、外在的還可以全球化。但人與國土、風俗、信仰之情，雖很抽象，卻隱隱然在人心中根深柢固。離開那片土地，離開那個人，歲月匆匆過去，你以為忘記了，可是只要你真情愛過，在某天偶爾一刻，或午夜夢迴，你還會記得起，那就是此情不遷了。

**黃**　文章裏又說到「不遷，這種根需着土的情意，並不浪漫，沒有寫下任何轟烈故事。」說明「不遷」不是口號或值得建功碑去宣揚，而是世世代代自然發生的。

您很強調情感之出於自然，例如我很喜歡的〈沒見過花的孩子〉一文，裏面記述的是電影《梅爾夫人傳》的一個片段，這位後來成為以色列首位女首相的梅爾夫人，因為難民營中的孩子沒見過真花而淚流滿面，決意為猶太人建立一個有尊嚴而安穩的家園。電影所討論的猶太人復國是個複雜的歷史問題，但藝術卻讓我們看到人之常情——孩子、國土、家園，都是人人生而渴望守護的，無須宣揚。

## 受命不遷，生南國兮

**楊**　小思的不遷來自中國人「安土重遷」的價值，我當然同意，但我看這書名時卻有另一聯想，就是《楚辭．九章》裏〈橘頌〉的「受命不遷，生南國兮」。同樣說到「命中注定」的不遷，更藉着讚美生於南方的橘樹氣質芳潔，色彩斑爛的品性，帶出一篇南方之頌。我們都稱得上「生南國兮」，對於香港這個南方之島，你認為它最鮮明的品質是甚麼？有沒有哪一具體事件最讓你對香港產生感情？

**小思**

我也同意你的聯想。

在《香港的憂鬱》書序中說過：「香港，這個命運奇異的小島……有人稱許她是『夢之島，詩之島』，有人唾罵她『可厭』，有人認為她足以成為『南方的一個新文化中心』，有人鄙棄她是個『野孩子』。」這些話已經是上世紀三十年代說的了。往後隨着時代背景、外在環境、時間的變化，她的稱號不斷變更。中西文化交匯點、亞洲金融中心、功利主義社會、購物天堂、反動基地……最鮮明的品質應是這些色彩斑斕名字了。

具體事件令我對香港產生感情，很難單舉一樁。由無知到有知過程中，理解她身世故事愈多些，感情就逐少累積成形了。如果不單說一具體事件，我倒可舉一串斷續出現，意義相近的事例來說說。

上世紀六十年代，我幾乎一個月總要為家傭顏姐在用層層布料縫成的郵包上寫上順德勒流地址，每包寫一個家人名字。包裹中是油是糖等吃的必需品，包裹外的布是為縫成衣褲的材料。顏姐平日很節儉，問她為甚麼頻密寄郵包，她說親人沒食沒穿，靠她救濟。她沒說一句埋怨話，就捧着許多郵包寄回鄉下。那時街上雜貨店都掛着「代寄郵包」牌子，證明這是一門好市道的生意。

唸大學時代，見過逃亡潮。同胞越過梧桐山而來，香港人帶食物藥品去新界送給非親非故的人，那情景，歷歷在目。

八十年代內地開放改革，一股似疏而密，似陌生又親切的人際交流，特別香港文化知識界對祖國的血緣追認，是意料之外的大收穫。俞平伯、朱光潛、巴金、施蟄存、蕭乾、丁玲、蕭軍、端木蕻良、徐遲、柯靈、唐弢、趙清閣、陳敬容、黃苗子、郁風、卞之琳、王辛笛、鷗外鷗、陳殘雲、秦牧……忽然在眼前出現，那種熟悉感覺，不知道從何處得來？文學血緣好像從未斷過。

儘管民間略有因生活形態和知識的差異，出現了嘲諷調侃的「阿燦」、「表叔」、「表姊」稱謂，但並不減卻香港人仍捐助內地建設學校、醫院、扶貧的熱切行動。一旦內地發生天災禍劫，香港人救災捐獻之多，絕不似一個重視功利社會的行為。歷來，英國殖民地政府香港教育從沒教過我們愛國愛同胞。可是每當祖國有難，香港人卻多會表現出人意表的熱誠力量，伸出援手。這種莫名其妙的力量，令我對被人視為功利先行的香港，另眼相看，產生濃厚感情。

**黃**　**《不遷》裏有一篇文章〈苦澀的經歷〉，表面上很簡單記述了您在一九七七年在北京觀賞一場國際青年足球冠軍賽的經過，香港隊對中國青年隊，結果香港隊二比一輸了。但您在結語說「這場球賽，不是香港隊輸了，是我輸了，它毫不隱藏地揭露了一個事實：在不知不覺中，我已經是一個完完全全的香港人。」文章寫於一九八四年，正是香港前途**

**與香港人身份問題的關鍵時刻。我想知道，當時您為甚麼會把認同的經歷稱為「苦澀」？所謂「輸了」是甚麼意思？**

**小思**

我在上段沒提及七十年代的事，你看得準，就問起一九七七年那場球賽。文化大革命尾聲幾年，我開始踏足內地，浮面的觀察讓我初步實體感受祖國的風貌，驚喜悲訝之情交雜，證明自己對國族的認知淺薄。壯麗山河入目，貧瘠破落入目，每回旅行返港，都掀起我無限反省與惆悵。記得我第一次到西安（長安啊！）、洛陽、開封……一個個從史地教科書學到的名字都實在地迎面而來，我忘形流淚。黃河邊上，蹲下來掬一抔土在手，我忘形流淚。長江石岸上見深刻縴夫步痕，我忘形流淚。荒涼村鎮中，孩子搶着人家扔掉的西瓜皮吃，我忘形流淚。

故我仍堅定相信：自己與中國，血脈相連。

唉！就是那一場中國青年隊對香港隊的足球冠軍決賽！毫無心理準備下，我控制不了情緒。在球賽過程中，自己竟站在香港隊一方，如此一來，分清楚了我已經是一個完完全全的香港人。這一次真令我的堅定信念受到突擊，回港後一直耿耿於懷。苦澀在於怕自己經不起考驗，輸了在於發現自己竟然不是個完完全全的中國人。

**楊** **你給我最大的啟發，也許就是「一個完完全全的香港人」和「一個完完全全的中國人」，在不同甚至同一時空之下，其實可以毫無矛盾地共存在一個人身上。**

**小思** 「一個完完全全的香港人」和「一個完完全全的中國人」，在今天是個敏感而談之不盡的政治話題。我在此只想講個人的情況，可能只反映我的莫名固執個性，即香港人口中的「唔化」，而不是個政治取向問題。

從小學習填寫各種申請文件時，通常申請人要填「國籍」、「籍貫」兩項。母親和老師都教我填上「中國」、「廣東番禺」。忘了正確年份，大概六十年代末，香港政府要改變持有香港出世紙的人身份稱謂，出外旅行必須用政府簽發的「護照」，所有申請表上要寫「British Subject by Birth」，或「香港（英籍）」，即英國屬土公民身份。這種更改，令我很生氣。和我熟稔又常和我一起到外國旅行的老朋友都知道，一到要填旅行出入境表格時，我自己就一定不肯填寫，由身邊朋友執筆代填。這行為很幼稚，很無聊，但我就是這樣做了。

直到一九八七年起香港人可申請領取英國國民（海外）護照（BNO），我當然不肯申請。一九九七年七月一日英國屬土公民身份失效後，我便有一段時間沒有身份證明文件，既不能說是中國人，又不可說是香港人。嚐了沒有國籍身份的苦惱。

等在小公務員面前拿到「中華人民共和國香港特別行政區」護照那天，我流了淚，袋好護照回到家中，笑着拍了一張與護照合照。老友都說我傻傻哋。

到今天，中國人，香港人毫無矛盾地共存在一個人身上，我就是個例子。我將這些所思所感寫成了〈六十萬人中第四類〉（見本章附錄一，第531頁）。

**楊**

**《不遷》寫於香港前途問題爭端最為熾熱的年代，在〈思索〉[2]一文裏你說「現在是一個熱烈論辯的時代，有人告訴我：默默思索，已經不合時宜。這也是個值得我思索的問題。」你覺得八十年代的不安氣氛較諸今天的香港，有甚麼不同？你是否仍然喜歡「默默思索」？還是現今也有振筆抗辯，「予不得已也」的需要？**

**小思**

因為你提到〈思索〉一文，我不禁找來再讀讀。啊！一九八二年寫的，三十五年快閃過去，又回到眼前。那個八十年代初的日子，恍惚已是遠古時代了。

互聯網、臉書、短訊、微信還未出世，我所憂慮的詭辯，與不守公正原則的爭論，仍是利用實體傳媒，用今天看來似龜爬的速度進行。活到今天，我們不只面對熱烈論

2 〈思索〉為《不遷》的首篇，頗有總領全書的意味。
小思：〈思索〉，《不遷》，香港：華漢文化事業公司，一九八五年，頁1–2。

辯，更要秒速反應。反應要經思考，就嫌太遲。八十年代的不安氣氛與今天的不安有甚麼不同？流行「秒殺」一詞，最足說明：一秒都嫌遲，不反應會被殺個措手不及。加上截圖、改圖經手機傳遞，處處有圖為證，有文字補充，難分真偽，看得見也不能作實，真令人喪膽。

不過，我總相信人人仍然需要默默思索。但必須平日積學儲寶，增強分辨、分析、抉擇能力，學習反應速度，「默默」是個人靜處，把眾聲喧譁放開。思索快慢，且看問題輕重而定。

時代無論壞到甚麼程度，都會有振筆抗辯的人，「予豈好辯哉，予不得已也」，孟子就是個好例子。

**楊**

**看小思的文章，或聽其言談，總像她在〈爝火〉[3]所言：「在黑暗中，我們應該看到星光、爝火。」不應執着於世間的醜惡與黑暗。但同時小思又有許多深刻的反省，刺激着大家的良心，不忘奮發向上。兩篇有關《生命的奮進》[4]的文章，介紹梁漱溟、牟宗三、唐君毅、徐復觀四位先生青少年時代的奮進思索紀錄，並因而想到香港一代「生於安**

3 〈爝火〉，見《不遷》，香港：華漢文化事業公司，一九八五年，頁5–6。

4 指《生命的奮進——四大學問家的青少年時代》，香港：百姓半月刊叢書部，一九八四年。

**樂，不必奮進，也活得下去」的「不幸」。三十多年過去了，你認為今天的香港人仍要面對「生於安樂」、奮進不得的處境嗎？**

**小思**

三十多年前，我這樣説過：「躲在安樂窩裏久了，人變得怠慢軟弱，也漸漸安於這種境況，有時甚至慶幸自己能這樣活着。長久的不思索不反省，沒有奮進的要求，人就會喪失應付變動的能力。」[5]在前輩身上，我卻發現他們在變動劇烈的時代，在失敗徬徨的時候，學會認真思索，發現問題，徹底自我更新，作生命奮進。這幾年對香港人來説，正面臨前所未有的大變動，自我更新，求變求進，正在此時。

## 追跡追記　島上晨光

**黃**

**或許從時代的對照這一點可以引申到盧老師的文學研究視野？我一直認為「從中國看香港」這個角度在香港文學研究論述中比較受忽視。一方面因為香港文學本身強烈的「主體性」追求，另外在殖民論述主導下，華洋文化的混雜性好像更能代表香港。但從**

5 小思：〈生命的奮進（下）〉，載於《星島日報・七好文集》，一九八四年十月七日，頁碼不詳。後收入《不遷》，香港：華漢文化事業公司，一九八五年，頁89–90。

**《香港文縱》、《香港文學散步》或「南來作家」概念的提出，就看出盧老師另闢蹊徑的視野。事實上，單就現代文學教育而言，我們學習的課文九成以上都是五四作家的作品。現代中國文學成為香港文學構成的一個參照，盧老師您同意嗎？從現代中國作家切入香港文學史的研究方法，是否一個自覺的選擇？**

**小思**　文化根源很重要。古典的當然有根可尋，現代文學也有根源。說到香港現代文學與中國現代文學的關係，我們細讀二、三十年代香港現代文學草創期的作品，會發現全在追跡上海現代派作家的風格。要是深入研究，就會發現香港現代文學生發點完全向上海取樣。把香港早期如謝晨光、侶倫的小說與葉靈鳳、穆時英、施蟄存等作品比較一下，會發現追影摹形得太似，只不過把地理、戲院、咖啡廳、交通工具等名稱，由上海的改成香港的。所辦的刊物封面、插圖更完全是當年上海流行的裝飾藝術（Art Deco）風格。過分強調「主體性」，忘記根源的論述，是危險的。

二、三十年代的文藝雜誌在字體變化，點、線、塊面裝飾等，都展現了現代雜誌設計的特色。圖右為《鐵馬》第一期，一九二九年由青年會日校校友會學藝部於香港出版。圖左為《島上》，一九三〇年由島上社於香港創刊。

謝晨光很早就與上海文化界有聯繫，一九二七年小說〈最後的一幕〉刊於《幻洲·象牙之塔》中，短篇小說集《勝利的悲哀》於一九二九年由上海現代書局出版。侶倫也直接與葉靈鳳、夏衍交往。他曾告訴我，他們一群土生土長的文藝愛好者全受上海新文學的影響，可以說是傾慕嚮往。我當時問了一個很傻的問題：「為甚麼是上海？不是北京。」他回答說：「香港與上海都市化生活很相似，外國租界多，作品讀起來很有共鳴。模仿起來容易些。」謝晨光在給我的信中也說：「當然許多方面都會受中國大陸的影響。當時香港的國粹派十分得勢。……我們的工作，一部份也是對這些國粹派的反擊。」

侶倫在一九三六年寫的〈香港新文壇的演進與展望〉中直接承認一九二七年「正是中國國民革命狂飈突進的時代，……在文壇上，又正是創造社的名號飛揚的時期，間接受了國內革命氣燄的震動，直接感着大風潮的刺激，不能否認的是，香港青年的精神是感着相當的震撼。把這冥頑不靈底社會中的青年的醒覺反映於事實上的，是新的追慕和舊的破壞，而直接表現出來的正是文化。」[6]

6　見貝茜（侶倫）：〈香港新文壇的演進與展望〉，載於《工商日報·文藝週刊》第九十四期，一九三六年八月十八日，四張一版。

如果仔細研究一九二八年至一九三七年的青年文藝雜誌例如：《仙宮》、《伴侶》、《墨花》、《字紙簏》、《鐵馬》、《激流》、《白貓現代文集》、《島上》、《晨光》、《新命》、《繽紛集》等的創刊辭或編輯的話，幾乎都表現共同的取向：在寂寞、荒涼、落伍的環境中，掙扎、「繼續奮鬥，繼續去負起衝破這沉寂的空氣的使命。」（見李秋萍：〈編輯室鐙下〉，載於《墨花》第一期，一九二八年九月，頁28。）

你認為「從中國看香港」這個角度在香港文學研究論述中比較受忽視。我想不是「忽視」，而是香港文學研究者從來沒尋根究柢，沒看到過香港現代文學與中國現代文學的根源關係，「華洋文化的混雜性好像更能代表香港」這描述太簡化，闡述不出當年香港文藝青年與中國的血緣關係，更無法確認原來「新的追慕和舊的破壞」是香港青年人的宿命行為。

現代中國文學必然是香港文學初期構成的重要參照，從現代中國作家切入香港文學史的研究方法，也是必然的選擇。

**樊**

**您的碩士論文題目是〈中國作家在香港的文藝活動（一九三七——一九四一）〉，您後來的學術研究風格已具體而微地呈現在那篇論文裏了，就是重視文學和外部的關係，廣泛而有系統地蒐集材料，以此為基礎理解香港文學的歷史面貌，例如香港文學和相關社會文**

**化的文字資料後來轉化為網上的「香港文學資料庫」、「香港文學檔案」，文化人訪問擴大成為「香港文化眾聲道」系列，文獻和實地的對照編撰成《香港文學散步》。無論是您在《香港故事：個人回憶與文學思考》裏的論文，或者與黃繼持、鄭樹森兩位（最近加上了熊志琴）的香港文學「三人談」，都體現了用豐富細節來支撐論點的特色。您在撰寫碩士論文時已經有這麼長遠的考慮嗎？今天回顧，四十年來一以貫之的學術道路，究竟是偶然還是必然？您有想過走另一條路徑嗎？**

**小思**

我去香港大學讀研究院，寫碩士論文，一點也沒有長遠考慮。只因在京都大學遊學一年中，發現人家研究方法是「廣泛而有系統地蒐集材料」，再讓材料重整，呈現歷史過程及發展面貌。從無知到有知，感到很有趣。加上自己在圖書館大量閱讀三十年代中國現代文學雜誌、作家作品、社會資訊……又發現同時代、同地域、同事件，竟有不同角度紀錄，要得結論與取證十分困難。後來再讀了一九四九年後出版的文學史，例如王瑤《中國新文學史稿》、張畢來《新文學史綱》、蔡儀《中國新文學史講話》等，內容竟與當年刊物所刊載差別極大。求知令我追尋蒐集材料成了癖好。讓資料說話，讓讀者自己憑讀到的資料作結論，似乎比較「安全」。文學和社會情態、文化背景、政治生態有密切關係，通過這些材料來理解文學，用文學描述驗證歷史面貌。應該是適當的切入方法。

我說過自己不認識香港，由日本返港後，課餘報讀許多香港大學開設的校外課程，例如香港歷史、香港社會問題，這些課程令我從頭細識香港。可是卻沒一科與香港文學有關的。此時在京都大學養成的蒐集材料癖好纏得我好緊。要看舊報舊刊，只有爭取進入香港大學圖書館一途。如要合法進入香港大學圖書館，就必須交學費讀研究院，這樣我就要寫論文了。題目定限於香港文學，其實心中無底，反正我沒想過要畢業取學位，只求天天能坐在圖書館看報刊。不過，後來指導我的馬蒙老師快要退休，我不能拖下去。幸而幾年蒐集得來的材料，足夠「砌」出一篇碩士論文，繳交了算完成研究院學業。那論文絕對算不上學術研究，更談不上甚麼研究風格。

你說「用豐富細節來支撐論點的特色」，「豐富細節」細節是有的，「論點」倒不見得很具體及有獨特見地。因為那時候，我對許多問題仍未有成熟看法。

幾十年來，可能因個性關係，我喜歡豐富細節，故難有「大結論」。如果這叫一以貫之，可以說是。近十年有些看法稍臻成熟，可惜時不我與，已經無法寫出來了。想走另一條路徑？造磚，你認為算不算？

**樊**

**當然算。造磚一點都不簡單。如果對將來建築物的樣子沒有概念，磚也無從造起。有些人說您反對撰寫香港文學史，我認為有點斷章取義。您在一九九六年所寫〈香港文學**

研究的幾個問題〉裏的原話是：「由於香港文學這門研究仍十分稚嫩，既無充足的第一手資料，甚至連一個較完整的年表或大事記都沒有，就急於編寫《香港文學史》，是不負責任的事情。……為避免浪費精力及造成不必要的偏差失誤，在第一手資料未能確切建立之前，我不贊成在最近的短期內匆忙寫出《香港文學史》。」您強調不宜「在最近的短期內匆忙」寫史，而不是否定寫史的可能及需要。其實在兩年後，您和黃繼持、鄭樹森兩位就陸續編撰了一系列的香港文學文獻資料集、年表，顯然是寫史的基礎建設。如果上面的理解沒有錯，您認為現在第一手資料建立得怎樣？還有哪些方面，例如時段和資料的類型，需要加強？撰寫《香港文學史》的時機到了嗎？[7]

**小思**

真感謝你為我「平反」。八十年代，內地不少人連史料、文獻都沒見過，亂用二、三手資料，或以訛傳訛文字，或來香港幾趟，認識某些「作家」、讀了某些人送的「作品」，就寫成急就章式的香港文學史了。當年香港本地認識或研究香港文學的人本來就不多，幾個熟知的人心中有數，讀了也只作行內笑柄而已。但因香港回歸已成定局，內地有心人也想了解這個回歸母懷的海外幼子的文學發展如何，故讀者不少。

7 盧瑋鑾：〈香港文學研究的幾個問題〉，黃繼持、盧瑋鑾、鄭樹森：《追跡香港文學》，香港：牛津大學出版社（中國）有限公司，一九九八年，頁57–75。

漸漸他們的說法有了影響力。這才令香港研究者有點着急，大家都考慮應不應該反駁、指出錯誤，甚至自己動手寫文學史？

由於我手上資料比較多，文友都認為我最適合負這責任。我卻一直沒有反應。因為我明白寫反駁或訂正文章登在香港刊物上，內地讀者讀不到，起不了訂正作用。香港讀者關心的不多，我不想費力。寫文學史，更非我志願。我說過自己無魄力及史識。而且愈知得多愈怕材料未足。故不如為未來寫史做些基礎建設，與黃繼持兄、鄭樹森兄合作編成香港文學文獻資料選集。用三人談方式，表達值得注意或考慮的問題。

其實用選集方式必不足涵蓋所有資料，篇幅所限，往往需要取捨。遇上三人觀點、準則不同時，必須略有遷就。這都會影響研究者及用者。現在科技進步，利用大數據應可以提供無所不包的方便，及迅速處理、分析資料，不受任何篇幅局限。

第一手資料建立得怎樣？現在許多資料仍分散在不同機構及藏家手中，大學圖書館雖已盡量收容，但因缺乏專門整理、研究隊伍，資料零散，不成體系。

需要加強的仍是資料方面，例如早期香港文學，研究者蒐集資料艱難，沒資料怎研究？現在世界各地大學都正合作把重要所藏善本書數碼化，提供讀者方便。如果能把各地大學所藏香港文學資料，加上藏家所藏，全數碼化，那就可破尋料難關了。

撰寫《香港文學史》的時機到了嗎？比較審慎地說：整本《香港文學史》仍難寫。

我認為應先寫不同文體的分段小史、個別作家的研究、社團、雜誌、文藝論爭研究……。近年已有人着手這樣做。積累起來，一打通，串連分析就可成整本《香港文學史》。

還有一點很重要：需要加強的恐怕是研究者的親力親為，鍥而不捨的「搵料」態度，更必須旁通整個時代背景各種知識。斬件式研究遽下結論，是不可取的。

**黃**

**說到時機，我想盧老師在學術生命中也把握過不少的時機。例如以香港學者的身份親身接觸、訪問過不少重要的中國作家；又或是近年以同代人的身份，重組五、六十年代青年刊物同人所經歷的一段自由與多元的文化生成時期。這都有賴您對「文學口述歷史」的不斷實踐與發明。**

**小思**

唉！說起來，我遇上最好時機，但又錯過了最好時機，這是令我深感痛苦和後悔莫及的。

上世紀七十年末，內地剛從十年文革噩夢解脫出來，改革開放讓無數吃盡苦頭黯然捱過了半生的著名文化人重獲「新生」。我正在蒐集來過香港文化人的資料，迎上這機會，趕快去訪問算是搶救歷史工作的好機會。當時我通過羅孚先生，聯絡上曾在三、四十年代到過香港的文化人，好在他們相信羅孚先生才肯見我，不太好的是他們個個對「外邊世界」很陌生，且經歷無數批鬥，驚魂未定，熟人不可信，生客更不可信的情況下，難有坦然相告的勇氣。加上那時候還未流行「口述歷史」這門學術方法，訪問是否等如審查？他們有些第一次見我拿筆記錄已面帶驚惶，更何況動用他們未見過的錄音機，不安情緒干擾得很。

況且同陌生人做深入訪問不易成功，特別未得受訪者信任，他的戒心強，話就不好說。不久，我明白這道理，初次見面，我必把蒐集的資料卡片帶去，先給受訪者看我蒐集他在香港時的資料，讓他重溫自己的過去，他就動感情，也明白我下過功夫。我不寫筆記，不錄音。他一邊看，如一有反應表情，我立刻插問，於是，就可開話題。故許多訪談內容，我是回家後，扼要提綱式寫在卡片上的。多見幾次建立信任關係，訪問才會順暢得多。再過些日子，在上一輩人口耳相傳中：「小思有我們青年時在香港時的資料」，訪問就方便多了。

**黃**　**那怎麼好說「錯過」呢？**

**小思**　錯過好時機，又是甚麼一回事？

教學及現代文學研究是我的正職，必須首要全力做妥，香港文學追跡這一項，是我公餘「興趣」，只能用暑假或有薪假期去做。在訪問前做好準備，要費許多時間，受訪者又多不在香港，我往返廣州、上海、北京，住宿交通費一切自付。等到回港，我又立刻回到正職崗位忙碌工作，已經再沒時間處理訪問得來的材料了。既未整理材料，更遑論細思、反省、核實、追查、深化發問等工序。最初以為等下一個假期整理成文字稿，請受訪者過目訂正。誰料中途又遇到可訪問的文化人經過香港，必須抽時去追訪，結果層層材料堆疊累積，停滯在一起。我有時還得告訴自己：等資料足夠才做，一直等，又不知道到何時才算夠，終於蹉跎歲月，等到受訪者或知情者都去世，許多疑點已欲問無從了。現在看到那些已無舊式錄音機可播、或失效的錄音帶，及那些簡單提綱式的文字卡片，我就深深懊悔，錯過大好時機，覺得對不住接受我訪問的眾多前輩，浪費了他們當年一番好意。

其實我太天真，太沒周詳工作計劃。把三、四十年代曾到過香港，而八十年代尚在世的文化人都納入訪問名單內，單靠一個人獨力去做，根本不可能完成。曾有朋友對我說：「這種龐大工程，人家有公費資助、有團隊合作才會做得成。你做不成，算啦！總算叫做做過。」這真不知道是安慰還是嘲諷！

**黃** 畢竟您近十年的口述歷史成果最近陸續推出，真是辛苦不尋常。兩本《香港文化眾聲道》[8]，讀者大可直接閱讀，惟早期訪問的情況我們所知不多，只能憑一些片段記述來想像，所以希望多知道一點。

**小思** 在眾多訪談中，好幾位身在香港的前輩，對我的香港文學研究指導及幫助最多。這可能大家都在香港，見面機會多些，用聊天方式，老人家從容自在些，有時無意間會掀出我不懂得問而又重要關鍵的問題來。先說高貞白先生，我通常一兩月會拜訪一次，有時去飲茶，有時到他家。高先生通常喜講三、四十年代文壇情況、左右派報紙政治立場、文化人姓名工作等等。當時沒有像今天能看到那麼多回憶錄、檔案文獻資料，老人家口中道來，對我來說件件新奇，一個概論式的香港文化面貌完全呈現。這對我日後鎖定研究、找尋資料方向，極其重要。還有意外的好處，讓我懂得一些僻典隱事，有時會令我在某些情況下得益。例如第一次見黃苗子先生時，偶爾提到國民黨在香港設立的榮記行，嚇得黃先生一大跳。據說他事後告訴羅孚先生：「乜小思會識呢啲嘢？」從此他對

8 《香港文化眾聲道》第一冊，受訪者包括何振亞、奚會暲、古梅、孫述宇、王健武、林悅恒、胡菊人和戴天。第二冊受訪者包括羊城、羅卡、吳平、陸離、張浚華、陳任、古兆申、黃子程、陳炳藻和金炳興。第一、二冊分別於二〇一四年和二〇一七年由三聯書店（香港）有限公司出版。

我暢所欲言了。另外，香港日治時代的情況，在七十年代仍有禁忌，許多人不願提起。高先生卻毫不諱言告訴我他自己的活動和文化人故事，也指導我要尋找甚麼人甚麼資料。這令我研究過程順利得多。

**黃** **很有意思。原來跟前輩掌故家、藝術家聊天也真要有不少能耐。作家方面又如何？相信您是香港極少數見過侶倫、謝晨光一輩作家的人。**

**小思** 侶倫先生我見得較多，他喜歡到我家來坐。談的多是二、三十年代香港現代文學草創時期的故事。七十年代末他在《大公報》副刊〈大公園〉上開設〈向水屋筆語〉專欄，內容全是沒有人提過而又是我研究範疇的材料，填補了許多香港新文藝史料的空白。一九八〇年初，我冒昧寫信向他求教，我們就此認識了。由他介紹我有機會見到謝晨光先生、岑卓雲先生（平可）。只是兩位都長居外國，難得見面。我說服平可先生寫回憶文章，刊於《香港文學》，可惜不久他說要照顧生病太太，無暇執筆，就停了。實在很大損失。侶倫先生講的多是他在專欄寫過的故事，也多談個人面對的困惑。只是當時我還未讀過他提及的早期文藝雜誌，無從提問。

有一次我因知道他的小說改編成劇本拍成電影，又讀到他寫的〈我與電影界〉三篇文章，好像有過些不愉快經驗。問他與電影圈的關係，他突然臉色一沉，很久不說話，我以後就不敢再提了。

對侶倫先生，我最難過的是，邀請他出席一九八八年三月二十六日「香港中華文化促進中心」主辦的「香港文學研究——侶倫和他的作品《窮巷》」文學月會。他一向極低調，從不肯出席文壇活動。為了我，他勉強答應破例出席。可能過於緊張，二十五日心臟病發進了醫院，二十六日晚逝世。每想起這件事，我都覺得對不起侶倫先生。

**黃**　**您在〈人物訪問〉一文中說過：「經驗中，做得較好的是陳君葆先生的回憶，只因當時我任助教，工作清閒，每一星期，總有一天到南丫島或太古城去訪陳先生，陪他聊天，讓他隨意說三、四十年代文化界往事。」可否也具體談談？**

**小思**　陳君葆先生可以說是位香港文化通。由三十年代到五十年代，他與中英知識分子、學者、左派、右派、無黨派、社會各式文化活動……均有交往及參與。晚年記憶力極強——後來才知道他日記不斷。跟他聊天，簡直像遊香港文化大觀園。不過，他只敍事，沒有評論，說到人物，多有保留，點到即止。例如講到許地山、葉靈鳳，從不講對他們的評價。他講淪陷時期最詳細敍述的是香港大學馮平山圖書館護書的事。我以為陳先生大概只記得某些人和事的重點，後來讀七冊《陳君葆日記全集》，那種細節詳述，真叫我驚訝。我最近為編《淪陷時期香港文學資料選》及《葉靈鳳日記》，重頭細讀《陳君葆日記全集》，才深深感受他筆下有理有情，還有弦外之音。批評人的用筆處也十分巧妙。周佳榮說這日記是「香港歷史文化全紀錄」並不過分誇讚。不過，讀者要對時代背景、人物生平，有一定知識，才能打通全書經脈。他對時事有許多評論，有些用筆很重，有些輕輕帶過，細心分析他記與不記的分寸，政治立場就在其中。另外，日記中記錄夢境特多，我初讀時曾懷疑哪裏來那麼多夢，最近再讀又悟出道理來：夢未必真。只是寫「日有所思」。實思或不方便直述，遂借夢渡陳倉而已。

**黃**

**看《陳君葆日記全集》大都為看「史實」，沒想到原來要懂得讀「夢境」！說到香港這個被穆時英稱為「夢之島，詩之島」的地方，人們對她的種種誤解，您始終耿耿於懷。好像〈馬與舞之外〉[9]一文：「香港從一個窮荒孤島，變成今天的繁盛都市，她養活了五六百萬人，五六百萬人也支持着她，其中必然有許多重要因素，絕不是靠跑馬跳舞而得來，**

9 小思：〈馬與舞之外〉（上）、（下），《不遷》，香港：華漢文化事業公司，一九八五年，頁95–98。

相信許多人心裏明白。」更具體地替香港這個「她」抱不平：「中山先生曾利用她作推翻滿清的革命基地，文化人也不只一次利用她作宣傳抗敵的橋頭堡，她總該有許多可肯定的地方。好容易盼得有朝一日重歸母懷，卻給人打扮得如只愛跑馬跳舞的紈袴子弟，這怎不叫人難過？」這份抱不平的心態到今天仍有，記得一次老師您曾在家中整理八十年代陳映真、劉賓雁訪港資料時說：「我要讓人知道，香港不只是一個供人買奶粉與走水貨的地方，香港是三地重要的文化交流平台！」現在想起仍是叫人動容。您認為今天中港之間的了解有改善嗎？還可以做甚麼？

**小思**

稍熟悉香港歷史身世的人，都知道這南方小島的複雜情況，特別不同政治派系鬥爭活動，歷來以此地為基地。一時間也不易說得清楚。我對政治無知，記得七十年代末，第一次在二十年代舊報紙上讀到港英警方破獲共產黨在九龍私設電台的新聞，第一次買得中國國民黨駐港澳總支部在香港出版，封面印上「黨內刊物　黨外祕密」的《黨員通訊》時，剎那間的驚訝，至今難忘。最近二十年，檔案、文獻、研究論述資料愈來愈多，香港作為各種思想、不同文化在交流、在較量的平台，而又並不見強烈衝突的個性更見顯明。對某些執政者來說香港歷來是個反動基地，對逆反者來說香港是個求變活動稍有自由的空間。如果執政者深明這個地方性格，善於「利用」，或妥為處理，香港仍是個有利有助國家發展的角色。

我常說英殖民時代，執政者沒教我們愛國（中國），香港人大都自動愛國愛同胞。現在說「包容」，就好像不合時宜，其實香港個性一貫是「包容」的。弄到今天那麼不包容，一定是處理的政策出了問題。我不懂政治，但我總相信香港人個性仍在。積極讀好歷史，理解國情、港情，以理智人情合理包容，危機也會轉變的。

**黃** **深有啟發。剛才您只說了兩條資料，舊報上私設電台的新聞、一份《黨員通訊》，就說明了香港有這麼複雜的「自由空間」。可見資料的確可以說話，讓我們走近歷史真相。**

**樊** **後現代理論興起以來，各種權威、真理紛紛被解構，「歷史真相」也逃不過質疑的命運。有些人從學理上否定有所謂「真相」，有些人則認為有多元的「真相」，黃繼持老師〈關於「為香港文學寫史」引起的隨想〉[10]說：「要嗎我們不要歷史書，要嗎我們要的歷史書遠遠不止一種。」即近於後者。不過對於實際「寫史」的人，真假還是必須有分別的，否則就沒有工作的方向了。您畢生的學術研究在「史」的範圍裏，可以不用理論的語言，就根據您的工作體會，談談我們可以怎樣面對「歷史真相」的問題嗎？**

10 黃繼持：〈關於「為香港文學寫史」引起的隨想〉，黃繼持、盧瑋鑾、鄭樹森：《追跡香港文學》，香港：牛津大學出版社（中國）有限公司，一九九八年，頁77–89。

**小思**　我完全同意黃繼持老師的說法。先別說那些會說謊、自我膨脹、過份自信記憶的人寫史不可靠了。單從同一件事，不同的參與者，因不同身份、從事時間、參與輕重、個人學術修養、意識形態等等，所提供史料足以令寫史內容有很大分別。再加上寫史人自己也有立場、觀點、史識、史德等條件差異，只參考一種史書，信以為即全部「歷史真相」，那太可怕了。我認為只有多方向蒐尋資料，比對、核實、考查提供資料人物行事立場，有時甚至憑文字風格判斷真偽。但我仍然會告訴自己，無論怎樣客觀處理史料，都只可得到接近的「歷史真相」。一切要靠善讀者的分析和判斷能力。不過，我除了大量閱讀多向度資料外，還靠直覺。這點本不宜亂用，也未必人人學得來，但憑資料作後盾，體會多了，直覺是有用的。

## 香港好年華

**樊**　**您的三種身份——研究文學史的學者、誨人不倦的老師、散文創作者——似乎恰好對應真、善、美的追求，今天您認為三者在您的生命裏，是三個獨立發展的面向，還是在深層裏有某種相關？**

**小思** 你用三種實質身份去解說、對應、編配給真善美，我從來沒這樣想過。面對森羅萬象，追求真、善、美，我相信是人的心靈本能。分成三種身份去對應追求，似乎很難截然三分，更不易獨立發展。三者體用相依，合成一股精神力量而充實於內，有形於外。

**黃** **《不遷》裏有一篇叫〈好年華〉（見本章附錄二，第533頁）的文章，細數二十五歲與「少年十五二十時」的分別，認為十五二十是個極度揮霍青春的年華，二十五歲卻是「好年華」，如「一泓清泉，款款地凝在大地懷裏，平靜得容下白雲朗月，生命之流卻不息地滲現。」我不知這篇散文的典故或「本事」為何，但覺當中形容的境界極美好：「只有清冽才能容物，只有平靜才可反照，涓涓不息才見長久。」忽發奇想，香港回歸剛剛過了二十周年，是否也能在躁動中轉入好年華呢？令人翹首盼望。**

**小思** 這篇文章的確有「本事」。我有感於「少年十五二十時」燦爛得令人目眩心悸，如煙花一瞬即逝。那位二十五歲的青年，果然渡過了燦爛閃人目的剎那，映照着蘊藉生命的純美，和煦而精緻。我對此好年華，深切期盼，遂成文字以記之。正如你奇想，我情深一往，祝願香港也能在躁動中轉入好年華。

**楊** 容我又在這裏為「給香港的情書」點一下題。在中國現代文學裏，可參照的情書有許多，小思你一定讀過甚至教過沈從文的《湘行散記》：「我行過許多地方的橋，看過許多次數的雲，喝過許多種類的酒，卻只愛過一個正當最好年華的人。」冒昧地打個比方，你覺得你和香港的相遇，是否稱得上「正當最好年華」？

**小思** 我此生能與香港相遇，稱得上「正當最好年華」。但往後日子，我願「盡人事，俟天命」。

附錄一

# 六十萬人中第四類人

小思

我是六十萬人之一，但不屬於三類人士。

香港人民入境處副處長說：「至目前為止，有六十萬合資格申請英國國民（海外）BNO 護照的人沒有提申請」，「他們大多屬於三類人士，包括已移居外地、擁有其他外國護照或不須出外旅行的人士」。

我拿的是香港英國屬土公民護照，BDTC，今年七月一日即告失效——其實今天已失效，因為許多國家的入境申請，規定所持護照要有半年有效期。沒有其他國家護照，不是移民，卻萬分愛好出外旅行，但我沒有申請 BNO。那就屬於第四類人。

許多朋友知道我沒領 BNO，都覺得很奇怪，當明白我不取的理由後，就認為我「唔化」。

土生土長，拿着香港出世紙，沒有辦法不用英國屬土公民護照，那是歷史遺下來的無奈。一九九七年七月一日，名正言順，香港擺脱「英國領土」的身份，為甚麼我還要拿個「英國國民（海外）」的名份？為甚麼還要托庇於英國名下？如果為了方便出外旅行、開會——那麼個人的理由，而要頂住「英國國民」的帽子，我寧願甚麼地方都不去。至於特區護照甚麼時候可到手——申請特區護照是否一如申請香港英國屬土公民護照那般容易？拿特區護照出外，會不會遭到外國拒絕入境？那是另外一回事了，就讓香港特區政府去負責。

有朋友說：特區政府最關心的是拿CI的人，將來最快給他們特區護照。你既給撥入六十萬人、三類人士當中，大概會在「遺忘」或「隊尾」之列，「有排唔輪到你啦！真係唔化！」

那有甚麼辦法呢？誰叫我是六十萬人中的第四類人？

載於《星島日報・七好文集》，一九九七年一月十五日，頁碼不詳。後收入《香港家書》，香港：牛津大學出版社（中國）有限公司，二〇〇二年，頁121–122。

附錄二

# 好年華

小思

你淡淡的說：「我二十五歲了，過了四分之一世紀！」

嗯！我領首，靜靜看看這般柔柔、溫煦如春陽的二十五歲，好年華！

少年十五二十時，人說這才是燦爛得令人目眩的日子，我說也許是也許不是。

那些日子，生命力像一匹狂奔的瀑布，在懸岩上，一瀉而下，陡然叫人心悸。泛起的水氣令山樹朦朧，沖出的號叫使曠野荒涼。毫不留戀，沒一絲細緻痕跡，奔流去了。

生命力也像八九月的太陽，霸道地煮海灼地，熱量蒸得人間昏昏然。如斯的熱烈，壓得天地喘不過氣來，只渴望一陣黃昏細雨。

那是個粗獷而令人驚訝的年華，是個極度揮霍青春的年華。

二十五歲，那正好！

你看過麼？一泓清泉，款款地凝在大地懷裏，平靜得容下白雲朗月，生命之流卻不息地滲現。

也許，仰首迎住一隻遠道而來的燕子，接納他一圈呢喃一圈笑語。

也許，讓垂柳依依畫下細密的情意。

你看過麼？一輪春陽，細意地掀開冰封的日子，催醒枯枝的沉睡。人們卸下一身沉重，換上薄薄春衣，疏狂地盡情的享受屬於天地的溫柔。那是個玲瓏而令人刻骨銘心的年華，是個蘊藉而生意粲然的年華。

只有清冽才能容物，只有平靜才可反照，涓涓不息才見長久。

只有和煦才能近人，只有細意才可精緻。

像一闋宋詞小令，像一幀工筆花鳥，令人低迴在此，令人凝眸在此。二十五歲，好年華！

載於《星島日報‧七好文集》，一九八三年七月十二日，頁碼不詳。後收入《不遷》，香港：華漢文化事業公司，一九八五年，頁43–44。

# 編後記　情書像曲水一樣長

劉偉成

## 一、《曲水》的 L 形結構

《曲水回眸——小思訪談錄》的初版之所以分為上、下兩冊，乃由於小思在二〇一五年榮獲「香港藝術發展獎」的「終身成就獎」，香港中文大學遂於二〇一六年九月上旬舉辦「曲水回眸——小思眼中的香港」展覽和應，大學的香港文學研究中心為了讓同名的訪談錄可配合在展期間面世，唯有試着從已完成的四十萬字訪談紀錄中理出頭緒，先結成上冊一帙誌念。上冊主要記述小思從孩提的家庭教育到小學再談到大專的就學經歷牽連着的許多軼事，末章以「承教永記」標示從「學」到「教」的轉捩，亦可視作上、下兩冊的接合點——如果上冊是順時間縱軸推衍的記憶，那麼二〇一七年初版的下冊便是立志「承教」後橫向拓展出來的不同身份，包括大學教授、散文名家、香港文學研究者等，所牽引出來的感懷。換句話説，上、下冊的關係就是一直一橫的「L」形結構。如此維持兩冊的格局差不多十年，讀者似乎難以理出此結構，更遑論領悟此「一直一橫」如何相互呼應形成一扇張力：如果沒有上冊〈童年聲、色、味〉和〈步履留痕〉的鋪墊，下冊的〈筆耕心田〉便不會顯得如此圓足和溫厚；如果沒有上冊〈日戰陰霾〉，那麼下冊的〈熱血青春〉和〈一瓦之緣〉便不會顯得如此血肉和深刻；如果沒有上冊〈嚴師與我〉、〈新亞雜憶〉和〈承教永記〉的積澱，那麼下冊的〈願為造磚者〉和〈縴夫的信仰〉便不會顯得順理成章和具說服力；沒有上、下冊各章的呼應和疊厚，最後一章〈給香港的情書〉中的「情」便不會顯得如此真切動人。另外，舊版上冊為訪談，下冊則是筆談，兩種形式帶來不同效果，前者讓人從語氣中較立體地感受到與會者的性情和當時氣氛，讓人更好感受其中的情韻和情義；後者則因多了沉澱時間，又可旁及更多資料佐證，使討論更深刻和富層次，開導性也較強。兩種訪談模式並置一帙產生的協同效應，使那扇呼應的張力顯得跌宕壯麗，讓它像水撥一樣抹掉歷史前窗的蒙塵露出令人怡悅的明淨。

## 二、《曲水》新舊「磚塊」的搭配

如上所述，我一直相信「一加一大於二」的效應，所以一直希望能將厚薄懸殊的兩冊書合而為一，只是小思老師一直說不要大費周章，況且她指自己已沒有精力補充新內容，這對購買了舊版本的讀者似乎不太公平，又指合併後書可能太厚太重，不便拿上手閱讀……直至去年當我提出《小思「香港關懷」系列套裝》，以《曲水》新版作為「領頭書」的構想時，小思老師終於答應，而且還允許我們加入百餘首她從未發表的「京都小詩」，給《曲水》的新版注入了新能量，之後新內容也陸續湧現：為了保上述的「L」形結構的張力，新版分為上、下兩部：上部開首是小思的〈生平及文學著作〉年表，可說令「縱向」軌跡更立體血肉；下部開首加入了小思的〈學術活動及著作〉年表，則令其「橫向」影響力更具體易懂。兩個年表令上、下兩部既分且連，還配上珍貴的照片令上述呼應的張力得着更好的彰顯，這都多得許迪鏘和朱彥容兩位老師的鼎力襄助，如不是他們擬定初稿，嚴謹地核實和篩選資料和配對相片，年表不會變得如此美觀耐讀。另外許老師的〈一張成績單‧一種文化‧一個時代——回眸小思的曲水留痕〉是中大「曲水回眸」展覽的第一身紀錄，文章扼要帶出小思的奮進歷程，還有她為香港文學和後學準備了怎樣的「構建磚塊」，更重要的是帶讀者去感受藏品或事件所屬的時代氛圍，而不是以現在的認知模式作後設論述，這是小思常強調的，必須理解當時的種種限制，要將事情放回所屬的年代看。除了說出來的亮話，還包括沉默——無怪她在舊版的訪談中談及看《陳君葆日記》所記的事情之餘，還得看沒記之事。猶記得訪談在這裏突然轉到談小思多年前讀魯迅的〈無花的薔薇之二〉以後所寫下的〈筆寫的，有相干？〉來說明沉默的分寸。小思借魯迅的文章指出有些事件發生後，有些人作出了犧牲，為社會撕破掩飾的表象，讓沉默的群眾認清一些人和事的本相，也更明白往後的路。常言道休息是為了走更遠的路；同樣暫時沉默只為了讓自己的筆更具穿透力，才能更客觀地理解和掌握歷史脈絡的發展。

訪談中小思常強調「造磚」，故我會形容她「沉默如磚」——一邊恪守自我的方寸，一邊做好隨時負重的準備。許多人以為小思強調的「造磚」，純然是為未來寫史的人準備「建材」。不要少看一塊磚，它不純然是「史料」的篩選，製作重點更在於把握自我的道德方寸，通過把自己投擲當時的處境去丈量，藉此體會當中的掙扎和抉擇，這是「史識」的體現——把那年代的處世標準盡量呈現給有心了解的後來人看。我開始明白小思為何孜孜地為這本訪談錄增補注釋，每條注釋就好比一條蛛絲，黏着那時代的壁壘，當許多蛛絲結成一張大網，呈現讀者眼前的便是關於那個年代的八陣圖，無怪杜埃會以「牽絲結網的人」（文章也收錄在《曲水》）來形容小思。

《曲水》新版就是為了更好地把小思的「史料」和「史識」結合和彰顯出來，將牽絲結網的空間擴大，讓讀者更好認識那時代的香港，那個縱然不太富裕卻教人心安的年代。正所謂「此心安處是吾鄉」，令人安心便能使本來的「過客」選擇「不遷」，留下建設，這是「安土」的上策。

## 三、「安土—不遷」的循環牽念

《曲水》中還收錄了一篇相當重要的文章，就是刊於《信報財經月刊》的小思訪問稿〈安土不遷　小思：香港命大不會死〉，訪問稿主要是重申小思《不遷》裏的決志：

「在一塊屬於自己的土地上——是肥沃是瘦瘠，不能苛求了，好歹是自己的土地，算是命中注定，就在這土上一生一世。」對於小思來說，土安與否，都不影響她「不遷」的決志，但觀乎近來移民潮再起，香港人又落入「花果飄零」的桎梏中，近年香港顯得動盪不安。那麼究竟該是先「安土」後「不遷」，還是先有矢志「不遷」的人用心建設，才能「安土」？這個循環似乎是《曲水》想表達出來引人反思的命題，期望通過這次增訂可加進一步突顯出來。許多人都以為小思所造的「磚」，是為了給人作「香港文學史」如此大架構的建材，我倒隱隱覺得小思也希望這些「磚」可觸發對「安土—不遷」循環的日常反思，且看〈給香港的情書〉中的兩段話：

> 三十多年前，我這樣說過：「躲在安樂窩裏久了，人變得怠慢軟弱，也漸漸安於這種境況，有時甚至慶幸自己能這樣活着。長久的不思索不反省，沒有奮進的要求，人就會喪失應付變動的能力。」在前輩身上，我卻發現他們在變動劇烈的時代，在失敗徬徨的時候，學會認真思索，發現問題，徹底自我更新，作生命的奮進。這幾年對香港人來說，正面臨前所未有的大變動，自我更新，求變求進，正在此時。
>
> 最近二十年，檔案、文獻、研究論述愈來愈多，香港作為各種思想、不同文化在交流、在較量的平台，而又並不見強烈衝突的個性更見顯明。對某些執

政者來説香港歷來是個反動基地，對逆反者來説香港是個求變活動稍有自由的空間。如果執政者深明這個地方性格，善於「利用」，或妥為處理，香港仍是個有利有助國家發展的角色。

無論是市民還是執政者，只要共同保持這種反思，便有望使社會再次朝「安土」方向發展，令更多「不遷」的寄願化為自植的靈根，為這片土地孕育更豐腴的文化水土，從而觸發良性循環。此循環其實亦反映在整套五本《小思「香港關懷」系列套裝》中，《曲水》末章〈給香港的情書〉正好成為系列第二本《香港家書》的鈎扣——從「情書」到「家書」，我想不難讀出後者有更大的比重偏向「不遷」的情懷。接着第三本《香港故事》便是對香港的底蘊作更深的追溯挖掘。第四本《香港書情》則借種種書事引入更多思考角度，也讓所謂的「香港關懷」更立體多元。最後《香港文縱》是葉靈鳳、戴望舒、蕭紅、許地山等本來該是「過客」的作家如何通過文化活動來「安土」，表達自己和頤養他人「不遷」的立願。這些南來文人在港安土的身影，對小思「不遷」的決志不無正面影響，遂有了《曲水回眸》，圓滿自足地展現了一次「安土—不遷」的循環。

《曲水》舊版兩冊的〈後記〉均由其中一位訪談者樊善標教授撰寫，今次編纂新版時，我也曾邀他將後記合二為一，只是他近期無法抽空，我只好越俎代庖負起撰寫後記的任務，但須在此處融入他之前的鳴謝清單，首先就是「文化人眼中的香港」訪談計劃核心參與的盧瑋鑾教授（小思）、楊鍾基教授、黃潘明珠女士、樊善標教授、黃念欣教授，周燕明女士，負責記錄的李薇婷博士，負責上一版編務的洪營娟女士，還有常在楊府一旁沒有發言卻為訪談者準備茶點的楊夫人高美慶教授；每次到小思府上開新版工作會議，張敏慧老師總會不厭其煩替我們拍照記錄，她的盛情招待給我們莫大的鼓勵。承劉偉傑先生、羅志高先生、范氏慈善信託基金，以及不願透露姓名的善長慷慨贊助，香港中文大學圖書館大力支援，這個不追求具體效益、細水長流的計劃才能順利開展。而《曲水》新版可順利完成付梓，得力於上面提過但須再表謝忱的許迪鏘先生和朱彥容老師，他倆是盧教授多年好友，他們手上有許多第一手資料，得他們撰寫年表和核實資料，才使此版本變得更扎實和完備，另外還有新版責任編輯周怡玲女士、幫忙校訂的蘇偉柟先生，訪談計劃克臻於成，上述諸位的相助，我們銘感於心。本文的題目〈情書像曲水一樣長〉是二〇一八年《曲水》下冊出版發佈會主題，這部訪談錄是一封給香港的長長的情書，它是整個《小思「香港關懷」系列套裝》的總帽，整個系列就是一道蜿蜒綿長的曲水，新版的封面採用了豐子愷先生的畫作，此畫的題辭為〈門前溪一髮，我作五湖看〉。《豐子愷漫畫選繹》是小思以「明川」之名出版的，當中提及那個「作」字最考功夫，乃是「處於狹窄局促的現實裏，心境的恒久廣大」，而從「明川」到「曲水」，除了是這個「作」字功夫的最佳體現，亦是這封長長的情書，在流向「五湖」前，不遏地推動「安土——不遷」的循環像水車一樣滾動，牽引無論是憂鬱還是感動，落落拓拓道出歸屬此地的人的「香港關懷」。